DORNFELD ÁDÁM

AZ ISMERETLENEN TÚL

A tér ura trilógia első része

novum pro

www.novumpublishing.hu

© 2022 novum publishing

ISBN 978-3-99131-226-0
Lektor: Sósné Karácsonyi Mária
Borítóképek: Ihorsw, EllerslieArt,
Valentyna Chukhlyebova,
Obsidianfantasy | Dreamstime.com
Borító, tördelés & nyomda:
novum publishing
Illusztráció: Dornfeld Ádám

www.novumpublishing.hu

Kezdetek

Rogos. Harcok és háborúk sújtotta terület. Az egymással szemben álló felek talán már maguk sem tudják, miért vívják harcukat. Élvezetből? Kötelességből? Vagy csak a túlélésért? Vagy ezek összességéből? Senki sem tudja már. Az viszont biztos, hogy a végtelennek tűnő háború sorsdöntő fordulatot vett a fekete és fehér sárkányok eltűnésével. Nélkülük magukra hagyott szövetségeseiknek esélyük sem volt. A háború rövid időn belül le is zárult. Az eltűnt fekete és fehér sárkányok szövetségesei, kik elvesztették a háborút, vagy meghaltak a harcokban, vagy elzárták őket. Ugyan kevesen, de voltak, akik önszántukból hosszú álomra szenderültek, így várva ki az időt, mikor ismét harcolni hívják őket. Egyikük sem veszítette el a harci kedvét. Biztosak voltak benne, hogy eljön a harc ideje. Nem tudták a magyarázatát a fekete és fehér sárkányok eltűnésének, de mind ismerték őket. Tudták, akármi is volt az okuk, vissza fognak térni. Valamint a fekete sárkányok örökös partnere, a Draco család túlélte a háborút. Mindegyikük úgy gondolta, amíg egy Draco is életben van, addig az a bizonyos fekete sárkány vissza fog térni. Bár a túlélő mindössze egy csecsemő volt, aki a többi nemesi család kegyelmére volt bízva, de a gyermek sírása ezen lényeknek a remény dalaként zengett. Tudták: csak idő kérdése, hogy a gyermeksírás ismét csatakiáltássá érjen. Így hát vártak; nekik csupán egy szempillantás volt, ami másoknak emberöltő. Szendergésüket ismerős, mégis más hang szakította meg: egy gyermek sírása, ám teljesen más érzéseket keltett bennük. Nem a remény gyenge hangja volt ez, hanem a lázadásuk csatakiáltása. Mindegyikük tudta, ideje felébredni!

Ébredés

Hol vagyok? Ki vagyok? Úgy érzem, mintha csak sodródna a tudatom, de magam sem tudom a válaszokat. Békés, ugyanakkor valamiért nyugtalanító is. Ezt a kételyekkel teli gondolatmenetet egy csecsemő sírása szakította meg.

Miért kell egy csecsemő sírására ébrednem? – gondoltam magamban, vagyis ki is akartam mondani, de nem tudtam, akármennyire is próbáltam. A tudatom még mindig ködös volt, bár kezdett kitisztulni. Erősen koncentráltam, hogy kinyissam a szemem.

Amikor sikerült, először nem értettem, mit látok. Amikor a kezemet próbáltam mozgatni, nehézkesen ment, és mikor végül sikerült magam elé emelnem, egy csecsemő kezeit láttam magam előtt. Amikor a sírásra koncentráltam, azt is megértettem, miért nem tudok beszélni; én voltam az a csecsemő, aki sírt. A sírás hatására egy felnőtt viharzott be a szobába. Bár halványan, de úgy éreztem, kezdettől nem voltam egyedül.

Az egész helyzet furcsa volt. Magam sem értettem, mi történik. Tudtam, hogy nem szabadna csecsemőként ennyire tiszta tudattal rendelkeznem. De az okát, hogy miért bírok vele, mégsem tudtam. Nincsenek emlékeim, inkább úgy érzem, valaki más tudásának egy részét használom.

A szobába benyitó ember egy férfi volt, s pár pillanattal később rájöttem, hogy valóban nem voltam egyedül. Egy nő ült mellettem, és egy másik támaszkodott a szoba falánál. A férfinél egy díszes doboz volt. Nem igazán értettem, mi történik, vagy hogy mégis mennyi idős lehetek. Viszont a dobozból kivett kristály láttára egy megfoghatatlan vonzalom fogott el. Akaratlanul is felé nyúltam. Ennek hatására a férfi és a nő összenéztek, de nem igazán tudtam rájuk fókuszálni. A kristály átlátszó volt. Aztán amikor a férfi átadta, szinte azonnal fekete lett, mint a csillagok nélküli éjszakai égbolt. Ekkor a szobában lévők arcára aggodalom ült ki. Engem viszont elnyomott az álmosság.

Kétség nélkül állíthatom, hogy az ezt követő pár hónap egyben volt életem legnehezebb és legkönnyebb időszaka is. Bár kétségkívül semmit nem kellett csinálnom, hiszen egy csecsemő testében voltam, viszont ezzel együtt nem is voltam képes semmit sem csinálni, és ez egyre nyomasztóbb volt; valamiért úgy éreztem, hogy sietnem kell, de hogy mivel és miért, azt nem tudtam.

Teltek a hónapok, és szép lassan képes voltam pár szó kiejtésére. Amikor már tudtam járni, többször is belógtam a családunk könyvtárába. A szüleim tudtak róla, de úgy tűnt, nem akarják megakadályozni, elvégre folyamatosan volt valaki mellettem – vagyis ugyanaz a valaki. Csak a jelenlétét éreztem, nem tudtam tisztán kivenni. Viszont a szüleim bizalommal beszéltek hozzá.

Ha már a szüleimnél tartok. Amire rájöttem a könyvekből, hogy a Draco család kúriájában vagyok, és, hogy a szüleimet Xariusnak és Ryniának hívják. Ők a család vezetői. Atyám rövid fekete hajú, izmos testfelépítésű, szigorú benyomást keltő férfi. Anyám hosszú fekete hajú, kék szemű, karcsú, elegáns. Mindkettőjüket valamilyen megfoghatatlan erő veszi körül, de teljesen más természetű; atyám kisugárzása mintha bármikor összeroppanthatna, anyámé viszont nem ennyire erőteljes, mégis ugyanannyira veszélyesnek érzem.

Mivel már képes voltam beszélni, és a könyvtárat is rendszeresen látogattam, egyre tisztább képet kaptam az engem körülvevő világról.

Az első, hogy a családom vezetékneve Draco – mellesleg engem Arkonnak neveztek el az alapító után –, a családunk már a nemzet alapítása óta jelen van, bár az első pár generációról elég hiányosak a feljegyzések.

A második, hogy a nemzetünket Rogosnak hívják, s az ősi szokás az, hogy a nemesi családok kapnak minden újonnan született után egy varázskristályt (amit első ajándékként is kaptam), amely tojásként funkcionál: nagyjából 10 évnyi együtt töltött idő után a tojásból egy mitikus lény születik meg, amely rezonál a partnere legbelső énjével és erejével. Rogosra a sárkányok és azok fajával rokonságban álló, leginkább hüllők jellemzőek. Nincs lejegyezve olyan eset, amikor más faj született volna a kristályból, csakis legenda szinten. Az információk alapján Rogost északról és délről hatalmas erdős térség szegélyezi, amely tele van erős szörnyekkel. Az erdőkön túli vidékekről nincs információ; számtalan próba történt a területek felderítésére, de egy sem járt sikerrel. Keletről és nyugatról óceán szegélyezi Rogost, azonban a parttól nagyjából 100km-es távolságon túl folyamatos vihar tombol. Ennek okait még nem sikerült kiderítenie senkinek.

A harmadik pedig, hogy betekintést nyertem abba, nagyjából milyen szinten áll a világ. Hadászat terén leginkább a kardok, íjak és hasonló fegyverek elterjedtek, viszont ezek használatát mágiával vagy varázslatokkal teszik még halálosabbá. A mágia alatt leginkább a saját testünk vagy fegyvereink belső varázserővel történő felerősítését értik. Számtalan formája van: a testünk körüli védelmező aurától a kilőtt nyílba táplált varázserőn keresztüli irányításon át. A varázslatok alatt nagyobb hatótávú és/vagy kiterjedésű elemi varázslatokat értik, ezek általában sokkal több varázserőt igényelnek, viszont ezzel arányos pusztításra is képesek. Rövidebben: a mágia leginkább párbajokra és egy ember felerősítésére alkalmas, míg a varázslat leginkább nagy kiterjedésű harcok, háború során alkalmazott tömegpusztító fegyver vagy erősítés (gyógyítás, erőnövelés stb.). Alapvetően a varázslatot tartják felsőbbrendűnek, mivel még nem volt rá példa, hogy a mágia döntő fegyver legyen egy háborúban, de varázslat számtalanszor döntött már el csatát.

A nemzet alapítása utáni első generációkról – időben pár száz éves rész – nem tudunk szinte semmit, mintha szándékosan ki lett volna törölve a feljegyzésekből. Az viszont biztos, hogy azóta folyamatosak a belharcok és az ellentétek. Ebből tisztán látszik, hogy kulcsfontosságú szerepe van a katonai erőnek. Az azóta kitört rengeteg kisebb háború miatt a királyoknak törvényeket kellett hozniuk.

Nemesek közti háborút csak a király engedélyével, és minden érintett nemesi család beleegyezésével lehet kezdeni, és azt, hogy a győztes mit nyer, illetve a vesztesnek mit kell feladnia, előre szerződésbe kell foglalni. Szövetségesek becsatlakozhatnak, de csakis egyenlő számban. Minden háborúzó félnek meg kell neveznie egy örököst, aki a háborúban semleges, harcokban nem vehet részt; ha a csatában a ház aktuális feje elesne, a ház ne haljon ki. Ez alól kivétel, ha a tét a terület egésze vagy a nemesi cím. A háború lehet egy-egy elleni párbaj vagy totális háború – az utóbbi esetében a civil életeket védendő minden esetben lakott területen kívül kell a harc helyszínét megválasztani. A királyi család abszolút hatalommal rendelkezik, melynek megkérdőjelezése háborúhoz vezet. A királyi családon kívül 8 nemesi család van: az északi és déli határvidéken 3–3, melyek területi szövetségben vannak egymással a felderítetlen területekről érkező szörnyek elleni hatékony védekezés érdekében. A központi három család, mely a királyi családot és a két legközelebbi szövetségesét foglalja magában, is egy külön területi szövetséget alkot. A határon elhelyezkedő területek katonai erő szempontjából erősebbek, viszont a központi szövetség szinte minden más aspektusban fejlettebb.

Nagy szerepe van a harcokban a mitikus lényeknek, mivel minden nemesi család rendelkezik legalább eggyel, így a háborúkat nagyban befolyásolja ezeknek az ereje. Sok nemes erre hivatkozva elhanyagolja a hadi fejlesztéseket, mivel átlagos katonák, illetve hadi eszközök nincsenek hatással ezen lényekre. A lények pontos számáról és fajáról csak a király tud, és bizalmas információként kezelik. Ezen információk lejegyzése azért szükséges, mert a nemesi családok által a királyra gyakorolt nyomás hatására közel 300 éve már a nemesi családok leghűségesebb beosztottjai is kaphatnak kristályt, bár ennek szigorú előírásai vannak, és a király személyes hozzájárulása szükséges. Viszont emiatt ugrásszerűen megnőtt a mitikus lények száma.

A konklúzió, amit levontam, hogy ha van tehetségem, egyértelműen varázslatot kellene tanulnom, de amikor erre gondoltam, furcsa nyugalom árasztott el, aminek a központja a még ki nem kelt partnerem volt, mintha csak azt mondaná, hogy „azt bízd csak rám". Lehet, hogy csak az elmém játszott velem, de úgy döntöttem, bízom benne. Így eldöntöttem, hogy mágiát fogok tanulni – micsoda szerencse hogy a nemzet egyik legerősebb párbajharcosa az egyik szülőm.

Váratlan vendég

Jelenleg 5 éves vagyok, az elmúlt egy évben számtalan alkalommal kértem szüleimet, hogy kezdjék el harci kiképzésem, de minden alkalommal negatív választ kaptam, mondván, túl fiatal vagyok. A fiatalok általában a partnerük ébredése után iratkoznak be a fővárosi akadémiára. Mivel ez személyenként eltérő, így mindenki a tizenötödik életévét betöltve iratkozik be. Így a szüleim álláspontja az volt, hogy majd ott, az arra szakosodott tanárok megtanítanak mindent, amire szükségem van. Reménytelenek tűnt meggyőzni őket, ám ekkor nem várt vendégeket kaptunk a szomszédos területről. A Draic család, aki a szomszédos területet birtokolta, és mi, a Draco család az alapítás óta töretlen szövetséget ápol. Eleinte csak kereskedelmi kapcsolat volt, mivel a mi területünkön rengeteg nyersanyag található – ércek, drágakövek leginkább gyémánt formájában –, míg az ő területük a legtermékenyebb az országban. Mára viszont egy olyan szövetséggé nőtte ki magát ez a kapcsolat, mely mindenkinek előnyös. Van még egy terület, amely szoros kapcsolatot ápol mindkét előbb említettel, de róluk majd később. A vendég a Draic család volt, s mint kiderült, a látogatás csak számomra volt váratlan. A család három főből állt: Johannes, Margaret, és lányuk, Ellytia. Johannes rövid vörös hajú, zöld szemű, megnyugtató kisugárzású ember, Margaret barna hajú, zöld szemű, külsőre átlagos, de mégis van benne valami, amitől úgy érzem, óvatosnak kell lennem körülötte. Ellytia vörös hajú, zöld szemű, a kisugárzása még nem olyan erős, mint Margareté, de biztos vagyok benne, hogy rá fog hasonlítani. A szüleim megkértek, hogy vezessem körbe Ellytiát, míg ők megbeszélnek pár fontos dolgot. Szívesebben vettem volna részt a megbeszélésen, de külsőre csak egy ötéves gyermek voltam. Amint négyszemközt maradtunk, éreztem, ahogy a zavarba ejtő csend egyre hosszabbra nyúlik.

– Bár szüleink már bemutattak, Draco Arkon vagyok, szeretnélek közbevezetni a kúriában, amennyiben neked is megfelel.

(Kissé hivatalosnak tűnhet, de akármilyen fiatal is legyen, mégis egy nemesi születésű lánnyal beszélgetek; az etikett megkíván bizonyos mennyiségű formalitást.)

– Draic Ellytia vagyok, örülnék, ha körbevezetnél.

(Első pillantásra szégyenlősnek tűnt, de korához képest elegáns és magabiztos volt.)

Elég kínosan indult; mindketten feszültek voltunk egy merőben új szituációban, közös téma nélkül, bár valószínűleg minden első találkozás ilyen. Ahogy haladtunk át a helyiségek sokaságán, nem igazán mutatott érdeklődést semmi iránt. Először azt hittem, szimplán semmi újdonság nem volt számára, aztán elérkeztünk a zeneszobába. Nem szólt, azonban ez volt az első alkalom, hogy láthatóan érdeklődést mutatott valami iránt.

– Az én kedvencem a zongora. Anya gyakran játszik rajta, talán ez lehet az oka, de valamiért szeretem a hangzását.

(A váratlan megnyilvánulásom jutalma: kínos csend. Talán félreértelmeztem, vagy túl közvetlen voltam.)

– Hegedű – felelte halk hangon Ellytia.

– Sajnálom, de nem hallottam tisztán, el tudnád ismételni?

– Én a hegedűt szeretem, apukám imád hegedülni.

(Szóval csak zavarban van... bizonyos szinten megnyugtató, hogy nem csak én érzek így.)

A szobát elhagyva Ellytia beleütközött az egyik cselédlányba, aki épp ki akarta takarítani a zeneszobát. A cselédlány, amint meglátott engem, tudta, hogy a lány egy nemesi származású vendég, emiatt azonnal elnézést kért. Ezzel ellentétben ami az én figyelmemet felkeltette, az egy koppanó hang volt. Mikor odanéztem, egy fehér kristályt vettem észre. Csak egy pillanatra láttam, mert Ellytia szinte azonnal felkapta és elrejtette. A cselédlányt megnyugtattuk, hogy nem történt semmi különös és nyugodjon meg, mi pedig folytattuk a túrát, bár érezhetően mindketten az előzményeken gondolkodtunk.

Úgy tűnt, a feszültség nem fog oldódni. Ha a kristály az volt, aminek gondolom – nevezetesen a partnere –, akkor megértem, miért lett feszült. Elvégre nevelésünk alapja, hogy a kristályt senkinek nem mutathatjuk meg szüleinken kívül.

A körút utolsó állomása a kert volt. Nemesi kúriákra jellemzően formára vágott sövény, szökőkút, padok, virágok, míg az ember meg nem unja. Engem nem igazán érdekelnek ezek a dolgok, viszont el kell ismerni, a helynek megvan a maga varázsa.

– Biztosan fáradt lehetsz, üljünk le az egyik padra.

Ellytia a szemkontaktust kerülve bólintott, majd leült.

Nem tudtam, hogy jó ötlet-e vagy sem, de nem akartam, hogy ez a feszült légkör megmaradjon, úgyhogy leültem mellé, elővettem a zsebemből a saját kristályomat és megmutattam neki. Pár pillanatnyi habozás utána rám nézett, majd vissza a kristályra, s a leginkább kivehető érzelem az arcán a meglepetés volt.

– Tudom, hogy nem lenne szabad, de így igazságos. Ha csak véletlenül is, de láttam a kristályodat, most már te is az enyémet.

– Nem lenne szabad ilyen könnyen megbíznod másokban.

Az eddigi, kissé félénk hanghordozásához képest ezt annyira komolyan mondta, hogy olyan érzés töltött el, mintha épp a szüleim dorgáltak volna meg valamiért.

– A szüleink régóta barátok, családjaink szövetségesek, nem szeretném, ha egy ilyen baleset miatt feszültség lenne köztünk.

– Nagyra értékelem, de akkor sem tartom okos döntésnek.

– Lehet, hogy nem az, de úgy érzem, így helyes.

Eközben a megbeszélésen...

– Nem gondoltam volna, hogy ilyen hamar ideértek – jegyezte meg Xarius.

– Bár azt mondhatnám, csak azért siettünk, hogy mielőbb átadhassuk Arkonnak az ajándékokat, de sajnos nem ilyen kellemes a helyzet – mondta kissé feszülten Johannes, majd Rynia szólat meg:

– Mind a négyen tudunk a gyerekeink kristályairól, és hogy milyen következményekkel fog járni, ha idő előtt kitudódik.

– Nem tudódhat ki, nem állunk készen. Ellytia ijesztő mértékben kompatibilis a támogató varázslatok tekintetében. A kristálya fehér, ami a második legritkább, de kétség nincs, hogy a leginkább keresett képességű lényt fogja megszülni, még ha a faj kérdéses is – tette hozzá Margaret.

– Arkon kristálya pedig fekete, amely a legritkább, viszont egyben a legrettegettebb mind közül. A kompatibilitás viszont kérdéses. Mióta harci edzésről esett szó, mágiát akar tanulni, pedig a *fekete* mindig is a varázslatairól volt híres; épp úgy, ahogy a *fehér* a támogató varázslatairól – válaszolta Rynia.

– Lépéseket kell tennünk annak érdekében, hogy ha ez az információ napvilágot látna, ne kerüljünk hátrányba. Biztos vagyok benne, hogy egy átlagos háborúban senkinek nem lenne esélye négyünk ellen. Viszont ha a király tudomást szerez a kristályokról, nem sima háború lesz: az egész ország ellenünk fordul. A háború célja egyértelműen Arkon megölése lesz, Elylytiát pedig vagy beházasítják a királyi családba, vagy szintén megölik – vonta le a következtetést Xarius.

– Mi a helyzet a szövetség harmadik tagjával, Qartassal és Milával? Mila a húgod, Xarius. Bár házassága révén már más a családneve, de a támogatására számíthatunk? – tudakolta Johannes.

– Az ő fia, Quint hétéves. Mint tudjátok, köztünk szólva az ő kristálya is különleges: szivárvány mintázatú. Mivel az övé volt az első, úgy gondoltam, a generációja egyik legnagyobb tehetsége lesz, ám aztán jött a fekete és a fehér. Qartasnak nem beszéltem a kristályokról, ahogy arról sem tud, hogy én tudok Quintéről. Mila álláspontja, hogy semlegesek maradnak Quint 10 éves koráig. Amennyiben az övé is különösen ritka, ami veszélyt hozhat rájuk, úgy mellénk állnak; ha kevésbé ritka, s a királyi család figyelmét nem kelti fel, akkor semlegesek maradnak – válaszolta Xarius.

– Logikus lépés. Kicsit csalódott vagyok, azonban megértem, hogy előtérbe helyezi a saját családja épségét. Senki nem akar az egész ország ellenségévé válni jó ok nélkül – helyeselt Margaret.

– Azonban az tény, hogy Mila információszerző hálózata kiemelkedő; ha nem számíthatunk információkra tőle az ellenség lépéseit illetően, akkor a saját hálózatunkat kell terjesztenünk – nyugtázta Johannes.

– Ez lesz az elsődleges lépés. Egy időben ezzel el kellene kezdenünk passzívan gyengíteni a többi területet. Még ha nem is lesz háború a jövőben, nem árthat, ha felkészülünk – javasolta Margaret.

– Mi a terved? – kérdezte Rynia.

– A kereskedelem visszaszorítása. Mindkettőnk területe elengedhetetlen ahhoz, hogy bárki is erős seregeket tudjon állítani. A Draco családé a nemzet első számú ércbányász és fémmegmunkáló területe; ezek nélkül katonai felszerelést gyártani lehetetlen, ugyanakkor a Draic család által szállított élelem az ország fogyasztásának 60%-át fedi le. A teljes kereskedelmet nem tudjuk megállítani, de csökkenteni tudjuk. Rossz volt az idei termés, földrengés miatti bányaomlás, szörnytámadások stb. Ha nem visszük túlzásba, nem keltünk gyanút.

– Minden bizonnyal gyanút fogunk kelteni. Sok mindent el lehet mondani a királyról, de sajnos nem bolond, viszont pont ezen okból nem fog nyomós ok nélkül lépéseket tenni. Csak öt évig kell valahogy kijátszanunk a rendszert, utána már biztos lesz a következő lépés. A kereskedelmi dolgokat rád bízzuk, ha nem bánod, Margaret, elvégre te vagy a legravaszabb négyünk közül.

– Hízelgő. A következő dolog, ami megbeszélésre szorul, a gyerekek képzése. A szokással ellentétben minél előbb el kellene kezdenünk képezni őket.

– Arkon képzésével nem lesz gond. Ha mágiát akar tanulni, mint azt számtalanszor elmondta, több mint elegendő leszek tanárának. Ha meg tudjuk győzni, hogy varázslatot tanuljon, arra itt vagytok ti hárman. A gond Ellytiával lesz; a támogató képességű sárkányok szinte kihaltak, az egyház által kirendelt tanítókban pedig nem bízhatunk.

– Ez régóta foglalkoztat minket is, ezért titokban minél több könyvet megvettünk, amelyből tanulhat. Indulásnak elég lesz, de amilyen ütemben tanul, gyorsan elveszítik a jelentőségüket. Néha úgy érzem, mintha jóval érettebb lenne a koránál – mondta Johannes, majd egy mélyet sóhajtott.

– A birtokunkban is van pár hasonló témájú könyv, talán valamelyik hasznos lesz – javasolta Xarius.

– Engem a mondandód második fele jobban megfogott; gyakran érezzük ezt Arkonnál. Egy régi elmélet szerint a kristályban rejlő partner, ha elég erős, kihatással lehet az emberi félre. Nem volt bizonyítva soha, csak, gondoltam, említésre méltó, hogy a történelem két legritkább képességével rendelkező lényről beszélünk, és mindkét fiatal már-már ijesztően érett a korához képest – töprengett hangosan Rynia.

– Elgondolkodtató, bár nem adok túl nagy hitelt ezeknek a régi meséknek.

– Egy dolgot még szeretnék megbeszélni. Javaslom, hogy jegyezzük el a gyermekeket. Tudom, hogy a politikai házasság ma már nem annyira elfogadott... – kezdte Xarius, de mielőtt befejezhette volna Margaret a szavába vágott:

– Nem fogom elvenni a lányom szabad akaratát, Xarius. Akármit is hozzon a jövő, ő választja ki, kivel akarja leélni az életét!

– Ahogy én sem fogom Arkon szabadságát elvenni e kérdésben! – tette hozzá Rynia.

– Egy pillanat... eljegyzést mondtam, nem házasságot. Ezzel egy időre el tudnánk vonni a figyelmet a gyermekekről – legalábbis a kérők hadáét. A jövőben, ha valamelyik fél fel akarja bontani, semmi akadálya – magyarázta Xarius.

– Egyetértek Xariussal. Nem tudom, Arkon esetében mi a helyzet de Ellytiát már születése óta be akarja házasítani a központi szövetségbe a király, ez ellen pedig nem tehetnénk semmit, ezt te is tudod, Margaret. Ha csak időleges megoldás is a miénk, de ezzel is kevesebb támadási felületet hagynánk a királynak – vélekedett Johannes.

Érezhetően ez volt a legfeszültebb pillanat az egész megbeszélésen, azután végül a hosszúra nyúló feszült csöndet egy sóhaj törte meg.

– Rendben, feladom, egyetértek veletek, azzal a feltétellel, hogy bármikor felbonthatják az eljegyzést – bólintott rá Rynia.

– Ezzel a feltétellel beleegyezem én is – tette hozzá Margaret.

– Mennyit mondjuk el a gyerekeknek a megbeszéltekből?

– Születésük óta kiemeljük, hogy senkinek ne mutassák meg a kristályukat, de nem árt, ha ezután is figyelmeztetjük őket erre, valamint az eljegyzésről is tudniuk kell. Lehet, hogy fiatalok, de inkább tőlünk tudják meg most, mint mástól.

– Most, hogy a megbeszélés végére értünk, közöljük a fentieket a gyerekekkel – javasolta Xarius.

A megbeszélés végeztével a szülők a gyermek keresésére indultak. A kertben találtak rájuk. Távolról úgy tűnt, hogy ártalmatlanul csevegnek egymással, de amikor közelebb értek, látták, hogy egymás kristályát tartják a kezükben.

Arkon

Mielőtt elindultunk volna vissza a kúriába, Ellytia megfogta a kezem, a másik kezével elővette a kristályát. Nem tudtam, mire szeretne kilyukadni, de visszaültem, és én is elővettem a zsebemből a kristályom.

– Biztosan furának fogod gondolni, amit most mondok, de gyakran úgy érzem, hogy a kristály, vagyis inkább a jövőbeli partnerem próbál kommunikálni velem – mondta Ellytia bizonytalanul.

(Valamiért rossz érés volt ennyire bizonytalannak látni; tudtam, hogy erről csak nekem beszélhet. Mégpedig onnan tudtam, hogy ebben a helyzetben voltam én is.)

– Nem gondolom furának, én is így érzem.

(Ennek hallatán inkább kétséget láttam a szemében, mint megkönnyebbülést.)

– Nem értem tisztán, mit szeretne leginkább. Olyan, mint egy megérzés, aminek nem tudom az eredetét.

(Ezzel már kicsit nagyobb hatást értem el; úgy éreztem, hitt nekem.)

– Cseréljetek! – szólalt meg ekkor két ismeretlen hang egymással rezonálva.

– Te is hallottál egy hangot, amely azt mondta: „cseréljetek"?

– Igen – mondta Ellytia zavartan.

A rövid ideig haboztunk, de úgy döntöttem, felajánlom a saját kristályomat elsőként. Ő is átnyújtotta a sajátját. Kissé furcsa érzés volt: mintha egy részemet vesztettem volt el, és egy újat kaptam volna.

A következő, amire emlékszem, hogy szüleink odaszaladnak hozzánk.

– Miért vettétek elő a kristályaitokat? És miért tartjátok a másikét? Nem volt egyértelmű, hogy ez a legnagyobb szabályszegés, amit elkövethettek!? – kérdezte Rynia ingerülten.

(Anyám mindig is vehemens volt, de soha nem láttam még ilyen feszültnek. Láttam, hogy Ellytiát jobban megviseli a szidás, mint engem, szóval úgy gondoltam, magamra vállalom a dolgot.)

– Az én hibám, anya. Egy baleset miatt megláttam a kristályt és annyira szépnek találtam, hogy felajánlottam egy cserét. Nem akarta elfogadni, de nem fogadtam el elutasítást.

(A szüleim tudták, hogy elég makacs tudok lenni, úgy láttam, el is hitték, de Margaret arcán csak egy halvány mosolyt láttam megjelenni.)

– Nagyon lovagias, hogy védeni akarod a lányom, de tudom jól, hogy ha ő nem akart volna cserélni, akkor nem is cserél.

– Tegyétek el a kristályaitokat, és legyetek szívesek elmondani, mi történt pontosan – mondta Xarius nyugodtan, de ellenvetést nem tűrő hangnemben.

Ezután elmondtam mindent, kezdve a cselédlányos esettől, a titokzatos hangot kihagytam, a cserét csak azzal indokoltam, hogy indokolatlan megérzés volt.

– Arkon, ez nagyon fontos. Melyik cselédlány volt az? Látta Ellytia kristályát?

(Ennek a kérdésnek a hatására meglepően feszült lett a légkör, nem tudtam, miért van ekkora jelentősége.)

– Claire volt, nem tudom, hogy látta-e. Csak egy pillanatra esett ki Ellytia zsebéből.

– Megyek, megkeresem Claire-t, az itteni dolgokat rátok bízom.

Ezután elmondták nekünk a megbeszélésen történteket. Meglepő volt megtudni, hogy ilyen ritka partnereink lehetnek a jövőben, de ami még ennél is meglepőbb volt, hogy hirtelen jegyesek lettünk. Amikor Ellytia felé néztem, hirtelen elfordult – gondolom, várható volt, hogy ez megviseli. Margaret és az anyám erre összenéztek, és mintha egy egész beszélgetést folytattak volna le fejben, majd egymásra mosolyogtak.

– Hosszú napunk volt. A Draic család holnap indul vissza, ma korán pihenjetek le, gyerekek, mert holnap még sok mindent meg kell beszélnünk. Arkon, holnap megkezdjük az edzésedet, szóval gondold át még egyszer, hogy mit választasz.

Búcsúzás

Holnap végre elkezdődik az edzésem! Túl izgatott vagyok az alváshoz, ami talán nem is baj, mert sok mindent át kell gondolnom.

Ha a szüleinknek igaza lesz a jövőt illetően, nem csak nekik kell felkészültnek lenniük, de nekem és Ellytiának is. Biztos vagyok benne, hogy ha nem lenne súlyos a helyzet, nem engednének minket ilyen korán edzeni. Amennyiben igaz, amit a partneremről mondanak, a kompatibilitásom a varázslatokkal jóval erősebb lehet, mint a mágiával... lehet, hogy meg kellene változtatnom a döntésemet.

Már mondtam, hogy a varázslást bízd rám – szólalt meg újra az ismeretlen hang a fejemben.

Meglepetésemben felriadtam; kevés alkalommal kommunikáltunk eddig, de kétlem, hogy meg tudnám szokni.

– Ha tudunk kommunikálni, miért nem magyarázod el a helyzetet? Ha te beszélnél a szüleimmel, biztosan találnátok háborúmentes megoldást – kérdeztem.

Túl gyenge vagyok. Az, hogy veled kommunikálok, felemészti az összes energiámat. Normál esetben az első beszélgetésünkre csak a kristályból való reinkarnációm után lenne lehetőség. Mégis, ez már a harmadik alkalom hogy beszélünk – mondta az ismeretlen hang.

– Reinkarnáció? Nekünk azt tanítják, hogy egy új élet születik, mely kompatibilis a hordozóval.

Nincs több időnk, figyelj rám, ez fontos! Amint ezt elmondtam, mély álomba kényszerül a tudatom, és valóban képtelen leszek kommunikálni veled a valódi ébredésemig. A szüleid jól látják, háborúk közelegnek, de jóval nagyobb dolgok is mozgolódnak a háttérben. Nem véletlen az, hogy én is és „fehér" is egyszerre ébredtünk fel. Mindent meg kell tenned, hogy megvédd őket Ellytiával, és hogy minél erősebb legyél. Légy... óvatos... az... őrzővel! – mondta az ismeretlen, egyre halkuló hangon.

– Ez így túl sok egyszerre! Mi az a nagyobb dolog? Hogy érted, hogy vigyázzak az őrzővel? Egyáltalán mi az az őrző?

Szóval már nem tud válaszolni. Egy kérdésre választ adott, de kaptam helyette számosat – sóhajtottam fel. Mindegy, úgy érzem, felesleges ezen agyalnom jelenleg. Arra, melyik úton kell megkezdenem az edzésemet, megkaptam a választ, ahogy most már abban is biztos vagyok, hogy mindent bele kell adnom, hogy minél erősebb legyek. Vajon Ellytiával is felvette a kapcsolatot a partnere? Vajon elég erős leszek, hogy megvédjem szeretteimet? Ezekkel a gondolatokkal hajtottam álomra a fejem, és zavartalanul aludtam is reggelig.

Ellytia

Rövid ideig voltunk itt, de sok minden történt. Általában racionális és higgadt vagyok, legalábbis a szüleim ezt mondják, még ha csak ötéves vagyok is, de Arkon közelében mintha minden higgadtságom eltűnt volna, egyszerre voltam zavarban és nyugodt. Úgy éreztem, mintha már ezer éve ismerném, mégis tudtam, hogy soha nem találkoztunk még. Normál esetben a háborún és azokon a komoly dolgokon kellene idegeskednem, amiről a szüleink beszéltek, mégis mindig visszakanyarodom egy dologhoz: ELJEGYZÉS. Amióta szóba került, próbáltam távolságot tartani Arkontól, annyira zavarban voltam. Remélem, nem értette félre.

Ha-ha-ha, igazán üdítő, hogy az első partnerem pár száz év után egy aranyos leányzó, aki egy ilyen apró dolog miatt, mint egy eljegyzés, képes ekkora hűhót csapni – szólalt meg újra a hang, bár jóval kedvesebb hangnemben, mint a kertben.

(Egy kissé meglepett, de annyi minden történt ma, hogy nem igazán tudtam kifejezni.)

– Örülök, hogy egyre többször próbálsz meg velem kommunikálni, de kissé kínos, hogy még te, a partnerem is kinevetsz. Tőled támogatást várnék.

Ohh, milyen racionális válasz! Reménykedtem, hogy egy kicsit nyaggatsz majd – mondta a hang komiszan.

– Általában így zajlana, de a mai nap kissé zsúfoltra sikeredett. Gondolom, hallottad, amiről a szüleink beszéltek, és okkal akarsz épp most társalogni velem.

Mintha a korábbi incselkedő hangulat és a gyerekes zavar egy másik világban történt volna; feszült lett a légkör, érezhetően komolyra fordult a beszélgetés.

Igazad van. A szüleitek jól látják a dolgokat; én és „fekete" azok vagyunk, akiknek a szüleitek tippelnek minket. Mi már számtalanszor beszéltünk. Mivel a kompatibilitásunk kiemelkedő, így kevés erőt igényel részemről. Mikor Rynia mondta, hogy Arkon mágiát akar tanulni, kissé meglepődtem. Ők sokkal ritkábban fognak tudni beszélni, mint mi. A mai nap után muszáj lesz beszélniük, ám ha jól sejtem, az ébredésig nem is lesz következő alkalom – fejtette ki bővebben a hang.

– Szóval az ő partneri kapcsolatuk eléggé kezdetleges? Erre akarsz kilyukadni, Krüptó? –

Hohó, hogy ilyen szigorral szólíts a nevemen... talán egy leheletnyi arroganciát érzek? Ne értsd félre, amit mondtam, mi szaladtunk túlságosan előre a bemutatkozással. „Fekete" akarva nem mutatkozott még be; az ő neve sokkal nagyobb hullámokat kavar, mint az enyém – mondta Krüptó, enyhén feddő hangsúllyal.

– Ha az ő partnere ilyen fontos, akkor miért kell belekevernie az egész családomat a háborújába? Miért nem elég az, hogy ha csak a Draco család megy harcba? Mi úgyis csak a támogató varázslatokhoz értünk!

Megértem, hogy miért vagy feszült, de kérlek, légy türelemmel! Még túl fiatal vagy, hogy mindent megérts, ebben igaza van a szüleidnek. Igaz, hogy „fekete" talán a leghatalmasabb élő sárkány, de a természete közel sem tökéletes – idővel meg fogod tudni, mit értek ez alatt. Ha nincs mellette valaki, aki a jó úton tartja, könnyedén a pusztítás és tombolás ösvényére lép. Annak, hogy egyszerre reinkarnálódtunk, komoly oka van, ebben biztos vagyok, bár nem tudom, hogy mi. Azt viszont tisztán érzem, hogy ősi erők kezdenek mozgolódni, melyekről az emberek talán nem is tudnak – mondta Krüptó aggódó hangon.

Nagyot sóhajtottam.

– Rendben. Hogyan tudnék továbbra is panaszkodni, ha érzem, hogy ennyire aggódsz? De Krüptó, mondd csak, mégis milyen kapcsolatban vagy azzal a bizonyos „fontos sárkánnyal"?

Szóval ez a visszavágás az első megjegyzésemért? – kacagott fel. Egyre jobban kedvellek, mint partneremet. Erre a kérdésre viszont majd akkor adok választ, amikor te is el tudod mondani, mit érzel Arkon iránt – válaszolta Krüptó hasonló hangnemben.

Elpirultam.

– Akkor ezt a témát elnapoljuk.

Egy dolgot elmondhatok. Tudom, hogy a családodat szeretnéd védeni, de ha a Dracókra is családként tekintesz, sokkal tisztábban fogod látni a dolgokat. Az a fiú ijesztően sok hasonlóságot mutat természetben a saját partneréhez. Biztos vagyok benne, hogy mindent bele fog adni az edzésbe, és hogy ő is legalább annyira meg akar védeni mindenkit, aki számára fontos, mint te.

– Erről jut eszembe… az én edzésem hogyan fog folytatódni? A szüleim nem tudják, hogy könnyedén kommunikálhatunk, és már nem tudom sokáig elhitetni, hogy a kapott könyvekből fejlődöm.

Van egy szentély a Draco-területtől északra, de még túl fiatal vagy hozzá. Egy kicsit még húzzuk az időt, és persze azért van még mit tanulnod a könyvekből is.

– Megint könyvek – sóhajtottam unottan. – Várj, északra? De hisz' az a terület tele van szörnyekkel, oda még a felnőttek is csak rettegve mennek.

Ezért is mondtam, hogy még fiatal vagy hozzá. Ráadásul ahhoz, hogy a szentély megnyissa kapuit, más kritériumoknak is teljesülniük kell, amiket még nem mondhatok el. Viszont ma eleget beszéltünk, pihenj le, holnap vár rád egy búcsú, ami után sokáig nem fogtok találkozni.

– Egy újabb rejtély… úgy érzem, ahányszor csak választ kapok, mindig egyre több kérdésem lesz.

Egy kacajon kívül más választ erre már nem kaptam. Vajon Arkon is csak ilyen válaszokat kap? Mik lehetnek a kritériumok? Észre sem vettem, milyen fáradt voltam: ahogy lehunytam a szemem, már aludtam is.

Egy ismeretlen térben

Ha emberi szem látná ezt a helyet, az utolsó, amire gondolna, hogy itt él valaki vagy valami.

Míg a szem ellát, nincs semmi, csak az üres tér. Ami külső szemlélőként a tér felének tűnhet, elválasztó vonalként szolgál: az egyik oldal hófehér, míg a másik koromfekete. Mindkét oldalon csak egy alaktalan árnyat lehet kivenni, melyek belevesznek a végtelen térbe.

– Elég veszélyes játékot játszol azzal, hogy más irányba tereled a fiú edzését, Küriosz! – mondta Krüptó idegesen.

– Áhh, de rég is volt bárki, aki ilyen hangnemben, mert beszélni velem! Talán az ősök óta senki – válaszolt Küriosz közönyösen.

– Nem tudod, mi forog kockán? Ha a fiú nem úgy halad, ahogyan elképzeled, az egész világ romba dőlhet, mindez az ostoba makacsságod miatt! – kiabálta Krüptó dühösen.

Ekkor megfagyott a tér, s Krüptó érezte, hogy borsódzik a háta. A koromfekete térből pusztán egy szempár nézett rá, de felfoghatatlan mértékű vérszomj áradt belőle.

– Magam sem tudom, hány évszázada most beszélünk először, és azonnal leckéztetni próbálsz? Tudom, hogy jót akarsz, de a legutóbbi reinkarnációd óta sok minden változott. Legutóbb elrontottunk pár dolgot, amit most nem engedhetünk meg. Leginkább én nem – sóhajtott, és elnyomta dühét. – A te nevelésed a partneredet illetően legutóbb is tökéletes volt, azonban én és a partnerem vagyunk a fronton, és tudom, mi kell ahhoz, hogy ne ismétlődjön meg a történelem – mondta Küriosz ellentmondást nem tűrő hangon.

– Elnézést, kissé feszült vagyok jómagam is, nem szeretném újra átélni azon katasztrófák sorát, amit legutóbb – vallotta be Krüptó szomorú hangon.

– Nem is fogjuk. Az a két fiatal ijesztő módon hasonlít a legelső generációjukra, nem gondolod?

– Ijesztő módon. Erina, az első partnerem biztosan nem reinkarnálódott – előttem távozott el, tudnék róla. Mi a helyzet az első Arkonnal? – tudakolta Krüptó.

– Háhh, az a fafej akkor sem reinkarnálódott volna, ha kényszerítem. Miután mindenkit elveszített az utolsó háborúban, feladta. Tiszteltem, de megtört. Mellesleg ez a fiú más; hasonlít ugyan az alapítóra, de nem ő az – válaszolta Küriosz.

– Ahhoz képest, hogy nem ő az, elég nagy reményeket fűzöl a fiúhoz, ha nem tévedek.

– Ezt nem akarom tőled hallani! Ugyanebbe a helyzetbe kerültél; ha tagadod is, tudom, hogy a mostani partnereddel talán még Erinánál is kompatibilisebbek vagytok.

– Ez igaz, és az edzést is jóval korábban el tudtuk kezdeni, mint annak idején, ezzel kapcsolatban szeretnék is kérni valamit.

– A szentéllyel kapcsolatban, igaz? Tudod jól, hogy rajtad és Erinán kívül eddig senki nem élte túl, mégis meg akarod próbálni?

– Ahogyan te is, úgy én is biztos vagyok benne, hogy mit kell tennem, de a szentélyhez mindkettőnk partnere kell. Ha nem Arkon győzi le a kapuőrt, az ajtók zárva maradnak.

Küriosz felsóhajtott.

– Mindig megnehezíted a dolgom. Legyen; pontosan öt év múlva elfoglaljuk a szentélyt, azonban nehéz harc lesz, így meg kell várnunk, míg felébredek. Ez így megfelel?

– Köszönöm! Tudom, hogy az ébredésed után nem ez lenne az első, amit tenni szeretnél.

– Persze-persze, vagyunk olyan kapcsolatban, hogy nem kell hálálkodnod, emellett a kettőnk fejlődése nem azonos: míg a ti támogató varázslatotok az összhangra épül, a mi harctéri erőnk nagyban függ az egyéntől. Jó edzés lesz Arkonnak a kapuőrrel való küzdelem – vélte Küriosz.

– Nos, akkor, ha jól sejtem, öt évig nem fogunk találkozni. Örülök, hogy beszélhettünk.

– Krüptó! Ha bármi történne, azonnal gyertek a Dracókhoz! Lehet, hogy még csak gyerek, de ne becsüld alá a partneremet!

– Örülök, hogy aggódsz értünk – mondta Krüptó, érezhetően boldogan.

És ezzel eltűntek, a tér megszűnt létezni, hiszen már a kezdetektől csak arra szolgált, hogy ők beszélni tudjanak – évszázadok óta először.

Arkon

A reggel egy szempillantás alatt eljött. A reggeli kissé feszült hangulatban telt, senkinek nem volt túl sok kedve beszélgetni. Én elmondtam, hogy szeretnék a mágiatanulás útján maradni, ahogy eredetileg terveztem, Ellytia pedig úgy döntött, marad a könyvekből való, biztonságos tanulás mellett, ahogy szülei javasolták. Ők elmondták, hogy egy jó ideig nem fogunk találkozni; amennyire lehet, meg kell húznunk magunkat. Magam sem tudom, miért, de ez elszomorított. Talán csak azért, mert az első velem egykorú barátommal máris elszakadunk, vagy talán valami több – bár ebbe túl zavarba ejtő belegondolni. Viszont azt tudtam, hogy mióta szóba került az eljegyzés, azóta újra feszült köztünk a légkör, ezért úgy döntöttem, félrehívom.

– Ellytia, beszélhetnénk négyszemközt?

Ennek hatására sokatmondó pillantásokat kaptam a szülőktől. Nem igazán tudom, miért, de úgy éreztem, Johannes meg tudna ölni a tekintetével. Aztán hirtelen megenyhült. Mikor Margaretre néztem, rájöttem, miért: olyan fagyos tekintettel nézett a férjére, hogy szinte megsajnáltam. Margaret noszogatására Ellytia elindult.

– Sajnálom, hogy félrehívtalak. Tudom, kínos, de mióta szóba került az eljegyzés, érzem, hogy feszült vagy. Nem szeretném, ha így válnánk el... ha ennyire kellemetlen, beszélek a szüleinkkel.

– Nem kell! Félreérted, nem zavar, csak... – pirult el Ellytia.

– Csak...?

– Mindegy, a szüleim már várnak a hintóban.

Ezzel elrohant. Nos, nem épp úgy ment, ahogy terveztem. Aztán mielőtt a kocsi elindult, kihajolt az ablakon és odakiáltotta:

– Amikor legközelebb találkozunk, hívj csak Tiának!

Rövid ismeretségünk alatt egyszer sem láttam így moso-
lyogni; megkapó volt, finoman szólva is. A meglepetéstől szó-
hoz sem jutottam. Azután elhajtottak.

Emikor megfordultam, a szüleimen láttam, hogy a következő-
ző pár óra nagyon hosszú lesz számomra.

Ellytia

Örülök, hogy a kocsiból mondtam ezt. Annyira zavarban va-
gyok, hogy el sem tudom mondani – merültem a gondolataimba,
ba, arcomat a kezeimmel eltakarva.

– Nahát-nahát! Lehet, mégsem kell aggódnom, hogy jó ötlet
volt-e az eljegyzés? Ki gondolta volna, hogy a higgadt kis herceg-
nőt, TIÁT, valaha láthatom ennyire zavarban? – mondta Mar-
garet, aki láthatóan nagyon élvezte a szituációt.

– Soha nem fogom hagyni, örökké meg fogom védeni az én
kis hercegnőmet! – vágott vissza Johannes.

– A megbeszélésen nem ezt mondtad.

– Meg kellett őriznem a tekintélyemet, de ez most itt csa-
ládi ügy.

– Persze-persze, majd rájössz, hogy nincs semmi beleszólá-
sod; bármely felnőtt számára nyilvánvaló, mit érez *Tia* – mond-
ta Margaret, ismét kihangsúlyozva lánya becenevét.

– Lehetne, hogy témát váltsunk? Én is tudom, hogy kínos
volt, nem kell ennyire kiemelni – kértem.

– Ugyan-ugyan, ezek természetes érzések! Bocsáss meg, ha
túl sokat cukkoltalak, de természetes, ha egy anya boldog, ami-
kor látja, hogy a gyermeke talált valaki fontosat. Ne érezd ma-
gad kényszerítve, de ha nem változnak az érzéseid, tudd, hogy
teljes mértékben támogatlak – mondta Margaret mosolyogva.

Ez megnyugtatott. Az út hátralévő részében apa folyama-
tosan morgott, hogy ő ezt biztosan nem hagyja, de pár fagyos
pillantás anyától, és elhallgatott. Lassan kezdem érteni, miért
hallom sokszor a szolgálóktól, hogy anyát ravasz rókának vagy –
durvább esetben – kígyónak nevezik.

Arkon

Pontosan az történt, amit vártam.

Amint a kocsi látótávon kívül ért, anyám elkezdte a cukkolásomat.

– Nocsak-nocsak, hogy ilyen merészen kezdeményezz! Értem én, hogy már a menyasszonyod, de azért meglepődtem – mondta Rynia, gúnyos mosollyal az arcán.

Éreztem, hogy elpirulok, de nem tudtam visszavágni; leginkább azért, mert úgy gondoltam, igaza van.

– Rendben, elég a mókázásból, inkább légy rá büszke, hogy észrevette, milyen feszült volt a hangulat a kishölgy körül.

Ahogy az várható, a nagy Xarius, atyám, aki mindig higgadt és megfontolt, tisztán látja a dolgokat.

– Bár nem tagadom, hogy üdítő volt ezt az új oldaladat is látni, ahogy elpirulva, zavarodottan még válaszolni sem tudsz – tette hozzá, halvány mosollyal az arcán.

Ezek után tőlem csak egy sóhajra futotta; tudtam, hogy ebből már nem mosom ki magam, viszont örültem, hogy még ha kínosan is, de megoldódtak a dolgok.

Edzés

Miután szüleim eleget cukkoltak életem első romantikus-kínos élményével, az edzőtér felé vettük az irányt. Atyám nem tartott velünk: mivel a mágiatanulás mellett döntöttem, varázslóként ő nem sokat tudott nekem segíteni. Viszont egy terület irányítása sok munkát igényel, és így, hogy anyámnak időt kellett szakítania az oktatásomra, több munka került atyám vállára.

Amikor az edzőtérre értünk, anyám a tér szélére sétált, majd leült egy fa árnyékában elhelyezkedő padra.

– Mivel a búcsúzkodás kissé elhúzódott így a mai napot egy egyszerű elméleti oktatással töltjük. A kristályokról, a mágiáról, és bár nem tartozik az edzésedhez, de jó, ha tudsz a varázslatokról is. Ha bármi kérdésed van közben, ne habozz feltenni azt.

– Rendben.

– Akkor először is, a kristályokról. Mint azt már tudod, a kristály színe az évek során elkezd változni, amelyből következtetni lehet a jövőben kikelő lény képességeire. Szinte végtelen számú variáció létezik, ráadásul a valós képességek bizonyos szinten eltérhetnek a jósolttól.

A kristályok színe, ritkasága szerinti besorolás:
- Fekete. Az ebből születő lény az összes elemi varázslatot képet megtanulni, kivéve a fehérét. A jegyzett történelem óta nem volt élő példa rá, csupán régi legendákban jelent meg, melyekben kivétel nélkül katasztrófák sorát okozta. A megtestesült káoszként ismerik.
- Fehér: Kivétel nélkül támogató lény, csak és kizárólag fényt vagy szent varázslatokat tud használni, amelyekre azonban egyetlen másik lény sem képes. Három lejegyzett fehér kristályról tudunk; mindhárom szent sárkány volt, a partnereik pedig vagy királynői, vagy főpapnői rangra emelkedtek.
- Szivárvány: A szivárványszínű kristály azt jelenti, hogy a lény képes lesz legalább három, de jó eséllyel több elemet

irányítani, emellett ezeket kombinálni is tudja majd. A királyi család évezredek óta minden generációban szivárványszínű kristályt generál, melyből eddig kivétel nélkül sárkány született, és kivétel nélkül képes volt uralni minden elemet.

- Az egyszínű változat: Bár egyszínűnek hívják, két csoportja van. A ritkább variáns – például lila, világoskék, szürke – általában két elem fúziója. Például az én partnerem kristálya világoskék volt, mely a jeget jelenti, és a szél és víz elem keverékéből jón létre. Nem tartják őket kifejezetten különlegesnek, de ha jól használják az erejüket, roppant erősek lehetnek. Soha ne becsüld le őket.
- Az egyszínű: A legáltalánosabb és leggyakrabban megjelenő kristály, a lény egy elem irányítására képes.

Ritka esetben előfordul, hogy a szín félrevezető. Például a Pyros családnál gyakori a zöld kristály, amely általában a növényekkel kapcsolatos támogató varázslatokra utal, az ő esetükben azonban a méregre. Mint tudod, a Pyros család az egyike a déli határőröknek, és ahogy a címerükön is szerepel, kivétel nélkül óriáskígyók kelnek ki a kristályokból. Tudom, kicsit sok ez így egyszerre, de van kérdésed? – tudakolta anyám.

– Csak egy. Ha a fekete is képes az összes elemi varázslatra, ahogyan a király család szivárvány kategóriájú sárkánya is, akkor mi a különbség?

– Jó, látom, figyeltél. A különbség az, hogy a fekete képes emellett a sötét vagy káoszvarázslatokra is, amelyek pont olyan egyediek, mint a fehér szent varázslatai. Valamint az erejében rejlik a különbség. Ha az átlag szivárvány típust egy pohár vízhez hasonlítjuk, a királyi családé egy tajtékzó folyó, de a fekete akár az óceán: minden magába foglal, de mindent el is pusztíthat.

– De ha valóban ennyire erős, akkor hogy lehet, hogy a királyi család és szivárvány kategóriája uralkodik? – értetlenkedtem.

A hangulat egy tanóra nyugalmából hirtelen egy temetés komolyságába váltott. Rájöttem, hogy bizonytalan talajra tévedtem ezzel a kérdéssel.

– Jól figyelj rám, Arkon! Ezt soha többé ne kérdezd meg. Értem, hogy mire szeretnél célozni, de nem tudhatjuk, hogy hol vannak a királynak kémjei, s ez már árulásnak minősül, amit nem fog elnézni megtorlás nélkül. Hiába erősebb a fekete, kifejletlenek vagytok, míg a király és partnere évtizedek óta együtt harcolnak – figyelmeztetett anyám.

– Megértettem, többé nem hozom szóba.

– Rendben, más kérdés?

Csak megráztam a fejem, jelezvén, hogy nincs, de közben még mindig az előzőeken gondolkoztam. Vajon a király csak azért fél a „fekete" megjelenésétől, mert félti a hatalmát, vagy tényleg az elkövetkezendő katasztrófát akarja megelőzni?

– Akkor lépjünk is tovább a varázslatokra! Erről csak gyorstalpalót tartok, mivel én mágus vagyok, és amennyire tudom, téged sem érdekel. Az alapja hasonló a kristályokéhoz. Létezik négy alapelem: levegő, tűz, víz, föld, és az ezek kombinálásával létrehozott számtalan elem, melynek csak a képzelet szab határt. A létrehozott elem a varázslón kívül fejti ki a hatását, legyen az nagy terület vagy fókuszált, például egy terület lefagyasztása, vagy egy jéglándzsa egy pontba irányítása. Nagy varázserőt igényel, precíz irányítást és tökéletes érzékelést; a kezdők gyakran sebzik meg saját szövetségeseiket. Nagy létszámú seregek összecsapására lett kifejlesztve, valamint nagy szörnyek megfékezésére. Bizonyos szint felett a mitikus lények is megsebezhetők vele. Erre igen kevés példa van, emiatt az a tévhit terjedt el, hogy ez nem igaz. Kérdés?

– Ha területi varázslatot használnak, saját magukra hogyhogy nem hat? Például ha egy nagy területet fagyasztanak le.

– Az első dolog, amire kiképezik őket, hogy a nap 24 órájában körbe kell venniük magukat egy varázspajzzsal. Mivel csak saját magukra terjed ki, a varázserő-fogyasztása kicsi, viszont mivel fókuszált, annál erősebb, minél erősebb a varázsló.

– Minden világos.

– Akkor tovább a mágiára. Az igazság az, hogy csak az alapokat tudom neked átadni; a varázslással ellentétben itt a gyakorlaton van a hangsúly. Ráadásul mivel nem vagyunk biztosak a partneredben sem, így még nehezebb kitalálni, mi lenne a legjobb edzés számodra, ezért általánosan fogok fogalmazni. Itt is a négy alapelem és ezek variánsai a kiinduló pontok, viszont itt a mágus nem területre gyakorol hatást, hanem saját magára vagy valamilyen eszközre, amivel érintkezik. Az én példámmal élve: a jég segítségével élesebbé tudom tenni a fegyvereket, de képes vagyok egy délibábot is létrehozni a testem körül képzett vékony jégréteggel. A hangsúly az erőd ismeretén és a kreatív felhasználáson van. Az első lépés az „aura" kidolgozása, ez a test megerősítését jelenti mind fizikai erő, mind állóképesség tekintetében, továbbá egyes esetekben regenerálódást. Ahogy egyre tapasztaltabb egy mágus, annál inkább képes fókuszálni az erejét, az aurától akár egy adott szerv megerősítéséig. A hátránya, hogy nem minden anyag képes kiállni ezt a fajta megerősítést: a fegyverek könnyen eltörnek, ha nem megfelelő az irányítás vagy gyenge az anyag. Az előbb említett, fókuszált szervmegerősítést pedig senkinek sem javasolják: megterheli a szervezetet, és a siker közel sem garantált.

– Szóval, ha jól értem, mivel nem tudjuk, hogy pontosan milyen elemhez van a legnagyobb affinitásom, így nehéz lesz elkezdeni az edzést. Ráadásul ez csak gyakorlatban fog kiderülni.

– Így van. Normál esetben tízévesen kezdődne az edzésed a parnereddel közösen, majd 15 évesen beiratkoznál a királyi akadémiára, ahol az esetleges hiányosságokat megpróbálnák kijavítani, valamint kapcsolatokra tennél szert, mint a család leendő vezetője. A mi helyzetünk viszont ettől most merőben eltér. Nem tudjuk, mit hoz a jövő, de szeretném, ha az akadémiára való esetleges beiratkozásod előtt le tudnál győzni engem egy párbajban – mondta anyám, majd komoly pillantást vetett rám.

Valóban sok volt ez így egyszerre; rengeteg információ és elvárás. Jelenleg elérhetetlen álomnak tűnik, hogy 15 évesen olyan erős legyek, hogy legyőzzem anyát, aki az ország egyik legjobbja. Azonban ezt mégsem mondhatom, szóval mindent beleadok.

– Túl foglak szárnyalni! Én leszek a legerősebb, és akkor a király sem packázhat velem.

Ahogy kimondtam, éreztem, hogy vagy nagyon kínos lesz, vagy újabb fejmosást kapok, amiért szóba hoztam a királyt. Ezzel ellentétben egy hangos kacaj ütötte meg a fülem.

– Akkor én sem lazsálhatok, még erősebbnek kell lennem, nem hagyhatom, hogy a fiam túl gyorsan lekörözzön. Mára azonban legyen elég ennyi, holnap reggeli után folytatjuk.

Ezután a nap a szokványos ütemben telt. Másnap reggel sietve megreggeliztem, és rohanó léptekkel haladtam az edzőterület felé.

Meglepetésemre nem csak anyám volt ott, hanem két másik ember is. Első ránézésre megmondható volt, hogy képzett katonák mindketten; a férfi szépen szólva is egy izomkolosszus – nem a jó értelemben –, a nőnek pedig egyik szemét szemfedő takarta. Ezen kívül semmi különös nem volt benne, sőt olyan érzés volt, mintha erősen kellene koncentrálnom, hogy egyáltalán érzékeljem a jelenlétét, viszont úgy éreztem, mintha ismerős lenne a jelenléte.

– Végre itt vagy! Mivel az alapokat tegnap átadtam, így megkértem két beosztottamat, hogy segítsenek az aura létrehozásának megtanulásában. Mindketten speciális képességekkel rendelkeznek. Nekem a többi harcosunkat kell edzenem, különben ellustulnak. Ha bármi kellene, ott megtaláltok – bízott anyám két segítőjére.

Nem tagadom, csalódott vagyok, hogy nem ő edz, de legalább bemutathatott volna, mielőtt lepasszol. A gondolataimat egy a gyomromba hasító fájdalom szakította meg, majd egy jó pár méteres repülés, és egy kevésbé kellemes landolás.

– Köszönthetnéd kellemesebben is a fiatalurat, Karl – mondta a szemkötős hölgy meglehetősen közömbösen.

– Úgy soha nem tanul, ráadásul a főnök is tudta, hogy én így oldom meg a dolgokat, mégis ránk bízta őt, Kleo.

Áhhh, értem! Nem csak kinézetre izomagy, a nőszemély pedig szemmel láthatóan csak az illem miatt mondta, amit mondott, egy szemernyi aggodalom sincs benne. Erőt vettem magamon, felültem, majd ezt mondtam:

– Karl, Kleo, örülök, hogy megismerhetlek. Ahogy látom, ti lettetek megbízva az edzésemmel.

– Hmpf, talán túl gyenge volt az ütésem... úgy terveztem, hogy elájulsz, és mára annyi volt! – ironizált Karl.

– Túl sok dolgom van ahhoz, hogy megengedhessek magamnak egy délelőtti pihenőt – válaszoltam kissé gúnyosan.

– Úgy látom, a fiatalúrnak van humora. Rendben van, edzdzünk egy kicsit! Első lecke: soha ne engedd az ellenfeledet a hátad mögé, kivéve, ha azt akarod, hogy ott legyen.

Egyszerű lecke – legalábbis azt hittem, aztán feltűnt, hogy nem látom Kleót. Pár pillanattal később a hideg fém érintése a nyakamnál értette meg velem, hogy a hátam mögött áll, tőrt fogva a torkomhoz.

– Úgy látom, ezen még dolgozni kell – jegyezte meg.

– Nem meglepő. Rendben van, fiatalúr, ez a gyors eszmecsere világossá tette, hogy alapjainál kell kezdenünk az edzést. Elsőre csak az egyszerű dolgokkal, például izomnövelés, hogy olyan nagyszerű lehess, mint én.

– Kérlek, ne, a kínzásnak is van egy határa!

– Nem csak humora van, de ízlése is – nevetett fel Kleo. – Karl, neked, farmerből felemelkedett harcosnak elnézzük, hogy úgy nézel ki, mint egy vastömb, de a fiatalúr fontos diplomáciai karakter, adnia kell a külsejére.

– Nem értem, miről beszéltek. Izmokból soha nem elég! – mondta ezt Karl összefont karokkal, mérhetetlen magabiztossággal.

Ekkor Kleóra néztem, aki csak sóhajtott, mintha ez valami megszokott színjáték lenne, de még most sem tudtam elvonatkoztatni attól a furcsa érzéstől, hogy ismerősnek tűnik, és hogy erősen kell koncentrálnom, hogy egyáltalán lássam őt.

– Akkor, mint rangidős tiszt, elmondom, mi lesz az edzésed menete. Amíg nem tudsz legalább egy ütés kivédeni Karltól pusztakezes harcban, addig fizikai edzéseket fogsz végezni. Kivédés alatt azt értem, hogy időben reagálsz rá, és ha el is talál, nem tesz harcképtelenné. Eközben a térérzékelésedden fogunk dolgozni. Ha le tudod követni a mozgásomat, ezt is teljesítettnek tekintjük. Ha ezek az alapok megvannak, megkeressük a hozzád legjobban illő fegyvernemet, majd dolgozunk az aurádon. A fizikális edzésedért Karl lesz a felelős.

Bólintottam, de Kleónak már nyoma sem volt. Karlra néztem, aki épp a bicepszét csodálta csillogó szemmel, és arra gondoltam, hogy talán sokkal nehezebb lesz ez az edzés, mint előzőleg gondoltam.

Rynia irodájában

– Meghoztam a jelentést, parancsok! – toppant be Kleo.

– Már vagy tíz éve, hogy a jobbkezem vagy, muszáj minden alkalommal ennyire formálisnak és feszültnek lenned? – sóhajtott fel Rynia.

– Igaz, talán lazítanom kellene. Nem is tudom, kinek a hibája, hogy mindig feszült vagyok… talán aki rám sózta az egész sereg parancsnokságát, vagy aki a saját gyermeke edzését is rám bízza? – vágott vissza Kleo feszülten.

– Jó, jó, értem, sajnálom, de vannak dolgok, amiket magamnak kell intéznem, ezért kellett az ittenieket rád bíznom.

– Az én képességem fedett akciókra lett kidolgozva. Tudod, hogy bármiben kész vagyok a Draco családot szolgálni, de kötelességem elmondani, hogy a sereg élén lévő pozícióra én alkalmatlan vagyok.

– Nyugodj meg, ez csak ideiglenes, jelen pillanatban úgyis csak a szokásos szörnyvadászat és határvédelem van – na meg a rutin edzések. Ha bármi komolyabb adódna, visszaveszem a parancsnokságot.

Kleo felsóhajtott.

– Akkor a fiadra visszatérve… az a fiú komolyan csak ötéves? És soha semmilyen edzésben nem vett részt?

– Így van. Jól sejtem, hogy aktív volt az álcázásod, amikor találkoztatok, ugye?

– Igen, ő mégis azonnal meglátott. A mozgásomat ugyan nem tudta lekövetni, de ha nem mozogtam, azonnal megtalált; ez még a tapasztaltabb harcosoknak is nehezen megy. Emellett kibírt egyet Karl teljes erejű ütéséből. Próbáltunk úgy tenni, ahogy mondtad, hogy elriasszuk és válassza inkább a varázslatokat,

de ez a mai találkozás valószínűleg engem és Karlt jobban meg-
viselt, mint őt.

– Akkor nincs mit tenni. Most, hogy végleg eldöntötte, te-
gyetek meg mindent a fejlődése érdekében. Biztos vagyok ben-
ne, hogy ti, mint a két legjobb emberem, megfelelően ki tudjátok
képezni. Ó, és még valami... add át Karlnak, hogy ha ráerőlteti
Arkonra ezt a túlzott izomépítést, akkor levágom mind a négy
végtagját – mondta Rynia mosolyogva.

– Megtennéd, hogy nem mosolyogsz, mikor ilyen dolgokat
mondasz? Kiráz tőle a hideg.

– Ugyan már, régóta ismersz, nem a semmiért hívnak a „csa-
tatér kaszásának".

Fegyverválasztás

2 Évvel később

Az elmúlt két évben a napjaim nagy részét edzéssel töltöttem. A fizikális edzésem sikeresnek tekinthető; tudom, hogy Karl visszafogja az erejét valamelyest, de képes vagyok vele tartani a lépést. Az érzékelésemmel kapcsolatban viszont nem úgy mennek a dolgok, ahogy szeretném. Le tudom követni Kleo mozgását, viszont az edzéseink végén mindig érzem rajta az elégedetlenséget – biztos vagyok benne, hogy jobban kellene teljesítenem. Mindezek ellenére holnap letesztelik a képességeimet, s anyám, Rynia ezt figyelemmel fogja kísérni. Ha elégedett lesz, végre a következő szintre léphetek, amely a fegyverválasztást illetve auraedzést foglalja magában. Sokat gondolkodtam mostanság, hogy melyik fegyver illene hozzám, de az igazság az, hogy sejtelmem sincs. Karl a fizikumához eléggé passzoló kétélű fejszét használ, melynek a nyele nagyjából két méter hosszú, a penge mindkét oldalon 40 cm-es félkörív alakú, a nyél mindkét vége lándzsafejben végződik. Ellenem nem használta, viszont edzések során láttam, és brutális ereje van. Legnagyobb meglepetésemre nem a támadóereje az, ami kiemelkedő; a partnere egy teknősbéka. Igen, egy teknősbéka, pontosabban ősteknős. Soha nem gondoltam volna, hogy ilyen „egyszerű" lények is vannak a partnerek közt, de egy kis kutatás után rájöttem, hogy ez a faj is legendás, ám békeszerető, így kis híre van. Az ősteknős védelme olyan erős, hogy még egy szivárvány kategóriájú sárkány is csak nehezen tudja áttörni, viszont a támadóereje a nullával egyenlő. Karl ezt a védekezőerőt pusztán a saját erejének megnövelésére használja. Mivel partnerének köszönhetően szinte sebezhetetlen, így aggodalom nélkül harcolhat, a saját erejével pedig a támadásra koncentrálhat. Két átlagos tulajdonságból így született egy, a harcmezőn páratlan erővel rendelkező harcos. Az emberek csak „nagy T"-nek kezdték becézni. A T lehet Titán vagy Teknős, bár senkinek nem tanácsolom, hogy az utóbbit használja – nem lesz jó vége, garantálom.

Kleo képességeit kifürkészni sokkal nehezebbnek bizonyult. Még most, két év után is csak tippelni tudok... valamilyen álcázást használ, ez biztos, de a szüleimen kívül senki nem tudja, milyen lény a partnere vagy mi a képességének a titka. Nem ok nélkül ő a parancsnok anyám távollétében. A gond az, hogy még soha nem láttam komolyan támadni, mivel csakis az érzékelésen edzettünk. A bevett módszer az volt, hogy megpróbált észrevétlenné válni, majd vakfoltból egyetlen támadással harcképtelenné tenni. Még mindig nem tudom tisztán lekövetni, viszont ez alatt a két év alatt annyit fejlődtem, hogy az utolsó pillanatban képes vagyok reagálni, és kivédeni a támadását. Biztos vagyok benne, hogy ha komolyan venné, egy pillanat alatt elintézne, de így is zavar, hogy – Karllal ellentétben, aki kommentálta a fejlődésemet – Kleo csak grimaszol minden edzés végén; ez alatt a két év alatt egyszer sem mondta, hogy fejlődtem vagy jól haladok, szóval e tekintetben bizonytalan vagyok. Holnap minden kiderül... jobb, ha időben lefekszem, hogy kipihent legyek.

Rynia irodája

Az irodában három ember volt jelen; Rynia az asztalánál ült, vele szemben egy kanapén Karl és Kleo.

– Szóval, mi a véleményetek a fiamról így két év együtt edzés után?

A kérdés hatására Kleo láthatóan feszengeni kezdett, de az első, aki a szokásos gondtalan stílusában felszólalt, mégis Karl volt.

– Áááá, a kis szörnyeteg! Kitűnő képességeket mutat, biztos vagyok benne, hogy, ha ilyen ütemben halad, mire beiratkozik az akadémiára, erősebb lesz nálad, de talán Xariusnál is – mondta magabiztosan.

– Örülök, hogy ilyen jó véleménnyel vagy róla, de ha még egyszer szörnynek hívod, kicsinállak – mondta Rynia mosolyogva.

Karl arcáról eltűnt a mosoly. Nem gondolta, hogy komoly lenne a fenyegetés, mégis kirázta tőle a hideg.

– Kleo, mióta megjöttetek, hallgatsz, és ahogy látom, elég feszült is vagy. Kérlek, légy őszinte!

– Sajnálom, Rynia, de Karlnak igaza van: tényleg egy kis szörnyeteg. Már az elejétől képes volt érzékelni. Egy idő után már személyes ügynek tekintettem, hogy el tudjak bújni előle, de mindenhova követ a tekintete. Soha nem voltam még ekkora nyomás alatt, minden támadásomat kivédi és utána végig engem figyel, várva a következő támadást, mintha csak heccelne, hogy nem tudom legyőzni – csattant fel Kleo hisztérikusan.

– Ugyan-ugyan, biztosan nem ilyen komoly, csak túloztok, mert tudat alatt visszafogjátok magatokat.

– Figyelj rám, Rynia! Karl nem a levegőbe beszél; istenadta tehetsége van a mágia alapú harchoz, az ösztönei egyszerűen páratlanok. Ha a partneremmel összefognék, valószínűleg le tudnám győzni, de ő még csak hétéves, és már most azonos szinten van velem és Karllal a partnereink nélkül. A holnapi teszten te is meg fogod látni, hogy mennyire különleges. De ahogy Karl is mondta, én is garantálom, hogy olyan erős lesz, amit el képzelni sem tudunk.

– Akkor, ha jól sejtem, át kell vennem az edzését. Ha már ti sem bírtok vele és ilyen nagyra tartjátok, akkor csak én tudom majd tartani vele a lépést. Kleo, holnap minden katona, aki a kastély közelében tartózkodik, kimenőt kap, senki nem jöhet az edzőterület vagy a fegyvertár közelébe. Karl, takarítsd ki a fegyvertárat, holnapra csillogjon!

– Rendben.

– Miii? Miért én takarítsak? Miért nem valamelyik közkatona?

E kis hiszti jutalma egy fagyos pillantás és egy olyan erős oldalba szúrás volt, hogy még a levegő is kiszaladt a tüdejéből.

– Már mondtam, hogy ne szurkálj a tőröddel szórakozásból, Kleo! – mondta Karl felháborodottan.

– A te hibád, hogy ilyen átkozott sebezhetetlen vagy. Ha simán beléd könyökölnék, meg sem éreznéd – mondta Kleo cukkoló hangon.

– Örülök, hogy jól kijöttök, de ne az irodámban flörtöljetek, menjetek a dolgotokra – hessegette ki őket Rynia.

– NEM flörtölünk! – mondta Kleo elvörösödve.

– Nem? – kérdezte Karl csalódottan.

Ezzel elhagyták az irodát. Rynia hangulata sajnos nem volt olyan könnyed, mint beosztottjaié. Minél közelebb érnek az akadémiára való beiratkozáshoz, annál nyilvánvalóbbnak tűnik, hogy képtelenek lesznek elkerülni a feltűnést, úgy Arkon, mint Ellytia esetében.

Másnap, edzőtér

Az első dolog, ami feltűnt a térre érkezve, hogy sehol nem volt egy katona sem. Egy nap sem telt el úgy az edzésem során, hogy ne lett volna valaki rajtunk kívül az edzőtéren. Most mégis amíg a szem ellát, csak mi öten voltunk itt. Eredetileg úgy volt, hogy csak négyen leszünk, de atyám átvariálta az ütemtervét, mondván, ő is szeretné felügyelni a fejlődésemet. Azt tudtam, hogy anyám híres harcos és a sereg parancsnoka, viszont atyám mindig az adminisztrációval foglalkozott, azonban amikor belépett az edzőtérre, Karl és Kleo is érezhetően feszült lett. Az okát nem tudtam, de legalább nem csak én voltam ideges.

– Most, hogy mind itt vagyunk, elkezdhetjük a tesztet. Az első teszt Karlé lesz; a fizikai erő próbája. A második Kleóé; az érzékelés próbája. Én fogom megítélni, hogy sikeres-e vagy nem a teszt. Xarius csak megfigyelőként van jelen; mivel mágiáról van szó, a döntés az enyém. Amennyiben Arkon sikerrel veszi az akadályt, azon nyomban elmegyünk a fegyvertárba és kiválasztjuk a legoptimálisabb fegyvert. Ezt közösen döntjük el Xariusszal – jelentette ki Rynia kérdést nem tűrő hangnemben

Egy pillanattal később Karl és én már egymással szemben álltunk, készen a kezdésre. A szabályok egyszerűek: anyám háromtól egyig visszaszámol, utána kezdetét veszi a teszt. Karl minden megtesz, hogy kiüssön, nekem pedig vagy ki kell bírnom egy percig ellene, vagy ki kell őt ütnöm. Ez utóbbi esélye nulla; az edzések során képes voltam állni a sarat, de ez most élesben megy.

– Három, kettő, egy!

Karl olyan sebességgel lódult meg felém, amilyet az edzések során nem mutatott. Szóval jól sejtettem, hogy visszafogta magát... Kikerülni nem volt esélyem, és a fizikumunkból adódó különbség miatt blokkolni sem tudtam. Szerencsére Karl nem a taktikázásról híres; számítottam rá, hogy nekem ront. Gyomorközépre célzott – pont úgy, ahogy megismerkedésünkkor. Az ütés beérkezése előtti utolsó pillanatban elrugaszkodtam a földtől és mindkét kezemmel Karl öklére fogtam, majd ellentétes irányba toltam magam, így minimálisra csökkentettem az ütés erejét. Távolról komolynak tűnhetett, mert repültem vagy tíz métert, de a tényleges sérülés elhanyagolható volt.

– Hmph, sok embert láttam már Karl ellen küzdeni, de ez a taktika még senkinek nem jutott eszébe. Nem teljesen a fizikai erő próbája ez így, de az tény, hogy nem várhatjuk el, hogy hétévesen szemtől szemben kiálljon egy alparancsnokkal – kommentálta anyám.

A földre érkezésem jóval elegánsabbra sikerült, mint a két évvel ezelőtti – arccal a porba. Karl arcán láttam a tanácstalanságot, lassan de végül leeset neki, hogy nem ő ütött túl gyengét, hanem én voltam az, aki kicselezte. Ekkor egy mosoly jelent meg az arcán, s tudtam, hogy ez nem jelent jót. Ő az a típusú ember, akinek a kinézete tökéletesen passzol a természetéhez: gondolkodás nélkül bedobja magát a harcban, az ösztöneire hallgat, és ami ebben a helyzetben rosszul jött: ha erős ellenfélre akad, akkor élvezi is a harcot. Szóval még közel sem volt vége a tesztnek. Mire a gondolat végére értem, már meg is lódult felém. Tudtam, hogy nem zseni, de furcsa volt, hogy látszatra ugyanazzal próbálkozik, azonban az ütés a becsapódás előtt megállt. Egy pillanat alatt történt az egész: visszahúzta az ütésre lendített kezét, és rúgásra lendítette a lábát. Az eredmény: változatlan. Mindig is furcsálltam, hogy csak kézzel harcol. Igaz, hogy izomkolosszus, de arányos, szóval minden bizonnyal a lábait is használja harcok során, úgyhogy a biztonság kedvéért felkészültem.

Kivédtem, és pontosan olyan elegánsan érkeztem, ahogy legutóbb. Az idő rohant; még egy ütés fért bele az egy percbe. Ha azt is kivédem, akkor átmentem. Ekkor Karl hangos nevetésben tört ki, kinyújtotta jobb karját, tenyere nyitva, minek hatására a nézőtéren hagyott fegyvere elképesztő sebességgel odarepült hozzá. Éreztem, hogy ez a támadás meg is ölhet; minden érzékem kiéleződött, aztán mintha megfagyott volt a tér.

– Úgy vélem, hogy a tesztnek vége – szólalt meg apám.

Hangjában soha eddig nem érzett komolyságot éreztem, az egész lénye tekintélyt parancsolt. Mindig is úgy gondoltam, hogy ő a komolyabb szüleim közül, de soha nem láttam még ennyire nyilvánvalónak azt, hogy ki is a ház vezetője.

Karl tudta, hogy túllőtt a célon, azonnal atyám elé rohant és elnézést kért. Ő egy sóhajjal és egy határozott „ülj le" kommenttel elrendezte. Ezután anyám sikeresnek nyilvánította a tesztemet, és továbbléptünk a másodikra. Kleo a térre jövet még oldalba szúrta Karlt, aki nem mert mondani semmit, mert maga is tudta, hogy ebből csak rosszul jöhet ki. Eddig nem gondolkodtam rajta, de ezek ketten egész jól kijöttek. De miken gondolkozom! Koncentrálnom kell. Amikor Kleo a térre ért, rám pillantott, én a szemébe néztem, és megint azt az arckifejezést láttam rajta, amit a két év alatt mindennap, mintha bosszantaná, hogy egyáltalán ránézek. Máig nem értem, hogy mit tettem, ami miatt ennyire nem kedvel.

– Három, kettő, egy! – számolt anyám.

A kezdeményezésre itt sem kellett sokat várnom, viszont teljesen más stílusú volt, mint Karl esetében. Elsőre szabálytalannak tűnő, egy pillanatra sem megálló mozgással próbálta összezavarni az érzékelésem. Tudtam, hogy ha csak egyszer is elvesztem szem elől, akkor amíg meg nem áll, nem találom meg újra. Aztán mintha mosolyt láttam volna az arcán. Karl esetében ez természetes volt, de Kleo soha nem mutatott élvezetet a harc során. Ez megzavart, és elvesztettem szem elől. Mintha csak erre várt volna: azonnal támadott. Nem láttam, csak az érzékeimre támaszkodtam, s ekkor jött egy kisebb felismerés: az egész edzés célja az volt, hogy amit nem látok szemmel, azt tudjam érzékelni.

Valószínűleg ezért volt annyira csalódott Kleo mindvégig, mert még ezt sem értettem. Behunytam a szemem és koncentráltam. Éreztem, hogy balról támad. Az edzésünk során minden alkalommal a nyakamat célozta, de az ösztöneim azt súgták, most a szívemet fogja. Megvártam az alkalmasnak tűnő pillanatot, s mikor meglendítette a karját, hogy a szívembe szúrja a tőrét, elkaptam a csuklóját. Magam sem hittem el, hogy sikerült, viszont éreztem, hogy ennek köszönhetően új képességekre tettem szert.

– Feladom. Végre nem csak a szemedet használod. Mindent bevetettem, és ha képes voltál érzékelni, már nem tudok mit tanítani neked – mondta Kleo nyugodtan, ám eközben ezt gondolta: *Elég félelmetes volt az is, hogy szemmel tudott követni, de hogy már most képes érzékelni azt, amit szemmel nem lát, az hihetetlen. Szerencsére holnaptól már Rynia fogja oktatni.*

– Mindkét tesztet sikeresnek tekintem, köszönöm mindkettőtöknek, hogy ilyen kitűnő edzésben részesítettétek Arkont. Arkon, pihenj egy keveset, utána elmegyünk fegyvert választani – szólalt meg anyám.

Több sem kellett! Eléggé kimerültnek éreztem magam, úgyhogy leültem kicsit az edzőtér szélén lévő fa tövébe. Fáradtabb lehettem, mint gondoltam, mert azonnal el is aludtam.

– Úgy látom, nem kell az altató varázslat; bizonyára jobban elfáradt, mint hittük. Szóval, beszéljük át a történteket kicsit – javasolta Xarius.

– Karl, az, hogy fegyvert ragadtál, súlyos szabályszegés. Kleo, az utolsó pillanatban tényleg minden erődet bevetetted? – kezdte Rynia.

– Tudom, és elnézést kérek – mondta Karl, tőle szokatlan komolysággal. – Két éve edzek a fiatalúrral, de ezeket a mozdulatokat soha nem mutatta meg, ráadásul fel volt készülve arra, hogy esetleg használom a lábamat is. Tudom, hogy nem kifogás, de mióta harcos vagyok, nem láttam ilyen tehetséget, beleértve az itt lévőket is, és harcmániás lévén össze akartam mérni vele az erőmet. Elfelejtettem, hogy csak egy hétéves gyerekkel állok szemben. Bármilyen büntetést elfogadok – ezzel Karl meghajolt, és várta a büntetését.

– Igen, mindent bevetettem. Biztos vagyok benne, hogy szemmel nem tudott lekövetni. Az volt a tervem, hogy ezt el is mondom neki, ha nem tudja kivédeni, de a harc hevében fejlődtek a képességei. Az, hogy felébredt benne a tényleges érzékelés, e tekintetben máris parancsnoki rangra emeli. Még Karl sem képes érzékelni abban az állapotban. Az pedig, hogy a szívre célzó támadást is kivédte – ráadásul ösztönből – csak az újonnan szerzett érzékelésével, csodaszámba megy. Az elmúlt két évben minden egyes alkalommal a nyakára támadtam, hogy egy rossz megszokást ültessek el benne és mindig a nyakát védje, ennek ellenére egy pillanat alatt elengedte két év megszokását és védte a szívét, mert ezt súgták az ösztönei.

– Nem áll szándékomban megbüntetni téged, Karl, de legközelebb légy óvatosabb. A teszt alapján nyilvánvaló, hogy bármi oka is volt Arkonnak a mágia útját választani, működik. Ő maga biztosan nem tudja, de már most négyünk után ő a legerősebb a területen – állapította meg Xarius.

– Mondanom sem kell, hogy a mai dolgoknak köztünk kell maradniuk. Arkont ezután én fogom edzeni, méghozzá egy elkülönített edzőtéren. Nektek kettőtöknek az a parancsom, hogy eddzetek, és a sereget is fejlesszétek minél jobban, mert biztos vagyok benne, hogy legkésőbb az akadémián elkezdődnek a konfliktusok, és bármelyikből könnyedén háború lehet. A királyi család nem fogja elnézni, hogy egy náluk sokkal erősebb harcos emelkedjen egy terület élére –mondta Rynia komolyan.

– Értettem – felelte Karl és Kleo egyszerre.

Nem tudom pontosan, mennyit alhattam, de még mindig fényes nappal volt, szóval nem gondolom, hogy sokat. Anyám ébresztett fel, hogy ideje indulnunk, mert sok időbe is telhet, míg megfelelő fegyvert találunk. Karl és Kleo időközben elmentek, csak én voltam és a szüleim. A fegyvertár számomra mindig is érthetetlen módon a Kúria pincéjében volt, két őr állt előtte. Csakis a szüleim jelenlétében lehetett kinyitni az ajtót, ami varázslattal volt megerősítve; ha valaki be akart törni ide, annak sok mindenen át kellett volna küzdenie magát. Mikor megkérdeztem, hogy miért így van elhelyezve, és hogy a katonáknak miért nincs hozzáférésük a fegyverekhez, annyit mondtak, hogy „majd bent megbeszéljük".

Ahogy beértünk, atyám bezárta az ajtót. Meggyújtottuk a gyertyákat, és ami a szemem elé tárult, az nagyjából száz fegyver volt, amelyek első ránézésre is tökéletesen voltak megmunkálva, de ami a legjobban szemet szúrt, hogy minden egyes darab gondosan volt tárolva; némelyik egy falon, mint egy trófea, némelyik egy puha párnán, mint valami drága ékszer. Nyoma sem volt az állványokon tucatszámra álló fegyvereknek.

– Az előző kérdésedre az a válasz, Arkon, hogy ez a fegyvertár különleges. Ezeket a fegyvereket rejtély-fegyvereknek nevezik; a keletkezésükről szinte semmit nem tudni. Néha találnak egyet a vadonban, néha a küszöbön jelenik meg reggelre. Törvény szerint a terület urához tartoznak. Van, aki meg is tartja őket. Én azt mondanám, mi csak őrizzük, míg meg nem jön, akihez tartoznak – avatott be atyám.

– Akihez tartoznak?

– Biztos emlékszel Karl baltájára. Amikor alparancsnok lett, megmutattuk neki ezt a szobát, az ő fegyvere is innen van. Amikor odarepült hozzá, az nem Karl ereje volt; ezeknek a fegyvereknek akaratuk van, ők választják meg a saját mesterüket – magyarázta anyám.

Eddig fel sem tűnt, hogy a terem struktúrája kör alakú, a közepén egy emelvénnyel.

– Ha valaki úgy gondolja, hogy méltó egy fegyverre, akkor feláll arra az emelvényre, s a fegyver, amelyik elismeri őt mesterének, elkezd remegni vagy odaszáll hozzá. Bár ez utóbbi elég ritka – mesélte tovább atyám.

– Az én kaszám, valamint atyád kardja és pálcája is innen van. Atyád különleges eset, mivel őt két tárgy is elismerte. Ilyenkor általában vagy választanod kell, vagy ha a két tárgy más típusú, mágia és varázslat, akkor mindkettő elismerhet mesterének. Ha felkészültél, állj fel az emelvényre – buzdított anyám.

Nem tudtam, mire számíthatok. A fegyverválasztás általában tízéves korban történik, amikor már a partner is felébredt. Én pedig csak hétéves vagyok... elismer egyáltalán egyetlen fegyver is egy gyereket mesterének? Felmentem az emelvényre, és... nem történt semmi.

– Türelem, ez néha egy kis időt igénybe vesz. A fegyverek próbálnak felmérni, legalábbis így gondoljuk – nyugtatott atyám.

A következő pillanatban mintha az egész terem remegni kezdett volna, s minden fegyver felemelkedett a helyéről. Meglepetésemet csak szüleimé múlták felül: ilyen tanácstalannak még nem láttam őket. Az egyetlen fegyver, amely nem mutatott semmilyen jelet, egy éjfekete kasza volt. Valamilyen megfoghatatlan vonzalmat éreztem iránta annak ellenére, hogy az egyetlen fegyver volt, amely nem ismert el. Mintha azt akarná, hogy utasítsam el mindet... tudtam, hogy kockáztatok, de végül kimondtam:

– Megtisztelő, hogy mindannyian elismernétek, de csak egy fegyver van, ami felkeltette az érdeklődésem – s rámutattam a kaszára.

Ekkor mintha mérhetetlen düh árasztotta volna el a termet: az összes fegyver egyszerre támadott rám – kivéve az említett kaszát. Időm sem volt reagálni, szinte azonnal elkezdtek felém repülni a fegyverek, de nem a jó értelemben, hanem gyilkos szándékkal. Szüleim is tehetetlenek voltak, annyira váratlan volt ez a helyzet. Ekkor mintha minden feketévé vált volna, a fegyverek megálltak a levegőben, mintha a kasza következő lépésére várnának. Most jöttem rá: a kasza olyan volt nekik, mint a királyuk – így éreztem. Én pedig felszólítottam a királyukat, hogy ismerjen el mesterének akarata ellenére. Persze, hogy dühösek lettek. A kasza elkezdett lebegni felém, s olyan erőt árasztott, amelynek hatására a többi fegyveré eltörpült. Megállt velem szemben a levegőben, s hasított egyet előttem. Meg kellett volna ijednem, de annyira fenséges látvány volt, hogy csak csodálatot éreztem. Ekkor elkezdett zsugorodni, míg a testalkatomhoz megfelelő méretű nem lett. Ezután még közelebb lebegett, leereszkedett a földre, és mintha mi sem lenne természetesebb, a kezembe dőlt. Ennek hatására a többi fegyver visszaereszkedett a helyére. Szüleimen meglepetés és értetlenkedés látszott, ebből tudtam, hogy valami olyasmi történt, ami eddig még soha.

Így tettem szert a saját rejtély-fegyveremre.

Váratlan kérők

A fegyverválasztás után váratlan fáradtság kerített hatalmába. Szüleim minden bizonnyal látták ezt, ezért úgy döntöttek, előbb pihenjem ki magam, majd másnap megbeszéljük a dolgokat. Közeledik az éves találkozó ideje is Ellytiával. Már két éve nem találkoztunk; ezeken a gyűléseken általában csak a felnőtt vezetők vesznek részt. A szövetség harmadik tagja, a Theron család a tavalyi gyűlésre csak nagynénémet, Milát küldte. Ő atyám húga, de valahogy mégis feszült volt a légkör. Nem tudom, a megbeszélésen mik hangzottak el, a szüleim állítása szerint semmi olyasmi, ami engem vagy Ellytiát érintett volna. A többi nemes és a király még nem mutatta közvetlen jelét gyanakvásnak. Bár azt is hozzátették, hogy nem alábecsülendő a király, biztosak benne, hogy jutottak el hozzá hírek, de bizonytalanul nem fog ellenségeskedést kirobbantani. Valószínűleg az idei tanács is eseménytelenül fog lezajlani, de azért jó lenne egy kis változatosság.

Eközben egy hintóban, úton a Draco család kúriája felé...

Ellytia

Hogy kerültem ebbe a helyzetbe? Nyugodtan, gyakorolva, fejlesztve magamat töltöttem a mindennapjaimat, és egyszer csak belecsöppent az életembe ez a két idegesítő alak: a király két legközelebbi szövetségesének gyermekei. A Ruby és a Safir család nevüket a területükön nagy mennyiségben előforduló drágakövekről kapták. Elképzelhetetlenül gazdagok, és legalább ennyire önteltek. Két hete vendégeskednek nálunk, és minden önuralmamra szükségem van, hogy ne rúgjam ki őket, vagy rosszabb. Ruby Valentina – vagy barátainak csak Tina – többször is tudtomra próbálta adni, hogy szerinte egyértelműen alsóbbrendű vagyok és tudjam, hol a helyem, Safir Alexander – vagy csak

Alex – viszont idegesítően közvetlen velem. Az első perctől furcsa volt, hogy mi oka lenne ennek a kettőnek éppen minket meglátogatni, hisz' ha diplomácia a cél, akkor a Draco család lenne a legegyszerűbb célpont. Aztán egyik este a szüleim behívtak az irodájukba, mikor a két hívatlan vendég már aludt. Összefoglalva arra következtetésre jutottunk, hogy a király küldte őket, hogy kémkedjenek, illetve amennyire lehetséges, próbálják elérni, hogy felbontsuk az eljegyzést Arkonnal.

Elsőre kicsit nehezen akartam elhinni, de mindenki tudja, hogy míg a határmenti területeken a harci képzés van előtérben, addig a központi területeken a diplomácia és a stratégia a hangsúlyos, így a gyermek mentális képességeit már fiatal koruktól képzik. Ha szüleim nem hívják fel a figyelmem rá, nem vettem volna észre, de Tina folyamatos kötekedése, majd Alex számomra idegesítő, de vigasztaló céllal mondott szavai valószínűleg sok korombeli lányt becsaptak volna, hogy Alex karjaiba vesse magát, mit sem törődve az elrendelt eljegyzésével. Mivel látták, hogy nem jutnak semmire, ezért stratégiát váltottak; tudták, hogy közeleg az éves tanácskozás, ezért megkérték a szüleimet, hadd jöjjenek ők is. Így kerültünk ide. A Draco család nem tudja, hogy hozunk pár nemkívánt vendéget magunkkal, viszont ezek ketten jól láthatóan élvezik az utazást. Vajon Arkon mit fog gondolni róluk? Még én is látom, hogy Tina milyen gyönyörű, mint egy igazi hercegnő, és valószínűleg mindent meg fog tenni, hogy ezt Arkon is észrevegye. Áhhh, már megint ezen jár az eszem! Holnap odaérünk, és akkor majd minden kiderül. Ha más haszna nem is lesz, legalább nem kell több időt ezzel a kettővel töltenem.

Draco-kúria, másnap

Arkon

Úgy aludtam, mint a bunda, észre sem vettem, hogy milyen fáradt vagyok. Az első dolog, ami feltűnt, hogy megváltozott az új fegyverem alakja. A tegnap esti emlékeim szerint egy egyszerűnek kinéző, koromfekete kasza volt, semmilyen díszítés vagy bármi. Most mintha nyoma sem lenne, helyén egy alapszínét tekintve ugyancsak fekete, de teljesen más aurát kibocsátó, aranyszínnel díszített kasza volt. Olyan volt az összhatása, mintha a fekete részek folyékonyak lennének, és ha megérinted, azonnal magába olvaszt, míg az arannyal díszített részek mintha ezen lebegtek volna, s a biztos pontot adnák a használónak; egyszerre volt fenséges és veszélyes. A nyél és a penge érintkezésénél egy sárkányfej díszítés volt, melynek a száj felőli részén volt a penge fő része. A penge felső része olyan volt, mintha a sárkány éppen tüzet okádna és lángok csapnának ki belőle, míg az alsó része szimplának, azonban mindennél élesebbnek tűnt. Nem utolsósorban a sárkányfej díszítés hátsó részén, a sárkány szarvát szimbolizálva, egy jóval rövidebb penge is volt. Ez a penge minden díszítést nélkülözött, egyszerű volt, mindkét oldalán megélezett, látszatra épp olyan éles, mint az ellentétes oldalon található társa. Nem igazán tudom, mi volt az átalakulás oka, de az biztos, hogy jóval fenyegetőbben néz ki most, mint tegnap. Ha valaki olyan látja, aki nem tud a rejtély-fegyverekről, könnyedén elátkozottnak hiheti. El akartam mesélni szüleimnek az újdonságot, de mielőtt elindulhattam volna, egy szolgálólány jött a ruháimmal. Ami meglepő volt, hogy nem a mostanság szokásos hétköznapi vagy tréningruhák voltak, hanem a formális eseményeken használtak. Ha belegondolok, ma van az éves megbeszélés…

Eddig nem kellett rajta részt vennem, közbejöhetett valami. Felöltöztem, majd az étkező felé vettem az irányt. Reggeli közben a szokásos csevej mellett csak annyit mondtak, hogy amint végeztünk, bemegyünk az irodába beszélni. Rá akartam kontrázni, hogy megbeszélhetnénk reggeli alatt is, de persze a saját alkalmazottainkban sem bízhatunk. Az irodában elmondták, hogy Margaret küldött egy üzenetet és a szövegből csak annyi derül ki, hogy váratlan vendégek jönnek velük, és hogy legyünk óvatosak. A levelet sietve írták, ami ugyancsak nem volt jó jel. Az edzésem folytatása így el lett napolva, viszont beszámoltam a fegyver változásairól. Állításuk szerint a változás természetes, viszont nem ekkora mértékben. Általában a két fő szempont a kompatibilitás, illetve a tulajdonos potenciálja. Minél kiemelkedőbbek ezek, annál erősebbé válik a fegyver. Egyelőre megtiltották, hogy használjam, míg el nem kezdünk vele edzeni, viszont a biztonság kedvéért magamnál tarthatom. Amint kiléptünk az irodából, a felderítők egyik tagja jelentette, hogy pár percen belül megérkeznek a hintók. Mivel nem tudtuk biztosan, mi fog történni, így elhatároztuk, hogy személyesen fogadjuk őket.

Az első hintó, ami megérkezett, Margaretet és Johannest hozta. A szokásos baráti üdvözlések és hasonlók mellett nem igazán figyeltem rá, hogy miről beszélnek. Két dolog foglalkoztatott: hogy Ellytia jön-e, és hogy kik azok a bizonyos kellemetlen vendégek. Miközben gondolataimba feledkeztem, Margaret közel hajolt, majd annyit súgott a fülembe, hogy „Ne okozz csalódást". Ez normál körülmények közt akár biztatásnak hangozhatna, de most valamiért a hideg is kirázott.

Ekkor megállt a második hintó. Az ajtó kivágódott, és mintha a jármű és köztünk lévő 3-4 méter nem is létezne, egy szőke hajú lány, akinek a nevét sem tudom, rohant hozzám, majd megfogta mindkét kezem és bemutatkozott.

– Ruby Valentina vagyok. Örülök, hogy megismerhetlek, Arkon, sokat hallottam rólad, remélem jól ki fogunk jönni – mondta mosolyogva.

Annyira meglepődtem, hogy szóhoz is alig jutottam. A hosszú szőke haj és a mosoly, amit villantott, minden bizonnyal bárkinek megdobogtatta volna a szívét, de valahogy nekem nyomasztó és irritáló volt, ám ezt mégsem mondhattam ki.

– Draco Arkon vagyok. Én is örülök, hogy megismerhetlek.

Ekkor olyan gyilkos pillantást éreztem, amelyet egyetlen edzés vagy teszt során sem. Akaratlanul is odanéztem; a pillantás másik oldalán Ellytia volt, aki éppen a hintóból készült kiszállni, és akinek éppen a kezét akarta megfogni egy, már az első pillanatra is idegesítő fickó. Az egész lénye irritált: az, ahogy Ellytiára nézett; ahogy makacsul tartotta a kezét, hogy Tia fogadja el a segítségét. Közben Valentina csak szórta a szavakat, de semmi nem jutott el az agyamig. Az járt a fejemben: nem hagyhatom ezt a ficsúrt Tia közelében ólálkodni.

– Ne haragudj, de az illem úgy kívánja, hogy segítsek a menyasszonyomnak – mondtam.

Az edzésemnek hála egy pillanat alatt ott is voltam. Biztosan csak képzelődtem, de Tina arcán egy pillanatra mintha az előző mosoly helyét egy sokkal baljósabb vette volna át. Még időben odaértem.

– Tia, örülök, hogy idén el tudtál jönni. Rég láttuk már egymást, engedd meg, hogy segítsek – nyújtottam felé a karomat.

Ellytia elfogadta, közelebb húzott egy ölelésbe, közben odasúgta:

– Ne hagyd, hogy megtévesszenek!

Hallottam, a háttérben Margaret elmondja a szokásos nahát-nahát-ját, majd kuncognak egy jót anyámmal.

Még mielőtt bármit mondhattam volna, máris ott termett a két kellemetlen vendég.

– Safir Alexander vagyok. Nem kellett volna a fáradnod, magam is tökéletesen megfelelő vagyok, hogy lesegítsem a hölgyet – mondta Alex irritálón.

Még nincs öt perce, hogy ismerem őket, de ez a második alkalom, hogy annyira meglepődöm, hogy szóhoz sem jutok. A területek közt nincs megkülönböztetés, ő mégis úgy beszél, mintha alacsonyabb rangú lennék. Eléggé dühös lettem, a kezem ökölbe szorult. Tudtam, hogy csak provokálni akar, de nem érdekeltek az észérvek, csak meg akartam ütni, hátha kicsit viszszavenne az arcából. Ekkor Tia – mintha tudta volna, mit gondolok – megszorította a kezem.

– Ugyan, Alex, udvariatlanság lenne, ha nem a vőlegényem segítene le a hintóról. A tervek szerint maradunk pár napot, lesz időnk megismerni egymást.

– Draco Xarius vagyok. A szolgálók megmutatják a szobáitokat és beviszik a csomagjaitokat. Biztos vagyok benne, hogy elfáradtatok a hosszú úton. Nyugodtan pihenjetek, később Arkon és Ellytia körbevezetnek titeket. A többiekkel még van egy kis megbeszélnivalónk.

Nem tudom megmondani, pontosan mitől, de atyám hanghordozásában mindig van valami, ami miatt nem lehet ellentmondani neki. Alex egy „Ch" jellegű nyelvcsettintéssel még kifejezte elégedetlenségét, de atyám egy éles pillantással jelezte, hogy nincs helye vitának.

Tárgyalóterem

A tárgyalóterembe egy kissé oldódott a hangulat, de még így is mindenki feszült volt.

– Sejtem, hogy ti is kimerültek lehettek, de nagyon óvatosnak kell lennünk az előtt a kettő előtt. Gondolom, számotokra is világos, hogy ez nem csak egy baráti látogatás – kezdte Xarius.

– Egyértelműen kémek. Talán még ők maguk sem tudják, de a király küldte őket, hogy minél több infót megtudjanak – helyeselt Johannes.

– Kétlem, hogy csak ennyiről lenne szó. Láttátok Valentina előadását... meg kell hagyni, megkapó csábítókat küldtek – fintorgott Rynia.

– Jól látod. A nálunk eltöltött két hét alatt nyilvánvaló volt, hogy Alex célja Ellytia, most pedig egyértelművé vált, hogy miért van itt Valentina. Logikus lépés: a királyság legerősebb szövetségét akadályozhatják meg, ha az egyikük sikerrel jár – nyugtázta Margaret.

– És szerinted sikerül? – tudakolta Xarius.

– Ellytiát még nem láttam ilyen irritáltnak és nyűgösnek; egyértelmű, hogy inkább idegesíti őt, mintsem a kedvében járna az az Alex, bármit is tesz. Azt nem tudtam, hogy Tina mit fog lépni, de az, hogy Arkon milyen egyszerűen állt ellen neki, az meglepett – jegyezte meg Margaret.

– Túl sokra becsülöd. Hidd el nekem, ebben az apjára ütött: kiszemelte magának Tiát, onnantól észre sem veszi ezeket a közeledéseket. A minimális etikettnek eleget tesz, de ennyi – mosolygott Rynia.

– Tapasztalatból beszélsz? – kérdezte Margaret cukkolva.

– Nem is sejted! Az egyetlen dolog, amitől félek, hogy Ellytia nem viszonozza az érzelmeit – mondta Rynia aggódva.

– Emiatt nem kell aggódnod. Fáj kimondanom, de látszott rajta, hogy féltékeny, plusz rengetegszer érdeklődött Arkon felől, ezzel szemben Alex abszolút nem érdekli.

Miközben a társaság női tagjai jól szórakoztak a témán, Xarius egyértelműen kellemetlenül érezte magát, hogy a fiát metaforaként használva kibeszélik, míg Johannes egyre ingerültebb lett, hallván, hogy a lányát megkörnyékezők tábora egyre nő.

– Khm – köszörülte meg a torkát Xarius. – Mára hagyjuk is ezt ennyiben, a sürgős dolgokról beszéltünk, a szokásos dolgok ráérnek holnap.

Arkon

Amíg a szüleink bementek a tárgyalóba, minket beküldtek az irodába: nem akarták, hogy túl sokat beszéljünk a vendégekkel, míg ők nem tanácskoznak erről. Nem mondhatnám, hogy bántam; rég nem találkoztam Tiával, és minden perc, amit távol tölt attól az Alex nevű egyéntől, megnyugvással tölt el.

– Nem gondoltam, hogy ilyen egyszerűen lerázod a kis hercegnőt – mondta Tia közömbösséget színlelve, de láthatóan zavarban.

– Lerázom? – kérdezte Arkon értetlenül.

– Ugyan, nem kell tettetned! Annyira nyilvánvaló, hogy be akar vágódni nálad. Még hogy szólítsd csak Tinának, meg hogy mennyire csodál – mondta meglehetősen ingerülten.

– Ilyeneket mondott? Egyikre sem emlékszem, csak arra, hogy bemutatkozott, utána megláttam azt a sunyi alakot, ahogy közel próbál férkőzni hozzád, és csak arra tudtam gondolni, hogy meg kell állítanom.

– Engem is idegesít. Már két hete vendégeskednek nálunk, az agyamra mennek. Alexet még csak lerázom, de Tina nyíltan ellenséges, mint ahogy veled volt Alex; mintha felsőbbrendűek lennének.

Egyre csak dühösebb lettem. Magam sem tudom, miért, csak dühös vagyok. Aztán Tia ismét megfogta a kezem, ennek hatására mintha minden dühöm elszállt volna. Láttam az aggodalmat a szemében. Nem tudom, hogy a vendégek miatt vagy a hirtelen dühöm miatt, de nem akartam, hogy aggódjon.

– Az itt töltött időd alatt lemondok minden edzést, az egészet együtt fogjuk tölteni. Ha bármivel próbálkoznak, túljárunk az eszükön – mondtam mosolyogva.

– Az egészet együtt? – kérdezte Ellytia elpirulva.

Csak ezután esett le, hogy amit mondtam, mennyire zavarba ejtő. Én is elpirultam – természetesen ekkor jöttek be a szüleink, mint mindig, most is a legjobbkor.

– Nahát, nahát. Miért vagytok mindketten ennyire kipirulva? – kérdezte Margaret a tőle megszokott cukkoló hangnemben.

– Olyan gyorsan felnőnek – mondta anyám, Margaretre kontrázva.

– Elég lesz. A mi időnket lefoglalja a megbeszélés, holnap érkezik Mila is, valószínűleg az egész napunk rámegy. Ettől a perctől a ti felelősségetek figyelni a két vendégre, de legyetek óvatosak – figyelmeztetett bennünket atyám.

Ezzel itt is hagytak bennünket. Bár Johannes egész idő előtt úgy nézett rám, mint aki meg tudna ölni, biztosan csak képzeltem, vagy valami miatt ideges volt.

A nap további része nem volt túl izgalmas. Körbevezettük vendégeinket a kúriában, Tina közvetlen volt, így nem okozott túl sok gondot, bár minden alkalommal, amikor beszéltem vele, Tia is becsatlakozott és valami volt a hangjában, amitől kirázott a hideg. Nem igazán értem, de úgy néz ki, Tina az oka, szóval nem agyalok rajta. A másik oldalról viszont Alex folyamatosan Tia körül legyeskedett; biztos vagyok benne, hogy ha Tia nem fogja a kezem egész idő alatt, behúztam volna neki. Lehet, hogy mégsem lesz olyan egyszerű ez a pár nap. Vacsora után Tia közölte velünk, hogy fáradt, és hogy elmegy a szobájába lefeküdni. Ekkor Alex felajánlotta, hogy elkíséri. Nem nagy dolog, csak egy séta, de ekkor éreztem azt, hogy elszakad a húr, ami sok, az sok. Aztán Tia – ma már sokadjára – sikeresen eloszlatta a dühömet azzal, hogy – rá sem hederítve Alexre – megfogta a kezem és kijelentette, hogy majd én elkísérem. Csendben sétáltunk a szobáig, jó éjt kívántunk egymásnak és elbúcsúztunk, azután én is elmentem lefeküdni; eléggé kimerültem mentálisan, úgyhogy gyorsan el is aludtam.

Ellytia

Mintha minden energiám elhagyott volna, zuhantam bele az ágyba. Ki gondolta volna, hogy ilyen kimerítő lesz ez? Az megnyugtató, hogy látszólag Arkon cseppnyi figyelmet sem fordít Tinára, de az, hogy ő ennek ellenére is ennyire közvetlen vele, az idegeimre megy, és akkor ott van még Alex is, aki folyton a nyomomban lohol.

Nincs oka a féltékenységednek, hihetnél nekem. Számtalan évszázadot éltem le és biztosan mondhatom, az a fiú csak téged lát – szólalt meg Krüptó.

– Nem vagyok féltékeny – tiltakoztam elpirulva –, de ha az is lennék, amit mondtál, nem nyugtatna, inkább csak zavarba hozna.

Érthető, viszont ezt félretéve sokkal jobban oda kell figyelned Arkonra. Ne a féltékenységed irányítson. Ahogy mondtam, csak úgy, mint a jövőbeni partnere, könnyen elvesztheti az érzelmei felett a kontrollt, és te vagy az egyetlen, aki megállíthatja.

– A nap folyamán többször is mondtad, hogy fogjam meg a kezét. Elég zavarba ejtő volt, de ettől eltekintve nem hiszem, hogy bármi meggondolatlanságot tenne, amivel bajba sodorhatja a családját.

Elképzelni sem tudod, milyen őrültségekre képes egy férfi, ha féltékeny vagy ha azt hiszi, veszélyben vannak a szerettei. Neked itt vagyok én, és még így is nehezen tudod megérteni az érzelmeidet; ő ezekkel egyedül néz szembe.

– Azt akarod mondani, hogy ő is féltékeny? De miért? Egyértelműen minden alkalommal közömbös vagyok Alexszel, próbálok a lehető legridegebben válaszolni és a legkevesebbet kommunikálni vele.

Is? – kérdezte Krüptó cukkolva.

– Nem úgy értettem, én nem is… – mentegetőztem, de Krüptó a szavamba vágott.

Oké, oké, a lényeg, hogy ő pontosan úgy érez, ahogy te. Mondjuk azt, hogy téged is zavar Tina közeledése. Arkon semmi jelét nem adja, hogy kölcsönös lenne a vonzalom, téged mégis zavar.

– De ez még nem indok, hogy Arkon nem csinál valami butaságot, ha nem figyelek.

Krüptó felsóhajtott.

Még fiatal vagy és tapasztalatlan, de minden bizonnyal neked is feltűnt, hogy jóval erősebb lett ez alatt a két év alatt. A kasza a hátán baljós aurát bocsát ki; olyat, amilyet soha nem éreztem, és ehhez jön az, hogy neki és a partnerének is nehezen kezelhető a természete. Biztos vagyok benne, hogy ha nem fogtad volna vissza Arkont ma, az az Alex fiú már orvosnál lenne, vagy rosszabb.

– Rendben, jobban odafigyelek, de nem garantálhatok semmit.

Eközben az egyik vendégszoba előtt…

– Miért? Miért? Miért? – ismételgette a kérdést Tina, miközben idegesen toporzékolt.

– Abbahagynád a hisztizést? Nem lehet tőled gondolkodni – szólt rá Alex.

– De nem értem, miért. Mindenben jobb vagyok annál a jégkirálynőnél; szebb vagyok, a családom közvetlen viszonyban van a királlyal, gazdagabbak vagyunk, és ez a határvidéki senki rám sem hederít. Nem értem, miért akarják a szüleim pont őt! – kiabálta Tina idegesen.

– Megköszönném, ha nem kiabálnál, nem otthon vagy. Egyértelmű, hogy mindketten azt gondolják, egyenlők velünk, de hatalmasat tévednek.

Tina felsóhajtott.

– Van valami terved is, vagy csak azért kísértél el idáig, hogy kioktass?

– Akármennyire is fáj elismernem, nem hinném, hogy az eljegyzésük útjába tudunk állni. Nem tudom, hogy ilyen jó színészek-e, a szüleik parancsát követik, mint mi, vagy valami egyéb. De a másik küldetésünk, az információszerzés még sikerülhet. Tartsuk fenn az eddigieket, próbáljunk hozzájuk közeledni. Holnap kérni fogom, hogy vigyenek el minket az edzőtérre. Ha belemegy, kihívom egy párbajra is Arkont, te pedig figyelj, és tudj meg, amit csak lehet.

– Párbajra? Úgy gondolod, hogy belemegy? És ha bele is megy, fel fogja fedni azt, amire kíváncsiak vagyunk?

– Biztos el fogja fogadni – mondta Alex egy baljós mosolylyal az arcán.

– Legyen! Ha legyőzöd, majd én odamegyek és megvigasztalom. Nem fogadom el, hogy Tiát többre tartja nálam.

Arról nem tudtak, hogy valakit megbíztak a megfigyelésükkel, és hogy az a valaki az egész beszélgetést hallotta. Nem más volt ő, mint Kleo. Sok mindent megtudott a két vendég beszélgetéséből, de számára a legfontosabb az volt, hogy nem minden fiatal olyan ijesztő, mint Arkon.

Azt már megszoktam, hogy Arkon szemmel tud követni, de hogy a Draic lány is, az már több a soknál – és nem is sejtik, hogy milyen erősek. Velük ellentétben itt van ez a két gyerek, akik nem is sejtik, hogy én is itt vagyok, és azt hiszik, le tudják győzni Arkont. Ezt azonnal jelentenem kell Ryniának – gondolta Kleo.

Arkon

Reggel egy üzenet várt az asztalomon; anyám írta. Kleo ma titokban fog ránk figyelni, ha bármi történne, hozzá forduljak. Ezután elindultam reggelizni. Csak mi négyen voltunk – Tia, Tina, Alex és én –, külső szemlélőnek akár barátságosnak is tűnhetett a hangulat, a valóságban azonban engem és Tiát is irritált a másik két fél.

A reggeli végeztével Alex egy érdekes kérdéssel állt elő, mégpedig, hogy szeretné megnézni az edzőterületet és a harcosok edzését, hátha a tapasztalatokból hasznosítani tud valamit otthon. Ez volt az első értelmes gondolat – legalábbis én így gondolom. Kleóra néztem, aki bólintott, úgyhogy belementem. Amikor odaértünk, Karl éppen edzett, vele tíz harcos. A többiek azt hitték, hogy elkülönített edzés, de hamarosan rájöttek, hogy ez egy 1:10, amit bizony Karl megnyert. Aztán jött a szokásos izomcsókolgatás, meg a repülő tőr az oldalba. Ez utóbbi kissé meglepte vendégeinket. Ami engem meglepett, az az volt, hogy Tia pontosan látta, honnan jött a tőr. Sokkal jobb az érzékelése, mint gondoltam. Úgy gondoltam, ennyi elég lesz látványosságnak, de mielőtt megszólalhattam volna, Alex tette ezt.

– Meg kell mondanom, erős harcosaitok vannak. Persze a mieinkhez nem érnek fel, de a kintről jövő apróbb szörnyek ellen elegek.

Tegnap még dühbe gurultam volna ettől, de a tudat, hogy Tia itt volt mellettem, és hogy ezek a sértések olyantól jöttek, aki életében nem harcolt szörnyekkel, elengedtem a fülem mellett.

– Ha így gondolod, kellene tartanunk egy versenyt a házaink harcosai közt, biztosan lenne mit tanulnunk tőletek – feleltem.

Mindenki meglepődött nyugodt válaszomon; kissé bántott, hogy arra számítottak, majd őrjöngök, de igazuk volt.

– Nem is rossz ötlet. Talán megtarthatnánk most az első meccset. Kiállnál velem egy párbajra?

Olyan magabiztosan mondta, ami arra utalt, biztosan kitűnő harcos lehet. Amennyire tudom, 10 éves kor után kezdik az edzést, de vannak kivételek. Valószínűleg varázsló, mivel nem látok nála fegyvert. Talán jó lenne a változatosság ellenfelek terén, de ha megsérül, diplomáciai gond lehet belőle.

– Megtisztelő az ajánlat, de vissza kell utasítanom. Talán ha megtartjuk a hivatalos tornát, benevezek.

– Hát, ez sajnálatos. Nem gondoltam, hogy a Draco család elsőszülöttje ilyen gyáva... rossz belegondolni, hogy szegény drága Ellytiának veled kell leélnie az életét, mert a szüleit ezt akarják. Áhh, tényleg van egy ötletem. Ha legyőzlek, átengeded nekem TIA kezét – cukkolt.

Végre megmutatta a való énjét; ezek a gondolatok régóta fogalmazódhattak már benne. Hogy én gyáva? Hogy a szüleink kényszerítenek?

– Hogy feltenni Tia eljegyzését egy fogadásra? Mint egy tárgyat? Legyen, elfogadom a kihívást.

Ekkor Tia megfogta a kezem és megrázta a fejét, de a tegnapi nap ellenére most én hajoltam közel:

– Sajnálom, de ezt meg kell tennem – súgtam.

Oldalra nézve Kleót láttam, ahogy instrukciókat ad Karlnak. Egy pillanat múlva Karl besétált az edzőtérre, lehívott minket és elmondta, hogy ő lesz a bíró. A szabály, hogy nincs szabály, egyedül halálos sebet ejteni tilos. A biztonság kedvéért hívtak egy gyógyítót.

Mindketten lesétáltunk, majd Alex ezt mondta:

– Ne haragudj, ez nem személyes, de egy olyan csodaszép virágszálnak, mint TIA, ez a kipusztult határvidék sértés. Varázsló vagyok, ahogy a fegyveredből elnézem, te mágus. Esélyed sincs ellenem – közölte önelégülten.

Ahányszor *Tiá*nak hívja, egyre dühösebb vagyok. Sok lehetőségem volt gondolkodni, mióta itt vannak, és rájöttem, hogy féltékeny vagyok. Lehet, hogy túlságosan is, de így érzek.

– Lehet, hogy igazad van, de mivel ilyen erős vagy, remélem nem gond, ha használom a fegyverem.

– Csak nyugodtan, nem változtat semmin.

Ekkor kinyújtottam oldalra a kezem, s a kasza a hátamról a kezembe lebegett. Láttam, hogy Tia, Karl és Kleo tudják, hogy rejtély-fegyver, de a vendégeink láthatóan azt hitték, a lebegés valamilyen varázstrükk. A fenyegető aurájától és kinézetétől viszont láthatóan megszeppentek. Tudtam, hogy nem lenne szabad, a szüleim sem engedték használatát, de nem tudtam uralkodni magamon.

– Felkészültetek?

Bólintottunk.

– Kezdhetitek – intett Karl.

Egy varázslónak általában kántálnia kell, így biztos vagyok benne, hogy odafigyel a környezetére. A tervem, hogy egy gyors mozdulattal a háta mögé kerülök. Ha jól sejtem, valamilyen védelmet fog állítani; azt állította, hogy erős, szóval mindent beleadok. Ezzel előreugrottam – éreztem, hogy jóval gyorsabb vagyok, mint eddig. Folyamatosan mozogtam, hogy ne tudjon lekövetni, majd pár pillanat múlva mögötte voltam és megsuhintottam a kaszám, közben odafigyelve, mivel próbálkozik védelem gyanánt. Az utolsó pillanatban elhátráltam. Ennek oka az volt, hogy Alex egyáltalán nem csinált semmit a kántáláson kívül, így amikor elugrottam, a suhintásom térdmagasságban suhant el, éppen csak nagyjából egy lépésre Alex mögött. Még hátráltam pár lépést, mikor Alex kinyitotta a szemét és így szólt:

– És most lásd az igazi erőt és rettegj! Várj, hova tűntél? Mikor kerültél mögém? Mindegy, nem változtat semmin.

A kezében megjelent egy sziklalándzsa, de biztosan tartogat még valamit a tarsolyában ennyi kántálás után, nem lehetek óvatlan.

– Legyen. Ha nem jössz közelebb, majd én elkaplak – mondta Alex önelégülten vigyorogva. Majd lépett egyet előre, és a földre zuhant.

– Mi? Mi történt? Miért vagyok a földön? Áááááááááááá, a lábam! Miért fáj ennyire? Orvost, orvost!

Magam sem tudom, mi történt, pontosan ott, ahol az előbb elsuhintottam; mintha elvágta volna a lábát valami, amikor elkezdett felém sétálni. Nyilvánvaló volt, hogy a párbajnak vége: mindkét lábát térdmagasságban teljesen levágta az ismeretlen erő. Szerencsére az alkalmazásunkban álló orvos az egyik legjobb volt, így maradandó sérülés nélkül regenerálta, viszont a méltósága romokban volt. Zseninek gondolta magát, mindenkinél jobbnak, most pedig a porban feküdt, sírva a fájdalomtól – és mellesleg be is vizelt. Ezután csak azt mormolta, hogy egy szörnyeteg vagyok, és hogy meg fogja menteni Tiát tőlem, meg hogy ennek nincs vége. Meg akartam kérni pár harcost, vigyék a szállására, de hirtelen bizonytalanok lettek a lépteim. Amikor körbenéztem, láttam, hogy Tia fut felém, míg Kleo elállta Tina útját, aki láthatóan nem értette, honnan került oda az előbbi. Az utolsó, amire emlékszem, hogy Tia elkap és a nevemen szólít, majd elájultam.

Következmények és képességek

Amikor kinyitottam a szemem, ismerős környezet fogadott: a szobámban voltam. Sajgott a testem, azt viszont éreztem, hogy valaki fogja a kezem. Oldalra fordítottam a fejem és láttam, hogy Tia az – az ágyam mellett aludt egy székben. Fogalmam sincs, meddig lehettem eszméletlen vagy mi történhetett. Ekkor egy hang szólalt meg a sötétségből.

– A kishölgy nagyon aggódott érted – jegyezte meg Kleo.

– Sajnálom, kissé túl komolyan vettem a párbajt és túlhajszoltam magam.

Felsóhajtott.

– A felét sem érted annak, ami történt. Jelentem a szüleidnek, hogy magadhoz tértél, addig ébreszd fel a kishölgyet.

Ezzel el is tűnt. Nem volt erőm koncentrálni rá, hogy követni tudjam, bár most mintha kevésbé lett volna ingerült, mint általában.

– Tia, ébresztő, hamarosan megjönnek a szüleink.

Lassacskán elkezdett ébredezni. Álmos tekintettel rám nézett, majd pár pillanat múlva minden szó nélkül megölelt. Bár mondhatnám, hogy nagyon boldog voltam – ami igaz is –, de sajnos a boldogságomat elnyomta az egész testembe belenyilalló fájdalom.

– Úgy aggódtam! Megpróbáltalak meggyógyítani, de semmi nem működött – mondta Tia kétségbeesetten.

Éreztem, hogy közel áll a síráshoz, szóval muszáj megnyugtatnom. Ki tudja, mit gondolnának a szülők, ha ezt látnák... és, nem mellékesen, nem akarom őt sírni látni.

– Sajnálom, hogy aggodalmat keltettem, de most már minden rendben van, kicsit kimerültem, de csak ennyi.

Ettől csak erősebben szorított, bár kezdett megnyugodni.

– Viszont kérlek, ne szoríts ilyen erősen, eléggé fáj mindenem.

Mintha Tiának csak most lett volna világos, hogy egészen eddig ölelkeztünk, hirtelen eltávolodott, elvörösödött és elfordította a fejét.

– Örülök, hogy jól vagy.

Ekkor úgy éreztem magam, mint egy csapdába ejtett vad, s ennek oka a résnyire nyitott ajtónál leselkedő két szempár volt. Nem tudom, pontosan mióta lehettek ott, de a viselkedésükből úgy sejtem, hogy az ölelkezést is látták. Természetesen anyámról és Margaretről van szó; ha valamilyen romantikus vagy kínos esemény történik velem és Tiával, ők furcsamód mindig ott vannak. Biztosan valamilyen anyai szuperképesség ez.

– Elnézést, hogy megzavarjuk ezt az érzelmes pillanatot, de meg kell beszélnünk a történteket – nyitott be atyám.

Ahogy mindig, az egész kínos légkört egyetlen komoly mondattal elsöpörte. Magam sem tudom, hogy ennyire nincs érzéke a hangulat felméréséhez, vagy ennyire jó benne, hogy tudja, mikor kell témát váltani.

Mindenki bejött; a szobában én, Tia, szüleink, Karl és Kleo voltak jelen.

– Karl, Kleo és Tia jelen voltak az esetnél és elmondták, amit láttak. Az igazán lényeges pont maga a támadásod; a leírásuk alapján azon a ponton, ahol a kaszáddal suhintottál egyet, semmilyen jel nem mutatkozott meg, de amikor Alex áthaladt azon a ponton, mindkét lábát átvágta valami pontosan abban a magasságban, ahol előtte támadtál. Ezután őt meggyógyították, te pedig elájultál. Hozzáfűznél ehhez valamit? – érdeklődött anyám.

– Nem, így történt. Én magam sem értem sem a támadást, sem, hogy miért ájultam el.

– Nos, az ájulásod oka egyszerű: felébresztetted az aurádat. Az aura első használata után a test a terhelés miatt kómaközeli állapotba kerül, ez általában egyéntől függően 1-7 nap. A támadás, az már nehezebb dolog – magyarázta atyám.

– Meddig voltam eszméletlen?

– Ez a harmadik nap – mondta Johannes.

– És a „vendégeink”?

– Alex eléggé a szívére vette a dolgot, ráadásul a fejébe vette, hogy Ellytiát rabként tartod fogva, és egy szörnyeteg vagy, amit le kell győzni – mondta Margaret a nevetését visszafogva.

– Felejthetetlen látvány volt azt az arrogáns úrfit látni saját maga alá vizelni félelmében – jegyezte meg Karl derűs arccal.

Jutalma egy tőr volt az oldalába Kleótól és szúrós pillantások a szülőktől, de mindenki meglepetésére felhangzott egy kacaj is. Napok óta először láthatta bárki is Ellytiát ilyen üdén nevetni.

– Úgy látom, a kishölgynek legalább olyan jó a humora, mint a fiatalúrnak – állapította meg Karl.

Éreztem, hogy rám szegeződnek a tekintetek – nem láttam, mert elfordultam, hogy leplezzem: én is nevetek. Mint kiderült, nem sikerült.

– Bár láthattam volna! Azonban meg kell beszélnünk, hogy mit jelentünk a királynak erről. Ők csak két gyerek, akik közül az egyik megsérült, így a vallomása kétséges, a másik pedig egy harci tapasztalattal nem rendelkező kislány. Ha kétkedve is, de muszáj lesz a királynak elhinnie a mi jelentésünket – morfondírozott Margaret.

– Mivel mi magunk sem tudunk semmi biztosat, így javaslom, annyit áruljunk el a királynak, hogy Arkon tehetséges és már most képes aurát használni, viszont a partnere egyszínű, ezért nem jelentettük még – javasolta Johannes.

– Egyetértek; ezzel nem hazudunk, és a király is elégedett lehet. Az aurával kapcsolatban viszont neked kell valamit kitalálnod, Rynia – mondta Margaret.

– A leírások alapján, ha tippelnem kellene, azt mondanám, magát a teret sebezte meg.

– Lehetetlen! Még a legősibb legendákban is ez a legritkábban előforduló képesség. A tér- és időmágia a legendák legendája – kételkedett Johannes.

– Lehet, hogy tévedek, nem láttam személyesen, de ki fogjuk deríteni. A királynak azt fogjuk jelenteni, hogy Arkon kristálya áttetsző, ami lehet akár levegő, akár üveg – mindkettő képes szemmel nem látható vágást létrehozni. A különbség annyi, hogy közvetlen érintéssel, nem térben csúsztatva. De ha csak ennyiben tér el a jelentésünk a gyerekekétől, az nem fog feltűnést kelteni – mondta anyám.

– Kleo, a jelentést te írod meg. Beszélj az orvossal is, értesd meg vele, hogy így történt, ahogy most elmondtuk. Ha bárki érdeklődne az eset felől, irányíts hozzám – utasította atyám.

– Értettem.

– Holnap kora reggel indulunk, így is tovább maradtunk a tervezettnél. Mi még megbeszélünk pár dolgot, ti csak maradjatok kettesben – mondta Margaret incselkedő hangnemben.

Mindenki kiment a szobából, csak Tia és én maradtunk. Nehezen tudnám leírni a légkört... Nem a két évvel ezelőtti, zavarba ejtő, kínos csend volt, inkább az a nyugodt, amikor senki nem beszél, de ez senkit nem is zavar. Aztán Tia megszólalt:

– Miért voltál olyan dühös az alatt a két nap alatt? – kérdezte nyugodtan.

Reméltem, hogy nem volt ennyire feltűnő, mármint persze ő nyugtatott meg, így gondoltam, hogy észrevette, de reméltem, hogy nem zavarja.

– A legrövidebben talán úgy tudnám leírni, hogy féltékeny voltam – mondtam zavarban. – Kínos ezt így kimondani, de így éreztem. Az első nap többször is lenyugtattál, egy kézfogás is elég volt, hogy elszálljon a dühöm, így mindent megtettem másnap, hogy ne legyek a terhedre és visszafogjam magam. De amikor tárgyként emlegetett téged és bírálta az eljegyzésünket, nem bírtam tovább.

Miután kimondtam, csak azután értettem meg, hogy ez nem kínos, hanem nagyon-nagyon kínos.

– Úgy tűnt, téged is zavart Tina, vagy tévedek?

Annyira zavarban voltam, hogy muszáj volt rákérdeznem, hogy csak én érzek-e így. Nem kaptam választ, így felemeltem a fejem és Tiára néztem, aki láthatóan legalább annyira kínosan érezte magát, mint én.

– Az, hogy így nyíltan kimondod, csak még kínosabbá teszi, de igazad van, én is féltékeny voltam – vallotta be.

Oké, oké, ez már nekem kínos – szólalt meg Krüptó.

Mindketten megszeppentünk, és ha lehet, még jobban zavarba jöttünk. Én még meg is lepődtem az ismeretlen hang hallatán, de mélyen belül valami azt súgta, megbízhatok benne.

– Egyelőre nem lenne szabad Tián kívül bárkivel beszélnem, de mivel közel állтok egymáshoz, képes vagyok veled is kommunikálni. Krüptó vagyok, Tia partnere, te pedig Arkon vagy. Mindent láttam, amit Tia, szóval felesleges bemutatkoznod.

Szóhoz sem jutottam, bár legalább az előző kínos légkörnek már nyoma sem volt.

– Kérlek, nézd el neki, de nem igazán foglakozik mások személyes terével – védte Krüptót Tia.

Haha, ezt majd akkor mondjátok, amikor találkoztok Kü...

Ám még mielőtt befejezhette volna, iszonyatos nyomás nehezedett ránk, mintha hirtelen az egész világ figyelme ránk fókuszált volna.

Hajaj, majdnem súlyos hibát vétettem. Kérlek, felejtsétek el az előbbit. Szóval majd akkor panaszkodjatok, ha a jövőbeni partnered jobb lesz e tekintetben – védekezett Krüptó.

Őt nem nagyon viselte meg, de a hirtelen nyomás miatt a lélegzetem is elállt, ahogy Tiának is. Csak egy bólintásra futotta mindkettőnktől.

Váltsunk is témát gyorsan. Erről senki nem tud, csak mi hárman és a jövőbeni partnered, de a Draco-területektől északra, az erdőben van egy szentély. Ez a hely kulcsfontosságú a fejlődésünkhöz Tiával, viszont a te segítséged nélkül nem tudunk bejutni. Nem árulhatok el részleteket, csak annyit, hogy két próba lesz: az egyik harci, és azt neked kell kiállnod.

– Mikor akarsz indulni?

Csak így? Semmi kérdezősködés, semmi ellenkezés? – lepődött meg Krüptó.

– Azt mondod, fontos. Felfedted magad, ez is ezt bizonyítja. Megígértem, hogy elég erős leszek, hogy megvédjem a szeretteimet, s kész vagyok bármikor tenni ezért – válaszoltam magabiztosan.

A szeretteidet, hmm... Mi a véleményed, Tia?

Tőle azonban nem jött válasz, csak elfordította a fejét.

Most én kérek elnézést. Úgy tűnik, annyira zavarba hoztad, hogy nem tud válaszolni – mondta Krüptó kuncogva.

Viszont nem sietünk, a próbákhoz kell a partnered is, szóval megvárjuk, míg felébred.

– Rendben, viszont lenne egy kérdésem.

Nyugodtan.

– Milyen kapcsolatban állsz a jövőbeli partneremmel?

Erre a kérdésre mintha felcserélődtek volna a szerepek: Tia új energiára lelt, míg partnere mintha megszeppent volna.

Sajnálatos módon úgy tűnik, hogy nincs több energiám, majd folytatjuk a beszélgetést máskor.

– Elmenekült! – konstatáltuk döbbenten.

Erre mindketten felkacagtunk; úgy tűnik, legyen ember vagy sárkány, gyermek vagy felnőtt, ugyanúgy vannak kínos dolgai, amikről nem szeret beszélni.

Ezek után már csak könnyedebb témákról beszélgettünk. Mivel kora reggel készültek indulni, nem fogok tudni elköszönni tőlük a hintónál. Még legalább két napig pihenésre vagyok kárhoztatva. Megígértettem vele, hogy ha bármilyen gond van akár a két bajkeverővel, akár mással, azonnal szól. A terv az, hogy az éves találkozókra eljön a szüleivel, három év múlva pedig elfoglaljuk a szentélyt, addig is edzünk. Elbúcsúztunk, és amint kilépett az ajtón, álomba is zuhantam.

Ellytia

Ahogy kiléptem a szobából, azonnal Krüptót szólítottam telepatikusan. Tudtam, hogy csak témát akart váltani, nem volt kimerült.

– Nekem ezekről a próbákról eddig semmit nem mondtál.

Partnerem felsóhajtott.

Nem mondhatok semmit, nem avatkozhatunk bele. Ahogy Arkonnak a harc lesz a tesztje, neked valami más. Ha felfedném a részleteket, azzal befolyásolnálak. A teszt célja, hogy a legbelső éneteket fedje fel, ezzel segítve a fejlődéseteket.

– És, erősebb leszek, ha sikerül a teszt?

Egyetlenegy partneremnek sikerült eddig, a többi fehér sárkány, akinek a partnere megpróbálta, soha nem járt sikerrel. Viszont az első, akinek sikerült, olyan erős volt, hogy csakis egyetlen nála erősebb ember volt a királyságban: I. Arkon, a Draco család alapítója – mondta Krüptó, szomorúsággal a hangjában.

– És mi volt az a hirtelen nyomás a beszélgetés közben?

A részletekbe nem mehetek bele ebben az esetben sem, de már mondtam korábban is, hogy „fekete" neve nagy hullámokat vet. Olyan lények vannak odakint, melyekről ti nem tudtok, amiket el sem tudsz képzelni. Viszont közülük nem egy képes látni bármit, amit szeretne. Míg én csak egy trófeának számítok, addig „ő" potenciális veszély mindegyikükre.

Mindig, amikor ilyen dolgokról beszél, mintha a múltba révedne; biztos vagyok benne, hogy köze van ehhez a történelmünk elveszett darabjának, de nem kutakodhatok, hiszen, mint mondja, elképzelhetetlen veszélyek leselkednek ránk.

Látom, hogy kicsit rád ijesztettem. Nyugodj meg, annyit nyugodt szívvel elárulhatok, hogy Arkonhoz hasonlót soha nem láttam, még az alapítóban sem volt ennyi lehetőség. Tudom, mit érzel; ugyanazt érzem, én is a partnere iránt. S hogy a korábbi kérdésedre válaszoljak: bízz benne és támogasd, nem fog cserbenhagyni.

– Szóval te és Arkon partnere...

Álljunk csak meg! Ez csapda; ha kimondom, hogy ő szereti Arkon partnerét, az olyan lenne, mintha én is elismerném.

Én és a partnere...?

– Semmi, nem érdekes – mondtam elpirulva.

Tudod, egyszerűbb lenne, ha beismernéd – mondta Krüptó cukkolva.

– Azt hittem, hogy elfogyott az energiád, és nem tudsz már kommunikálni.

Oké, oké, értem a célzást, pihenj te is, stresszes pár hét van mögötted.

Ez az egész eléggé zavarba ejtő... folyton azzal érvel, hogy ő itt van nekem, Arkonnak egyedül kell az érzelmeivel megbirkóznia. De most, hogy elmondta, ő is így érez Arkon partnere iránt, ahelyett, hogy megnyugodtam volna, csak azon idegeskedem, hogy ezek valóban az én érzéseim-e, vagy csak azért érzek így Arkon iránt, mert ő az, akivel Krüptó partnere van. A saját érzéseim ezek, vagy Krüptóéi?

2 nappal később

Arkon

A Draic család két napja hazament, én pedig ma reggel végre újra edzésbe állhattam. A terv szerint anya vette volna át az edzésemet, viszont atyám és Kleo is itt voltak. Ez rendszerint azt jelenti, hogy komoly dolgokról fog szó esni.

– Egy dolgot meg kell beszélnünk az edzésed előtt. Az Alexszel történt párbajodból egy dolog nem világos. Miért hátráltál el a vágás előtt? – tudakolta atyám.

– Hát, azt mondta magáról, hogy erős. Karl mindig kiemelte, hogy hosszú út áll még előttem. És bár kínos ezt így kimondani Kleo előtt, de mindig, amikor edzünk vagy találkozunk, látom rajta, hogy ingerült, így arra jutottam, hogy túl gyenge vagyok. Amikor láttam, hogy nyugodtan kántál és nem reagál, arra gondoltam, biztosan csapdát állított, ezért elhátráltam. Még most sem igazán értem, hogy mit tervezett.

Ennek hatására Kleo és atyám annyira meglepődött, hogy szóhoz sem jutottam, anyám pedig csak elkezdett hangosan nevetni.

– Ez a mi hibánk. Azt elmondtuk, hogy mások nem kezdik ilyen fiatalon az edzést, de azt nem, hogy milyen ütemben haladnak – mondta atyám a fejét fogva.

– Hallottad, Kleo? Arkon azt hiszi, hogy gyengének tartod – mondta anyám, majd ismét nevetésben tört ki.

– Valaki kifejtené, hogy mi történik?

– A félreértés egyik fő okozója én vagyok, szóval kezdem én. Nem azért voltam ingerült, mert gyenge vagy – pont az ellenkezője. Fedett műveletekre specializálódtam. A Draco család seregében nagyjából egy tucat tiszt van, aki képes engem érzékelni, ha aktív az álcázásom. Te az első pillanattól érzékeltél. Azért voltam mindig ingerült, mert nem tudtam elfogadni, hogy ennyire erős vagy. Majd megjött a kishölgy, aki szintén az első pillanattól érzékelt. Ekkor úgy éreztem, hogy a semmiért edzettem évekig, ha két gyerek is képes érzékelni. De rájöttem, hogy ez azért van, mert kivételesek vagytok mindketten – magyarázta Kleo.

– Én, erős? De hát csak annyira vagyok képes, hogy Karllal harcolok, és érzékellek – mondtam értetlenül.

– Hallod ezt, Xarius? Azt mondja, „csak". Ugyanolyan, mint te fiatalon; te is csak edzettél és fel sem fogtad, milyen erős vagy, amíg le nem nyomtad a herceget az akadémia tornáján – mondta anyám, majd megint nevetett.

– Rynia, megtennéd, hogy mint mágiaszakértő inkább segítesz ahelyett, hogy jól szórakozol? – vágott vissza atyám.

– Jó, jó, de el kell ismernetek, hogy vicces a helyzet. Szóval, Arkon, a Draco család seregének felépítése a következő: én vagyok a parancsnok, Kleo és Karl alparancsnokok. Atyád átveheti tőlem a parancsnokságot krízishelyzetben, de neki saját varázslóegysége van, akikkel általában dolgozik. A felsorolt négy ember a terület legerősebb harcosa. Az északi terület legjobb tíz harcosa közt is előkelő helyen vagyunk. A királyságot tekintve – a királyt leszámítva – a nemesek közt én vagyok a legerősebb mágus, atyád a legerősebb varázsló. A beosztottak tekintetében Kleo a legképzettebb orgyilkos, bár a kém jobban hangzik. Csupán maroknyian képesek ökölharcot vívni Karllal, és itt most képzett harcosokról beszélek. A veled egyidősek közt az, aki létre tud hozni egy varázslándzsát, mint Alex, az zseninek számít. Szóval ő nem túlzott, amikor annak hívta magát, pusztán te és Tia vagytok abnormálisan erősek – magyarázta anyám.

Túl sok infó volt ez így egyszerre. Tudtam, hogy mindenki képzett, de azt hittem, hogy visszafogják magukat ellenem. De ami legjobban érdekelt...

– Tia is?

– Te nem tudod, mert eszméletlen voltál, de aggodalmában minden varázserejét egy gyógyító varázslatba ültette. Nem volt hatása, mivel a kezdetektől nem volt bajod, viszont az a varázserő, amit produkált, olyan erős volt, hogy a tárgyalóteremből azonnal idesiettünk, mert azt hittük, hogy betört egy szörny. Ha támadó típusú lenne, varázserőt tekintve valószínűleg már most erősebb lenne nálam – tudatta atyám.

Nem tudtam, mit mondhatnék, de időm sem volt, mert anyám rákontrázott.

– Nem mondhattam teljesen biztosra, mivel tényleg csak ősi legendákban jelenik meg, de ha te pedig tényleg a teret vagy képes uralni, és azt már most, hétévesen felfedted, akkor jelenleg összességében erősebb vagy Karlnál és Kleónál. Amikor pedig képes leszel irányítani is, erősebb leszel nálam.

– Fáj beismerni, de igazuk van. A kishölgy varázserejétől mozdulni sem tudtam, csak a szüleitek voltak képesek közel menni és lenyugtatni őt. Szerencsére a két vendég szinte azonnal elájult a nyomástól. Én magam légmágiát használok, szóval tudom, hogy a támadásod nem az volt. Rynia jeget használ, ami nagyon hasonlít az üveghez. Tíz éve látom harcokban, tudom, hogy a te támadásod sem jég, sem üveg nem volt. Egyértelműen térmágiát használtál – jelentette ki Kleo.

Szóhoz sem jutottam; túl sok mindent tudtam meg egyszerre. Soha nem gondoltam volna, hogy ilyen erősek vagyunk Tiával. Aztán, mintha a gondolataimban olvasna:

– Nem vagy erős – jelentette ki komolyan atyám. – Páratlan potenciál van benned és Tiában is, de az előzőekben elhangzottakat ne vedd garanciának. Ahogy te, úgy mások is rejtegetik az erejüket. Ne légy arrogáns, továbbra is adj bele mindent az edzésedbe. Amíg engem vagy anyádat nem tudsz legyőzni, ne is álmodj róla, hogy erősnek hívod magad.

Másokra talán demoralizáló lett volna ez a kis beszéd, de én úgy éreztem, hogy nagy terhet vesznek le rólam. Az elmondottak alapján azt éreztem, hogy csak nő rajtam a nyomás, mert erős vagyok, és ezt mutatnom is kell. De atyám ezzel kijelentette, hogy csak a fejlődésre figyeljek, amíg őket nem tudom legyőzni, addig mindenről gondoskodnak helyettem.

– Mindent meg fogok tenni, hogy erősebb legyek, és hogy tökéletesen tudjam uralni az erőmet.

– Akkor itt az első kihívás. Kleo, mivel légmágus vagy, tanítsd meg Arkont szélaurát és szélpengét használni – mondta anyám mosolyogva.

– Nem! – jelentette ki Kleo habozás nélkül.

– A jégmágiád szél és víz alapú, Kleo légmágiája szél és tűz alapú. Ideje, hogy kivedd a részed Arkon edzéséből – szólt rá atyám.

– Jól van, jól van, csak kicsit cukkolni akartam Kleót.

– Nem igazán értem, miért kell szélmágiát tanulnom. Nem a térhez van affinitásom? – tudakoltam.

– A két kis vendégünk azt a hírt vitte a királynak, hogy szélmágia-aurát ébresztettél fel. Illetve az, hogy térmágiát tudsz használni, azt jelzi, hogy minden egyéb elemmel van affinitásod; pont ahogy a legendákban a „feketének". Szóval elméletben képesnek kell lenned elsajátítani. Természetesen közben próbáljuk majd fejleszteni a térmágiád is – biztatott anyám.

– Szóval az a terv, hogy megint reggeltől estig csak edzünk, ugye?

– Pontosan – mondta anyám mosolyogva.

Szivárványpalota, a király dolgozószobája

A király dolgozószobája a palota talán legjobban védett pontja. Csakis a király és bizalmasai léphetnek be. Varázslattal védik, és a király partnere, egy szivárvány osztályú sárkány mindig itt tartózkodik, védve a király titkait. Azonban nem csak a védelem miatt van jelen a sárkány. A rejtett üzenete az, hogy az itt fogadott vendégek megértsék: alsóbbrendűek. A király bizalmasai számtalanszor jártak már itt, de a légkör még mindig olyan feszült, mint először volt.

– Szóval azt mondjátok, hogy a gyerekeitek nem tudták elérni az eljegyzés felbontását – elégedetlenkedett a király.

– Sajnáljuk, felség. Állításuk szerint a lány teljes érdektelenséget mutatott, és amint a Draco család területére értek, a fiú – az éjszakát leszámítva – egy pillanatra sem hagyta magára.

– Nem kellenek a formalitások, Edison. Mondd el pontosan, mi történt! Ahogy hallom, a Safir fiú a párbaj óta furcsán viselkedik. Lehet, hogy valamilyen agymosás?

– Alex állítása szerint Arkon aurát használt – ez egybevág a Draco család által beadott jelentéssel. Állításuk szerint szélmágiában jártas a fiú a kora ellenére, és azért nem jelentették, mert noha képes aurát használni, de egyszínű kristállyal rendelkezik, így várhatóan nem lesz kiemelkedő harcos.

– És a lányod mit mondott? Ő is látta, és egyértelmű, hogy korát meghazudtoló mentális képességekkel rendelkezik.

– Nos, az ő elmondása kissé eltér a jelentéstől – vallotta be Edison.

Ekkor a király előredőlt, majd az asztalra támaszkodott és annyit kérdezett:

– Pontosan miben?

– Ő úgy írta le a támadást, hogy Arkon, mielőtt megvágta volna Alexet, elhátrált. Alex a vágás után indul meg Arkon felé, aki csak várt rá. Viszont amikor Alex áthaladt azon a ponton, ahol korábban Arkon suhintott, egyszerűen mintha térdben elvágták volna a lábát.

– Mondd csak, neked ez nem úgy hangzik, mintha tér- vagy időbeli mágia lenne?

– Elsőre én is így gondoltam, viszont a Draco család szava áll szemben egy hétéves kislányával. Nem hinném, hogy ez elég lenne ahhoz, hogy megvádoljuk őket.

– Igazad van. Én, Hylla Huxley, mint király, elrendelem, hogy mostantól minden bevethető kém a Draco és a Draic család megfigyelésén dolgozzon. Ez egy titkos parancs, ha bármelyikük lelepleződik, ne várjon segítséget.

– És a szövetség harmadik tagja? A Theron család?

– Számukra más terveim vannak.

– Ó, és még valami! Tina és Alex is megkapják, amit kértek; az információk, amiket szereztek, minden bizonnyal hasznosak lesznek – tette hozzá a király.

Ezután Edison meghajolt, és elhagyta az irodát.

– A Dracók mindig is lázadók voltak a múltban és most is, de én nem leszek olyan kegyes, mint az elődeim; kitörlöm őket teljesen, még ha meg is kell szegnem az ősi törvényeket – határozta el.

Ébredés és szentély

Az elmúlt három évben sikerül elsajátítanom az aurairányítás alapjait. Én úgy éreztem, nehezen ment, de szüleim és Kleo szerint ijesztően gyorsan haladok.

Az első lépés pár elméleti lecke volt anyámtól. Röviden öszszefoglalva:

- Az aura erejét az elemmel való kompatibilitás, a felhasználó koncentrációs képessége, és képzelőereje adja.
- Aurával felerősített fegyver vagy test ellen csakis aurával lehet védekezni. A leggyengébb, szimpla elemű aura is erősebb, mint a legtöbb ember vagy fegyver aura nélkül. Ez alól kivételt képeznek a rejtély-fegyverek.
- A magasabb rendű elemmel alkotott aura többnyire erősebb az alacsonyabb rangúnál. Ez a használók közti tapasztalat és kreativitás miatt néha leküzdhető különbség. Például anya egyszínű variánsa jégmágia, még sincs senki a királyságában, aki párbajban le tudná győzni.
- Valamint attól, hogy valaki mágus és azonos elemet használ, még lehetnek teljesen eltérő képességei. Itt jön leginkább képbe a használó kreativitása.

Ezt követően edzésemet Kleo vette át – bár csak rövid időre –, hogy a légmágia alapjait átadja. Azt, hogy az azonos elemű képességek mennyi eltérhetnek felhasználótól függően, csak ekkor értettem meg. Eredetileg kényszerből kezdtem el légmágiát tanulni, hiszen ezzel palástoltuk, hogy Alex lábát valószínűleg (még mi is csak tippelünk) térmágiával vágtam el. Viszont ebből kifolyólag a kezdetektől úgy gondoltam rá, mint egy láthatatlan, de hihetetlenül éles pengére. A képességeimet is eszerint dolgoztam ki. Ezzel szemben Kleo teljesen eltérő módon használta. Kleo variánsa szél-tűz elemkombinációt használ. A levegő víz- és páratartalmát változtatva befolyásolja az ellenfél érzékelését, annak tudta nélkül. Meg tudja gátolni a levegőben a hang terjedését, és valamit mondott még a fénytörésről, de a rejtőzködés nem áll közel hozzám, így a vége felé már nem igazán figyeltem. A lényeg, hogy képes saját maga körül szinte végtelen ideig fenntartani egy aurát, melynek köszönhetőn szinte lehetetlen érzékelni, azonban a védelme jelentéktelen. Ha olyan ellenféllel találja szembe magát, aki képes őt érzékelni, nagyon nehéz helyzetbe kerül. Az én aurám ezzel szemben teljesen a felerősítésemet szolgálja. A fegyverem élességének felerősítése, a testem körüli légellenállás gyengítése stb. Nagyjából fél évembe telt elsajátítani. Van helye fejlődésnek, de anyám úgy ítélte meg, továbbléphetünk az ő jég elemére. Biztosan csak képzeltem, de úgy tűnt Kleo ennek hallatán eléggé megkönnyebbült.

Kleo partnere egyébként, mint megtudtam, egy ködgyík. Képességei Kleo felerősített képességei, senki nem képes észlelni, csakis Kleo, viszont a támadóereje elhanyagolható. Anyám elmesélései szerint amikor Kleo a partnere oldalán harcol, akkor még ő sem tudja érzékelni, és Kleo a rejtőzködést helyett a támadásra fókuszál, míg a partnere elrejti őt minden elől. Ekkor lesz igazán halálos a kombinációjuk. El sem tudom képzelni Kleót csak támadásra fókuszálni, de ez is azt bizonyítja, hogy ellenem mindig visszafogta magát.

Amikor anyám átvette az edzésemet, az első dolog az volt, hogy fegyvereinket edzőfegyverekre cseréltük. Egyszerű oka volt: mindkettőnk fegyvere rejtély-fegyver, mi több: mindkettő kasza. Nem tudhatjuk, nem teszünk-e kárt a másikéban. Ez az edzés már sokkal inkább kedvemre való volt. Elismerem, hogy Kleo harcmodora hatásos, de számomra unalmas. Anyám stílusa merőben eltérő, az egyetlen közös pont, hogy a testük körüli aura elfedő típusú. Viszont míg Kleo láthatatlanságra törekszik, anyám csupán a csata hevében igyekszik megtéveszteni az ellenfelet vele, ha csak 1–2 másodpercre is. Az ezzel teremtett lehetőséget kihasználva pedig támadásba lendül. Az edzések során számtalanszol bele is sétáltam ebbe a csapdába. Érdekes volt megtapasztalni, hogy Kleo elfedése mennyivel hatékonyabb alapesetben, viszont anyám az általa használt megtévesztést a harc megfelelő idejében használva könnyedén halálos sebet tudott volna okozni nekem. Végül elsajátítottam anyámtól a jég elem használatát – meglehetősen sok hasonlósággal, de nincs mit tenni: nagyon hasonló a harcmodorunk. Ez újabb fél évembe került.

Mivel képes voltam két variáns auráját is használni, engedélyt kaptam, hogy szörnyekre vadászhassak anyámmal. Edzés közben nem tűnt fel, de a legegyszerűbb szó rá, hogy halálos. A mozgása elegáns, felesleges lépések nélkül. Csak ekkor értettem meg, miért mondogatták folyton, hogy a gyakorlat fejleszti a mágusokat. Soha nem gondoltam volna rá, hogy a jeget így használjam. Anyám a lába alatt egy vékony réteg jeget hozott létre, mellyel a súrlódást minimálisra csökkentette. Szó szerint siklott, nem pedig szaladt vagy sétált. A pengét nem csak élesebbé tette, de meg is tudta hosszabbítani, amire ha az ellenfél nem számított, az volt az utolsó hibája. Egyetlen érintésébe került, hogy bármit megfagyasszon. Nem éreztem azt, mint atyám esetén hogy az aurája ellentmondást nem tűrő, pusztán csata közben mintha egy penge lett volna, mely mindenen ösztönösen átvág. Én is képes voltam használni a jeget, de közel sem ilyen precízen, így eldöntöttem, hogy még többet fogok edzeni. Aztán az egyik edzés közben, ahogy kaszámmal hasítottam magam előtt egyet, mélyen koncentrálva, hogy minél élesebb jégpengét hozzak létre, valami mást sikerült. Nem láttam látható jelet, de éreztem, hogy valamit megvágtam. Meg akartam érinteni, ekkor anyám visszafogta a kezem és megkérdezte, mit csináltam. Elmeséltem neki, ő ennek hallatán edzőkarddal vágott egyet, mire a kardot tökéletesen elvágta a láthatatlan jelenség. Még egyszer megpróbálta, de akkor már nyoma sem volt. Egyértelmű volt, hogy ez ugyanaz, mint amit Alex ellen használtam. Megpróbáltam újra, és legnagyobb meglepetésemre sikerült. Anyám leírása szerint olyan, mintha magán a téren hagynék egy vágást, amely az első vele kapcsolatba kerülő tárgyat vagy személyt felhasítja, majd eltűnik. Ezután rengeteg dolgot teszteltünk: jég elemet, Kleo tőrjeit, Karl teknőspáncélját, és még atyám legerősebb védelmi varázslatával megerősített tárgyat is, ám egyik sem tudott ellenállni a térmágiának. Persze ez lett a legnagyobb titok, még a kristálynál is jobban kellett rá figyelni, hogy senki ne tudjon róla.

Aztán eljött a nagy nap. Reggel egy rég nem hallott, de el nem felejtett hangra ébredtem.

Remélem, felkészültél a fogadásomra – jegyezte meg partnerem.

Felriadtam; éreztem, hogy a zsebemben lévő kristály tűzforró. Sietve kivettem a zsebemből és az ágy melletti íróasztalra helyeztem. Hirtelen nőni kezdett, majd mikor nagyjából fél méter átmérőjű tojás lett belőle, megállt a növekedésben. Meg kell mondanom, varázslatos látvány volt. Szavakkal nehéz leírni: mintha a csillagok nélküli éjszakai égbolt lett volna, egy kavargó mélység, amely bármit képes elnyelni. Elsőre a kaszám jutott eszembe róla – az arany díszítések nélkül hasonló érzést keltett. Aztán a tojáson végigszaladt egy repedés, majd még egy, aztán széttört. Nos, az elmúlt évek alatt hallott történetekből egy pusztító fenevadra gondoltam. Ehhez képest az asztalon, a széttört tojáshéj maradékán ücsörgő kölyöksárkány – fején egy másik darab tojáshéjjal – elég meglepő látvány volt. Bár tulajdonképpen aranyos.

Nagyot ásított.

Elég! Nem vagyok aranyos. A történelem legpusztítóbb sárkánya vagyok, és te még köszönteni sem tudsz? – morgolódott a sárkányfi.

– Öm, sajnálom, csak meglepődtem, hogy a történelem legpusztítóbb sárkánya így született meg, semmi látványosság.

– Nos, ha csak ez a baj, felrobbanthatom a kúriát, hogy legyen egy kis látványosság.

– Nem fontos. Egyébként a nevem Arkon, de biztosan tudod már. Én viszont nem tudom a neved. Elárulnád?

Rám sem hederítve lerázta magáról a tojáshéjat, majd felém ugrott. Épphogy elkaptam, már mutatott is előre, indulás célzattal. Egyelőre inkább idegesítő volt, mintsem a legjobb partner a világon, de próbáltam türelmes maradni.

Amint kiléptünk az ajtón, szüleim már vártak. Nem voltak meglepődve, viszont az, hogy beigazolódott a félelmük, feszültté tette a légkört.

– Xarius vagyok, ő pedig Rynia, mi vagyunk…

Meg sem várva, hogy befejezze, a sárkány a szavukba vágott:

– Igen, igen, tudom, mindent láttam a fiún keresztül. Szép munkát végeztetek. Ha jól sejtem, a Draic család hamarosan megérkezik.

Most viszont meglepődtek. Sok mindenre számítottunk, de arra nem, hogy ilyen attitűdje lesz a kedves partneremnek. Mintha mind csak a beosztottjai lennénk.

– Igen, hamarosan itt lesznek, a hírek szerint Ellytia partnere is felébredt – közölte anyám.

– Így igaz. Rajta, menjünk is a hintóhoz. Mire vársz? Indulj már – utasított a kölyöksárkány vehemensen.

– Rendben, de közben igazán bemutatkozhatnál, még a nevedet sem tudjuk – feddtem meg.

– Majd ha mindenki itt lesz. Utálom, ha valamit többször el kell mondanom.

Lehet, hogy nem kell várni a királyra, én előbb fogom megölni ezt az öntelt gyíkot.

A hintó még meg sem állt, az ablakon egy hófehér sárkány repült ki, majd indult egyenesen felénk.

– Végre, hogy felébredtél! Öt éve, hogy beszéltünk – örvendezett Krüptó.

Látszott rajta, hogy boldog, közvetlen volt és aranyos – egy bizonyos öntelt hólyaggal ellentétben.

– Ja, ja. Elég a hízelgésből, mindenki szálljon le, és mozgás befelé!

A többiek még nem szálltak le a hintóról, szóval ezt a nagyszerű megnyilvánulást nem látták. Már készültem elnézést kérni a másik sárkánytól, de ekkor kirázott a hideg. Akkor éreztem ezt, amikor Tia féltékeny volt Tinára, és szúrós pillantást vetett rám. Éreztem, hogy partnerem kényelmetlenül fészkelődik a kezemben. Lenéztem, és az előbbi boldogság helyét átvette valami leírhatatlan... most is mosolygott, de valahogy ijesztő volt.

– Mi ez a viselkedés? Megbocsátanának nekünk pár percre? Beszélnem kell ezzel a bolonddal – kért elnézést Krüptó.

Ezzel megragadta partnerem a szárnyát, és elvitte hallótávolságon kívülre. Ekkor szálltak ki Tiáék. Őszinte leszek: a szüleimmel együtt annyira meg voltunk lepődve, hogy észre sem vettük őket, míg oda nem értek és meg nem kérdezték, hol vannak a sárkányok. Mi odamutattunk és ekkor láttuk, hogy partnerem – az előző, nagyzoló stílusnak nyomát sem mutatva – teljesen meghunyászkodva hallgatja a nevelő célzatú kritikát.

– Itt meg mi történt? – kérdezte Tia meglepődve.

– Ezt szeretnénk tudni mi is. (Arkon)

– Mikor ébredt fel Krüptó?

Ekkor meglepett pillantásokat kaptam a szülőktől.

– Honnan tudod a nevét? – kérdezte Margaret.

Hogy elterelje a témát, Tia közbevágott:

– Két hete. Szerencsére épp gyakoroltam egy varázslatot, így az edzőtéren voltam. A fél edzőteret felrobbantotta, négy katonánk megsérült. Persze azonnal meggyógyította őket, de elég nagy felfordulást okozott – mesélte Tia, majd sóhajtott.

– Felrobbantotta? De ő nem támogató típus? – lepődtem meg.

– Azt mondta, egy hölgynek hatásos belépő kell. A te partnered mikor ébredt fel?

– Egy órája.

– És hol volt a robbanás? – érdeklődött Tia.

– Nem volt semmilyen robbanás.

– Tessék? Akkor mi történt? – kérdezte Tia felháborodottan.

– Megrepedt a tojás és kimászott belőle. Amikor mondtam neki, hogy eléggé kiábrándító látvány volt, azt mondta, hogy felrobbanthatja a kúriát, én pedig közöltem, hogy nem fontos – meséltem üveges tekintettel, mint aki maga sem hiszi el, amit mond.

– És mi a neve?

– Én is szeretném tudni.

Az egész helyzetre a legjobb szó a káosz volt. A fehér, támogató sárkány ébredésekor felrobbantja az edzőteret, de természetesen kedves és közvetlen, mégis idomítja a fekete sárkányt, aki támadó típus, de ébredésekor csak kimászik egy tojásból, mégis mindenkinél felsőbbrendűnek tekinti magát. Mindannyian szótlanul próbáltuk feldolgozni a helyzetet, amikor a két kölyöksárkány visszatért.

– Elnézést a színjátékért. Krüptó vagyok, Ellytia partnere. Arkonnal már beszéltem, remélem, jól kijövünk majd.

Próbáltam figyelmen kívül hagyni a szülők gyanakvó tekintetét, és erre az imádni való sárkányra koncentrálni magam előtt. Hogy lehet, ő ilyen jól nevelt, míg az én partnerem ilyen nagyképű? Ekkor Krüptó hátba vágta a fekete sárkányt.

– Elnézést kérek az eddigi viselkedésemért. Sokáig aludtam és nehezen alkalmazkodom másokhoz, viszont a bemutatkozást szeretném egy zártabb teremben megejteni.

Tudsz te, ha akarsz – gondoltam. Lehajoltam és felvettem, ekkor odasúgta: „Szép munka, szolga". Éreztem, hogy ökölbe szorul a kezem, de egy mancs előbb lecsapott.

– Úgy látom, még rád fér egy kis nevelés – jegyezte meg Krüptó.

Ezzel a végszóval bementünk a tanácsterembe. Ez volt a kastély legvédettebb pontja; kémek biztosan nem juthattak be, varázslattal pedig képtelenség volt lehallgatni a beszélgetést. Ahogy beértünk, a fekete sárkány lehuppant az asztalfőhöz. Láttam a szülőkön, hogy fogytán a türelmük.

– A nevem Küriosz, ünnepeljetek.

A név kimondása után ismét a három évvel ezelőtti nyomás támadott meg minket; valami felfoghatatlanul erős jelenlét koncentrált ránk minden erejével.

– Igen, igen, felébredtem, lehet szólni a feljebbvalóidnak, hamarosan eljövök értük és érted is – mondta Küriosz vicsorogva.,

Ekkor megszűnt a nyomás. Krüptó már repült is Küriosz felé és a szárnyával jól fejbe vágta.

– Elnézést, nagyjából 3000 éve már, hogy nem volt emberi társaságban, és a legutolsó ébrenlétét is végigháborúzta. Nézzétek el neki – kérte Krüptó lehajtott fejjel.

– Tanulhatnál tőle egy kis jó modort – jegyeztem meg.

Ekkor Küriosz egy lángcsóvát lőtt felém. Jégaurával vettem körbe a kezem, majd hatástalanítottam a lángcsóvát.

– Hohó, nem is rossz! Tízéves létedre képes vagy variáns aurát használni… talán méltó partnerem leszel – jegyezte meg Küriosz.

– Nem azt mondtad, hogy láttál mindent rajtam keresztül? Ezt mégsem tudod? – tudakoltam kicsit ingerülten.

– Csak a fontos dolgokra figyeltem.

Lehet, hogy tényleg megölöm, az agyamra megy.

– Nem mondom, hogy pontosan értem, mi folyik itt, de Tia azt mondta, hogy fontos dolog miatt kell jönnünk. A részleteket nem árulhatta el, viszont pont ma kellett érkeznünk. Most már tisztázhatnánk, mi a helyzet? – érdeklődött Johannes.

Ekkor egymásra néztünk. Tudtam, hogy a szentély miatt jöttek, aztán mindketten Krüptóra néztünk.

– Most, hogy mind jelen vagyunk, kifejtem. A Draco család területétől északra fekvő erdő mélyén található egy szentély. A szentély ősidők óta a fehér sárkányok és partnereik fejlődését, valamint a fekete sárkányok és partnereik edzését szolgálja. Viszont belépni csakis akkor lehetséges, ha mindkét fél jelen van. Arkon külön edzett Küriosztól, szóval nekik csapatmunkát kell tanulniuk, viszont mi Tiával holtponthoz értünk, a szentély nélkül nem tudunk tovább fejlődni – számolt be Krüptó.

– Szóval azt akarod mondani, hogy engedjünk ki két tízéves gyereket és két kölyöksárkányt a vadonba, amely hemzseg a szörnyektől? – döbbent meg anyám.

– A kisseb szörnyek nem fognak minket megközelíteni, a nagyobbak pedig nem mennek a szentély közelébe. Valószínűleg biztonságban odajutunk… hogy ott mi lesz, azt nem mondhatom el.

– Honnan tudhatnád? – kérdezte atyám.

– Már megtettem az utat máskor is.

Én is és Tia is tudtuk, hogy nem lesz könnyű meggyőzni a szüleinket erről, mégis meg kellett tennünk.

– Ti magatok mondtátok, hogy erősek vagyunk. Kérlek, bízzatok bennünk, hogy meg tudjuk csinálni – kértem.

– Arkonnak igaza van. Három éve tervezzük ezt Krüptóval, de nem mondhattuk el, míg Küriosz fel nem ébredt – vallotta be Tia.

– Az előbb és most is úgy beszéltek, mintha már évek óta kommunikálnátok egymással, mi több, Arkon tudta Krüptó nevét. Hogyan magyarázod ezt? – kérdezte Margaret.

– Kiemelkedő a kompatibilitásunk Tiával, így képes voltam vele kommunikálni. Arkonnal három évvel ezelőtt beszéltem,

amikor felébresztette a térmágiáját, mivel ez a fafej belekény-
szerítette a mágiába – magyarázta Krüptó.

– Hogy érted, hogy belekényszerítette? – értetlenkedett anyám.

Küriosz felsóhajtott.

– Muszáj, mindent kikotyognod? Egyszer kapcsolatba léptem
Arkonnal és mondtam neki, hogy a harc varázslat oldali részét
bízza rám. Megvolt rá az okom, az ára viszont az lett, hogy a
kompatibilitásunk nullára zuhant, így mostanáig nem tudtam
vele kommunikálni – tudatta Küriosz.

– Szóval ezért voltál ennyire biztos a mágiában – értette
meg anyám.

– Az igazat megvallva egészen három évvel ezelőttig kétel-
kedtem, aztán elmondtátok, hogy tudtomon kívül mennyi te-
hetségem van hozzá.

– Rendben, értem, hogy fontos a szentély, de mi az, amit el-
mondhattok? – kérdezte Johannes.

– Csak két dolgot. Arkonnak harci próbája lesz. Annak oka,
hogy ilyen korán hajtjuk végre, az, hogy ne támaszkodhasson
túlságosan rám a harcban. Tiának pedig az elhatározása lesz
próbára téve – árulta el Küriosz.

– És... veszélyes? – kérdezte halkan Margaret.

Erre mindenki elhallgatott, és feszült lett a levegő.

– Szóval igen. Hány ember próbálta meg eddig? Hánynak sike-
rült? Mi történik, ha nem sikerül? – kezdett Margaret idegeskedni.

– Azokról nem tudok, akik nem velünk próbálták meg, de
akik velünk voltak, azok közül csupán két ember járt sikerrel.
Ha nem sikerül, meghalnak – közölte Küriosz.

– Ez esetben nem engedem. Később talán lehet róla szó, de
tízévesen biztosan nem! – robbant ki atyámból.

– Atyám, kérlek, fontoljátok meg újra – könyörögtem.

– A nem az nem! – mondta ellentmondást nem tűrő hangon. –
Erről nem is ejtünk több szót, most pedig hagyjátok el a termet.
Keressétek meg Kleót, üzenem neki, hogy felügyeljen rátok. Mi
pedig, ha már úgyis itt vagyunk, megbeszélünk még pár dolgot.

Ezzel ki lettünk rúgva a tárgyalóból – ez volt a lehető legrosz-
szabb végkifejlet. Elkezdtünk sétálni az edzőtér fele, és feltűnt

a két sárkány viselkedése közti különbség. Míg Krüptó mellettünk repült és folyton vidám volt, addig Küriosz egy lépést se tett anélkül, hogy valaki vitte volna, és folyton melankolikus volt. Elhatároztam, amikor négyszemközt leszünk, rákérdezek majd.

– Áhh, ez az a pad, ahol először beszélgettetek. Már akkor is láttam, hogy milyen szép pár lesztek – emlékezett vissza Krüptó.

– Mi-mi-miről beszélsz így hirtelen? – jött zavarba Tia.

– Ugyan már, az óta a nap óta folyton csak Arkon, Arkon, Arkon. Ezt hallgatom.

Amellett, hogy zavarban voltam, örültem is; egyértelmű, hogy ez a helyzet Tiának volt a legkínosabb. Aztán...

– Nem kell zavarba jönni! Lehet, hogy aludtam, de Arkonnak is csak rajtad járt az esze – szólalt meg Küriosz.

Ez felért a nevéhez – katasztrófahozó sárkány. Furcsamód most mosolygott – vagy vicsorgott. Nem tudom, nála nem olyan könnyű megmondani, mint Krüptónál, de mindketten nagyon jól szórakoztak, ez egyértelmű volt.

Aztán komoly hangon megszólalt Küriosz:

– Szóval eltoljuk a szentély meghódítását?

– Nem, az éjszaka folyamán kilógunk. Tudok egy titkos utat, anyával szoktunk arra edzeni, így senki nem ismeri – javasoltam.

– Biztosan jó ötlet ez? Atyád szigorú ember – mondta Tia aggodalmasan.

– Ha minden jól megy, erősebben térünk vissza, ha nem, akkor valószínűleg úgyis meghalunk.

– A motivációs beszédeden még dolgozni kell – állapította meg cinikusan Küriosz.

– Ezt nem akarom tőled hallani – vágtam vissza.

Nevetés hallatszott.

– Elsőre azt hittem, hogy nem jöttök ki jól, de úgy látszik, tévedtem – jegyezte meg Krüptó.

Ennek hatására Küriosz felemelte a fejét és rám nézett a karomból, majd egy „Hmpf" kíséretében elfordította a fejét.

A délután további részében igyekeztünk ártatlannak tűnni, és csak élvezni egymás társaságát. Majd leszállt az éj és elindultunk egy olyan úton, amely megváltoztatta az életünket.

A szentély elfoglalása

Xarius és Rynia szobájában

Aznap éjszaka mindketten fáradtan érkeztek meg a szobájukba. A légkör feszült volt, de ennek az oka nem a fáradtságuk volt. Xarius nem volt képes tovább elviselni a feszült csendet, hát megszólalt:

– Tudom, hogy nem értesz egyet a döntésemmel, de akármilyen dühös is vagy, nem fogom megváltoztatni.

– Ó, én nem vagyok dühös, én csalódott vagyok – válaszolta felesége.

– Csalódott? – kérdezte Xarius meglepetten.

– Igen. Számítottam rá, hogy nem fogjátok engedni. Neked ő az egyetlen örökösöd, és bár tudod, hogy erős, a közelében sem jársz annak, hogy valójában mennyire. Johannes félti a kis hercegnőjét, Margaret viszont, nos, ő ismeri a lányát úgy, ahogy ezek szerint sem te, sem Johannes a saját gyermekét.

– Ezt, hogy érted?

– Mondd csak, ha atyád megtiltott valamit annyi idős korodban, mint most Arkon, te minden szó nélkül engedelmeskedtél?

Erre a kérdésre csend borította el a szobát – leginkább, azért mert Xarius tudta, hova tart a beszélgetés, és nem tetszett neki.

– Én is így gondoltam. És ha emlékszel még, én sem voltam az a csendben szót fogadó típus. Mióta átvetted a család vezetését, megfontoltabb vagy, de ha visszagondolsz, milyen voltál fiatalon, megkapod Arkont.

– Szóval azt akarod mondani, hogy ki fognak szökni.

– Nem, nem fognak... már réges-rég elmentek. Ha tippelnem kellene, amint lement a nap.

– És úgy gondolod, hogy a mindig szófogadó Ellytia nem fogja lebeszélni Arkont, mi több, vele megy?

– Normál esetben talán így lenne, de Tia ma magabiztosan felszólalt szülei ellen, ami nem igazán jellemző rá. Margaret már maga is mondta, hogy ha valamit eldönt, akkor véghez is viszi.

– Még szerencse, hogy Kleo vigyáz rájuk – mondta Xarius.

– Még szerencse – hagyta rá Rynia.

Szimpla egyetértésnek tűnhetett, de Xariusnak valami gyanús volt benne. Általában a parancsait nem kérdőjelezheti meg senki, de Kleo és az általa vezetett fedett egység Rynia privát csapata. Kleo esetében Rynia felülbírálhatta Xarius parancsait.

– Kleo, hogy állnak a dolgok? – kérdezte Rynia az ajtó felé fordulva.

Kleo ekkor benyitott.

– Pontosan, ahogy mondtad. Nagyjából két órával ezelőtt, az edzéseitek során használt útvonalon megszöktek. Ahogy utasításba adtad, elengedtem őket. Két emberem követi őket biztos távolságból, csak akkor fognak közbeavatkozni, ha más területek egységeit érzékelik – mondta Kleo közönyösen.

– Te csak úgy elengedted őket?! – kérdezte Xarius dühösen.

– Mint mondta, az én utasításaimat követte. Ha dühös vagy, mindig állok elébe egy párbajnak – mondta Rynia vészjóslóan mosolyogva.

Ekkor Xarius leült, és elkezdte a halántékát masszírozni. Az egész nap egy káosz volt, és most még a saját felesége is a háta mögött tevékenykedik.

– Elnézést a kirohanásomért. Kleo, elmehetsz – intett a kémnek.

Kleo ezzel távozott. Bár külsőleg végig összeszedett és higgadt volt, de amikor Xarius dühös lett, el akart futni. Végig arra gondolt, hogy nem érti, Rynia hogy képes ilyen nyomás alatt ennyire higgadt maradni. Xarius egy pillanatra szabadjára engedte varázserejét, ami Kleóban régi háborús emlékeket ébresztett; tudta, csak Rynia képes vele felvenni a harcot, ha komolyan gondolja.

– Nem kellett volna ennyire ráijesztened, majdnem kiugrott a bőréből – feddte meg férjét Rynia.

– Látott már rosszabbat is tőlem a háború alatt. Visszatérve az előző témára… szerintem nem érted, milyen komoly helyzetben vagyunk.

– Nem, *ti* nem értitek. Mindkét sárkány az, aminek gondoltuk. Az a nyomás, amit Küriosz neve hallatán tapasztaltunk, egy olyan valamitől jött, amivel mi nem vehetjük fel a harcot.

Biztos vagyok benne, hogy minden alkalmat minél előbb meg kell ragadnunk, mert már nem csak a királyi család ellen harcolunk – mondta Rynia komolyan.

Xarius felsóhajtott.

– És mi történik, ha nem jön be a terved és valamelyikük meghal?

Ekkor Rynia leült férje mellé és átölelte.

– Nem lesz semmi gond. Mint mondtam, Arkon erős. Még tapasztalatlan, de Kleo és Karl már most sem képesek legyőzni őt. És bár Tia is tapasztalatlan, varázslóként erősebb lehet nálad, aki a frakciónk vezetője vagy. Ha olyan dologgal kerülnek szembe, amibe belehalnak, úgy mi is meg fogunk, és akkor úgyis mindegy – mondta Rynia mosolyogva.

– Az utolsó mondat nélkül megnyugtatóbb lett volna. Rendben. Nem szeretem, amikor a hátam mögött intézed a dolgokat, de ez esetben elfogadom. Viszont Johannesnek te mondod el holnap.

– Nee, csak azt ne! Te is tudod, hogy bolondul a saját lányáért… már most belefájdul a fejem a nyafogásába – nyögött fel Rynia.

– A tetteidnek következményei vannak – mondta Xarius mosolyogva.

Ezzel mindketten lezártnak tekintették az ügyet, bár mindkettejük fejében az járt, hogy remélhetőleg csak ennyi következménye lesz ennek a döntésnek.

Ellytia

Két héttel ezelőtt amikor Kryptó felébredt és kitűzte a mai napot a Draco család meglátogatására, nem gondoltam, hogy így fognak alakulni a dolgok. Küriosz sem éppen olyan, amilyennek elképzeltem. Számítottam rá, hogy szüleink ellenezni fogják a szentélyes küldetést is, de úgy gondoltam, meg tudjuk őket győzni. Szóval csak a szokásos: ahogy Arkon közelébe kerülök, minden a feje tetejére áll. Aztán jött ez az ötlet, hogy lógjunk ki. Mivel támogató típus vagyok, kíséret nélkül nem jöhetnék ki a vadonba, Arkon azonban állította, hogy nem lesz gond. Négyünk közül csak én vagyok ideges. Aztán jöttek az első szörnyek, a két sárkány oda sem figyelt rájuk. Arkon annyit vetett oda Krüptónak, hogy úgy volt, hogy nem jönnek a közelünkbe, mire Krüptó válasza annyi volt, hogy valószínűleg azért van így, mert gyenge a jelenlétük, hiszen csak nemrég ébredtek fel. Ekkor komolyan aggódni kezdem a küldetésünk sikere miatt. Ekkor Krüptó szólt hozzám telepatikusan:

Nyugodj meg! Nem láttad a tárgyalóban? Arkon képes jégvariáns aurát irányítani. Ismét elég sokat erősödött, folyton meglep.

– És úgy gondolod, hogy elég erős lesz, hogy megvédjen minket a szentélyig?

Az odavezető út semmiség, az igazi próbája ott várja. Ha már az odavezető utat sem bírja ki, akkor jobb, ha meg sem érkezünk. De ha minden a legrosszabbra fordulna, Küriosz még mindig segíthet.

– Az az öntelt sárkányutánzat?

Hééé, mindent hallok – szólalt meg Tia fejében Küriosz.

Ennek hatására mindenki elhallgatott, bár Tia volt az egyetlen, aki meglepődött.

Most mit vagy így meglepődve? Amikor gyerekként kristályt cseréltetek, közvetlen kapcsolatot alakítottatok ki velünk. Krüptó is képes Arkonnal beszélni – világosított fel Küriosz.

Nem kell így megszeppenni, bár engem is meglepett Küriosz viselkedése. Régen király volt, és berögződött nála az, hogy ilyen magas lóról beszél – magyarázta Krüptó.

– Király? – kérdezte Tia még nagyobb meglepetéssel.

Nem értem, miért gondolod, hogy annyira nagy potenciál ez a lány. Ha nem meglepett, akkor aggodalmaskodó. Bár igaz, hogy amennyire Arkon emlékeiből látom, én csupán legendaként maradtam fent, míg Krüptó fajtársai közül volt, aki reinkarnálódott.

Lehet, hogy meg kellett volna sértődnöm, de volt valami szomorúság a hangjában, amely sokkal mélyebbnek érződött, mint az ellenem intézett szavai.

– Mi a helyzet a te fajtársaiddal? – kérdeztem meg ezért.

Miután kimondtam, tudtam, hogy nem kellett volna. Az, hogy nem reinkarnálódott egyikük sem, csak azt jelentheti, hogy valami nagyon rossz dolog történt.

*Ezekre a dolgokra visszatérünk később. Nem mehetünk bele rész-
letekbe* – utasította el a válaszadást Küriosz.

– Áhh, megint ez a depresszió! Ne figyelj rá, sok minden tör-
tént a múltban, egy kis idő kell neki, de szerethető is tud len-
ni. A lényeg, hogy ne izgulj, nem lesz gond – biztatott Krüptó.

Nem voltam teljesen meggyőzve, de aztán láttam Arkont
harcolni. Amennyire a könyvekből tudom, azok a szörnyek,
amik megtámadtak bennünket, a gyengébbek közé tartoznak,
de így is meglepő volt, hogy komolyabb gond nélkül mészárol-
ta le őket. Éjszaka jó pár szörnnyel elbánt, majd reggel letábo-
roztunk. Arkon állítása szerint az itteni legtöbb szörny éjjel ak-
tív, így az a legbiztonságosabb, ha napközben pihenünk. Krüptó
állítása szerint nagyjából félúton lehetünk. Ha dél körül útnak
indulunk, legkésőbb estére a szentélyhez érünk.

Arkon

Egy pár óra pihenés után leváltottam Tiát, aki őrködött. A sár-
kányok felajánlották, hogy szólnak, ha gond van, de Tia ragasz-
kodott hozzá, hogy valaki ébren legyen kettőnk közül. Most én
őrködtem, oldalamon a sárkányokkal.

– Ti is észrevettétek, hogy követnek minket, mióta belép-
tünk az erdőbe ugye? – kérdeztem a sárkányoktól.

– Meglep, hogy te is észrevetted. Van tipped, ki lehet? – kér-
dezte Küriosz.

– Mivel nem támadtak meg, és tartják a távolságot, gyaní-
tom, a biztonságunkra ügyelnek. Ha tippelnem kellene, Kleo
osztagát mondanám.

– Á, a lány a gyíkkal! Valóban… ha az osztaga is annyira tehet-
séges, mint ő, akkor könnyen igazad lehet – helyeset partnerem.

– Hova lett a nagyzoló beszédstílusod?

– Az csak megszokás volt akkorról, mikor legutóbb éltem.
Lépten-nyomon háború dúlt, és csak az erőből értettek mind a
sárkányok, mind az emberek. Annyit elismerek, hogy civilizál-
tabb lett minden. Bár ezzel együtt gyengébb is.

– Ezt hogy érted?

– Mivel sok területen béke honol, leesett a képességek minősége. Nincs pontos információm a jelenről, de amit eddig tapasztaltam, kiábrándító. A Draco család harci ereje jelenleg a királyság élmezőnyében van. Az én időben is erősek lettek volna, de nem kiemelkedően. Az alapítónak pedig a közelébe sem érnek.

Az alapító említésére Kürioszt elárasztották az érzelmek. A köztünk lévő kapocs miatt éreztem szomorúságát, dühét, de ami a legerősebb és legfurcsább volt, a kiábrándultságát.

– Az alapító, akiről semmi információnk nincs. Van, amit elmesélhetsz róla?

– A neve Arkon volt, akárcsak neked, bár a hasonlóság nem csak ennyiben merül ki. A természete is hasonló volt, viszont ő varázsló volt. Rengeteg háborúban harcoltunk partnerként, de az utolsóban elvesztettünk mindent. Én harcolni akartam tovább – ha másért nem, bosszúért. De ő feladta, s egy utolsó, céltalan tombolásba kezdett, amibe bele is halt. Bár... talán ez volt a célja.

– És mi lehet az oka, hogy egyetlen feljegyzésben sem találni nyomát, te pedig úgy vagy feltüntetve, mint maga a gonosz?

– Erre talán válasszal szolgálhatok – lebegett oda hozzánk Krüptó. – Képtelenség aludni a duruzsolásotoktól. Szóval, amikor a háború lezárult az ellenséges frakció győzelmével, a király lépéseket tett. Mivel a Draco családot nem tudta kiirtani, így megfosztotta őket a történelmüktől. Az utolsó tombolás pedig, ahogy Küriosz leírta, adta az alapot ahhoz, hogy a fekete sárkányok mindegyike gonosz.

– Logikusnak tűnik, bár csak feltevés – fűzte hozzá Küriosz.

– Nem, nem az. Amikor Tia kicsi volt, véletlenül belopózott a Draic család könyvtárába. Valószínűleg nem is emlékszik rá. Én viszont igen. A titkos dokumentumaikban említik, hogy az utolsó Draco, aki életben maradt, egy csecsemő volt. A Draic család, aki már akkor is szövetségesük volt, száműzve lett a határvidékre. A Draic család a hallgatásáért cserébe életben maradhatott, a Dracók történelme ki lett törölve. A Theron család pedig nagy valószínűséggel a király kémje – rmesélte Krüptó.

Éreztem, hogy elönt a düh, és ezzel Küriosz is így volt. Próbáltam arra koncentrálni, hogy fontos küldetésünk van, és tudtam, hogy Tiát nyomasztja ez az egész helyzet, nem kell még az én dühöm is.

– De miért? Miért az ellenségeskedés a két frakció közt.

– Egyelőre ennyit mondhatunk el. A lényeg: a két frakció vezetője a Draco és a vele szemben álló Hylla, amely most a királyi család. Hogy mi volt az ellenségeskedés oka, még korai lenne elmondani, és amúgy is a szentélyre kellene koncentrálnunk – hárította el a válaszadást Küriosz.

– Megértem, és a próbáról esetleg valami infó, ha már így összebarátkoztunk?

– Ügyes próbálkozás, de hogy őszinte legyek, én sem tudok sokat. Harci próba lesz, de az ellenfél kérdéses. Szóval légy résen és improvizálj – javasolta a fekete sárkány.

– Ez aztán a jó tanács.

– Szívesen – mondta Küriosz vicsorogva.

Nem sokkal később felébresztettem Tiát és útnak indultunk. Az út második felében nem támadtak ránk szörnyek, így gond nélkül eljutottunk a szentélyig még naplemente előtt. A távolból már láttuk is, amikor engem Küriosz, Tiát pedig Krüptó földre terített. Először meglepődtem, de egy pillanat múlva rájöttem, miért: olyan erős vérszomjat éreztem, amelyet még soha. Nem láttam, de éreztem a forrását: elhaladt tőlünk pár méterre, ügyet sem vetve ránk. Egy kis időbe beletelt, míg bárki megszólalt. Ez idő alatt figyeltem a mozgását. Úgy tűnt, a szentély körül mozog, nagyjából száz méter átmérőjű körben.

– Ez baj. Legutóbb nem ő volt az őrző, így jóval nehezebb lesz – jegyezte meg Küriosz.

– Ez az oka, hogy egyetlen próba sem sikerült, mióta nem reinkarnálódtál – adta meg a magyarázatot Krüptó.

– Beavatnátok? – tudakoltam.

– Már hatókörön belül vagyunk, vagyis aktív a próba, szóval elmondhatom. Amikor utoljára itt jártam, egy ötfejű hidra őrizte a szentélyt. A küldetés az volt, hogy le kellett győzni, vagy elterelni a figyelmét, míg Krüptó belopózik. Ha az ajtón belülre érnek, oda már nem juthat be utánuk. Ha ez sikerül, a próba sikeres – mesélte el Küriosz.

– Szóval azt mondod nekem, hogy ez a lény veszélyesebb, mint egy ötfejű hidra? Az egy legendás lény intelligencia nélkül, de az ereje egy szivárvány osztályú sárkányéval vetekszik. Mi ez a lény? – kérdeztem indulatosan.

Ekkor odafordultam, és csak egy nagyjából három méter magas, 8-9 méter hosszú árnyékot láttam, amely a szentély körül körözött. Azután hirtelen felém fordult és találkozott a tekintetünk: egy vérvörös szempárt láttam, ehhez párosult a mélyről jövő morgás. A vér is megfagyott az ereimben.

– Én tudom, mi ez, de az nem lehet igaz – szólalt meg Tia félelemtől remegő hangon.

– Pedig pontosan az. Én sem értem, hogyan, de ez egy Fenrir – sóhajtott Krüptó.

– És egy igencsak erős példány… megküzdöttem már számossal, de ezt itt nem átlagos – tromfolt rá Küriosz.

– Kifejtené valaki, mi az a Fenrir? – kérdeztem.

– Egyetlen könyvben találtam rá halvány utalást. A fekete sárkányokkal azonos szinten kezelik őket. Vérszomjas bestiák, harcmániások. Nem tudunk róluk egyebet, de a könyv szerint a fekete sárkányok kiirtották őket – válaszolta Tia.

– Nem irtottuk ki őket, csak bizonyos dolgok miatt nincsenek jelen, de erről…

– Még korai beszélned, igen, igen. Hogyan győzhetem le?

– Normál esetben azt mondanám, találd ki, de ezt sehogy.

– Az átlagosnál is nagyobb segítség vagy – szúrtam oda neki gúnyosan.

– Jó, jó, a lényeg, hogy ő túl erős, be fogok segíteni, bár jelenleg gyenge vagyok.

– Rendben, akkor itt a terv. Én feltartom Küriosszal, míg Tia és Krüptó bejutnak a szentélybe. Utána megpróbálunk elmenekülni. Közben improvizálunk.

Kínos csend.

– Szóval ez a terv? – tudakolta Krüptó.

Nevetés hangzott fel.

– Tudod, egy perccel ezelőtt még halálosan féltem, de az, hogy ezt tervnek nevezitek, kizökkentett. Szóval te harcolsz, én futok, a többi majd lesz, ahogy lesz – mondta Tia mosolyogva.

– Hát, ha így fogalmazol, valóban nem egy zseniális terv – láttam be.

– Jó lesz ez. Most legalább megtapasztalsz egy erős ellenfelet az után a sok gyenge mihaszna után – jegyezte meg Küriosz.

Ettől nem éreztem jobban magam, de ezt nem mondtam ki. Megbeszéltük, ki hogyan fog elhelyezkedni. Tia és Krüptó, valamint én és Küriosz a Fenrir által leírt körív két egymással szemközti részén helyezkedtünk el. Mi a szentélynek háttal, Tiáék szemben, hogy egyből be tudjanak futni. Megvárjuk, míg Tiáékhoz ér, ekkor mi elcsaljuk, így távolságot nyerve. Amikor elér hozzánk, Tiáék futni kezdenek a szentélyhez. A legkockázatosabb része a tervnek, hogy a Fenrir utánunk ered-e, Küriosz szerint nem kérdéses. Mindenki a helyén, a Fenrir is a megfelelő pozícióban.

Átléptem a képzeletbeli határvonalon, és azonnal minden ösztönöm sikítani kezdett. Felnéztem és láttam a nagy vörös szempárt, amely pár perce megbabonázott. Éreztem, hogy ha egyedül lennék és nem tudnám, hogy Tia élete múlik ezen, meg sem tudnék mozdulni. Előhúztam a kaszámat, majd suhintottam magam elé egyet, ezzel provokálva ellenfelemet. Rám vicsorgott, úgyhogy sikeresnek ítéltem. Meg is lódult felém; gyorsabb volt, mint amire számítottam. Én tudom vele tartani a lépést, de ha Tiáék után ered, nem érem utol.

Ahogy elszaladt a szentély bejárata mellett, Tiáék felkészültek a futásra. Majd amikor odaért hozzám, két első lábát elvágta a térmágiám, amelyet előre elhelyeztem. Nagy sebességgel közeledett felém, viszont elveszítve az egyensúlyát, a lendület miatt elrepült mellettem, be az erdőbe. Nem csak provokálni akartam. Ez nem az a szituáció volt, ahol visszafoghatom magam. Láttam, hogy Tia eléggé meglepődött, de egy pillanattal később már szaladt a szentély felé. Akár még sikerülhet is. Sejtettem, hogy ennyi nem lesz elég, úgyhogy pár vágást még elhelyeztem térmágiával. Közben lement a nap, a szentély körüli részt csak a hold fénye világította meg, bár így is tisztán lehetett látni.

Pár pillanattal később egy vérfagyasztó üvöltés után a Fenrir sértetlenül kisétált az erdőből. Rám nézett és rám vicsorgott. Ismét meglódult felém, de jóval óvatosabban. Megtorpant az egyik csapdám előtt, majd a farkát megsuhintva jégszilánkokat lőtt felém. Jégaurával kivédtem. Viszont a következő támadást már csak a kaszámmal tudtam blokkolni; a mancsával csapott felém. Jégaura a jégaura ellen, viszont az ő ereje messze az enyém felett volt. Vagy tíz métert repültem, Küriosz mögém repült, hogy lassítsa zuhanásom. Reméltem, a fenevad sem úszta meg sérülés nélkül, mivel magam előtt is helyeztem el térmágia csapdát, de sajnos sértetlen volt.

– A Fenrirek félig spirituális létformák; meg tudod őket sebezni, de amíg van elég varázserejük, végtelen ideig tudnak regenerálódni – informált Küriosz.

– Ezt eléggé igazságtalannak érzem.

– Ezt kompenzálandó nem tudnak föld elemet használni. Szél, víz és tűz, ez a három elem, amire képesek, és ezek variánsai.

– Ezt nem tudtad volna azelőtt elmondani, hogy repülni küldött? – méltatlankodtam.

– Lehet, hogy azt mondtam, segítek, de fontos, hogy tanulj is a hibáidból. Ha mindent elmondok, mit tanulnál?

Az a legidegesítőbb, hogy igaza van. A jó oldala viszont az, hogy elhúzódik a harc, s Tia már csak pár lépésre van a szentélytől.

Ekkor a Fenrir ismét üvöltött, de most felerősítette szélmágiával; ha Küriosz nem tartja a hátamat, elrepültem volna. Ennek hatására Tia egy lépést sem tudott előre haladni, aztán amikor elhalt az üvöltés, viharfelhők kezdtek gyűlni az égen, villámok tucatja csapott le. Mindennek a csúcsa volt, hogy egy tornádó kezdett formálódni a Fenrir felett. Amint földet ért, a Fenrir körül forgott, minden irányból védve őt. Egyértelmű volt, hogy a jelenlegi erőmmel csakis a térmágiámmal vagyok képes megsebezni őt, ám a tornádója nem csak védte, de folyamatosan visszaszorított a széllel, ráadásul jéglándzsákat lőtt ki a tornádó forgása segítségével. Minden erőmmel azon voltam, hogy a jéglándzsákat semlegesítsem. Küriosz segített, hogy tartsam a helyzetem, de ha csak egy jéglándzsa is átjut, lehet, hogy eltalálja Tiát. Ekkor hallottam, ahogy az ajtó fémes nyikorgással kinyílt. Tia belépett rajta, és reméltem, hogy minél előbb sikeresen elvégzi a próbáját, mert tudtam, én már nem sokáig bírom.

Ellytia

Arkon és a Fenrir közti harc elképesztő volt. Ehhez képest én még csak a szentélyhez sem vagyok képes eljutni, idegesítően gyenge vagyok. Frusztrál, hogy nem tehetek érte semmit, csak nézhetem és várhatom, hogy megvédjen. Ha valóban háborúra kerül a sor, akkor is csak várhatom, hogy megsérüljenek, csak hogy hasznos legyek és meggyógyítsam őket? Ez a támogató varázslat, amire annyira irigy a királyi család? Nem fogadom el, én is meg fogom védeni a szeretteimet! Ezekből az érzelmekből erőt merítve nehezen, de bejutottam a szentélybe. Az ajtó bezárult mögöttem. Először olyan sötét volt, hogy semmit nem láttam, aztán hirtelen vakító fehérség. Pár pillanat kellett, hogy alkalmazkodjon a szemem. Mindenhol minden fehér; nem tudtam eldönteni, hogy lebegek, zuhanok, vagy állok egyhelyben. Ekkor egy hófehér sárkány jelent meg előttem. Krüptó volt az, de ha nem lenne a partnerem, nem tudtam volna: összehasonlíthatatlanul fenséges volt. Az aranyos kölyöksárkányhoz képest egy nagyjából húsz méteres, óriás sárkány állt előttem. A kis formájában tömzsi és aranyosan ide-oda repülő sárkány helyett most testfelépítésében karcsú, teste hófehér, s nehezen kivehető, de pikkelyek borítják. Repülés helyett négy lábán járt, de a hátán lévő szárnyai kifeszítetlen állapotban is fenségesek voltak.

– Normál esetben a próbán jelen lenne a többi fehér sárkány is, de csak egyedül vagyok. Hamarosan megtudod az okát – legalábbis amennyit tudok. Az első, amit meg kell ígérned, hogy amit itt megtudsz, nem mondod el senkinek, csak ha a feltételek teljesülnek a másik félre is.

– Milyen feltételek? – tudakoltam.

– A másik félnek is át kell esnie a saját próbáján.

– Arkon épp kint harcol...

– Az ő próbája nem ez lesz. Az ő útja ezzel indul, de az igazi próbája még messze van.

– Tudom, hogy terelni próbálod a témát, de egyvalamire adj nekem őszinte választ. Ha sikerrel veszem ezt a próbát, képes leszek másokra támaszkodás nélkül, saját erőből megvédeni a szeretteimet?

– Bárkit meg tudsz majd gyógyítani bármi...

– Nem! Nem így értettem. Képes leszek harcolni, nem pedig csak várni, hogy más megsérüljön, hogy aztán meggyógyítsam? – kérdeztem frusztráltan.

– Még nem volt rá példa, de ha elérjük a megfelelő szintet, képes leszel fény, illetve szent támadó varázslatokat használni – válaszolta Krüptó.

– Rendben. Ha jól gondolom, úgysincs visszaút, mi a tesztem?

– Az áldozathozatal.

– Mit kellene feláldoznom?

– A jövődet. Pontosabban azt a jövőt, amit jelenleg el szeretnél érni.

– Még most sem világos. Nem tudnál egyszerűen fogalmazni ahelyett, hogy kertelsz?

– A legegyszerűbben elmondva a teszted arról szól, hogy az erőért, amit ketten elérhetünk, hajlandó lennél-e feladni a jelenlegi életedet, ezzel is a kettőnk közti bizalmat és kapcsolatot erősítve. Ha képes vagy rá, akkor egy fúziónak nevezett folyamat veszi kezdetét. Ez azt jelenti, hogy egyesülünk, testben és lélekben is. Ez csak egy határozott ideig fenntartható állapot, viszont amint megszakad, az emberi testre maradandó hatásai vannak.

– Miféle hatásai?

– Itt jön képbe az áldozathozatal. A tested ezután egy egyedülálló fajhoz fog tartozni. Olyan kevesen érték el ezt a szintet, hogy a fajnak nincs neve. A lényeg, hogy immunis leszel a betegségekre, az élethosszod természetes módon végtelen, megölni viszont meg tudnak, ahogy másokkal is történt a múltban. Azonban a titkokat és minden egyebet is csakis a saját fajoddal oszthatod meg. Vagyis hátra kell hagynod a családod. Nem most, de míg ők meg fognak halni, te nem. És ha nem lesz olyan, aki elérné a fúziót, nem fogsz tudni családot alapítani sem. Bár ez miatt nem aggódnék.

És megint. Mindig ezt csinálja: rám zúdít egy csomó információt, aminek egy töredéke is elég lenne, hogy túlterhelje az agyam. Most meg elvárja, hogy döntsek a jövőmről úgy, hogy alig van időm.

– Miért mondod, hogy nem aggódnál?

– Mivel eljutottunk a fúzió kapujához, pontosan tudod, hogyan érzek Küriosz iránt, ezáltal én is azt, hogy te mit érzel Arkon iránt. Arkon is el fogja érni a fúzió kapuját; ha tippelnem kellene, vagy az akadémián, vagy pár évvel utána. Onnantól kezdve ti ketten azonos fajhoz fogtok tartozni, ráadásul örökéletűek lesztek – közölte Krüptó tényszerűen.

– Úgy beszélsz ezekről a dolgokról, mintha egyértelműek lennének.

– Mert azok is. Pár év múlva majd rájössz. Most viszont döntened kell, mert fogytán az idő, vagyis Arkon ideje – figyelmeztetett.

Ekkor megjelent egy kép a semmiből, amely a kinti eseményeket mutatta. A Fenrirrel szemben Küriosz állt vicsorogva, Arkont pedig hastájékon átszúrta egy jéglándzsa. A seb befagyott, de ha nem látja el valaki sürgősen, biztosan belehal.

– Rendben van. Mindenképp erősebb akartam lenni. Amíg ők élnek és én meg tudom őket védeni, nem érdekel, ha haláluk után én boldogtalan leszek. Bármi történjék is velem, meg fogom védeni őket – mondta Tia határozottan.

– Pontosan. Ez a próba nem a családod feláldozásáról szól, hanem a saját érdekeid feláldozásáról az övék érdekében, és te átmentél – válaszolta elismerően Krüptó.

– Ez lesz az első fúziónk. Minden emlékemet látni fogod; ne feledd, senkinek nem beszélhetsz róla. El fogod veszíteni az eszméletedet a nagy terhelés miatt, de ígérem, hogy megmentem mindkettőjüket, míg te alszol.

Miután ezt hallottam, álomba is merültem és láttam Krüptó emlékeit. Sokat nem értettem – gondolom, idő kell, hogy alkalmazkodjak. De mind közül a legfájdalmasabbra tisztán emlékszem...

Említette, hogy egyedül ő létezik fehér sárkányként, és hogy majd rájövök, miért. Egy mészárlást láttam: a fekete sárkányok halomra ölték a fehéreket. Küriosz nem volt köztük, éreztem, hogy Krüptó szólítja, de nem érte el. Azonban akire emlékeztem, az Arkon – persze nem a mostani, hanem akit alapítónak hívnak. Ő vezette a fekete sárkányokat. Az utolsó kép, hogy odasétál egy lányhoz, aki sírva könyörög neki, hogy hagyja abba, de figyelmet nem szentelve neki szíven szúrja. Ekkor Krüptó szíve is megszakadt, fizikálisan és érzelmileg is. Ő volt az első partnere, Erina, akit Arkon ölt meg, aki Küriosz első partnere volt. Krüptó meg van győződve róla, hogy Küriosz nem tud semmiről, de ez a pillanat volt több száz leélt évének legfájóbbja. A családja, a partnere, mind a saját szeme láttára lett semmivé. Éreztem, hogy elnyomnak az érzelmek, de mielőtt összeroppantam volna, elvesztettem az eszméletemet.

Arkon

Nem sokkal azután, hogy Tia után bezáródott az ajtó, a Fenrir sokkal vérszomjasabb lett. Amennyire tudjuk, ő nem tud bemenni a szentélybe, de mintha szorította volna az idő, mindent bevetett. Szélmágiát használva növelte a sebességét; jégmágiával csökkentette a súrlódását, akárcsak anyám. És egyre erősebbek lettek a támadásai mind varázslat terén, mint fizikális ütések terén. Aztán eloszlatta a tornádót. Először értelmetlen lépésnek tűnt, de kibillentett vele az egyensúlyomból. Míg próbáltam visszanyerni, ott termett előttem, újfent elütött a mancsával, de most ezt követően azonnal jött a jéglándzsa. Nem tudtam kivédeni: átszúrta a hasam és a földhöz szögezett. Kész, eddig bírtam. Sajnálom, srácok.

Ekkor az éjszakát aranyfény töltötte be. A felém közeledő Fenrirt egy fénysugár semmivé oszlatta. Egy füstfelhő maradt a helyén, de nem tudott érdekelni. Ellytia teljesen máshogy nézett ki, mint szokott. Vörös hajszíne hófehérré változott, aranyló aura vette körül, szeme sárgán világított, és a Fenrirénél is rémisztőbb varázserőt árasztott magából. A föld felett lebegett, de a hátán volt két pár aranyszínű szárny is. Olyan volt, mint egy félig sárkány, félig ember lény. A rajta lévő ruhának nyoma sem volt, a helyén aranyszínű pikkelypáncél, bőre fehér, akár a porcelán. Ekkor felém fordult, majd felém is lőtt egy olyan fénysugarat, mint a Fenrirre. Azt hittem, végem, de csak a jéglándzsát tüntette el. Aztán egy pillanattal később a sérülés is begyógyult. Ekkor újra felnéztem. A ragyogás halványult, a jelenség kezdett visszaalakulni Tiává. Minden a régi volt, mögötte a szárnyak helyén Krüptó, s mindketten mélyen aludtak, egy fénygömbben ereszkedve a föld felé. Odaszaladtam és megnyugodtam, hogy mindketten rendben vannak.

– Átment a teszten – jelentette ki Küriosz.

– Még szerencse. Egyetlen perc, és meghaltam volna.

– Nem hinném – mondta Küriosz közömbösen, majd az eltűnő füstfelhő irányába mutatott.

– Vége a bulinak? Évszázadok óta nem mozogtam ilyen jót, bár az a bomlasztó sugár eléggé megperzselte a bundámat – hallottuk.

A hang és a mondandó nem passzoltak. A hangja mély volt, de amit mondott, az túl laza ehhez. És a kinézet! A hatalmas Fenrir helyén egy kölyökfarkas hevert a hátán fekve, mintha csak azt várná, hogy valaki megvakarja a hasát. Ekkor Küriosz odarepült hozzá.

– Ugye milyen jó buli volt? – kérdezte vicsorítva, majd elkezdte vakargatni a Fenrir hasát.

– Na, ki a jó kis Fenrir? Igen, te vagy, Syren – mondta Küriosz, mintha csak egy háziállathoz beszélne.

– Hé, tudod, hogy nem szeretem, ha háziállatként... – kezdett tiltakozni Syren.

Be sem tudta fejezni, mert Küriosz elkezdte vakargatni a másik mancsával a füle tövét, eksztázis-közeli állapotba hozva ezzel a Fenrinrt, akit ezek szerint Syrennek hívtak. Több dolgot is meg akartam kérdezni, de még mielőtt bármit tehettem volna, úrrá lett rajtam a fáradtság. Most, hogy mindenki biztonságban volt, nem tudtam ellenállni a fáradtságomnak és elájultam.

Az ismeretlen

Amikor felébredtem, az éjszakának nyoma sem volt. Körbenéztem és láttam, hogy Tia és Krüptó még mindig alszanak, Küriosz és Syren pedig beszélgetnek. Odasétáltam hozzájuk.

– Ideje volt már –jegyezte meg Küriosz.

– Neked is jó reggelt. Bemutatnál a barátodnak?

– Ő itt Syren. Nem mondhatok sokat, csak annyit, hogy magas rangú Fenrir.

– Méghogy magas rangú... én vagyok... – kezdte volna Syren, de ekkor Küriosz egy szúrós pillantással elhallgattatta.

– Titkok és titkok! Érdekelne, mikor jön el az a pillanat, amikor őszintén el tudjátok mondani, mi folyik itt – sóhajtottam fel.

– Amikor nem leszel ilyen gyenge. Ha le tudtad volna győzni Syrent, mindent elmondanék – válaszolta Küriosz.

– Persze, és utána királlyá is koronázhatnának – mondtam szarkasztikusan.

– Így van – bólintott Syren.

– Tessék? – néztem rá meglepetten.

– Ne is foglalkozz vele! Hozzám hasonlóan ő sem lépett kapcsolatba emberekkel már ki tudja, hány évszázada – terelt Küriosz.

Elég gyanús volt, de úgy döntöttem, nem erőltetem; ha nem akarnak róla beszélni, úgysem fognak. Ráadásul még mindig nagyon kimerültnek éreztem magam.

– És azt elmondhatod, hogy mi történt Tiával? – érdeklődtem.

– Mint azt gondolom sejted, részletekbe nem mehetek, de ennek több oka is van. Egyrészt a teszt és az az alatt történtek az érintett felek titkai, ebből adódóan nem is igazán tudom. Másrészt pedig, mivel eltér az evolúciónk. Annyit elmondhatok, hogy amit láttál, az a fúzió. Ez a partneri kapcsolat legfelső lépcsője. Még tapasztalatlanok, de ha megtanítják irányítani, akkor hihetetlen erőre tesznek szert.

– Fúzió. Ez lenne a magyarázata annak, hogy egy mindenki által támogató típusnak elkönyvelt faj ilyen erős támadó varázslatot használt?

– Én, mint spirituális lény, hadd válaszoljak erre. Azt, hogy valakinek az ereje milyen alakot ölt, gyakran befolyásolják az érzelmei. Az a kislány valószínűleg olyan erőre vágyott, amivel nem kell másokra támaszkodnia. A fény-, illetve szent varázslatok legfelsőbb szintjén vannak a bomlasztó sugárhoz hasonlatos varázslatok – magyarázta Syren.

– És pontosan ez az oka annak, hogy még mindig nem ébredtek fel. Jóval nagyobb erőt használtak, mint amire jelenleg képesek. Ezt a varázslatot még hosszú ideig nem látjuk viszont, ezt garantálom – tette hozzá Küriosz.

– És velünk mi a helyzet? Mi is kiálltuk a próbát, nemigaz?

– Ez nem a te próbád volt; ebben az esetben mi voltunk a támogatók. Természetesen a jutalom sem minket illet: neked most csak a tapasztalat jutott.

– Hát, ettől nem érzem jobban magam. Legalább némi információt adhatnátok... minél többet beszélünk – Fenrir, fúzió, bomlasztó sugár –, annál kevesebbet értek – válaszoltam csalódottan.

– A fiú jól állta a sarat, ezt te sem tagadhatod. Legalább egy keveset áruljunk el neki, még mielőtt teljesen elveszíti a motivációját – javasolta Syren.

Küriosz felsóhajtott.

– Rendben. Mint azt Krüptó már mondta, egy ideig én voltam a sárkányok királya. Syren abban az időben a Fenrireké volt. Amennyire értem, a jelenlegi tudásotok szerint a Fenrirek kihaltak. Az én emlékeim szerint ez lehetetlen.

– Mert nem is haltak ki. Nem tudom pontosan, mi történt, de nagyjából akkor, amikor Küriosz meghalt legutóbb, engem a szentélyhez láncoltak. Csak egy lény képes engem leláncolni, de róla még korai lenne beszélni. A lényeg, hogy a feltétel az volt, hogy amíg nem lesz egy tökéletesen fuzionálni képes pár, addig nekem kell őriznem a szentélyt. Ez most megtörtént. Azonban amint haza akartam indulni, egy láthatatlan erő visszatartott – mesélte Syren.

– Úgy gondoljuk, hogy miután meghaltam, nem csak Rogos történelmét írták át. Az erdőn túl hatalmas földterület fekszik, amelyet jelenleg nem tudunk elérni. Valószínűleg ott vannak azok a fajok, amelyek szerintetek csak legendák – jelentette ki Küriosz.

– Szóval azt mondjátok, hogy ha ezen az erdőn át tudunk kelni, nagy a valószínűsége, hogy ismeretlen, mégis intelligens fajokkal találkozunk. Olyanokkal, amelyek számunkra jelenleg csak legendák?

– Így van. Azt tudjuk, hogy ki különítette el a fajokat, de hogy miért és hogyan, valamint miként tudjuk feloldani, azt nem – vallotta be Syren.

– Az egész nagyon furcsa. Mint már mondtam, nagyon lecsökkent a harci potenciál a mostani emberekben. Az, hogy nem tudjátok, mi a fúzió, az is meglepő. Nem volt gyakori, de az én időmben mindenki ezt az erőt akarta, most pedig a létezéséről sem tudtok – töprengett Küriosz.

Ekkor mozgolódást hallottunk; Tiáék kezdek ébredezni.

– Majd folytatjuk, nekik erről egy szót sem – figyelmeztetett a fekete sárkány.

– Most már előttük is titkolózunk? – kérdeztem elszomorodva.

– Szokj hozzá. Amíg nem vagyunk képesek a fúzióra, nekik is lesznek titkaik előttünk.

– Ezt hogy érted?

– Majd megérted, ha eljön az ideje.

Ekkor Syrenre néztem, hátha segít, de csak oldalra fordította a fejét, jelezve, hogy Küriosznak igaza van. Bár csak nemrég találkoztunk, úgy éreztem, könnyebb rá hatni, mint Kürioszra, ám ha ő sem akar belemenni a részletekbe, akkor tényleg nincs még itt az ideje.

Ellytia

Amikor felébredtem, egyszerre éreztem úgy, hogy minden porcikám fáj, és hogy soha nem voltam még ilyen jól. Már ez az ellentétes érzés a rosszullét határára sodort. Amikor kinyitottam a szemem, Arkon hajolt fölém, mellette Küriosszal. Akaratlanul is elhúzódtam – láttam, hogy Arkon nem igazán érti, miért. Hogy is érthetné? Nem az ő hibája, de szinte ugyanúgy néz ki, mint az alapító, bár lehet, hogy csak az emlékek okozta sokk miatt érzem így. A nagyobb probléma Küriosz volt. Ránézni sem bírtam; egy pillantás is elég volt, hogy a mészárlás jusson eszembe. Lehet, hogy nem tud róla, de akkor is. Pengeélen egyensúlyoztam a sírás és a dühkitörés között. Ekkor odaugrott hozzám egy kölyökfarkas, és telepatikusan megszólított.

– Nyugodj meg, kislány! Syren vagyok. Hagyjuk a részleteket. A lényeg, hogy érzelmileg feldúlt vagy. Bármit is láttál a fúziótok alatt, ne hagyd, hogy kihasson rád. Az mind Krüptó múltja, neked csak emlék. Ha érezted is, amit ő, tudod, hogy nem a megfelelő emberekre készülsz kiengedni a haragodat.

Furcsa, megnyugtató hangja volt. Nem tudtam mire vélni, de kezdtem lecsillapodni. Nem tudtam úgy nézni Arkonra és Kürioszra, mint előtte, de már nem is tartottam őket felelősnek. Ekkor Krüptó is felébredt, de ő minden gond nélkül beszélt velük, úgy, mintha mi sem történt volna. Hogy lehet képes erre?

Egyszerű. Tudom, hogy nem ők voltak a felelősek. A mostani Arkon nem az, aki akkor jelen volt. Küriosz pedig, akármilyen harcias is volt akkoriban, soha nem fordult volna a családja ellen, még ha a világot ajánlják is neki cserébe – mondta Krüptó telepatikusan, szemernyi kétség nélkül a hangjában.

– Nekem idő kell, hogy ezt fel tudjam dolgozni – vallottam be.

Tudom.

Miközben telepatikusan kommunikáltunk, a csend egyre hosszabbra nyúlt. Szerencsére voltak kérdéseim.

– Amúgy mi ez a farkaskölyök?

– Syren. Ő az a Fenrir, aki ellen Arkon harcolt – mutatta be a kis lényt Krüptó.

Hihetetlennek tűnt, hogy az az őrjöngő bestia és ez a kölyökfarkas ugyanaz lenne.

– Ó, látom, megnyugodtál. Akkor beszéljünk arról, hogy miért is akartál elpusztítani azzal a bomlasztó sugárral – kezdte Syren, immár mindenki számára hallhatóan.

– Bomlasztó sugár? – értetlenkedtem.

Ekkor elmesélték, hogy mi történt, miután elvesztettem az eszméletem. Krüptó magánál volt, vagyis meg tudta erősíteni. Állítása szerint kicsit meg akart fegyelmezni egy bizonyos neveletlen farkast. Ennek hatására Syren Arkon mögé szaladt. Vicces lett volna, de ahogy feléjük haladt a tekintetem, ismét elfogott a rosszullét. Nem tudom, fel fogom-e dolgozni valaha, amit láttam.

Arkon

Mióta Tia felébredt, kerüli a szemkontaktust mind velem, mint Küriosszal. Láttam, hogy rosszul is érzi magát, oda akartam menni hozzá, de Krüptó telepatikusan rám szólt, hogy adjak neki időt, mert nagyon megviselte, amit látott. Vissza akartam kérdezni, de éreztem, hogy nem kapnék választ. Tudtam, hogy segítenem kellene, de féltem, hogy ha nem hallgatok Krüptóra, csak rontok a helyzeten. A negatív gondolataim sorát Syren morgása szakította meg. Mindenki figyelme egy pontra irányult, ahol egy alak sétált ki az erdőből.

Az egyetlen egyértelműen kivehető dolog egy fekete köpeny volt, amely teljesen a földig ért, csuklyája pedig elfedte az alak arcát. Azonban a varázserő, amelyet árasztott, egyszerre volt rettenetes és ismerős.

– Lehetetlen... te nem lehetsz életben! – mondta Küriosz megdöbbenve.

– Ó, nem is vagyok, legalábbis nem itt. De nyugodj meg, drága testvérem, a kislány fúzióját és a fiú erejét elnézve hamarosan találkozunk „személyesen" is. De azt nem felejtem el, hogy megöltél. Ezt vedd figyelmeztetésnek; amikor azt gondoljátok majd, hogy győztetek, akkor veszi csak kezdetét az igazi háború – közölte baljósan az ismeretlen.

Ezzel eltűnt. A nyomás megszűnt, viszont közben egyértelmű lett, miért volt olyan ismerős az aurája: ő is fekete sárkány volt. Vajon hogy érthette azt, hogy nem „itt", illetve hogy Küriosz megölte? Miért volt emberi alakban?

Időt sem hagyva, hogy fellélegezzünk, a távolból pengék csengését hallottuk; egyértelműen csatazaj volt. Ez csak azt jelenthette, hogy a Kleo által küldött megfigyelőink ellenségekbe ütköztek. Szó nélkül is tudtuk, hogy indulnunk kell. Azonban Syren, mintha falnak futott volna, visszapattant.

– Úgy látszik, nekem még várnom kell, hogy szabad legyek. Nem hagyhatom el a szentélyt.

– Ki fogunk szabadítani és utánajárunk, mi ez az egész – mondta Küriosz komolyan.

Kissé szomorú voltam, hogy ott kellett hagynunk, de jelenleg erőnkön kívül állt, hogy segítsünk neki. Amikor közel értünk, a semmiből Kleo bukkant fel előttünk.

– Komoly büntetésre számíthattok – közölte.

– Számítottunk rá – válaszoltam.

Elég komoly volt a hangulat. Kleo elindult és intett, hogy kövessük.

– Örülök, hogy jól vagytok – mondta halkan.

Nehezen álltam meg, hogy ne kérdezzek vissza. Noha értettem minden szavát, de jólesett hallani, valamint szerettem volna kicsit cukkolni. Az út és a próba során fel sem tűnt, de most, hogy Kleo vezet és véd minket, érzem, hogy mekkora nyomás is volt rajtam. Noha csak egy komolyabb harc volt, mégis, mindenki biztonságára ügyeli; úgy harcolni, hogy az életem a tét, mégis tudni, hogy ha meghalok, mindenki más is meg fog... Valószínűleg ennél jóval nagyobb nyomás lehet a szüleinken, mégis mindig erősek és összeszedettek. Eddig is tiszteltem őket, de most teljesen más szögből látom a helyzetet. Amikor beértünk a kúriába – valószínűleg mind kimerülten –, csak a pihenésre tudtunk gondolni, de természetesen szüleink már vártak ránk. Kleo a tárgyalóba vezetett minket, ahol a négy szülő eléggé eltérően viselkedett. Johannes a könnyeivel küszködött. Atyám, mint mindig, most is szigorúan állt ott, de erre még rájött egy csipetnyi düh is. Anyám elégedetten és büszkén tekintett ránk, Margaret pedig egyik kezével a homlokát masszírozva állt, nagyjából egyfajta „mihez kezdjek veled" kisugárzással. Az első, aki mozdult, Johannes volt, aki azonnal átölelte Tiát, rám pedig gyilkos pillantásokat vetett. Anyám csak odajött, beletúrt a hajamba és annyit mondott: „Remélem, sok mesélnivalód van", s közben végig mosolygott. Atyám kijelentette, hogy hiába vagyok elsőszülött, akkor is felelősséget kell vállalnom a szabályszegésekért. És sajnos ismert, mint a tenyerét; illemtanórákra száműzött. Ezzel két legyet ütött egy csapásra: mivel Kleo lett a tanár, így őt is megbüntette, amiért megszegte a parancsát, hogy ne engedjen el minket. Margaret nem fűzött hozzá semmit, de láttam, ahogy anyámmal összepillantanak. Ha jól sejtem, ez annyit tett, hogy majd meséljen el mindent. Gondolom, a szokásos kínos dolgokra számítanak, amiket ők élvezettel szoktak kivesézni. Számomra is furcsa, de ezen az utazáson sajnos nem volt ilyen.

Ezek után mindent részletesen elmeséltünk, amivel elkezdődött a végeláthatatlan titkolózás is. Én nem beszélhettem a Syren által elmondottakról, Tia a fúziója részleteiről, Küriosz pedig láthatóan nem akart semmit megosztani az ismeretlen alakról. Szüleinknek ez nem tetszett, de ők is tudták, hogy rengeteg az ismeretlen tényező, és a két sárkány fel fogja fedni, amit kell – amikor kell.

A megbeszélés után mindenki elindult a saját hálóterme felé. Nem tudom, a többiekkel mi a helyzet, de én szinte azonnal el is aludtam. Amikor másnap felkeltem, Tiáék már hazaindultak; még csak el sem búcsúzott. Nem tudom, mit láthatott vagy tudhatott meg, de mélyen, legbelül éreztem, hogy köze van hozzám és Kürioszhoz. Tudtam, hogy időt kell neki adnom, de reméltem, hogy hamarosan újra láthatom. Ekkor még nem is sejtettem, hogy milyen soká, és miféle körülmények közt fogunk találkozni.

Képzés, meghívás

Amíg mi a szentélynél harcoltunk, Kleo és a beosztottjai ellenséges kémekkel harcoltak. A szüleim és Kleo szerint nem jutottak elég közel, hogy érdemleges információhoz jussanak, azonban a már eddig is szigorú védelmünket még jobban megerősítették. Ennek az lett az eredménye, hogy az edzőtéren és a kúrián kívül sehova nem mehettem – bár ez nem jelentett túl nagy változást. Visszagondolva, mást sem csináltam az elmúlt években, csak edzettem. Ami ennél jobban zavart, hogy Tia nem jött el a szentély esete óta egyetlen gyűlésre sem. A szülei a biztonságára hivatkoztak, de az, hogy elkerülték a szemkontaktust és Küriosz is feltűnően csendes volt ez ügyben, sejttette, hogy nem ilyen egyszerű a helyzet. Mivel nem volt tervünk a jövőt illetően egészen addig, hogy 15 éves korunkban beiratkozunk az akadémiára, így igyekeztem tovább képezni magam. Most, hogy Küriosz is tanácsokkal látott el, érezhetően sokat fejlődtem. A térmágia olyan funkcióira hívta fel a figyelmem, amire magamtól valószínűleg soha nem gondoltam volna. Ezek közül az egyik, hogy túlságosan is szűklátókörű voltam. Azt hittem, a térmágiát csak úgy tudom hasznosítani, ahogy eddig is tettem: egy pontra összpontosítva sebet ejtek a tér bizonyos pontján, az ellenfél számára láthatatlan csapdákat elhelyezve.

– Az elgondolás nem rossz, viszont a tér nem egy olyan fogalom, amely megfogható. Pusztán azért így testesült meg a térmágiád, mert így képzelted el. Lényegében már az, hogy megsebzed, is csak egy téves megítélés részedről. A tér mindenütt jelen van, mondhatni az elemek összefoglaló neve. Ebből adódóan ha a teret irányítod, akár mágus vagy, akár varázsló, nem vagy határok közé zárva, mint egyes elemeknél – magyarázta Küriosz.

Küriosz elkezdte a kiselőadását, és némi idő elteltével az egész úgy nézett ki, mint egy kutatócsoport. A szüleim, Karl, Kleo... mindenki csak hallgatott és bólogatott. Viszont látta, hogy a térmágia tudásának átadása bonyolult, és sajnos az alapfogalmakkal sem vagyunk tisztában.

– Rendben, egy egyszerű példával szemléltetem. Arkon, tegyük fel, hogy ugyanolyan erős vagy, mint atyád, de te térmágus vagy, míg ő egy akármilyen, nem térvarázsló. Mi lenne a csata menete? – kérdezte sóhajtva Küriosz.

– Atyám távolsági varázslatokkal próbálna távolságot tartani, nekem pedig a távolságot kellene leküzdenem. Ha elég közel tudok jutni, akkor nagy eséllyel enyém a győzelem – magyaráztam, de Küriosz a szavamba vágott.

– Rendben, ennyi elég is lesz. Van valakinek jobb ötlete, tudván, hogy térmágiáról beszélünk?

Mindenki csak üveges szemmel várta Küriosz válaszát. Külső szemlélőnek eléggé furcsa látvány lehetett volna, ahogy a Draco család öt legerősebb tagját egy kölyöksárkány tanítja. Persze szüleim gondoskodtak róla, hogy senki ne juthasson a személyi edzőterünk közelébe.

– Alapesetben helyes lenne a taktikád, de teljes mértékben figyelmen kívül hagyod a tényt, hogy térmágus vagy. Nem hibáztatlak; az alapján, amit meséltetek, mióta meghaltam, egyetlen térmágus vagy -varázsló sem élt. A lényeg: ha uralod a teret, akkor a távolság, mint fogalom nem létezik. Egyszerűen úgy kell elképzelned a támadást, mintha a térnek azon pontja, ahol te és az ellenfeled vagytok, nem lenne egymástól messze. A teret uralod, vagyis te döntöd el, hogy hol vagy abban a térben, amit uralsz.

– Értem, hogy mire akarsz célozni, de nem tudom, hogyan kellene csinálnom – válaszoltam.

– Akkor jöjjön a gyakorlati példa! A sárkányokra, mint tudjátok, nem vonatkozik a mágia- illetve varázslatkorlátozás. Amit most mutatok, a ti fogalmaitok alapján mágia besorolású, szóval Arkonnak tudnia kellene használnia, pusztán kissé nehéz lehet megérteni. Az edzőtér végén lévő fának le fogom vágni egy ágát innen úgy, hogy nem mozdulok el – jelentette ki Küriosz.

Nem szólalt meg senki, de mivel a fa nagyjából 50 méterre volt, mindenki arra gondolt, hogy mágiával ez lehetetlen.

Küriosz ekkor varázserőt összpontosított a jobb mancsán az egyik karmába. Pontosan úgy, ahogy én szoktam felerősíteni a kaszámat. Egy egyszerű mozdulattal lefele húzta maga előtt a karmát függőleges irányban, és a fa ága leesett.

– Jegyezd meg: te uralod a teret. Ha te úgy döntesz, hogy a célpont nem 50 méterre van, hanem épp előtted, akkor ott lesz. Ha csak a vágásod ideje alatt is, de ott lesz – magyarázta Küriosz.

Mindenki értetlenül bámulta az események sorát. Az első, aki összeszedetten tudott viselkedni, atyám volt.

– A mágia alapja a mi tudásunk szerint – ha csak minimálisan vagy közvetetten is – fizikális kontakt. Hogy sorolhatnánk ezt a mágia alá, mikor egyértelműen nem volt semmilyen kontakt?

– Volt kontakt. Azért mondtam, hogy a tér értelmezése a problémátok, nem a használata. Egy képzett földmágus képes csak azzal, hogy a lábával érinti a talajt, pár tíz méter távolságba is támadni földtüskékkel. Bármely mágus képes a teste körül elemi aurát létrehozni. A különbség, mint mondtad, a kontakton van a varázslók és a mágusok közt. Míg egy villám elemű mágus képes a kezében villámot tartani és eldobni azt, addig egy varázsló képes a légkörből villámlást kelteni. A tér használatánál nincs ilyen különbség, mivel a tér mindenhol jelen van. Úgy, ahogy a talajt, úgy a levegőt, mindent magába foglal. Mindenki kontaktban van vele mindig.

Mindenki arra koncentrált, hogy megértse, de úgy tűnt, atyám az egyetlen, akit követni tudta Kürioszt. Nem meglepő: amiről Küriosz beszél, az már majdnem varázslat kategória, én is csak azért értem nagyjából, mert néha ösztönösen használom a teret. De anyám, Karl és Kleo, akik hosszú éveket éltek le úgy máguskén, hogy a távolság fogalma egy csata folyamán hatalmas jelentőséggel bírt, nehezen tudták megemészteni, hogy ez a térmágiával eltörölhető.

– Szóval, ha jól értem… az, hogy a tér magába foglalja az öszszes elemet, azt is jelenti, hogy mind felett van uralma. Viszont míg egy adott elemnél csak korlátozott fizikai kontakt van, addig a tér, mivel mindent magába foglal, mindennel érintkezik, és mindenre ki tudja fejteni a hatását távolságtól függetlenül – következtetett atyám.

– Pontosan – mondta Küriosz, büszkén rá, hogy valaki megértette.

– De ha ez igaz, akkor nem vagyok képes bármilyen támadást elhárítani? – kérdeztem izgatottan.

Most én kaptam az üveges pillantásokat, amelyeket pár perce Küriosz.

– Ha jól értem, nem csak a térben lévő távot tudom befolyásolni, de az elhelyezkedést is. Ebből következik, hogy ha mondjuk felém tart egy jéglándzsa, ami elől nem tudok kitérni, akkor egyszerűen térmágiával úgy módosítom az elhelyezkedést, mintha nem ott lennék, vagy mintha nem felém tartana a lándzsa.

Ahogy gondoltam, atyám és Küriosz szemeiben láttam, hogy értik, mire gondolok, a társaság másik fele most is csak próbálta követni a dolgokat.

– Ez csak egy a végtelen felhasználás közül, de igen, így is használható. Az egyetlen hátulütője, hogy minél nagyobb részét akarod a térnek befolyásolni, annál több varázserőt igényel – figyelmeztetett Küriosz.

– Szóval a lényeg, hogy a fiatalúr elképesztő – szögezte le Karl.

A jutalma a szokásos szúrás volt Kleótól, és éles pillantások.

– Rynia, átveszem Arkon edzését Küriosszal. Te felügyeled a család ügyeit, amíg Arkon be nem iratkozik az akadémiára, vagy másképp nem döntök. Kleo, Karl, asszisztáljatok mindenben Ryniának. Mostantól minden időmet Arkon edzésének szentelem – jelentette ki atyám.

– Neee, Xarius! Tudod, hogy utálom, ezeket a dolgokat! Nem lehetne, hogy Kleóra hagyj mindent, én pedig maradjak és felügyeljek? Kééérlek! – nyafogott anyám.

Ekkor Kleo megragadta az egyenruhája gallérját és elhurcolta, közben mormogva tiltakozott:

– Még mit nem! Megint rám sóznál minden munkát és hasonlókat.

Karl csak bólintott, és követte őket.

Ezután repült az idő, magam sem vettem észre, mennyire. Először nem értettem, miért akarta atyám átvenni az oktatásomat, de a térmágia használata valóban teljesen eltérő szemléletet

kívánt meg a szokásos mágiától, ó pedig jóval könnyebben át-
látta ezt. Elsőre azt hittem, hogy legalább jobban kiismerem
majd atyámat, de úgy tűnt, az edzés alatt Küriosszal kerültek
inkább közel egymáshoz. Mint két régi bajtárs; hasonlóan gon-
dolkodtak, és mindketten rugalmasak voltak. Egy kicsit félté-
keny voltam mindkettőjükre, de örültem is, hogy a kezdeti fe-
szült hangulat feloldódni látszik.

A szokott, edzésekkel teli napok sorát egy levél szakította
meg. A reggelinél hozta be az egyik szolgáló. Atyám nem lepődött
meg, szóval gyanítom, ő már olvasta. Egyből hozzám hozták. A
viaszpecsétben lévő címer a Safir család kristálysárkánya volt.
Már ettől felfordult a gyomrom. A feladó Alex volt; a levél sze-
rint a család vezetője az áldását adta, illetve amennyiben atyám
beleegyezik, a király is elfogadta a harci játék megtartását. Bár
a megnevezés kicsit túlzott volt; elég egyszerű eseményről volt
szó. Mindkét család vezetője 4-4 harcost küld. Két szabályt ír-
tak elő: az egyik, hogy katonai parancsnok illetve családfő nem
vehet részt, a másik pedig, hogy nekem és Alexnek a nevezők
közt kell lennünk. Majd egy az egy elleni harcok során az utol-
só, aki talpon marad, nyer. A tét: ha ők nyernek, felbontom az
eljegyzést Tiával, ha én nyerek, bármit kérhetek.

– Mi a véleményed? – kérdezte atyám.

– A szándékaikról, vagy a tornáról?

– Is-is.

– Mivel a szabályok csak azt írják elő, hogy családfő és parancs-
nok rangú harcos nem vehet részt, azt nem, hogy saját területről
kell származnia, így gyanítom, váratlan vendégekkel kell számol-
nunk. Az, hogy bármit kérhetek, egyértelműen azt jelenti, hogy
biztosak a győzelmükben. Valamint az eljegyzést célzó kérés miatt
gyanús, hogy a király is részese ennek – gondolkodtam hangosan.

– Jó, megnyugtató látni, hogy nem csak a harci képességeid
fejlődtek. Így van, ahogy mondod. Véleményed szerint mit kel-
lene tennünk? – kérdezte atyám.

– El kellene fogadnunk. Úgy vélem, ha visszalépünk, az csak
gyanút szülne. Kleo, Karl és én lehetnénk a nevezők, a negyedik
emberre sajnos nincs ötletem.

– Nekem van. Még nem találkoztatok, mert nem jöttek el egyetlen gyűlésre sem, de Quint lehetne a negyedik. Ő már az akadémiára jár, szóval talán egy pár hasznos információval is tud szolgálni, mielőtt beiratkozol – szólalt meg anyám.

Atyám bólintott.

– Rendben, azonnal üzenek Milának és kihangsúlyozom, hogy ez nem kérés. Már egyébként is elfogyott a türelmem a Theronokkal kapcsolatban – mondta komolyan.

– Akkor már csak az a kérdés, hogy mennyi erőt mutathatok? Kétségtelen, hogy a küzdelmek minden pillanata jelentve lesz a királynak – morfondíroztam.

Ekkor atyám arcán egy gonosz mosoly jelent meg. Az évek során számtalanszor láttam ezt, amikor Küriosszal őrültebbnél őrültebb ötletekkel álltak elő. Általában számunkra valami szórakoztató, míg nekem csak szenvedést okozó edzésről volt szó.

– Mindet.

– Tessék? – kérdeztem hitetlenkedve.

– Zúzd szét őket! Nem érdekel, ki lesz az ellenfeled, vagy ki látja a küzdelmet. Ez egy tökéletes alkalom arra, hogy mielőtt az akadémiára mennél, mindenkivel megértesd, hogy senki ne merjen packázni a Draco családdal – jelentette ki atyám.

Gyakran elfelejtem, hogy atyám is harcmániás volt fiatal korában, és ez néha előtör belőle. Az edzések során sokszor láttam, és úgy véltem, most is inkább a versenyszellem beszél belőle. Reméltem, hogy anyám egy kis értelmet ad a beszélgetésnek, de csak baljóslatú kuncogást hallhattam az irányából.

– Fúúú... végre nem kell titkolóznunk. Ahogy atyád mondja, zúzd szét őket. Aztán majd eldicsekedhetek veled azoknak az arrogáns déli Pyrosoknak az akadémiára való beiratkozásod napján tartott ünnepségen – fújtatott anyám.

Vesztettem: mindenkiből előtört a harcmániás. Tudom, mikor kell feladni.

Pár nappal később megérkezett Quint, és Kleóval, Karllal karöltve el is indultunk a Safir-területekre.

Draic-kúria, könyvtár

Ellytia

– Nem kerülheted örökké őket – mondta Krüptó közönyösen.

– Nem kerülöm őket. Amennyire én tudom, edzünk és meditálunk – tiltakoztam halványan.

– Persze, persze. És mit fogsz csinálni az akadémián? Milyen mentséget találsz ki akkor?

– Mondd, Krüptó, te hogy vagy képes mindezt feldolgozni, és mindezek után szeretni Kürioszt? – kérdeztem nagyot sóhajtva, komolyan és szomorúan.

– Mert tudom, hogy neki nem volt része benne. Most is a szabadságunkért harcol. Egy dolgot elfelejtesz: te nem vagy Erina és Arkon, sem az elődje.

– Tudom, de nem tudok uralkodni az érzelmeimen. Félek, hogy ha újra meglátom, ismét előtörnek azok a szörnyű emlékek. Tudom, hogy nem ő a felelős, mégis akaratlanul összekapcsolom őket – válaszoltam a sírás határán.

– Nem akarlak siettetni, és tudom, hogy nehéz ezt feldolgozni. Annyit kérek csak, hogy ne lökd el magadtól. Tudom, hogy fáj titkolózni, de azt megígérem, hogy amint Arkon is eléri a fúziót, minden a helyére fog kerülni.

– Honnan tudhatnád? Honnan tudnánk, hogy nem jutunk ugyanarra a sorsra, mint az elődeink? Ha Arkon elárulna, azt nem tudnám elviselni – zokogtam.

Ekkor Krüptó odarepült hozzám, a két mancsával megfogta az arcom és összeérintette a homlokunkat.

– Nem tudhatom, mit hoz a jövő, nem tudlak teljes mértékben megnyugtatni sem. Csak megígérni tudom, hogy mindig melletted leszek, és hogy amikor szükséged lesz Arkonra, ő is ott lesz neked.

Krüptó megtanított rá, hogy a mi erőnk a rezonanciában, és az érzelmeinkben rejlik, ezért is próbálom már lassan négy éve meditálással feldolgozni Krüptó emlékeit. De még most sem értem, hogyhogy képes még mindig hinni, ennyi harc, vérontás és árulás után, még mindig, mint egy mozdíthatatlan pillér az elméjének azon része, amely Küriosszal kapcsolatos. Ehhez képest én csak azt tudom, hogy szeretem Arkon, ezt elfogadtam, de nem tudok rá támaszkodni, nem azok után, ami a múltban történt. Eddig próbáltam erős lenni, de nem bírom tovább. Csak sírtam és sírtam, Krüptó szó nélkül vigasztalt és velem maradt. Amikor megnyugodtam, egy baljóslatú aurát érzékeltem, nem messze a határtól. De ami furcsa volt, hogy nem az erdő felől éreztem, ahonnan normál esetben, hanem a part felől. Amennyire meg tudtam mondani, nagyon lassan haladt, mégis nyugatalító volt.

– Krüptó, van, ötleted mi lehet ez?

– Sajnos igen, és semmi jót nem jelent – válaszolta komolyan.

Ezután a helyzet rohamos ütemben romlott.

Szivárványpalota, a király dolgozószobája

A szoba légköre most is fojtogató volt, ám ennek most nem csak a király és partnere volt az oka, mint általában. A király legfontosabb szövetségesei gyűltek most össze és mindegyikük tudta, hogy megtették az első lépést, amely a jövőben elkerülhetetlen háborúhoz fog vezetni.

– Remélem, jó hírekkel szolgáltok, Gordon, Hendrix – szólalt meg Huxley.

A király előtt térdelő két férfi Safir Gordon, Alex apja, a Safir-ház feje, valamint Pyros Hendrix, a Pyros-ház feje voltak.

– A tornát felséged parancsai szerint hirdettük meg, valamint az elérhető legerősebb harcosokat gyűjtöttük össze. A kommunikációt a torna alatt teljes mértékben gátolni fogjuk – ismertette Gordon.

A király bólintott, majd Hendrixre pillantott.

– A felséged által kért szörnyet szabadon engedtük a megadott helyen. A terület mérgezése a tervezett ütemben zajlik.

– Biztosra veszem, hogy mindketten tudjátok, de mi a terv célja…

– A torna alatt legyőzni a Dracók által küldött csapatot, felbontatni az eljegyzést. Ha nem lehetséges, minél több információt gyűjteni – felelte Gordon.

– Megmérgezni a Draic-terület vizeit, ezzel járványt előidézni, illetve a szörny által támadás alatt tartani őket. A járvánnyal kiprovokálni Ellytiától, hogy felfedje az erejét. Ezzel egyidejűleg a szörnnyel megöletni a szüleit – folytatta Hendrix.

A király elégedetten bólintott.

– A jutalmatokról az események végeztével tárgyalunk.

Meghajoltak, és elhagyták a termet. Mindegyikük biztos volt a terv tökéletességében, ám az elkövetkező események minden elvárásukat felülmúlták.

Az egyetlen ember, aki a megbeszélésen nem szólalt fel, Ruby Edison is elhagyta a termet, pontosan olyan szótlanul, ahogy a megbeszélés alatt jelen volt. Ennek oka az volt, hogy kétségek gyötörték. A Safir család kapzsi, a Pyros és a Hylla család pedig évek óta tervezgeti a bosszút a Dracók ellen. Ha valóban olyan erős az az Arkon fiú és a sárkánya, mint gondolják, nem lenne jobb tárgyalni? De ezek a gondolatok csak saját magában hangzottak el. Ha felvetné, a király azonnal kivégeztetné. A többi királypártival ellentétben ő tudta, hogy veszíthetnek is. Az egyetlen célja, hogy a nemesi családja fennmaradjon. Ha ez azt jelenti, hogy csak a lánya éli túl, neki ennyi elég. Titokban el is kezdte tervezni, hogyan tartsa életben a családját, ha minden a legrosszabbra fordul.

Harci torna, figyelmeztetés

Utunk nagy részét területek közti határvidéken tettük meg, vagyis nem sok emberrel találkoztunk. Ahogy utunkat Safirus, a terület központi városa felé vettük, áthaladtunk pár kisebb településen. Szembetűnő volt a különbség a mi területünkhöz képest. A területünkön nincsen túl sok kis település. Bányásztelepülések helyezkednek el elszórtan, illetve az erdő felőli határhoz közel a katonai helyőrségek. A két kezemen össze tudnám számolni az összes települést. Ezzel szemben a Safir-területen számtalan kis falun haladtunk át. Ezidáig nem hagytam el a kúriát és az edzőterületeket túl sokszor, és az a kevés alkalom sem volt túl emlékezetes. De amit itt láttam, azt soha nem felejtem el. Éhező, csont és bőr emberek a településeken. Mivel tudtam, hogy Karl sem nemesi születésű, ezért megkérdeztem, hogy a mi területeinken is így élnek-e. Szerencsére megnyugtatott, hogy a Draco- és a Draic-területen élőknek jó sora van és megkért, hogy ne gondolkozzak ezen túl sokat. Kleo szinte meg sem szólalt az út során. Quinttel próbáltam beszélgetni, de nem volt túlságosan nyitott. Közömbösen tekintett mindenre, kivéve rám; úgy éreztem, rám valamiért neheztel. Bár az okát nem tudom; unokatestvérek vagyunk, ennek ellenére most találkoztunk először, mégis neheztel rám. Aztán beértünk Safirusba. A városfal inkább csak dekoráció, mint védelmi jellegű, legalábbis a külső. A falon belül minimális különbségek voltak a településekhez képest. Ám ami a legjobban meglepett, hogy nem egy embert láttam láncra verve. Először azt hittem, bűnözők, de voltak köztük gyerekek is, aztán Karl felvilágosított, hogy rengeteg szegény család adja el valamelyik tagját egy kevés pénzért. Ez egyben elszomorított, és undorodtam tőle. A gondolataimba mélyülve, a hintóból kinézve láttam, ahogy egy 10-12 év körül kislányt megüt egy jól öltözött, kinézetre gazdagnak tűnő férfi. A kislány az ütés erejétől az útra esett – épp egy hintó elé. Egy idősebb fiú azonnal odasietett; mindkettő láncra verve. A hintó megállt, de ahelyett hogy segítettek volna a gyerekeknek, a kocsis megütötte a fiút, mondván, hogy meri feltartani egy nemes hintóját. Sejtettem, hogy nem lesz egyszerű, de nem gondoltam, hogy már a torna előtt azt fogom érezni: egy perccel sem bírom tovább a Safirok területén.

– Kocsis, vigyen az álló hintó mellé és álljon meg – mondtam olyan komolysággal, hogy senki nem merte ellenezni.

Kleo egy „sejtettem"-mel és egy sóhajjal elintézte. Karl pedig egy „ahogy az úrfitól várható"-val. Örülök, hogy nem csinálnak belőle nagy ügyet, de mindig is zavart, hogy ennyire kiszámíthatónak látnak.

– Karl, állítsd le a kocsist és védd meg a gyerekeket. Én majd beszélek a hintó tulajdonosával – utasítottam.

Karl bólintott, majd leszállt. A hintónk valósággal megemelkedett, ahogy megszabadult Karl súlyától. A környéken eddig bámészkodó emberek ledermedtek az izomkolosszus láttán. Eközben én a hintó felé indultam. Zöld óriáskígyó címer. A Pyros család címere. Bekopogtam, de semmi, az ajtó zárva, az ablakrácsos. A kocsis sietve szaladt oda hozzám; úgy látom, Karl felvilágosította. Állítása szerint rabokat hozott, és hogy jogosan akarta megnevelni a rabszolgákat. Valamiért a szó hallatán ismét úgy éreztem, hogy elönt a düh.

– Hogy merészeled feltartani a Pyros család hintóját? Ezek az én rabszolgáim, egy ilyen zöldfülű ficsúrnak nem kéne beleütnie a dolgát a felnőttek dolgába – mordult rám a rabszolgakereskedő.

A férfi, aki megütötte a kislányt, arrogánsan beszélve jött felém, és biztosan csak képzeltem, de mintha a botjával engem is meg akart volna ütni. Természetesen a bot soha nem ért el hozzám: a fenyegetés első jelére Karl a tőle megszokott gyomorszájütéssel átreptette emberünket az utca túloldalára.

– Ha még valaki ilyen hangnemben szól a Draco család örököséhez, azt megölöm – mondta Karl, tőle szokatlan komolysággal.

Természetesen senki nem szólt többet. Karl, a Draco név és a fekete sárkány címer megtette a hatását. Karl szándékát is értettem. Vele ellentétben Kleo megölte volna a kereskedőt, ha egy pillanatot is várunk. Jó pár csontja eltörhetett így is, de legalább élt.

Ezután odasétáltam a gyerekekhez, és próbáltam minél ártalmatlanabbnak tűnni. A fiú teljes testével őrizte a lányt, a feszült csöndet a lány fájdalmas köhögése szakította meg.

– Tudom, hogy védeni próbálod, de meg kell vizsgálnunk. Tudok rajta segíteni, kérlek, engedd – szóltam.

Láttam, hogy a fiú továbbra is teljes készültségben van, de bólintott. A lány állapota nem volt valami fényes; az ütéstől vagy az eséstől betört a feje, néhány bordája is eltört, és az éhhalál szélén volt.

– Kleo, gyógyitalt! – szóltam hátra.

És már a kezemben is volt. A fiú eléggé meglepődött. Mindig elfelejtem, hogy a legtöbben nem is látják Kleót... tényleg, Quint vajon látta az út során? Majd megkérdezem később.

– Most már rendben lesz, de pihennie kell. A hintónkban van hely. Szeretném, ha legalább addig, amíg fel nem épül, velünk maradnátok – javasoltam.

– Fiatalúr, nem biztos, hogy ez jó ötlet – tiltakozott Karl.

Egy szúrós pillantással elhallgattattam. Eddig nem tudtam, mihez kellene kezdenem a kívánságommal, most azonban támadt egy ötletem.

A hintónk két fülkére volt bontva, ez Küriosz külön kérése volt. Mivel a mi kocsink tele volt, nála szállásoltam el a gyerekeket.

– Hé, hé, hé, ez az én hintóm! – méltatlankodott.

– Nem, ez az én hintóm, és nálad van még hely! Viselkedj jól!

Valószínűleg érezte, hogy nincs jó kedvem, mert nem vitázott tovább. A lányt lefektettük az egyik ülésre, a fiút pedig megkértük, hogy vigyázzon rá. Ezután beszálltunk a saját fülkénkbe és kiadtuk a jelet a kocsisnak, hogy indulhatunk.

– Felesleges erőfeszítés – mondta Quint szemrehányóan.

– Kifejtenéd? – tudakoltam.

– Ha most meg is mented, úgyis meghalnak. Az erős uralkodik a gyenge felett.

Furcsa, hogy milyen igaza van. Elvégre mi is 14 évig bujkáltunk, félve a király erejét.

– Igazad van, de az erős utat is mutathat a gyengének. Nem kell, hogy ellenségek legyenek.

– Ostoba vágyálom – legyintett.

Valószínűleg soha nem leszünk jóban; ebből a pár mondatból, amit váltottunk, ez nyilvánvalóvá vált.

Kis idő múlva áthaladtunk a belső falon, amely jóval erősebbnek hatott, mint a külső. Amint beértünk, értettem is, hogy miért. Nem a védelem volt a célja ennek sem, hanem az, hogy a kint lévőkkel éreztessék: alsóbb rendűek. A falon belül mintha egy más világ lett volna. Boldog, mosolygós arcok, mindenki jól öltözött, rendezett, tiszta utcák. Némely boltban vagy ház előtt lehetett látni rabszolgákat, de a láncaikon kívül másról nem lehetett őket felismerni. A falon belül volt a szállásunk. Amikor bementünk a két gyerekkel, mindenki szúrós pillantásokat vetett ránk, de Karl a csatabárdjának nyelét a földhöz ütve elhallgattatott mindenkit. Megvacsoráztunk, elég feszült hangulatban. A gyerekeket Kürioszra bíztam, én pedig lefeküdtem aludni; holnap lesz az első forduló, és ki kell pihennem magam előtte.

Draic-kúria

Ellytia

Amerre a szem ellát, fertőzöttek fekszenek hordágyakon. Két nappal ezelőtt jelezték az első beteget. Azonnal meg akartam gyógyítani, de a szüleim nem engedték, hogy elhagyjam a kúriát. Úgy döntöttünk, hogy ők egy csapattal felderítik a szörnyet, a betegeket pedig a kúriába hozatják, hogy tudjam őket kezelni. Igazából fogalmam sem volt, hogy miről lehet szó, de Krüptó azonnal tudta, hogy méreg. A szüleimnek is elmondta, és azt is, hogy azonnal kérjenek segítséget, mert a szörny, ami felénk tart, rettenetesen erős. A sárkányok között a szivárvány kategóriával ér fel. A szüleim küldtek hírnököket a Draco családhoz, de ezidáig nem jött válasz. Ha csak lassítani tudják is a szörnyet, muszáj lépniük.

– Krüptó, meg tudjuk menteni az embereket? – kérdeztem nyugodtan.

– Igen, amíg csak ennyi fertőzött van, addig elég a fúzió nélküli erőnk. A baj az, hogy a helyzet csak romlani fog, amíg nem győzzük le a Hidrát.

– Mondd csak, ez az a fajta Hidra, aminek a szentélyt kellett volna védenie?

– Igen. A probléma az, hogy átlagos támadások nem működnek rajta, csak variáns vagy az fölötti varázslat, illetve mágia. Valamint mind az öt fejét egyszerre kell levágni vagy meg kell gátolni, hogy regenerálódjon, különben halhatatlan.

– Erről a szüleim is tudnak, ugye?

– Igen, mindent elmondtam nekik.

– És mégis harcba szállnak vele a Dracók nélkül.

– Igen.

Éreztem, hogy Krüptó a válaszomra vár; mondhatnám, ez is egy teszt. Ezért erőt vettem magamon.

– Mi is tegyünk meg mindent, amit tudunk. Mentsünk meg mindenkit!

És így is tettünk. Szinte pihenés nélkül gyógyítottuk az embereket. Majd amikor azt hittük, mindenkit meggyógyítottunk, anyámat hozták hordágyon a katonák, akikkel harcba indult.

– Anya! Mi történt? Hol van apa? – rohantam oda hozzá.

– Még harcolnak, próbálják lassítani. Nincs hír a Dracókról? – kérdezte Margaret, fájdalmasan felköhögve.

Csak annyi erőm volt, hogy megrázzam a fejem; attól tartottam, hogy az árulás, amitől annyira féltem, már most megtörténik. De mintha anyám ezt tudta volna, megfogta a kezem.

– Nyugodj meg, el fognak jönni. Azok hárman akkor sem hagynának ki egy ilyen harcot, ha megtiltanánk nekik a részvételt – mondta erőltetett mosollyal.

– Maradj nyugton, meggyógyítalak – kértem a könnyeimmel küzdve.

Miután meggyógyítottam anyát, azonnal vissza akart menni a szörny ellen harcolni, de rábeszéltem, hogy az embereket kellene először evakuálni; jelenleg esélyt sem láttunk rá, hogy le tudjuk győzni a Hidrát külső segítség nélkül.

Aztán este meg is érkezett az erősítés. Mindössze két ember, de a két legalkalmasabb: Xarius és Rynia.

– Csakhogy ideértetek! – kiáltott fel anyám.

– Mi történik itt? – nézett körbe Rynia.

– Ezt hogy érted? Nem kaptátok meg az üzenetet? Ááá, már értem...

– Nem tudom, milyen üzenetre gondolsz, de Arkon meghívást kapott egy tornára. Erről akartunk veletek beszélni, viszont semmilyen kommunikációs vonalon nem tudtunk utolérni titeket, szóval magunk jöttünk. Pár útonállót elintéztünk idefelé... most már világos hogy a király emberei voltak, látva az itteni helyzetet. Valószínűleg minden hírnököt megöltek – vélekedett Xarius.

– Igen, minden a helyére került –állapította meg anyám.

– Hogy érted? – kérdeztem.

– A méreg a Pyros család fegyvere. Nem tudom, a Hidrát hogy tudták irányítani, de az, hogy egyszerre támadtak minket, szakadt meg a kommunikáció és intézték el, hogy Arkon messze legyen, csakis azt jelentheti, hogy összefogtak ellenünk.

– Mi lesz Arkonnal? Ha ti itt vagytok, egyedül van? – kérdeztem aggódva.

– Ó, őt ne féltsd! Félelmetesen erős lett, valószínűleg erősebb nálam is – mosolygott Xarius.

Ennek hallatán mindenki megdermedt. Xariusról mindenki tudja – ha máshonnan nem, szóbeszédből –, hogy milyen harcmániás volt fiatal korában. Azóta sem ismert el senkit magánál erősebbnek. Az, hogy ezt mondja Arkonról, azt jelenti, hogy a fia valóban elképzelhetetlenül erős lett.

– Ezt jó hallani. Az a fafejű Küriosz végre elkezdte oktatni. És örülök, hogy itt vagytok, de azt kell mondanom, még így sem biztos, hogy le tudjuk győzni a Hidrát Arkon nélkül – szólalt meg Krüptó.

– Csak elég időt kell nyernünk holnap estig. Ma volt az első forduló, holnap pedig lesznek a döntők. Ha holnap estig tudunk üzenni neki, valamint ki tudunk tartani, majd ő megmenti a napot – jelentette ki Rynia.

– Hogy érne ide olyan rövid idő alatt? Bár a szüleiért, gondolom, megoldja valahogy – bólintottam.

– Látom, még nem érted teljesen. Nem értünk fog eljönni, hanem miattad – mondta Xarius komolyan.

– Négy éve nem is beszéltünk, miért jönne el értem? – kérdeztem zavarba esve.

Xarius felsóhajtott.

– Ez anyáitok kedvenc témaköre, de még én is látom, hogy a poklon is átvergődné magát érted. Az pedig, hogyan fog ideérni, legyen meglepetés.

– Oké, oké, elég Arkon magasztalásából! A férjem az életéért küzd, ideje lenne segíteni neki – szólt közbe Margaret.

– Egy Hidra ellen küzdeni… le sem tudnál róla beszélni – mondta mosolyogva Rynia.

Szóhoz sem tudtam jutni. Még mindig béklyóba kötnek Krüptó emlékei, de ha mindenki ennyire hisz Arkonban, megpróbálok én is mindent megtenni érte. Ezzel elindultunk a Hidra ellen, hogy feltartsuk, amíg csak lehet.

Safirus, küzdőtér

Arkon

A reggel eseménytelenül zajlott. A küzdőtérre érkezésünkig sem történt semmi. Úgy tűnt, a mai nap egyetlen izgalma a harc lesz. Az ellenfeleinket sorshúzással döntjük el. Ma lesz négy, egy az egy elleni mérkőzés, és holnap a maradék. Nem is nagyon húzta senki az időt, ebéd után megtelt a nézőtér, és mind a nyolc főszereplő felsorakozott a téren. Ekkor Kleo odahajolt hozzám.

– Ez nehezebb lesz, mint gondoltuk.

Egy pillantással jeleztem, hogy indokoljon.

– A Safir fiú kivételéve mindegyikük háborús bűnökért elítélt rab. A Safir fiú van bal szélen, mellette jobbra a nagydarab vörös hajú neve Brenn, magmamágus, civil területen való tombolásért és számtalan civil megöléséért fogták el. Jobbra tőle, akinek a fél arcát égési hegek borítják, Roen, savmágus, embertelen kínzásokat hajtott végre, úgyszintén civileken. És jobb szélen Collin...

– Collin? Róla miért nem beszélsz részletesen?

– Ő Kleo bátyja. Elárulta a Draco családot, és a királynak kémkedett. Menekülés közben több katonát is megölt, majd végül egy civil család házában akart elbújni. Mielőtt elkapták, utolsó dolga volt, hogy megölte azt a családot, akik bújtatták – mesélte feszengve Karl.

Fogalmam sem volt, hogy Kleónak ilyen családja van. Biztosan nehéz szívvel áll ki ellene.

– Ne értsd félre, csupán meglepődtem. Mindenünket a Draco családnak köszönhetjük. Azzal, hogy elárulta a családodat, engem is elárult – mondta Kleo hezitálás nélkül.

– A probléma az erejükkel van; mindhárman parancsnoki szinten vannak. Valószínűleg jóval erősebbek nálam és Karlnál. Ha használhatnánk a partnereinket, nyernénk, mivel az övéket bebörtönzésükkor a király elzárta. De a partnereink nélkül ők vannak előnyben – tudatta Kleo.

– Nem szívesen ismerem be, de így van, fiatalúr. Mindegyiküket a saját területük vezetője tudta csak legyőzni – ismerte el Karl.

– Rendben, értem. Ha úgy érzitek, hogy nem tudtok győzni, adjátok fel, majd én elintézem. Quint, bármi hozzáfűzni való? – fordultam unokatestvéremhez.

– Nem kell a tanácsod, pontosan tudom, mire vagyok képes és mire nem – mondta Quint arrogánsan.

A szemben álló négyes nem beszélt egymással, egyszerűen csak álltak és várták, hogy harcolhassanak. A sorshúzás eredménye:

- Arkon vs Alex
- Karl vs Brenn
- Kleo vs Collin
- Quint vs Roen

Az első küzdelem minden további nélkül kezdetét is vette. A legtöbb néző nagyon izgatott volt, hogy a saját kis uracskájuk harcolhat egy másik területével. Persze azért voltak izgatottak, mert úgy gondolták, hogy Alex feltörli velem a padlót.

A harc egy pillanat alatt véget is ért. A legtöbben fel sem fogták, csak annyit láttak, hogy Alex eszméletét vesztve összerogyott. Az utóbbi évek edzésének köszönhetően megtanultam manipulálni a teret egy magasabb szinten. Távolságot és elhelyezkedést is képes vagyok már befolyásolni, bár még nem tökéletesen. Egy pillanatra megváltoztattam a teret, hogy a távolság kettőnk közt annyi legyen, hogy elérjem, és kupán vágtam a kaszám nyelével. Karl és Kleo le tudta követni, valamint a maradék három ellenfél is, amennyire láttam. Nem biztos, hogy értették, de látták, mi történt. Quint viszont tanácstalan volt. A legtöbben csak annyit láttak, hogy egy kicsit meglendítettem a kaszám, Alex pedig tíz méterre tőlem összeesett. Azok, akik képzettebbek voltak, valószínűleg összetévesztették a mágiámat a szupergyors mozgással. Az edzések során Kleo úgy írta le: egy pillanatra úgy érzékelte, hogy pár méterrel arrébb voltam, de a valóságban csak összekapcsoltam a tér két pontját. Nehéz elmagyarázni bárkinek, mikor még én sem teljesen értem. Abban viszont biztos vagyok, hogy senki sem tudja egyelőre, hogy ez térmágia volt.

Mindkét fél kapott egy páholyt, ahonnan nézhették a küzdelmeket és várakozhattak. A miénkben ott volt Küriosz és a két gyermek is.

Alexet elvitték kivizsgálni. Természetesen megbizonyosodtak róla, hogy életben van, aztán folytatódhatott a torna.

Karl és Brenn harcáról nem tudnék túl sok mindent elmondani: csak püfölték egymást. Karl gyémántkeménységű aurája csapott össze Brenn magmából képzett aurájával. Ezen kívül ökölharc volt. A nagy forróságú aura miatt Karl nem tudta használni a fegyverét, és mivel az aurája csak az ütésektől védte, a hőtől nem, így szép lassan vereséget szenvedett. A kitartása ugyanakkor tiszteletre méltó volt. Brenn a végén köpött egyet és annyit mondott, hogy „bemelegítésnek is kevés vagy". Karl erre nem reagált; nálam annál jobban elérte a hatását.

A következő összecsapás már érdekesebb volt – már annak, aki tudta követni. Mivel Kleo és Collin is álcázást használt, nem sokan láthatták, mi történik. Egy-egy fémes csörrenés adhatott jelet az átlagembernek, hogy merre vannak. Eléggé kiegyensúlyozott is volt a harc, azonban Collinnak több volt a varázsereje, így egy elhúzódó harcban előnyösebb helyzetben volt. Végül be is következett az elkerülhetetlen: Kleo varázsereje elfogyott, így képtelen volt kivédeni aurájával a Collin által felerősített pengét, s egy csapás eltalálta a lábán. Épp csak súrolta, de egyértelműen jelezte, hogy a harcnak vége. De mielőtt feladhatta volna, Collin elkapta a nyakát úgy, hogy egy hangot sem tudott kiadni. Felemelte a nyakánál fogva, majd az egyik tőrét Kleo combjába szúrta. Egy fájdalmas sikoly hagyta el csak Kleo száját. Nyilvánvaló volt, hogy ez már nem egy barátságos küzdelem, pusztán kínzás, mégsem szólalt fel senki. Én viszont nem tudtam ezt tovább nézni. A távolból nem értettem, de úgy tűnt, Collin beszél Kleóhoz. Reméltem, hogy ennyi volt, de ekkor ismét felemelte a tőrt, s az irányból ítélve Kleo szívét célozta.

– Küriosz, el tudnád vágni az inakat annak a szemétnek a kezében külső jel nélkül?

– Persze, kinek nézel te engem? – horkantott partnerem.

És pontosan így is tett; Collin keze elernyedt, elejtette a tőrt és Kleót is. Kleo rám pillantott és tudta, hogy itt az alkalom: feladta. Az orvosok azonnal bementek és ellátták.

A harmadik küzdelemre nem került sor: Quint még a kezdete előtt feladta. Állítása szerint veszett ügy; ha a két engem védő harcos ilyen gyenge, milyen lehetek én.

Az eredmények kicsit megleptek. Kleo és Karl párosa eléggé depressziósan töltötte a nap hátralevő részét, de megnyugtattam őket, hogy bízzák rám a dolgot.

Másnap a torna folytatódott; a mi csapatunkból csak én maradtam, az ellenségéből pedig három parancsnok rangú harcos. A közönség igencsak kedvetlen volt, elvégre a saját csapatukból kettőnek egymás ellen kellett harcolniuk. Ekkor a küzdőtér közepére sétáltam.

– Tudom, hogy a tegnap küzdelmek nem voltak túl izgalmasak. Ez csak egy barátságos torna, de tegyük egy kicsit izgalmasabbá.

Ha mindenkinek megfelel, kiállok mindhármuk ellen egyszerre – jelentettem be.

A közönség felhördült – leginkább dühösen az arroganciámtól, viszont ezzel egyidejűleg követelték, hogy fogadják el az ajánlatomat. Természetesen azt szerették volna, ha félholtra veretem magam. A szervezők egy kis időt kértek, hogy megvitassák. Addig visszamentem a páholyunkba.

– Kleo, hogy van a lábad? – érdeklődtem.

– Már jobban.

– Azt mondtátok, hogy elítélt rabok. Rendben van az, ha megölöm őket? – kérdeztem, közben jéghideg pillantást vetettem a másik páholyra.

– Ostobaság, örülj, ha túléled! – legyintett Quint.

– Egykor a testvérem volt, de már csak egy áruló, miattam ne fogd vissza magad.

– Mivel bűnözők, senki nem vonhatja felelősségre a fiatalurat, azt tesz, amit akar velük – állította Karl.

– Ti mind megőrültetek! Mit tudna tenni ez a kölyök!? – kérdezte felháborodottan Quint.

– Ülj le, és figyelj! – szóltam rá szigorúan.

Ezután csend lepte be a páholyt. Pár óra elteltével megjött a válasz: elfogadták a változtatást. Ezzel el is indultam a küzdőtér fele.

– Hé, Kleo, téged nem emlékeztet az apjára? – kérdezte Karl.

– Mint két tojás.

– Nem fog meghalni a fiatalúr? – érdeklődött félve a kislány.

Mindkét gyermek csendben figyelte, mi történik, Küriosz pedig őket.

– A partnerem mindenkinél erősebb itt, persze én kivétel vagyok – mondta Küriosz büszkén.

– Majd meglátjuk – csóválta a fejét Quint.

Ezzel a fiúval még lesznek bajok – gondolta Küriosz, de ekkor a küzdőtérre értem.

– Jól figyeljetek! A mostani harc a feje tetejére fogja állítani a királyságot – jelentette ki Küriosz.

Amikor leértem, a három harcos már várt rám. A közönséggel ellentétben ők nem gondolták, hogy arroganciából hívtam ki őket magam ellen. Mintha több éve dolgoznának együtt, azonnal formációba álltak. Roen leghátul, biztonságban Brenn mögött; Collin távolságot lopva próbált kikerülni a látókörömből. Belegondolva, ha Küriosz nem tanít, ez egy nehéz harc lenne. A taktikájuk alapból hibátlan. Azonban térmágia ellen semmit nem ér Brenn védelme Roennek, hiszen szimplán át tudom hidalni ezt a gondot.

Senki nem mozdult egy ideig. Aztán egy lépést tettem előre, ennek hatására mindhárman mozgásba lendültek. Roen azonnal kántálni kezdett. Brenn nekem rontott szemből, már aktív magmaaurával, Collin pedig pontosan úgy harcolt, ahogy Kleo: mindig vakfoltból támadva, nyakra vagy szívre célozva. Próbáltak egyhelyben tartani, hogy Roen varázslatának zónájában maradjak. Ez nekem is megfelelt, de erre ők későn jöttek rá. Roen végzett a kántálással és savesőt zúdított rám – vagyis magára. Abban a pillanatban, ahogy a varázslat megformálódott, felcseréltem a térbeli helyünket, így saját magát maratta halálra. Kürioszt leszámítva senki nem értette, mi történt.

Két ellenfél maradt. Meglepődtek, de nem engedték le a védelmüket, és nem is dúlta fel őket túlságosan egy bajtársuk halála. Brenn gondolkodás nélkül rohant felém. Könnyedén megölhettem volna, mielőtt elér, de úgy döntöttem, megadom neki az élvezetet, hogy azt higgye, nyert. Ütött egyet a mellkasom felé, egyenesen a szívemet célozva. Nem tértem ki. Egy apró mosoly jelent meg az arcán, majd szimplán a lendületnek köszönhetően átcsúszott rajtam. Láthatóan nem értette, mi történt, majd holtan esett össze. Természetesen, mivel a kezemben tartottam a szívét. Egyszerűen abban a pillanatban, amikor áthaladt rajtam, a kezemet hátranyújtva kivágtam a szívét. Az eddig használt térmágiáim közül ez volt a legbonyolultabb. Egyszerre kellett elérnem, hogy a támadása pillanatában „ne legyek ott", valamint hogy a megfelelő pillanatban tudjak támadni a védtelen szívére.

Collin érezhetően tanácstalan volt: ekkor már tudta, hogy esélye sincs. Eldobtam a szívet, annyit mondva, hogy „bemelegítésnek is kevés volt". Collin fel akarta adni, de pontosan úgy, ahogyan ő tette Kleóval, ott termettem előtte és elkaptam a nyakát, hogy semmit ne tudjon mondani. A kaszámat a hátamra tettem, erre megkönnyebbült, de aztán felerősítettem az egyik kezemet térmágiával, és levágtam az egyik lábát. Nem jött ki hang a torkán, de mérhetetlen fájdalom ült ki az arcára. Úgy éreztem, nem érdemes tovább húznom, így átszúrtam a szívét. Mindhárman holtan hevertek, mindenki sokkban volt, még Kleo és Karl is. Nem féltek tőlem, de a könyörtelenségem akkor is meglepetésként érte őket. A nézőközönség teljesen ledermedt; nem értették, hogy mi történt, de abban biztosak voltak, hogy mindhárom ellenfelem holtan feküdt, míg én győzedelmesen álltam a tér közepén.

– Ez egy figyelmeztetés! Aki ártani próbál a Draco vagy a Draic családnak, vagy bárkinek, aki fontos nekem, ilyen elbánásban részesül – jelentettem ki.

Ezután egy fagyos pillantást vetettem Quintre is. Nem vagyok biztos benne, hogy ki fogunk-e jönni egymással a jövőben, de a figyelmeztetést biztosan értette.

Egy kicsit hidegebb hangnemben mondtam, mint akartam, de az ő érdekük is, hogy komolyan vegyék.

Bár mindenki meg volt szeppenve, kijelentették, hogy nyertem, és hogy a másnapi nap folyamán elmondhatom a kívánságom Safir Gordonnak.

Ám engem semmi efféle nem érdekelt, mert kaptam egy telepatikus üzenetet; Küriosz és Krüptó kapcsolatát nem tudták teljesen zavarni. Darabos volt, de egy pillanat alatt megértettük a lényeget. Az üzenet annyi volt:

„Arkon, siess és segíts, vagy Ellytia meghal!"

Küriosz abban a pillanatban kirepült a páholyból és ott termett mellettem. Ekkor tettem egy lépést előre és eltűntem az arénából.

A Draic-terület nyugati része, nem messze a parttól

Ellytia

Miután a frontra értünk, a családfők Xarius vezetésével kiosztották a teendőket. Minden katonát visszaküldtek a kúriához azzal a feladattal, hogy minden erejükkel védjék azt, valamint fékezzék meg az embereket, akiken eluralkodik a pánik. Amennyiben nem tudjuk megállítani a Hidrát, azonnali evakuáció a Draco-területekre. Ezután nem sok időt pazarolva szinte azonnal kezdetét is vette a harc. Az én első dolgom volt ellátni apámat. Szörnyen festett. Az élete nem volt veszélyben, de a végletekig hajtotta magát. Állítása szerint a Hidra megállíthatatlan volt, amíg ide nem ért, azóta viszont nem mozdult, nem próbált elmenni innen, viszont a középső feje megállás nélkül mérget fecskendez a közelében lévő forrásba. A forrás kapcsolatban van a terület vízhálózatával, így terjedt el a mérgezés. Apám szimpla víz elemű mágus, viszont a legjobb a kategóriájában. Megpróbálta irányítani az áramlást, mivel megtisztítani nem tudta a vizet, és emiatt merült ki.

– Krüptóval képesek vagyunk megtisztítani a vizeket, de ehhez teljes koncentrációra van szükségünk. Vagyis ha valaki megsérül, nem tudunk majd segíteni – közöltem.

– Neki öt feje van, mi pedig öten vagyunk, nekem kiegyenlített harcnak tűnik. Míg a középső fej mérgezésével egyensúlyban tudod tartani a tisztítást, mi feltartjuk a másik négy fejet – mondta Rynia.

– Mindegyik fejnek megvan a saját eleme, kivéve a középsőt, amely bármilyen variánst képes létrehozni. Ezt ne felejtsétek! – figyelmeztetett mindenkit Krüptó.

– Ne aggódj, nem ez az első alkalom, hogy egymás oldalán harcolunk, legalább olyan jó a csapatmunkánk, mint annak az öt fejnek – mondta Margaret.

Senkinek nem volt több mondanivalója, elkezdődött a harc. Én és Krüptó viszonylag biztonságos távolságban helyezkedtünk el, és minden erőnkkel a méreg ártalmatlanítására törekedtünk.

Az első, aki mozgásba lendült, Rynia volt. A jégmágiáját használva a talpa és a talaj érintkezésénél, súrlódását minimumra csökkentve szó szerint siklott. Arkon mesélt már erről, de még nem láttam saját szememmel. Félelem nélkül rontott neki a Hidrának, és le is vágta az egyik fejét, de az pillanatokon belül regenerálódott. Ez még csak egymás erejének tesztelése volt mindkét oldalról, de a Hidra figyelmét felkeltette. Anyám viharvarázsló, Xariust nem könnyű egy szóval leírni, szinte minden variánst létre tud hozni, hihetetlen tehetségnek tartják – nem véletlen, hogy a királyi családot is meg tudja félemlíteni. Mindketten területi varázslatokban jeleskednek, a Hidra fejének levágása viszont precíz irányítást igényel. Ebben a harcban a mágusok előnyben voltak, viszont minden tőlük telhetőt megtettek a varázslók is. A probléma az volt, hogy mind az öt fejet egyszerre kellett volna levágni, viszont egyikük varázslata sem volt megfelelő erre a célra. Anyám szélpengékkel és villámokkal próbálkozott, de a szélpengéket a Hidra egy földfallal semlegesítette, a villámlással eltalálta, viszont nem tett nagy kárt. Xarius varázslatai kétségkívül a legerősebbek voltak négyük közül, de még így is gyengének bizonyultak. Csak Rynia volt képes komoly sebet ejteni a hidrán, de képtelen volt több fejjel egyszerre elbánni. Ha ember lenne az ellenfelük, kétségtelen, hogy Xarius már rég összeroppantotta volna – a varázslatainak ereje és kiterjedése is messze felülmúlja minden elképzelésemet. Mindezek ellenére a harc kiegyenlített: a Hidra támadásait a megfelelő ellenvarázslatokkal semlegesítették, viszont a Hidrára sem tudtak döntő csapást mérni. Idővel egyértelművé vált, hogy ha Arkon nem jön segíteni, nincs esélyünk. A jó hír, hogy a víz tisztításával gyorsabban haladtunk, mint ahogy a hidra mérgezni tudta volna. A rossz, hogy ez neki is feltűnt. Későn reagáltam; mikor felfogtam, mi történik, a variáns feje már támadásba lendült ellenem, nekem pedig nem volt időm védekezni. Az utolsó, amit láttam, hogy a három varázsló szülő elém ugrik és különböző elemű pajzsokat emel, míg Rynia a saját jégaurájával próbál védeni engem. A támadás elemét nem is tudtam megállapítani; mind a négy alapelemi fej támadott,

ehhez csatlakozott a variáns, és az egész egyetlen brutális ere-
jű varázserőmasszaként csapódott a pajzsoknak. Egy hatalmas
robbanás után minden elsötétült. Mikor magamhoz tértem,
mindenki eszméletlen volt rajtam kívül.

– Krüptó, használnunk kell a fúziót! – kiáltottam.

– Nem tudjuk legyőzni akkor sem, Arkon és Küriosz nél-
kül nem.

– És mi a helyzet azzal a támadással, amivel Syrent támadtuk?

– Nem próbáltuk azóta. Maximum 1–2 percig tudjuk fenntar-
tani a fúziót, és nem fogjuk tudni teljesen irányítani a sugarat,
ráadásul a szüleidet is meg kell gyógyítanunk! – tudatta Krüptó.

– Meg kell tennünk! Ha nem próbáljuk meg, úgyis meghal-
lunk. Csak magunk vagyunk, Arkon végül nem jött el – láttam
be szomorúan.

– Rendben, próbáljuk meg – egyezett bele Krüptó.

Ezután megfoghatatlan erő járta át a testem. És pont, ahogy
Krüptó mondta, képtelen voltam uralni. Egy percig sem voltunk
képesek fenntartani, de ezalatt meggyógyítottuk a szülőket –
sértetlenek voltak, de eszméletlenek. Amint a gyógyítással vé-
geztünk, varázserőt gyűjtöttünk a bomlasztó sugárhoz. Olyan
szögben lőttük el, hogy mind az öt fejet eltalálja, és úgy tűnt, si-
került is. Ezután megszakadt a fúzió. Krüptó szerint idővel job-
ban fog menni, de jelenleg csak ennyire futotta. Én megnyugod-
tam, de éreztem, hogy Krüptó nem, és amikor a Hidrára néztem,
meg is értettem, hogy miért. Nem volt elég erős a támadásunk;
az utolsó fej időben ki tudott térni. Megsérült, de regenerálód-
ni fog. Nekünk pedig minden erőnk elfogyott. Éreztem, hogy a
fúzió megszűnése előtt Krüptó minden megmaradt erejét abba
fektette, hogy felvegye a kapcsolatot Küriosszal, de nem jött vá-
lasz. A fúziónk megszakadt, én térdre rogytam, Krüptó azonnal
közém és a Hidra közé állt és morogva jelezte, hogy nem adta
fel, de én tudtam, hogy nincs esélyünk. Éreztem, hogy hamaro-
san el is ájulok. Aztán valami ismerős, de felfoghatatlanul erős
nyomást éreztem, egy olyan erőt, ami a semmiből tűnt fel, és
amit nem lehetett figyelmen kívül hagyni. A Hidra is minden
figyelmét ennek az ismeretlen jelenlétnek szentelte, de nekem

nem volt erőm megbizonyosodni róla, hogy az-e, akinek remélem. Erőtlenül dőltem hátra, de ekkor valaki elkapott. Minden aggodalmam elszállt, mivel az utolsó arc, amit láttam ájulásom előtt, Arkoné volt.

A Draic-terület nyugati része, nem messze a parttól

Arkon

Amikor az üzenetet meghallottam, nem volt kérdéses, hogy az utóbbi időben gyakorolt képességet kell használnunk. A legközelebbi szó a teleport lenne rá. Ebben is maradtunk edzéseknél, de Küriosz elmondta, hogy mechanikájában nem ugyanaz. A teleport során a saját helyzetedet változtatod meg, ehhez kell az, hogy saját magad is ismerd a helyet, ami a végcél. Amit mi csinálunk, külső szemlélő számára ugyanaz, de mi a tér két részét kapcsoljuk össze; végeredményben mi változtatunk helyet, de nem a saját helyünk változtatásával, hanem a tér manipulálásával. De mivel még én is épphogy értem, és atyám is elvesztette a fonalat, így maradt a megegyezés, hogy mindkettőt teleportnak hívjuk. Mindez csak azért fontos, mert van egy csak ránk vonatkozó különbség a két képesség között: a varázserő-használat. A klasszikus teleport a távolságtól függetlenül azonos varázserőt használ. A térmanipuláció viszont a távolsággal vagy a manipulált tér nagyságával arányosan igényel varázserőt. Kis távolságon, egy harcban ez utóbbi logikusabb. Nagyobb távolságoknál a teleport jobb megoldás, a gond, hogy ha nem ismered a területet, nem tudod használni.

Nekünk most a tér manipulálását kellett használnunk, ami ekkora távolságnál rengeteg varázserőt igényelt. Küriosz varázserejét használtuk fel; az enyém nem lett volna elég, plusz nekem valószínűleg harcolnom kell majd. Még így is csak azért voltunk rá képesek, mert egy rövid időre Küriosz pontosan meg tudta határozni Krüptó helyzetét, és azt használni végcélnak. Az irányítással gond volt, a szükséges varázsmennyiség másfélszeresét

használtuk el, ráadásul az ekkora utazásnál téraurát kell hasz-
nálnom, amit még nem tudok teljesen irányítani. Ebből következ-
zően amikor megérkeztünk, elképesztő mennyiségű varázserőt
árasztottunk magunkból, amely elég lenne ahhoz, hogy egy átla-
gos katona azonnal elveszítse az eszméletét. Nem volt mit ten-
ni, de reméltem, hogy nem rontunk a harc állásán ezzel. Ez az
aggodalmam pillanatokon belül értelmét vesztette: a harcban
csak a szüleink és Tia vettek részt.

Aztán emlékképek kezdtek leperegni előttem a harcról. Elő-
ször meglepődtem, de aztán Küriosz elmagyarázta, hogy Krü-
ptó utolsó csepp erejével, mielőtt a kimerültségtől elájult, el-
küldte a csata emlékeit. Küriosz jelezte, hogy ő is el fog ájulni,
minden csepp erejét felemésztette az utazás, de éreztem, hogy
szemernyi kétsége sincs a győzelmem felől. Értettem is, hogy
miért gondolja ezt. A Hidrának nálunk rosszabb ellenfele nem
is lehetne. Akármilyen kemény is a bőre, akárhány feje is van, a
térmágiának nem tud ellenállni. Egyetlen precíz vágással meg
tudom ölni. Mintha ezt ő is tudta volna, ő tette meg az első lé-
pést. Az öt fejével egy pontba fókuszálva a varázserejét ugyan-
azt a támadást próbálta, amivel az előző csatát megnyerte. Így
belegondolva furcsa: ez után a támadás után Tia sértetlen volt,
a szüleink pedig rossz állapotban. A Krüptó által küldött emlé-
kek alapján ez volt a csata utolsó eseménye, mégis, mikor meg-
érkeztem, Tia kimerült volt, az ájulás szélén, a szüleink pedig
eszméletlenek, de teljesen sértetlenek. Egy újabb titok.

Elég rossz hangulatban voltam, de ez még rontott rajta. Mi-
közben ezen gondolkodtam, a Hidra támadását, annak érkezé-
si helyét módosítva a térben elhárítottam: tőlünk biztonságos
távolságban következett be a robbanás. Erőteljes volt, de sem-
mi esély nem volt rá, hogy eltaláljon vele. Ekkor taktikát vál-
tott. A középső fejével egy tűztornádóhoz hasonló támadást
küldött felém, de közben a szülőket is támadta, akik a földön
hevertek tehetetlenül.

Ennyi nem volt elég, hogy kifogjon rajtam. A szülőket ma-
gam mögé teleportáltam, a kaszámat pedig magam elé tartot-
tam, majd megpörgettem egyhelyben. Aztán becsapódtak a

támadások. Miután leült a por, mind sértetlenek voltunk. Lehet, hogy csak egy szörny, de taktikusan harcol. Jobb lesz, ha véget vetek ennek. Ez lesz az első, hogy használom, még szerencse, hogy mindenki eszméletlen és nincs senki a közelben. Küriosz a teleportáció mellett ezt a képességet akarja a leggyorsabban és legjobban megtanítani nekem, amellyel legelső edzésünkkor szemléltette, hogy nem számít a távolság. Vízszintes irányban elhúztam magam előtt a kezem, a tenyerem a föld felé nézett. Közben minden erőmmel koncentráltam a tér befolyásolására. Egy láthatatlan pengét képzeltem el, ami átvág mindent. Nem volt sem robbanás, sem lézersugár, pusztán éreztem, hogy rengeteg varázserőmet felemészti. Egy pillanattal később a hidra fejei leestek. Örültem, viszont rájöttem, hogy sokkal veszélyesebb ez a képesség, mint gondoltam. Mivel nem tudtam irányítani, köztem és a part között lényegében mindent elvágott ez a térmágia. Fákat, hegyeket, mindent. Csak arra koncentráltam, hogy sikerüljön, és nem figyeltem oda a kiterjedésére. Belegondolni is rémisztő, mi történt volna, ha nem pozícionálom magam háttal a városnak. A hidra nem regenerálódott, már csak egy tetem volt. Hátat fordítva neki elindultam a családom fele, de hirtelen szúró fájdalom hasított az egész testembe, és anélkül, hogy tudtam volna, mi történt, elvesztettem az eszméletem.

Kívánság, ígéret

Hol vagyok? – kérdeztem magamtól, de nem volt senki, aki választ adhatott volna. Olyan érzés volt, mintha egy végtelen, sötét térben sodródnék. Nem tudom, mennyi ideig sodródhattam itt, de ami a legfurcsább, hogy kellemes volt, mintha hazatértem volna.

– Még szép... ezt a teret a kettőnk mentális kapcsolata alkotta – hallottam meg Küriosz hangját.

– Akkor, gondolom, nem haltunk meg.

– Háh, persze, hogy nem, bár azt már látom, hogy felügyelet nélkül könnyen elvesztéd az irányítást.

– Miről besz...?

De mielőtt befejezhettem volna, emlékképek jelentek meg előttem a csatáról. Szép lassan kitisztult az emlékezetem.

– Szerencse, hogy kevés varázserőd volt, így csak a közeli hegyet vágtad félbe – ironizált Küriosz.

– Már emlékszem. Szóval ez az oka, hogy elvesztettem az eszméletem: túl sok varázserőt használtam.

– Így van. Normál esetben nem lett volna ilyen komoly a visszahatás. De ez a technika, ha nem irányítod, minden csepp varázserődet a támadásba fordítja. Te pedig nem irányítottad.

– Ezekről a dolgokról szólhatnál előbb – róttam meg enyhén.

– Már mondtam, hogy akkor...

– Soha nem tanulnék, tudom, tudom.

Egymásra néztünk és elmosolyodtunk – legalábbis így éreztem, mivel nem voltunk jelen fizikálisan, csak a tudatunk.

– Mondd, Küriosz, te tudod, mi történt a Krüptó által elküldött emlékképek és a megérkezésünk között?

– Valószínűleg fúziót használtak. Mivel az emlékekkel bizonyos érzelmeket is megkaptunk volna, így azokat Krüptó szándékosan kihagyta.

– És tudod, hogy ennek mi lehet az oka? – kíváncsiskodtam.

Sóhajtott egyet.

– Ebben a térben el vagyunk szigetelve, szóval elmondhatok pár dolgot. A múltban történtek olyan dolgok, melyeket csak a *tragédia* szóval tudok leírni. Abban, ami a történelmetekben le van írva, sok igazság is van; a fekete sárkányok nyomában valóban mindig tragédiák sora fedezhető fel. Tia a fúziója révén látta ezeket az eseményeket Krüptó szemszögéből, és idő kellett neki, hogy feldolgozza.

– Miféle események voltak ezek?

– Kérlek, ne siettess! Mindent nem mondhatok el. A részleteket csak a fúziónk után fogod megtudni. Azt pedig, hogy az mikor lesz, még én sem tudom.

– Rendben, kezdek hozzászokni a titkokhoz – mondta mosolyogva.

– Miért mosolyogsz?

– Így már értem, hogy Tia miért került minket. Ha nem is ismerem pontosan az okát, de legalább tudom, hogy a múlt eseményeit próbálta feldolgozni. Egy ideje már gondolkozom rajta, mit csinálhattam rosszul. Kissé megkönnyebbültem.

– Túl sok energiád van, ha ilyesmiken tudsz aggódni. Ha engem kérdezel, a dolgok el fognak rendeződni köztetek. Ami fontosabb: mit fogsz válaszolni erre a támadásra?

– Semmit.

Minden bizonnyal egy dühkitörésre számított; éreztem a meglepettséget a kettőnk közti kapcsolaton keresztül.

– Kifejtem. Nincsen közvetlen bizonyítékunk. Amennyi információt én leszűrtem, ha a hidrát irányították is, nem tudjuk bizonyítani. A kommunikációt blokkolták, de a hírnököket megölő útonállókon nem volt semmilyen beazonosítható címer. A varázslatról, amivel a telepatikus kommunikációt blokkolták, pedig fogalmunk sincs, mi lehet. A Safir család pedig pusztán egy tornát rendezett. Nem tudjuk bizonyítani, hogy összehangolt támadás volt – magyaráztam.

– Hmm. Ha így nézzük, akkor pusztán vádaskodásnak tűnne a részünkről. Bár meglep, hogy ilyen higgadtan kezeled – vallotta be Küriosz.

– Nem vagyok higgadt. Az ösztöneim azt súgják, hogy amint felébredek, rohanjak a palotába és szálljak harcba az egész országgal, ha kell. Csakhogy atyám szavai igazak: nem vagyok elég erős.

– Ez meglepett. Elárulok még egy dolgot. Egy ideig azt hittem, hogy nem csak kinézetre hasonlítasz az alapítóhoz, de mentalitásra is. Ő is impulzív volt, mégis, komoly helyzetekben higgadt, de soha nem ismerte be, hogy gyenge. És végül ez lett a végzete: minden hibájáért mást okolt. Végül mikor elvesztett mindenkit, csak akkor jött rá, hogy nincs kit okolnia, csak saját magát – mondta Küriosz szomorúan.

– Emiatt az én esetemben nem kell aggódnod.

– Igen, tudom.

Ekkor elkezdett gyengülni a jelenlétünk.

– Úgy néz ki, a privát kis csevejünknek vége. Ne gondolkodj túl sokat az elhangzottakon. Oh, és még valami... Krüptó és én valószínűleg még pár hétig nem fogunk felébredni, úgyhogy élvezd ki a kettesben töltött idődet Tiával – mondta Küriosz mosolyogva.

Mielőtt még válaszolhattam volna, már el is tűnt; úgy látszik, az arrogáns külső mögött meglepően hasonlít Krüptóra.

Pár pillanattal később – legalábbis nekem annyinak érződött – kinyitottam a szemem. A megszokott ágy, a szokásosnál nagyobb fájdalommal. És ahogy hét éve, az ájulásom után, most is Tia ült az ágyam mellett. Viszont most ébren volt, nem szólt, csak ült, nézett rám és sírt. Nem tudtam, mit mondhatnék. Pár pillanat volt csak, de hosszabbnak érződött.

– Hülye! Mindig csak aggódnom kell miattad – mondta Tia sírva.

– Sajnálom.

Ezután megpróbáltam felülni, hogy letörölhessem a könnyeit, de a testem minden pontja fájt, nem tudtam még csak megmozdulni sem. Ekkor egyik kezével megfogta a vállam, jelezve, hogy maradjak nyugton, a másikkal pedig megtörölte a szemeit.

– Miért nem magad miatt aggódsz? Te sérültél meg a legjobban, te mentettél meg mindenkit, miért miattam akarod megerőltetni magad megint? – kérdezte Tia frusztráltan.

– Mert szeretlek.

Még engem is meglepett, mennyire egyszerűen jöttek ki ezek a szavak a számon. Bár minden bizonnyal elpirultam. Tiának egy pár pillanat kellett, hogy feldolgozza, de érthető módon zavarba jött ő is.

– Mi-mi-mi ez így hirtelen? – kérdezte zavarba esve.

Felsóhajtottam.

– Nekem sem egyszerű erről beszélni. Eleinte nem tudtam, mit érzek, de az elmúlt három évben, amíg az edzések miatt nem láttalak, egyre nyilvánvalóbbá vált számomra, hogy hiányzol.

Csak nézett rám, mintha folytatásra biztatott volna. Nem vártam választ – nem a világ legmeghatóbb vallomása ez, de még az akadémia előtt el szerettem volna mondani neki.

– Számtalan alkalommal meg akartalak látogatni, de Krüptó a szentély esete után azt mondta, hogy sok mindent át kell gondolkodnod, azért adjak neked időt. Így is nehéz volt. Amikor megkaptam Krüptó üzenetét, hogy veszélyben az életed, olyan érzelmek öntöttek el, amiket le sem tudok írni. Tudtam, bármibe kerüljön is, meg kell védjelek, mert nélküled nincs értelme az életemnek.

Ennyi, ha most visszautasít, valószínűleg meghalok szégyenemben. Szerencse, hogy nem tudok mozogni, mert már rég elfordultam volna.

– Nekem is hiányoztál – mondta Tia szipogva –, de vannak dolgok, amelyekről tilos beszélnem. Már biztosan te is tudod, hogy Krüptó és Küriosz szeretik egymást. Nem tudom, hogy amit érzek, a saját érzéseim-e... te hogy lehetsz ebben biztos?

– Nem tudom, a fúzió után mennyire lehettél összezavarodva, de én tudom, hogy ezek az én érzéseim. Nem foglak siettetni, csak szerettem volna, ha tudod, hogy mindig melletted leszek. Az akadémián csak egymásra számíthatunk, teljesen megbízom benned, remélem, te is meg tudsz bennem, bármit is láttál Krüptó emlékeiben. És ha te is úgy akarod, az akadémia után is melletted maradok.

Az eddigi bizonytalansága halványulni kezdett, s a sírást is abbahagyta. Ezek helyét az elhatározás vette át.

– Nem értem, hogy tudsz ilyen zavarba ejtő dolgokat mondani ilyen könnyedén – jegyezte meg.

Ekkor megszorította a kezem. Az elhatározás a szemében még erősebbnek érződött.

– Én is szeretlek – vallotta be.

Ekkor előrehajolt és megcsókolt. Aztán azonnal elhajolt és elfordult, de láttam, hogy elpirult. Megkönnyebbültem, de egyszerre ideges is lettem. Eddig azon idegeskedtem, hogy ez a beszélgetés hogyan fog zajlani, most pedig azon, hogy hogyan tovább. Eztán elfogott egy ismerős érzés, mintha figyelnének. Amikor a forrását kerestem, láttam, hogy az ajtó résnyire nyitva van; ez a helyzet tényleg meglepően hasonlított a hét évvel ezelőttihez, az ajtóban ugyanis a szüleink álltak.

– Mióta álltok ott? – kérdeztem zavarban.

Erre Tia is felkapta a fejét. Mikor a csók után elfordult tőlem, észre kellett volna őket vennie, de mindketten annyira zavarban voltunk, hogy nem tudtunk egymáson kívül másra figyelni.

– Fúúú... Kleo volt megbízva a megfigyelésetekkel. Amikor azt mondtad Tiának, hogy szereted, azonnal értesített minket. A zavarban kimondott „Mi-mi-mi ez így hirtelen"-nél? már itt is voltunk – mondta anyám, láthatósan élvezve a helyzetet.

A következő, aki felszólalt, egy kis szipogással törte meg az eddig sem egyszerű helyzetet.

– Végre őszinte magához a kis hercegnőnk! – mondta Margaret, miközben megtörölte a szemét.

Zseniális alakítás volt. Ha nem ismertem volna évek óta, el is hiszem, így viszont tudtam, hogy csak cukkolni akar bennünket. Aki viszont nem színészkedett, az...

– Nem fogom hagyni, csak félrevezeti a lányomat – mondta Johannes mormogva.

Eközben gyilkos pillantásokat vetett rám.

Atyám volt az egyetlen, aki nem szólt hozzá, bár úgy láttam, két érzelem közt mozog: az egyik az öröm, a másik pedig, hogy elnézést kérjen, amiért nem tudta visszafogni a többi szülőt, hogy megtörjék a pillanatot.

Ezután elkezdődött az anyáink által vezetett kínos pillanatok végtelen sokasága. Viszont nem mondhatnám, hogy zavart volna. Sajnos még igencsak kimerült voltam, így gyorsan viszszaaludtam, másnap viszont már felfrissülve ébredtem. Aztán a reggelinél a szolgálók behoztak két fiatalt. A két rabszolgát, akiket – mondhatni – elraboltam.

– Arkon, Kleo és Karl elmondása szerint megmentetted ezt a két fiatalt. Azonban a területek közt vannak eltérő szabályok, nálunk nincs rabszolgaság, a Safiroknál igen. Akármilyen kegyetlen is, te szegted meg a törvényeket azzal, hogy elraboltad őket – magyarázta atyám.

Éreztem, hogy mindkét család és a gyerekek figyelme is rám szegeződik. Ekkor atyám előredőlt, összekulcsolta a kezét majd rátámaszkodott.

– Ugye van valami terved? – tudakolta.

Ez volt a második alkalom, hogy hivatalos ügyet beszélünk meg az iroda vagy a tárgyaló védelmén kívül. Elsőre furcsa volt, de rájöttem, hogy ezzel is éreztetni akarja, hogy már nem bujkálunk. Erre elmosolyodtam.

– Megnyertem a tornát, szóval lehet egy kívánságom Safir Gordon felé.

– És ezt az értékes kívánságot fel akarod használni két gyermekre? – tudakolta atyám.

Ekkor szúrós pillantást vetett rájuk, akik erre megszeppentek. Egy hirtelen pillantás után megnyugodtam: a lány felépült, és a fiú is szépen összeszedte magát. Még a nevüket sem tudtam, el kell majd beszélgetnem velük. De vissza a témához.

– Nem, nem két gyermekre akarom elhasználni.

Ekkor félelem ült ki az arcukra, hogy vissza kell térniük a rabszolgasorshoz.

– Az a tervem, hogy minden tizenöt év alatti fiatalkorút, akit a családja adott el, felszabadíttatok és áthozok a mi területünkre – jelentettem be.

Erre mindenki lefagyott, csak atyám nem – ő hangosan felnevetett.

– Nagyszerű! És mit teszel, ha azt mondják, nem teljesítik?

– Hadat üzenek.

A Draic család tagjai csak kapkodták a fejüket köztem és atyám közt. Tia zavarodottsága különösen aranyos volt. Nem akarták elhinni, hogy ilyen dolgokról csak így, reggeli közben beszélgetünk, mintha arról lenne szó, milyen szép időnk van. Anyám és atyám viszont csak nevetett... úgy éreztem, van valami mögöttes értelme is, de ez nem a megfelelő időpont a vájkálásra.

– Rendben. Értesd meg velük, hogy ez nem a te hóbortod. Ha elutasítják a kérésed, melyre a király által hirdetett tornán nyertél jogot, a Draco család teljes hatalmával fog lesújtani rájuk – közölte atyám.

– Így lesz – válaszoltam határozottan.

– A legjobb lenne, ha mielőbb indulnál. Ha túl sokáig várunk, egyszerűen elfelejtik, amit ígértek – javasolta anyám.

– Most, hogy megbeszéltük, reggeli után indulok is.

Ekkor eszembe jutott, Tia mögött is elég nehéz idők vannak. Talán jót tenne neki egy kis környezetváltozás.

– Tia, velem tartasz? Safirus nem a legszebb város, de körbenézhetnénk.

Kissé zavarba jött, de az első, aki felszólalt, Johannes volt.

– Akár jegyesek vagytok, akár nem, nem engedem el a lányomat kettesben veled egy többnapos útra.

Éreztem, hogy ebből nem enged. Margaret a szokásos szúrós pillantásaival bombázta, de most nem hagyta magát, szóval komolyan gondolta.

– Rendben. Kleo velünk jöhet, így mindenről tudni fogtok, ami történik.

(Tudtam, hogy ezzel az anyákat meggyőzöm.)

– Illetve szó sincs több napról, legkésőbb estére hazaérünk – ígértem.

És újabb kételkedő pillantások... Nem csoda; mindenki eszméletlen volt Tián kívül, a sárkányok még alszanak, és a képességemről csak a szüleim tudnak. Ekkor felálltam és atyám mögé teleportáltam. A kétkedés helyét a meglepettség vette át.

– Ez egy rég elfeledett térmágia-technika, a teleport. Minden olyan helyre képes vagyok ugyanígy egy szempillantás alatt eljutni, amelyet már meglátogattam.

– Így mentettél meg minket is? – érdeklődött Tia.

Furcsa, eddig zavarban volt, de amint ilyen témáról van szó, azonnal tárgyilagossá és kíváncsivá válik.

– Majdnem. Ebbe a kategóriába esik az is, de más képesség volt.

Egy halvány mosoly jelent meg az arcán, bár az oka nem volt egyértelmű számomra.

– Úgy gondolom, így rendben lesz, igaz, Johannes? – fordult férjéhez Margaret.

Johannes erre csak bólintott.

– Akkor ezt eldöntöttük – mondta atyám.

A reggeli végeztével, mielőtt elindultunk volna, beszélni akartam a két fiatallal. Tia és Kleo velem tartottak.

Mindketten óvatosak voltak, de közel sem voltak annyira feszültek, mint első találkozásunkkor.

– Reggeli közben gondolkoztam. Még a neveteket sem tudom. Én Arkon vagyok, bemutatkoznátok?

Ekkor a fiú előrelépett, a lány pedig mintha el szeretett volna bújni mögé.

– Az én nevem Kian, ő a húgom, Zoé.

Láttam rajta, hogy fél, de igyekszik erősnek mutatkozni a húga érdekében. Azonban egy dolog felkeltette az érdeklődésem. Kleo ismét azt az arckifejezését vette fel, mint amikor engem edzett, lehet, hogy...

– Kian, Hányan vagyunk a szobában? – tudakoltam.

Meglepődött, de válaszolt.

– Négyen.

Lehet, hogy tévedtem.

– Öten – felelte halk hangon Zoé.

Azonnal Kleóra néztem, akinek az arcáról le lehetett olvasni: „Ne merészeld!".

– Mondjátok, van valami tervetek azt illetően, mit csináltok most, hogy szabadok vagytok?

– Mi lesz a többiekkel? – kérdezte Kian.

– Épülőben van már egy ideje egy bányásztelepülés nem messze innen, de munkaerő hiányában nem tudtuk üzemeltetni.

A terv az, hogy ott szállásolunk el mindenkit. Természetesen dönthetnek máshogy, de ott kapnak munkát, szállást és ételt.

Egyikük sem felelt. Pontosabban akartak mondani valamit, de tétováztak. Ekkor Tia is becsatlakozott.

– Nem kell félnetek, biztos vagyok benne, hogy sok szörnyű dolgot láttatok, de itt elmondhatjátok, mit szeretnétek.

Egy pár kedves szó biztosan nem elég – én is kedves voltam. Aztán a lány rámutatott Kleóra, aki ennek hatására csak a fejét rázta.

– Olyan erős szeretnék lenni, mint ő.

Kian még most sem értette; az ő nézőpontjából Zoé a semmire mutatott.

– Rendben, és te, Kian?

– Elég erős akarok lenni, hogy meg tudjam védeni a húgomat.

Erre csak bólintottam. Nem ez volt a célom, de ha ezt szeretnék, minden tehetséges harcos jól jön.

– Kleo, Zoé kiképzését rád bízom. Amint visszatértünk, anyámmal is tudatom. Kiant küldjétek Karlhoz. A képzési költségeiket én állom.

– Hogy a fiatalúr állja? Miért? – érdeklődött Kleo.

Ez a kérdés foglalkoztatott mindenkit.

– Mindenkinek van saját egysége a családban, csak nekem nincs. Ők az én beosztottjaim lesznek. Ezt értesd meg mindenkivel. Addig van időtök kiképezni őket, amíg visszatérek az akadémiáról. Elvárom, hogy legalább alparancsnoki erőre tegyenek szert.

Nincs kétségem Zoé tehetsége felől, ám Kian más kérdés. Csak az fog dönteni, hogy mennyire kötelezik el magukat. Ez volt az első teszt; ha az elvárások miatti nyomás alatt megtörnek, nem lenne értelme edzeni őket.

Kleo egyik beosztottja már ott is volt, és elvitte őket Karlhoz. Kian szemében még mindig volt némi gyanakvás, de ami jobban zavart, a Zoé szemeiben látott, valami egészen más érzelem. Nem, inkább tegyünk úgy, hogy nem is láttam.

– Remélem, nem akarsz minden felszabadított lányt elcsábítani – jegyezte meg Tia.

Volt valami megfoghatatlan erő a szavaiban. Már korábban is éreztem a fagyos pillantásokból és hasonlókból, de már biztos voltam benne. Amikor Tia féltékeny, nem tudok ellene nyerni.

– Biztosíthatlak, hogy nem ez volt a szándékom. Pusztán tehetségesnek ítéltem meg, ráadásul te magad mondtad, hogy nyugodtan beszéljenek.

Nagyot sóhajtott.

– Rendben, igazad van.

Örülök, hogy ennyire tehetséges, így ki tudtam védeni ezt a támadást.

– De ezután figyelj oda, hogy viselkedsz más lányokkal!

– Igenis! – ígértem meg.

Azt hittem, hogy a tegnapi megható vallomás után nem lesz feszültség, most mégis úgy érzem, hogy sokkal nehezebb a kedvében járni.

– Az a Zoé nevű veszélyes lesz a jövőben. Tia, jobban teszed, ha odafigyelsz rá minden értelemben – szólalt meg Kleo.

– Kleo, ez nem segít! – pirítottam rá.

– Arkonnak abban igaza van, hogy az a lány tehetséges. Csak kevesen látják Kleót. Ha az a lány megfelelő kiképzést kap, félelmetesen erős lehet, és nekünk minden erős harcosra szükségünk lesz a jövőben – válaszolta Tia.

Erre csak elmosolyodtam. Soha nem értettem, a szülei miért hivatkoznak rá ridegként és racionálisként; az én emlékeimben bármikor találkoztunk, őszintén kimutatta az érzelmeit és gyakran azok szerint döntött. De amikor a területek sorsát befolyásoló döntésekről volt szó, mindig megfontolt. Lehet, hogy az érzékeny oldalát csak kevesen ismerik. Ez az első alkalom, hogy várom az akadémiai éveket.

– Rendben, most, hogy ezt megbeszéltük, induljunk is, vár ránk egy komoly megbeszélés – rendelkeztem.

És a következő pillanatban már az aréna előtt álltunk Safirusban. Mindketten meghökkentek. Aztán az ámulatot az emberek suttogása szakította meg.

– Ő nem az a gyilkos az arénából?

– Nem ő végzett azzal a hárommal hidegvérrel?

– Ő az, aki azzal fenyegetőzött, hogy mindenkit lemészárol, aki árt a Draic és a Draco családnak?

És még hasonlók. Ha belegondolok, Tia még nem is tud erről. Vajon hogyan fog gondolni rám, amikor megtudja, hogy amit mondanak, mind igaz? A gondolataim sorát pont az zavarta meg, aki körül forogtak. Tia megfogta a kezem, s csak annyit kérdezett mosolyogva: „Mehetünk?”. Ennyi elég is volt, hogy megnyugodjak. Kleo tudta az utat a Safir-kúriába, az érkezésünkről tudtak. Bár nem örültek, hogy az érkezés időpontja határozatlanként volt feltüntetve, mert így fogadniuk kellett minket, bármikor is jövünk. Aztán Gordon elé vezettek minket. Ott volt Alex is, meg jó pár harcos. Azt hittem, hogy egy tárgyalóterembe fognak vezetni minket vagy egy irodába, de a helyiség inkább hasonlított egy trónteremhez. Pont, ahogy a városfalnak, ennek a célja is az volt, hogy azt éreztesse: ők magasabb rendűek. Ugyanabban a rangban vagyunk, mégis magasabb rangúnak érzik magukat.

– Minden bizonnyal azért jöttél, hogy elismerd, csaltál, és Tiát is azért hoztad magaddal, hogy átadd – jegyezte meg lenézően Alex.

Most az egyszer hálás voltam Alexnek. Nem voltam teljesen biztos a döntésünkben. A Safir-területnek pontosan akkora csapás lesz ekkora munkaerőtől elesni, mint amekkora áldás nekünk. Ha Gordon tiszteletre méltó ember lett volna, lemondok a kérésről, akármit is beszéltem meg atyámmal. De az a családfő, aki a fiát engedi így beszélni egy vendéggel, biztosan nem tiszteletre méltó.

– Csalás? Én nem emlékszem semmilyen csalásra, csak kiábrándítóan gyenge ellenfelekre.

Ennek hatására egy tapasztalt harcosnak kinéző katona előrántotta a kardját és elkezdett felém sétálni, mondván: „Senki nem beszélhet így a terület elsőszülöttjével”. Aztán hirtelen megállt. Az ok az volt, hogy Kleo a háta mögé került, majd előrenyúlva a torkához nyomta a tőrét.

– Szóval így fogadja el a Safir család a vereséget? Így kezelitek a vendégeket? Legyen hát, ha vért akartok ontani, nincs kifogásom ellene – mondtam.

A kaszámért nyúltam, ebben a pillanatban a katonák is a fegyverükért. Tia kissé feszült volt, de ezen nem lepődtem meg. Aztán szabadjára engedtem egy jó adag zabolázatlan varázserőt. Semmi célja nem volt a megfélemlítésen kívül. Sőt pazarlás volt, de elértem a célomat: a legtöbb katona remegett, és nem akart megrohamozni. Alex is remegett, de ő idegességében. Ekkor Gordon felemelte a kezét, mindenkit türelemre intve.

– Elnézést kérek ezért a közjátékért. Nem szíveljük egymást, és ez nem titok. Mondd el, mi a kívánságod, és távozz.

– Követelem, hogy minden tizenöt év alatti fiatalkorút, akit a családja eladott, és nem bűnöző, azonnal szabadítsatok fel és adjátok át a Draco családnak! – szólítottam fel.

Az jött, amire számítottam: *arcátlan, arrogáns,* és hasonló megjegyzések. De egyik sem számított, csak az, mit mond Gordon.

– Lehetetlen. Kérj valami mást.

Még mindig nem érti... azt hiszi, alkudozni jöttem. Kezdem megérteni, hogy Küriosz miért beszél olyan magas lóról; ezek az emberek a szép szóból nem értenek. Ekkor elkezdtem felsétálni a lépcsőn, ami elválasztott kettőnket. A közkatonák nem mertek lépni, a parancsnok pedig nem tudott. Senki nem volt, aki megállíthatott volna.

– Nem alkudozni jöttem. Elmondtam a követelésem és elvárom, hogy teljesítsd.

– És mi lesz, ha nem?

Erre a kérdésre vártam. Ekkor mögé teleportáltam. A kaszám élét a torkához emeltem.

– Háború – jelentettem ki ridegen.

Gordon nem lepődött meg a teleporton, a legtöbben viszont fel sem fogták, mi történt.

– Atyád tud erről?

– Te vagy a legutolsó, aki kioktathatja atyámat arról, hogy figyeljen a gyerekére. De legyen; egyértelműen fogalmazok. A Draco család elsőszülöttjeként, a családfő engedélyével és megbízásából vagyok jelen. Amennyiben nem tartjátok a szavatokat és elutasítjátok a követelésünket, a Draco család teljes erejével fogja megtámadni a Safirt.

A feszültség tapintható volt. A mi oldalunk viszonylag nyugodt volt, a Safir oldalról viszont csak Gordon volt összeszedett.

– Ha atyád is így gondolja, akkor nincs más választásom, mint engedelmeskedni.

– De apám! – kiáltott fel Alex.

– Hallgass, elég gondot okoztál már! – ripakodott rá az apja.

Ekkor közelebb hajoltam és odasúgtam neki:

– Értesd meg vele, hogy ha tovább zaklatja Ellytiát, jóval többet veszíthet a méltóságánál.

Erre csak bólintott. Tia mellé teleportáltam.

– A nap folyamán a városban maradok. Adjatok át Kleónak egy listát az összes, ebbe a kategóriába tartozó szolga nevével. Az átköltöztetésre egy hónapotok van. Ha esetleg valami trükkön gondolkoztok, esetleg Kleónak bántódása esik, gondolom, nem kell mondanom a következményeket.

Kleo ellenkezni akart, de látta, hogy nincs jó kedvem, így beleegyezett. Tudom, hogy ha rábízom, nem lesz gond. Most csak el akarom felejteni ezt a kellemetlen találkozást, és egy kis időt Tiával tölteni.

Nem sokkal később már a városban sétáltunk, de keserű szájízt hagyott maga után, ami történt. Ráadásul akármilyen szép is volt egy-egy üzlet, minden gondolatom a nyomorúságban élőkre tért vissza, akik nem is olyan messze, a fal túloldalán élnek.

– Mit súgtál oda Gordonnak, miután elfogadta a kérésedet? – érdeklődött Tia.

– Hogy értesse meg Alexszel, hogy ne zaklasson téged, különben megölöm.

– Szóval már diplomáciai kérdés vagyok – mondta Tia elpirulva.

– Mindig is az voltál.

Ezután egymásra néztünk és elnevettük magunkat. Pár éve nem gondoltam volna, hogy ilyen nyíltan használhatom az erőmet, vagy hogy képesek leszünk azon nevetni, hogy a király vagy holtan, vagy rabságban akar látni mindkettőnket.

– Ugye tudod, hogy ennek híre megy? Az akadémián mindenki célpontja mi leszünk, hogy plusz pontokat szerezzenek a királynál – jegyezte meg Tia.

– Persze, hogy tudom.

– Hallottad, mi történt a tornán? – kérdeztem tőle.

– Kleo és Karl minden elmeséltek, míg eszméletlen voltál.

– És most láttad élőben is, bár most nem öltem meg senki. Mit gondolsz ezek után rólam?

– Szóval ezért voltál végig olyan rossz hangulatban? Emiatt nem kellene aggódnod, tudom, hogy csak akkor vagy ilyen, ha rákényszerítenek. Az ellenségeiddel könyörtelen vagy, a szövetségeseid mindig számíthatnak rád. Nem ilyen egy jó vezető?

Most érzem csak igazán, hogy mennyire ideges voltam. Most, hogy hallottam ezeket a szavakat. Ha kegyetlen vezető is leszek az egész világ szemében, amíg Tia itt van nekem, el tudom viselni.

– És még valami... köszönöm, hogy megmentettél mindenkit a Hidrától.

Ekkor odahajolt és megint megcsókolt. Ezután mindketten kissé zavarba jöttünk, viszont a feszültségünk elmúlt. Sétáltunk még a városban, és élveztünk ezt a kis időt, amelyet kettesben tölthetünk. A délután folyamán Kleo megkeresett minket, kezében a papírokkal, amelyekkel azonnal haza is tértünk. A nap hátralévő részében – szüleinknek hála – nem találkoztunk; anyáink Kleót ragadták magukhoz, én atyámnak jelentettem, Tiát pedig Johannes nem engedte el magától egy pillanatra sem.

Diplomáciai kapcsolatok

A közelmúlt eseményeinek hála, felszabadultabb lett a légkör a kúriában. Nem kellett többé rejtegetnünk az erőnket, és az esetlegesen kiszivárgó híreknek sem volt már akkora jelentőségük, mint pár éve. Fél évünk volt az akadémiára való beiratkozásig; valószínűtlen, hogy a király lépne addig bármit is. Az akadémián viszont mindenki ellenségei leszünk. A tanítók nagy része királypárti, ahogy a diákok is. Elvégre külső szemlélők számára mi tűnünk a gyengébb oldalnak. A felszabadítottak betelepítése is jól halad. Két hét telt el a Gordonnal való összetűzés óta. Már annak is örültem, hogy a tárgyalás, ha nevezhetjük annak, sikerrel zárult, de pár nappal később a szüleink arra a döntésre jutottak, hogy Tia a kúriánkban marad vendégként. Mivel egyelőre csak egymásra számíthatunk, atyám biztosra akar menni, hogy ismerjük egymás képességeit, és tisztában legyünk a helyzetünkkel. Ezzel el is érkeztünk a mai naphoz, amikor a jól megszokott irodában gyűltünk össze egy politikai gyorstalpalóra. A dolgozószobában csak a szüleim, én és Tia voltunk jelen – Tia szülei ingáznak a két terület között, amíg be nem iratkozunk az akadémiára.

– Nem is húznám az időt. Ma át fogjuk beszélni a területek közti viszonyokat a legfrissebb információink alapján. Eléggé unalmas téma lesz, de azért próbáljatok figyelni – kérte atyám.

Ekkor éles pillantásokat kaptam Tiától és atyámtól; sajnos e tekintetben anyámra ütöttem: csakúgy, mint ő, én sem bírom végigülni ezeket az unalmas órákat. Ha jól sejtem, ezért akarták, hogy Tia is maradjon: ő biztosan figyel majd.

– Kezdjük a legkézenfekvőbbel. Az északi hármas szövetség. A vezetője a Draco család. Közeli szövetségese a Draic család, a szövetség harmadik tagja a Theron család. A Theron család szigorúan véve csak a területi elhelyezkedése miatt a szövetség tagja, nem ápolunk közeli szövetséget – kezdte atyám.

Ez kissé meglepett. Én is tudtam, hogy nem állunk olyan közel, de mégiscsak atyám húga a Theron-ház egyik vezetője.

Akkor hogy lehet, hogy nem állnak közel? Valószínűleg könynyen leolvasható volt a meglepettségem, mert atyám bele is kezdett a magyarázatba.

– Mila, a húgom, a szüleink döntése miatt házasodott be a Theron családba. Quint születéséig nem is volt gond, azóta viszont bizonytalan a helyzet.

– Ezt hogy érted?

– Erről eddig csak a szüleim, én és Rynia tudtunk, de úgy sejtjük, a Theron család egyetlen feladata, hogy minden lépésünket jelentse a királynak. Tekintve, hogy egy ideje nyíltan lázadnak a parancsaim ellen, egyre nyilvánvalóbb, hogy hova húznak. Erről még a szüleidnek sem beszültünk.

Ekkor Tiára pillantott, aki kissé megszeppent.

– És az rendben van, hogy nekem most elmondtátok? – kérdezte.

– Persze – mondta atyám habozás nélkül.

– Miért?

– A közeljövőben a Draco család egyik vezetője leszel, úgyis minden titkunkat meg fogd tudni.

Már értem, miért mondják sokan, hogy atyámra hasonlítok; én is pontosan ilyen rezdületlenül mondtam nem kevés zavarba ejtő dolgot. Tia egy pár pillanatig nem tudta, mit kezdjen a mondottakkal. A meglepettség, aztán a megértés, majd a zavar érzelmei suhantak át az arcán rövid idő alatt. Egy kicsit elpirult, de összeszedett maradt, kezdett hozzászokni az ilyen zavarba ejtő pillanatokhoz. Bólintott, jelezve, hogy érti, de nekem még volt kérdésem.

– Ha a Theron család a király kémje és ezt Mila nem jelenti, az azt jelenti, hogy elárult minket?

– Sajnos ez nem ilyen egyszerű. Mila tartotta sakkban Quartast, viszont a fiuk születése óta őrlődik. Most nagyjából úgy áll a helyzet, hogy szabad kezet adott a fiának. Nem ad ki sem nekik információt rólunk, sem nekünk róluk. Szimpla pártatlan összekötőként viselkedik, és csak azt tartja szem előtt, amit a fia szeretne – magyarázta atyám.

– Hát, ez nem jó hír.

– Kifejtenéd?

– A Safir-területen tett utazás idején Quint eléggé ellenséges volt. Nem nyíltan, de amikor csak tudta, jelét adta, hogy számos dologban nem ért egyet velem. Nem tudom, hogy ez mások befolyása vagy a saját gondolatai, de én nem számítanék rá szövetségesként.

– Ezt jól látod. A kémeim jelentése szerint Quint és a legidősebb herceg elég jó barátok. Az akadémián népszerű, és fényes jövő áll előtte, amit egyedül az sötétít be, hogy a szövetségünk tagja. Emellett Quartas mindig is kapzsi és arrogáns volt – ismerte el anyám.

Anyám szavaiból úgy érezem, hogy itt valamilyen személyes ellentét is közrejátszik, de nem alkalmas az idő az efféle kérdésekre.

– Örülök, hogy szóba jöttek a kémek. Rynia azért van ma jelen, hogy ezeket az információkat megossza veletek. Mivel a saját egysége felel ezért, van pár információja, amit még én sem tudok – adta át a szót.

Anyám arcára egy meglehetősen önelégült vigyor ült ki, bár a következő mondatára nem számítottam.

– Nem sokáig lesz a saját egységem. Arkon kis démona, akit Kleo tanítása alá küldött, gyorsan saját egységet fog toborozni, és akkor Arkonnak is lesz saját kémcsapata.

– Kis démon? – lepődött meg atyám.

– Óh, nem is tudod? Az a rabszolgalány, akit felszabadított, Zoé. Kleo épp annyira ki van készülve, mint mikor Arkont tanította – ez egyértelmű jele, hogy tehetséges. És amennyire tudom, teljesen beleesett Arkonba – mondta anyám, közben mosolyogva Tiára nézett.

Értem én, hogy unatkozik a sok politikai téma közben, de komolyan szóba kellett ezt hozni? Már érzem is Tia fagyos tekintetét.

Felsóhajtottam.

– Az a lány csak hálás, de még túl fiatal, hogy különbséget tudjon tenni. Viszont az tényleg igaz, hogy tehetséges – mondta Tia nyugodtan.

Ugyan éreztem egy kis ingerültséget a hangjában, de nyugodtan kezelte. Nem tudom, hogy a szüleink előtt akar-e öszszeszedettnek látszani, vagy valóban elfogadta a helyzetet, de egy kicsit mindenkit meglepett a válasza.

– Minden tehetséges új embert szívesen fogadunk. De eltértünk a tárgytól. Vissza a politikához! – rendelkezett atyám.

– Mivel van már tapasztalatotok a központi hármassal, folytassuk velük. A Safir családról nem szeretnék sokat beszélni, láttátok a saját szemetekkel, és Gordonról is csak annyit, hogy nem jobb a fiánál. Az egyetlen erejük a drágaköveikben rejlik. A partnerük mindig kristály sárkány, harci erejük nem jelent veszélyt. A gazdaságuk Safirusban összpontosul és a rabszolgaság az alapja, így nem mondható stabilnak. Összességében, a király nélkül jelentéktelenek.

Én is és Tia is bólintottunk; épp eleget tudtunk már rólunk, ennyi elég is.

– A Ruby család partnere ugyancsak kristály sárkány, viszont Edison, a ház feje egészen más szinten mozog, mint Gordon. A gazdaságuk jól kidolgozott, az emberek jólétben élnek, hasonlóan a mi területünkhöz. A király területén kívül ez az egyetlen terület, ahol értelmiségi-oktatás folyik. A király külön engedélyt adott rá: a legtöbb nem nemes, de tehetséges embert a Ruby-területen tanítják. Mondhatnánk úgy is, hogy ők látják el az országot jól képzett munkaerővel. A katonai erejük – csakúgy, mint a Safiroknak – elenyésző.

– A leírásod alapján megbízhatónak tűnik, mégis, Tina viselkedése alapján ok nélkül voltak ellenségesek – jegyeztem meg.

– Az már régen volt. Tina is kislány volt még. A király valószínűleg olyan ajánlatot tett, amit nem tudtak visszautasítani, emellett, mivel közvetlen beosztottjai, utasíthatta is őket. Ti is érettebbek lettetek. Nem mondom, hogy bízzatok meg benne, de Edison tettei mögött mindig van hátsó szándék, a Ruby család esetében ne ítéljetek elhamarkodottan – figyelmeztetett atyám.

Kissé meglepett; atyám eddigi emlékeim szerint egyetlen nemest sem védett még meg, vagyis biztosan kiérdemelte. Remélem, találkozhatom majd vele személyesen is.

– Miért nem esett szó egyik család esetében sem az anyákról? – érdeklődött Tia.

– Erre a kérdésre hadd válaszoljak én! – szólalt fel anyám, szomorúsággal a hangjában.

– A Safir-területeken a nőkkel úgy bánnak, mint a szolgákkal. Néhány kiválasztottat leszámítva az a terület maga a pokol a szegény születésűeknek. Alex anyja is egy ilyen szegény születésű lány volt, akit Gordon elragadott a családjától. Így kiemelte őt a nyomorból, de bedobta őt egy számára ismeretlen harcmezőre. Alex születése után nem sokkal Gordon egy másik szeretője megmérgezte. A szomorú, hogy még a neve sincs feljegyezve egyiküknek sem. Alex születése után Gordon által kiválasztott tanítókhoz került, soha nem is ismerte az anyját. A Ruby család esete még szomorúbb. Edison szerette a feleségét. Az akadémián találkoztak, a lány egy hatalom nélküli nemesi család leánya volt, Audrey volt a neve. Imádta a divatot, és az ékszereket. Gyorsan nevet szerzett magának a saját maga által tervezett ékszerekkel. Edison feleségül vette, boldogok is voltak. Viszont belehalt a szülésbe. Szerencsére Edison a hatalmas bánata ellenére sem okolta a lányát a tragédia miatt. Sőt lehet, hogy túlságosan el is kényeztette, ez az oka a viselkedésének. Röviden ennyi – fejezte be anyám.

Amikor Audrey nevét kimondta, szinte mintha sírni tudott volna. Rá akartam kérdezni, de atyámra pillantottam, aki apró mozdulattal, de megrázta a fejét, hogy ne erőltessem.

– A következő család, akiről szó lesz, a központi szövetség vezetője és a jelenlegi király, a Hylla-ház. A család feje és a király Huxley. A királynak három gyermeke van: az elsőszülött fia, Jayce, és a másodszülöttei ikrek, a fiú Myles, a lány pedig Nova. A királynő, Heidi, nem hagyja el a palotát, így nincs is túl sok információnk róla. Huxley és Jayce partnere szivárvány kategória, az ikrekről nem tudunk sajnos – a királynak jogában áll eltitkolni ezt az információt. Gazdaságilag semmi kiemelkedő, gyakorlatilag a többi terület tartja fenn. Haderő tekintetében a legerősebbként tartják számon – ismertette az adatokat atyám.

– Az elsőszülöttről az információk alapján elmondható, hogy jó uralkodójelöltnek tűnik; az alattvalói szeretik, okos, és a harcmezőn is megállja a helyét. Az ikrekről nincs információnk, lényegében el voltak zárva a külvilágtól, viszont egyidősek veletek. Jayce egyidős Quinttel – fűzte hozzá anyám.

– Nincs rá esély, hogy az elsőszülöttel békés megállapodásra jussunk? – tudakoltam.

– Nincs – jelentette ki atyám habozás nélkül.

Az, hogy át sem gondolta, mindenkit meglepett.

Felsóhajtott, és megmagyarázta.

– Ez az ellentét a két család közt nem csak a mostani feszültségből adódik, hanem a Huxleyval közös múltunkból is. Számos ellentétünk volt közöttünk régen, és van most is. Erről majd máskor mesélek. A lényeg, hogy Huxleynak személyes indítékai vannak a családunkkal szemben. A béke soha nem volt opció – vallotta be atyám.

Ha más nem is, legalább megnyugtató, hogy nem csak miattunk van ez az egész.

– Annyit még hozzáfűznék, hogy az utóbbi években havonta legalább egyszer összeült a központi hármas és a Pyros család. A Hidrás incidens, plusz ez az információ eléggé egyértelműen utal rá, hogy összefogtak ellenünk. Ezt tartsátok észben a jövőben! – figyelmeztetett anyám.

Megint csak bólintottunk.

– Ezzel térjünk is rá a déli határőrökre. A déli hármas vezetője a Pyros család. A Pyros és a Hylla család vérrokonok, ennek következtében, akármilyen őrült is legyen a király, a Pyros család támogatni fogja. A család feje, Hendrix, ravasz és könyörtelen ellenfél; bármilyen módszert bevet a siker érdekében. A partnereik óriáskígyók. Az erejük eltér, de általánosságban valamilyen méreg vagy járvány típusú képességük van. Az elsőszülött fiú, Ethan, amennyire tudjuk, az apja kiköpött mása. Hendrixnek számtalan törvénytelen gyermeke van, de a feleségének, Joynak hála, amint egyikük a nyilvánosság elé kerül, azonnal nyomtalanul eltűnik. Joy alapvetően nem kegyetlen az alattvalóival, viszont senkinek nem hagyja, hogy megkérdőjelezze a fia öröklését – mondta atyám.

– A Pyros család a legveszélyesebb. Bármit tesznek is, a király minden büntetés nélkül elengedi őket. Lényegében a déli hármas másik két tagja csak báb – tette hozzá anyám.

Ismét csak bólintottunk. Talán a fáradtság tette, de már nem volt erőm kérdéseket feltenni, emellett az elmondottak alapján elég egyértelmű volt, hogy mindkét esetben a hármas frakciót vezető család a kulcsa mindennek.

– A következő a Troy család; Axton és April a terület vezetői. Gyermekük még nincs, partnerük kivétel nélkül egyszínű, föld elemű, faja változó. A Draic családéhoz hasonlóan mezőgazdasági terület. Az egész ország élelmiszerellátását ez a két terület termeli ki.

– Az utolsó pedig a Grey család. Róluk van a legkevesebb információnk. Gyengítő varázsaltokra specializálódtak, mint lassítás, vakság, vagy kővé változtatás. A partnereik baziliszkuszok. A kristályuk színe szinte mindig szürke, amelyet emiatt az ő esetükben a gyengítő varázslatokkal azonosítanak. A családfő Trevor, semmi egyebet nem tudunk, őt is csak a tanácskozásokról ismerjük. A gyengítő képességeik miatt nem lehetséges kémkedni utánuk – magyarázta atyám.

– Ennyi lenne. Röviden: teljes mértékben a Hylla és a Pyros család irányítja a többieket. Nem számíthatunk segítségre tőlük, a Theron család pedig megbízhatatlan – foglalta össze végül.

Ezzel az összegzéssel elégedett is voltam. Nekem elég is lett volna ennyi. Anyám furcsán csendben volt; mikor ránéztem, megértettem, hogy miért. Elaludt. Én is közel álltam hozzá, ellentétben Tiával, aki valószínűleg minden részletet megjegyzett.

Atyám csak sóhajtott egyet, jelzett nekünk, hogy az oktatás végére értünk, és elvitte anyámat a hálótermükbe.

A nap már lemenőben volt, de még nem volt túl késő, így úgy döntöttünk Tiával, megnézzük a sárkányainkat. Ezt csak nemrég tudtuk meg, de képesek változtatni a méretüket. Ez az elszállásolásuk szempontjából lényeges szempont. Mindegyik sárkánynak, partnernek megvan a saját preferenciája: anyám

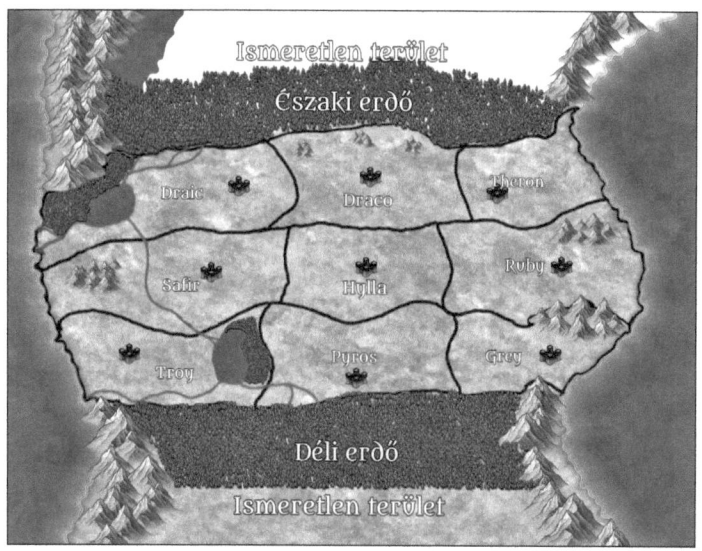

sárkánya például befagyasztott egy számára szimpatikus barlangot, és ott tölti mindennapjait. Küriosz és Krüptó eléggé vonzódnak a kényelmes és luxusbútorokhoz, így az egyik vendégszobában elhelyeztünk két díszes és kényelmes fotelt, azon alszanak a Hidra támadása óta.

Azonban amikor beléptünk a szobába, mindkettőnknek elállt szava. A két kölyöksárkány helyén nagyjából két méter testhoszszú, fekete és fehér sárkány feküdt az alattuk összetört fotelek maradványain. Egyértelmű volt, hogy ők azok, mégis meglepő volt. Mivel sok választásunk nem volt, úgy döntöttünk, megvárjuk, míg felébrednek, majd utána elmagyarázzák. A sok új információtól mindketten elfáradtunk, úgyhogy a szobáink felé vettük az irány.

Pár nappal később atyám kitűzte az akadémiára való beiratkozásunk előtti utolsó, éves találkozó időpontját. És nyomatékosította, hogy mindenkinek kötelező a megjelenés.

Ezután csak vártunk a kitűzött időpontra. Közben edzettünk, de csak a képességeinket csiszoltuk. Atyám Tiát oktatta a varázsereje megfelelő beosztására, illetve próbáltak újféle felhasználási lehetőségeket kitalálni, mint például a bomlasztó sugár. Én pedig a Hidra ellen használt képességemet finomítottam – biztonságos távolságban mindentől. Ami azt jelenti, hogy az erdő határán, egyedül.

– Ideje lenne visszamenni, fiatalúr.

Nem is emlékszem rá, mikor tudott bárki is mögém lopózni. Először azt hittem, Kleó lett ügyesebb, de amikor megfordultam, Zoét találtam magam mögött. Nagyjából egy hónapja edzenek... ha ennyit fejlődött ilyen rövid idő alatt, akkor félelmetesen erős lehet pár éven belül.

Csak bólintottam; nem akartam kimutatni, mennyire meglepődtem. Annak oka, hogy ma nem edzhetek ájulásig, hogy holnap lesz a találkozó. Repül az idő, a sárkányaink még mindig alszanak, és az edzés miatt Tiát sem sokat látom. Reggelinél tudunk váltani pár szót, aztán mindketten folytatjuk a napi rutint. Tudom, hogy ezt a rövid időt biztonságban ki kell élveznünk, és hogy az akadémián lesz elég időnk egymásra, de azért egy kicsit csalódott vagyok.

Másnap reggel gyorsan követték egymást az események egészen a megbeszélésig, ahol eléggé feszült lett a légkör, szinte a belépés pillanatától. Ennek oka az volt, hogy Quint nem volt jelen. Pedig atyám nyomatékosan kifejezte, hogy mindenkinek kötelező megjelenni.

– Köszönöm, hogy eljöttetek, annak ellenére, hogy az idei találkozót előbb tartjuk a tervezettnél. Arkon és Tia akadémiára való beiratkozása miatt változtattam meg a dátumot. Bár ahogy látom, nem mindenki tudott megjelenni – kezdte atyám.

Ezután éles pillantást vetett Quarthasra, jelezve neki, hogy magyarázatot vár.

– Elnézést, hogy Quint nem lehet jelen, de Jayce herceg zártkörű edzőtábort hirdetett az új szemeszter előtt a legközelebbi barátainak. A királyi család szavát előbbre helyezni nemesi kötelességem, nem igaz?

Erőteljesen kihangsúlyozta *zártkörűt* és a *legközelebbi barátait*, ezzel egyre nyilvánvalóbbá vált, hogy kinek az oldalán állnak. Atyámmal összenéztünk és egyértelmű volt, hogy ugyanarra gondolunk: már biztos, hogy nem bízhatunk bennük.

Atyám felsóhajtott.

– Rendben, ebben az esetben valóban nincs mit tenni. Reméltem, hogy tud adni pár tanácsot az akadémiával kapcsolatban Arkonnak és Tiának.

– Szükségük is lenne rá – mondta Quarthas, cseppnyi arroganciával.

Nagyon rossz irányt vett a megbeszélés. Akik ismerik atyámat, tudják, hogy könnyen dühbe jön, de higgadt álca mögé bújtatja. Egy ideig engem is átvert vele, de az utóbbi évek közös edzései alatt kicsit jobban kiismertem. Biztos vagyok benne, hogy ha nem lenne a vezető szerepében, már behúzott volna egyet a vendégünknek.

Amennyire meg tudtam ítélni, anyám tisztában volt a dolgok állásával, de nem érdekelte. Mila láthatóan feszült volt, Margaret pedig egy „ehhez nekem semmi közöm, intézzétek el magatok közt" aurát bocsátott ki.

– Elmagyaráznád, ez alatt mit értesz? – kérdezte epésen atyám.

– Ostobaság volt a Safirokat a szolgák felszabadítására kényszeríteni, s amennyire tudom, még háborúval is fenyegetőztek a gyerekeitek. Diplomáciai problémát okozhattak volna. Quint soha nem lenne ilyen meggondolatlan. Mit tettetek volna, ha belemennek, és háborút hirdetnek ellenetek? – tudakolta Quarthas.

– Legyőztük volna őket – jelentette ki anyám habozás nélkül.

– Tegyük fel, így történik. És ha a király is hadat üzen ezek után? Különben sem kellene beleszólnod, amikor az „igazi" nemesek beszélnek – torkolta le Quarthas.

Még senkit nem hallottam ilyen hangnemben szólni anyámhoz. Őt különösebben nem hatotta meg, de atyám szemében az eddiginél jóval erősebb dühöt láttam fellobbanni.

– Akkor a királyt is legyőztük volna – vágta rá.

– Árulásról beszélsz – mondta ingerülten Quarthas, majd felállt az asztaltól.

– Ülj le! – szólt rá atyám.

Nem kiabált, nem tűnt ingerültnek, viszont olyan mértékű varázserőt és vérszomjat engedett szabadjára, amihez foghatót csak akkor éreztem, amikor Tia, Syren ellen harcolt, fúzióban

Krüptóval. Mindenki megdermedt, anyámat leszámítva, aki atyám jobbján ült. A vállára tette a kezét és annyit súgott neki: „Nyugodj meg". Ekkor Quarthas felé fordult.

– Úgy vélem, jobb lenne, ha te is megnyugodnál és leülnél, már ha élve akarod elhagyni a termet – jegyezte meg.

Anyám szavait nem követte olyan erőteljes varázserő, mint atyámét, de aki tapasztalt harcos, az tudja: ha valaki ilyen nyomás alatt nyugodtan tud mozogni, az veszélyes.

Az emberek varázsereje egyre csak nő, tehát természetes módon egy felnőttnek több varázsereje van, mint egy gyermeknek. Vannak kivételek, mint én vagy Tia, akiknek abnormálisan sok varázserejük van, de még számomra is ijesztőek voltak a szüleim. El sem tudom képzelni, mit érezhetnek a többiek. Quarthas ugyan elsápadt, de leült. Ekkor atyám visszafogta a varázserejét. Én Tiára néztem; egy kicsit feszültnek látszott, de nem volt különösebb baja, a szülei és Mila viszont Quarthashoz hasonlóan megdermedtek.

– Elnézést ezért a kitörésért. Viszont most figyelmeztetlek utoljára, Quarthas: akármi is történt a múltban, amíg én uralkodom, senkinek az értékéről nem a származása dönt. Ha még egyszer ilyen hangnemet ütsz meg a feleségemmel szemben, nyomban megöllek – közölte atyám.

Ez nem egyszerű figyelmeztetés volt; bárki érezhette, hogy ezek nem csak szavak. Cseppnyi bizonytalanság sem volt mögötte. Quarthas csak bólintott.

– A Safirok elleni torna jutalma egy kérés volt. Gordon hibázott, amikor nem szabta meg, hogy Arkon mit kérhet. Ők is túlzásba estek, amikor a két fiatal eljegyzését tették fel tétként.

Ekkor Quarthas rám nézett, de félt bármit is mondani, viszont engem érdekelt, mi kifogása lehet, ezért hozzá intéztem szavaimat:

– Úgy látom, kérdésed lenne felém. Nyugodtan tedd fel.

Megértem, ha az előző erődemonstráció után kissé megijedt, de inkább most essünk túl ezeken a dolgokon.

– Komolyan úgy gondolod, hogy az az eljegyzés egyenlő értékű egy lehetséges háborúval és több ezer rabszolgával?

– Nem – feleltem habozás nélkül.

– Akkor? – Quarthas máris érvelni akart, de a szavába vágtam.

– Hadd fejezzem be! Nem egyenlő értékű: ezért az eljegyzésért, ha kell, a király ellen is háborúba megyek.

Számtalan érzelem ült ki az arcokra. Quarthas arcáról röviden azt lehet leolvasni, hogy „ezek megőrültek". Mila egyértelműen aggódott; ő tudta, hogy ezek nem csak szavak. Johannes most először az eljegyzés bejelentése óta nem gyilkos pillantással nézett rám. Atyám csak bólintott, anyám pedig kuncogott. Tia egy kicsit zavarba jött, de boldog volt. Margaret pedig...

– Apja fia, le se tagadhatnák.

– Még tapasztalatlan vagy, ezért nem tudod, de ezek a szavak árulással érnek fel. Atyád erős, ezért tőle elfogadják az ilyen vicceket, de neked könnyen az életedbe kerülhet, ha az akadémián ezt valaki meghallja – figyelmeztetett Quarthas.

– Hogy őszinte legyek, erősen kétlem, hogy bárki meg tudná ölni – közölte anyám.

– Azok után, hogy egyedül legyőzte a Hidrát, amivel négyen nem bírtunk el, én sem érzem, hogy veszélyben lenne – tette hozzá atyám.

– Azt várjátok, hogy elhiggyem, hogy egy 14 éves gyerek nem elég, hogy legyőzött három parancsnoki szintű ellenfelet, még egy Hidrát is? Biztos vagyok benne, hogy csak titkolni próbáltok valamit – kételkedett Quarthas.

– Mi is jelen voltunk, legalábbis a Hidránál. Arkon győzte le egyedül. A torna eseményeit pedig több százan látták – jegyezte meg Johannes.

Quarthas ekkor már pánikhangulatban volt: az ő álláspontja szerint mind őrültek voltunk. Viszont úgy tűnt, valami eszébe jutott.

– Ha már a tornáról beszélünk... több néző elmondása szerint is egy fekete sárkányt láttak a páholyból kirepülni, majd Arkonnal együtt eltűnni. Erről mit tudtok mondani?

– Hogy így történt – közölte atyám.

– A fekete sárkány csak a legendákban létezik. Csak akkor hiszem el, ha megmutatjátok.

– Figyelj, Quarthas, nem érdekel, mit hiszel. A mai napon türelmesebb voltam hozzád, mint az elmúlt tizenöt évben bárkihez. Ha nem lennél Mila férje, már rég kidobtalak volna. Csakis Tiának és fehér sárkányának köszönhetjük, hogy életben vagyunk és ki tudtunk tartani, míg Arkon és a fekete sárkánya odaértek. Rengeteg varázserőt használtak el, emiatt azóta alszanak. Ha annyira kíváncsi vagy rájuk, az akadémián megnézheted majd őket – közölte atyám.

– Rendben, de ha a meggondolatlanságotok háborúba sodor, rám ne számíts – vágta rá Quarthas.

– Mondanod sem kell – bólintott atyám.

Az egyetlen, aki e szavak hallatán kétségbeesett, Mila volt. Tudta, hogy ez nem csak azt jelenti, hogy nem lesznek a szövetségeseink, hanem azt is, hogy az ellenségeink lesznek. De nem szólalt fel Quarthas ellen.

Ezek után szóba kerültek a felszabadított rabszolgák, valamint a Hidra által károsított területek regenerálódása is. A megbeszélés első részével ellentétben, ahol a Draic család nem sokat szólalt meg, a második felében a Theron család volt csendben.

Az utolsó pontja a megbeszélésnek az akadémiára való utazás: hagyományosan a szemeszter elején a három terület gyermekei együtt utaznak. Természetesen Quarthas ebben nem értett egyet.

– Sajnos mi nem tudunk veletek tartani. Jayce herceg meghívott minket egy zártkörű ünnepségre, így mi külön utazunk.

Úgy tűnt, hogy visszatért a tárgyalás elején mutatott arroganciája.

– Jobb is lesz így mindenkinek – mondta atyám higgadtan.

Ezzel véget is ért a megbeszélés, atyám pedig jelezte, hogy mindenki távozhat. Amikor kifele indultunk, Mila megkérte atyámat, hogy négyszemközt beszéljenek. Az arcára szomorúság ült ki; úgy vélem, döntésre jutott, hogy kinek az oldalára áll, ahogy nekünk is egyértelmű lett, hogy kikre számíthatunk.

A múlt árnyai

A megbeszélés után mindenki kissé feldúlt volt, bár nyilvánvaló jelét nem mutatta. Mila és atyám átmentek az irodába, hogy négyszemközt beszéljenek – ez Quarthasnak nem tetszett, de kihangsúlyozta, hogy siessen, és hogy ő a hintóban várja, majd válaszra sem várva el is indult.

Johannes és Margaret kissé megviselt volt, szóval ők egy kis séta mellett döntöttek. Mindeközben anyám felszívódott. Szóval kettesben maradtunk Tiával. Már egy ideje le akartuk tesztelni, hogy a fénytípusú varázslatait is el tudom-e téríteni a térmágiámmal, mivel ezek szöges ellentétei egymásnak, ezért nem lehetünk biztosak az eredményben. Így el is indultunk az edzőtér fele, de útközben megpillantottuk anyámat. Az erdő felé tartott, nem túl gyors tempóban. Gyors összepillantás után úgy döntöttük, követjük. Lehet, hogy ez nem volt a legjobb vagy legudvariasabb döntés, de aggódtunk, és kíváncsiak is voltunk. Pár perc séta után megérkeztünk a régen használt, rejtett edzőtérre. Anyám leült az általa tökéletes pihenőhelyként számontartott fa tövéhez, majd elkezdett sírni. A nap lemenőben volt, a kép festői is lehetett volna, ha nem lett volna ilyen szomorú. Gondolkodás nélkül odateleportáltam magunkat és megkérdeztem, mi bántja. De ő csak elmosolyodott meglepetésében, és igyekezett letörölni a könnyeit.

– Sajnálom, hogy ilyen állapotban kell látnotok – mondta elfordulva.

– Ha az miatt az átkozott Quarthas miatt van, én megyek és... – kezdtem ingerülten.

– Nem ő az oka, csak sok régi emlék jött felszínre – válaszolta anyám még szipogva.

Ekkor egymásra néztünk Tiával. Négyszemközt ezt már megbeszéltük, és mindkettőnket zavart, hogy úgy tűnt, rengeteg konfliktus volt a múltban, amiről nem tudunk, mégis az azokból adódó feszültég miatt ellenségesek velünk.

– Lehet, hogy nem a legjobb időpont erre, de el tudnád mondani, mi az az egész? Ahogy Quarthas beszélt veletek... Audrey, akit régebben említettél; Mila helyzete... mindről csak felületes a tudásunk, de úgy tűnik, mindez jóval jelentősebb, mint amilyennek tűntek. Tiával mindketten szeretnénk tisztában lenni a történtekkel, mielőtt az akadémiára megyünk.

Egy rövid habozás után ugyan, de pozitív választ kaptunk.

– Igazatok van. Tudnotok kell róla, és erről soha nem lesz kellemes beszélni – sóhajtott anyám.

Ezzel maga mellé mutatott, jelezve, hogy üljünk le mi is. Aztán el is kezdte.

– Kezdjük atyáddal. Már tudjátok szóbeszédből, hogy ő mindig is lázadó típus volt. Ennek leginkább az az oka, hogy a nagyszüleid, akik már nincsenek köztünk – ennek okára még visszatérek – nagyon szigorúak voltak. Atyád szabadszellemű volt, nem szerette, ha megmondták, mit kell tennie, viszont nem volt elég erős, hogy kitörjön, így folyton valamilyen csínytevésen járt az esze. Minden erősnek tűnő katonát kihívott, mire tizenöt éves lett és beiratkozott az akadémiára, erősebb volt az atyjánál. Innen térjünk rá Margaretre. A gyerekkora nagyon hasonló volt Xariuséhoz. Sok időt töltöttek együtt, mert minden csíny mögött, amit Xarius végrehajtott, egy közös terv állt. Ha a mostani felelősségteljes énjeiket nézitek, nehéz lehet elhinni. Ennek az összefogásnak az oka – ironikusan – az volt, hogy csak úgy, mint ti, ők is jegyesek voltak.

Ekkor kis szünetet tartott. Mikor látta, hogy mindketten szótlan meglepetésbe süllyedtünk, csak elmosolyodott.

– Az ő esetük azonban teljesen más volt; kezdettől fogva politikai házasság. Xarius forrófejű, de páratlan erejű varázsló, míg Margaret mindig higgadt, ravasz, de nem kiemelkedően erős. Tökéletes párt alkottak volna – az egyetlen hiba az volt, hogy egyikük sem akarta. Mint szövetséges, mindketten tűzbe mentek volna a másikért, de egyikük sem akarta a másikkal leélni az életét. A folyamatos lázadásukkal elérték, hogy az akadémia utánra halasszák a házasságukat, és ha találnak bárki alkalmasabbat, akit a szüleik elfogadnak, akkor felbonthatják az eljegyzést. Ezzel ők el is indultak az akadémiára – mesélte anyám.

– Ez kissé kiábrándító lehet, de Johannesnek nem volt ilyen izgalmas sorsa. Mesélni unalmas, viszont annál boldogabb gyerekkora volt. Lehet, meglepő, de a Ruby-területeken nem volt nemes, viszont tehetséges volt. Ennek később még nagy szerepe lesz. Én pedig, csak úgy, mint Zoé, rabszolga voltam a Safir-területeken.

Ez a kijelentése még nagyobb sokként ért minket. Nem is tudtam, hogy dühös vagyok vagy szomorú, de ekkor megfogta a kezem és jelezte, hogy tovább mesélne. Tia is tanácstalan volt, de úgysem tudtunk a múlton változtatni, csak hallgathattuk.

– Nyolcéves voltam, amikor az akkori Huxley herceg – aki most a király – meglátogatta a Safirokat. A Pyrosok is velük tartottak. Ezt nem mondtuk el nektek, de míg a Safirok hétköznapi szolgákat tartanak, a Pyrosok tehetséges embereket kényszerítenek szolgasorsa, majd harci szolgákat képeznek belőlük. Engem akkoriban, igaz, hogy szolga voltam, mindenki jelentéktelennek ítélt. Ha most visszagondolok, Zoé nagyon hasonlít az akkori énemre. Mikor nem figyeltek rám, loptam, most pedig megláttam a lehetőséget és megtámadtam a királyt.

Nem tehettem róla, de ennek hatására elnevettem magam.

– Elnézést. Nehezen tudom feldolgozni, amiket mondasz. Az egész hihetetlennek tűnik, de amikor azt mondtad, megtámadtad az akkori királyt, egyből arra gondoltam, hogy egyértelmű, hogy így tettél – magyaráztam.

Erre ő is elnevette magát.

– Talán nem is változtam olyan sokat...

Csak Tia nem nevetett, viszont az ő szemében hihetetlen kíváncsiság tükröződött. Nem csoda: az eddigi felvezetés alapján egyelőre én sem tudtam elképzelni, hogyan jöttek össze a szüleink.

– Tudtam, ha elég tehetséget mutatok, akkor legalább harci szolgának elvisznek – még az is jobb lett volna, mint tolvajként élni. Legnagyobb meglepetésemre az akkori király ennél is jobb ajánlatot tett. Saját kiképzőt rendelt mellém, valamint elintézte, hogy egy alacsony rangú nemesi család fogadjon örökbe a központi területen. Így kerültem Audrey családjához, aki innentől mintha a testvérem lett volna. Életemben először itt tapasztaltam meg a boldogságot, és tudtam, csak úgy hálálhatom meg, ha minél kitűnőbb harcos leszek. Amikor örökbe fogadtak, megkaptam a kristályomat is; ezzel már senki nem kérdőjelezhette meg, hogy nemes vagyok.

– Talán a sors keze, talán csak véletlen, de mind egy korosztály voltunk a főszereplők a történetünkben. Én, Xarius, Margaret, Johannes, Audrey, Edison és Huxley, így egyszerre iratkoztunk be az akadémiára. A beiratkozási ünnepségen az első, aki nekem szemet szúrt, természetesen Xarius volt. Nem a külseje, nem a fekete sárkányos címer, hanem a varázserő, amit árasztott... tudtam, hogy nem találkoztam még nála erősebbel. Ő is felfigyelt rám, és akkor még nem tudtam, de onnantól kezdve csak úgy, ahogy Arkonnak te, Tia, neki én voltam a központ – emlékezett vissza anyám.

Erre a megjegyzésre mindketten elpirultunk. Margaret többször is említette, hogy atyám már-már megszállott volt anyámmal kapcsolatban.

– De ez az ünnepség nem csak nekünk volt sorsdöntő. Johannes tehetségére ekkor már felfigyelt Edison, aki el is döntötte, hogy a saját segédjének fogja kitaníttatni. Ennek következtében ők együtt jöttek az ünnepségre, én Audreyval, Xarius pedig Margarettel. Edison nagyjából – mint Xarius engem – azonnal kipécézte magának Audreyt. Margaret és Johannes nem siették el ennyire, de az idő nyilvánvalóvá tette a kapcsolatuk mivoltát. Azonban a konfliktusok is megkezdődtek. Megérkezett a herceg, Huxley, és jegyese, Heidi. Az akadémián a társadalmi rangok nem számítanak, viszont ez még csak a beiratkozó ünnepség volt, így mindenki tiszteletét mutatta. Vagyis így kellett volna lennie. A teremben mindenki féltérdre ereszkedett – egy embert leszámítva. Ahogy sejthetitek, Xarius volt az. Margaret igyekezett lerántani, de nem járt sikerrel. Huxley csak annyit fűzött hozzá, hogy az északi határ elsőszülöttje biztosan csak megilletődött, de nem tiszteletlen. Erre atyád: *Nem hajolok meg nálam gyengébbek előtt, és ebben a teremben csak egyetlen ember van, aki olyan erős, mint én – ezzel rám nézett –, de ő már térdel.* Ezután elsétált. Ha visszagondolok, talán ez volt az a pillanat, amikor én is úgy éreztem Xarius iránt, ahogy ő irántam, de még egyikőnk sem volt tisztában ezzel. A teremben síri csönd volt, csak a Xarius után bevágódó ajtó hangja visszhangzott. Ekkor Heidi felemelte a poharát és elterelte az emberek figyelmét egy köszöntővel, mindenkinek kellemes szórakozást és sikeres tanulmányokat kívánva. Nem tudom, hányan látták rajtam kívül, de Huxley egyértelműen remegett az idegességtől. Nem meglepő: ekkor már hét éve éltem a fővárosban, de senki nem mert a királyi családról még egy rossz szót sem szólni. Erre itt van Xarius, aki egyenesen a szemébe mondja, hogy gyenge, és büntetlenül elsétál. Nem kellett hozzá sok idő, hogy híre menjen...

Én ekkor még nem tudtam, de Xariust a szülei azzal fenyegették, hogy megszakítják a tanulmányait, ha továbbra is a királyi család ellen lázad. Egy ideig elnézték a lázadozásait, de ez már túlzás volt. Persze Xariust ez csak tovább biztatta. Ereje teljében volt és nem értette, hogy miért kell egy olyan ember szavának engedelmeskednie, aki nála gyengébb, legyen szó az apjáról vagy Huxleyról.

Margaret mindent megtett, hogy ezeket az ellentéteket elsimítsa. Valószínűleg neki volt a legstresszesebb ez az időszak. Az idő múlásával Audrey egyre híresebb lett. Edison, aki első látásra beleszeretett, felfedezte, hogy hihetetlenül tehetséges is. Mindent megtett, hogy meghódítsa, és nem is kellett sok idő hozzá. Az ékszerek iránti közös érdeklődésük sokban segített; igazi álompár voltak. Míg ők elvoltak a kis rózsaszín buborékjukban, én és Johannes egyedül maradtunk, lévén mindketten csak névlegesen voltunk nemesek. Abban a pillanatban, ahogy Edison nem volt a társaságunkban, mindenki elhagyott bennünket. Ekkor jött a képbe Quarthas. Egy évvel volt idősebb nálunk, és prédának tekintett mindkettőnket most, hogy nem volt velünk Edison, ki megvédene a kilenc család egyik elsőszülöttjétől. Johannest megfenyegette, hogy baja eshet, ha nem hagy minket négyszemközt, majd megragadta a vállamat.

Mielőtt Johannes bármit tehetett volna, Quarthas már a földön volt, törött karral. Ösztönösen cselekedtem, csak később gondoltam át, hogy ha valóban a kilenc nemesi ház tagja, akkor Audrey családja komoly bajba kerülhet miattam. Miközben ezen idegeskedtem, lépteket és tapsot hallottam.

Amikor odafordultam, Xarius tartott felénk. Quarthas egyből a segítségét kérte, mondván, a családjaik szövetségesek. Ekkor féltem, de örültem is. Szerettem volna összemérni vele az erőmet, de nem így történt. Xarius pillantást sem vette Quarthasra, csak odajött hozzám és annyit mondott, hogy *szép mozdulat volt*. Most mi vesztünk el a kis világunkban, aztán hirtelen eszembe jutott, mi lehet Johannessel. Ő éppen a többi diákot tartotta távol, míg Margaret már Quarthas megsebzett becsületét próbálta orvosolni. Innentől kezdve a kis hatosunk egyre több időt töltött együtt. Én és Xarius együtt edzettünk, mivel mindketten úgy véltük, senki más nem elég erős. Ezt Xariusnak elnézték, de én sok ellenséget szereztem ezzel – az egyikük Quarthas. Ő úgy vélte, hogy ha erős is vagyok, meg kellene húznom magam egy „igazi" nemes környezetében. Xarius teljesen más volt. Az első pillanattól kezdve tudta, hogy imádok harcolni, és én is tudtam, hogy ő is. Közben különböző összetűzésekbe keveredtünk más nemesekkel: Huxley, Hendrix, Gordon és még számos, akikre már nem is emlékszem. Amiket nem tudtunk harccal megoldani, Margaret és Johannes oldotta meg – vagyis egy idő után már csak Johannes. Minden év végén rendeznek egy-egy tornát mágiát és varázslatot tanuló diákok részére. Nincs évfolyamhoz kötve, mindenki részt vehet. Ez volt a történelem első tornája, ahol két elsőéves nyert: én és Xarius. Quarthas mágneselemet használó mágus. A döntőben legyőztem, míg Xarius Huxleyt győzte le, ezzel még élezve az eddig is meglehetősen súlyos ellentéteket.

A következő nagy esemény már Edison és Audrey esküvője volt. Az esküvő számunkra legnagyobb meglepetése az volt, hogy Johannes és Margaret bejelentették az eljegyzésüket – mármint nekünk, nem a nyilvánosságnak. Eleinte Johannes feszült volt, tudván, hogy Margaret éppen Xarius jegyese. De ő volt az első, aki gratulált és sok boldogságot kívánt. Ekkor nekem és Xariusnak is csak a harcok jártak az eszünkben, nem a romantika. Aztán teltek az évek. Úgy tűnt, Xarius lecsillapodott, és Huxley is; nem voltak éles konfliktusok. Az első három évben Xarius megnyerte a tornát, után be sem nevezett. Az utolsó kettőt Huxley nyerte. Ugyanez a helyzet velem. Az utolsó kettőt Quarthas nyerte, az oka egyszerű: unalmas volt. Inkább egy edzés egymással, mint az a torna. Aztán az utolsó évben Xariusszal eljegyeztük egymást, mire a társaság többi tagja csak úgy reagált, hogy „ideje volt". De ez mind csak a saját kis világunkban volt ilyen egyszerű. A ballagás után már mind készültünk a költözésre. A legnehezebb minden bizonnyal Audreynak és Edisonnak volt, hiszen én, Xarius, Johannes és Margaret közel maradunk egymáshoz. Aztán felkavaró híreket kaptunk: Huxley király rendeletbe foglalta, hogy eljegyeztek engem és Pyros Hendrixet. Az addigi boldog hangulat semmivé foszlott. Xarius azonnal elviharzott. Tudtuk, hogy meg kell állítanunk, mielőtt olyasmit csinál, amiért kivégzik. De elkéstünk – bár nem épp az történt, amire számítottunk.

Xarius a király elé vonult, áttörve az őt őrző harcosokon, és bejelentette, hogy ez nem alku tárgya, mivel vele fogok tartani a Draco-területre és az ő felesége leszek. Pont akkor értünk oda, amikor befejezte mondandóját. A király megkérdezte az én véleményemet, s én Xariusszal értettem egyet. Ekkor jött Huxley ajánlata a régi szokás szerint: ha valamire két család is rá szeretné tenni a kezét, akkor döntsék el háborúval. Xarius csak annyit kérdezett: „Mikor és hol?". Nem akartam, hogy ekkora áldozatokat hozzon értem, és ezt meg is mondtam neki, de annyit mondott, hogy ezt magáért teszi. Aztán elutaztunk. Hosszú napok és még hosszabb veszekedések következtek a szüleivel. Azt mondta, ha egyedül kell is megvívnia a háborút, akkor is megteszi. Közben újabb csavart tartogattak nekünk: a Pyros család felkérte a szövetségesét, a Hyllát, így a Draco egyetlen igaz szövetségesének, a Draicnak is be kellett csatlakoznia. Ekkor még nem volt egyértelmű, de ma már kristálytiszta, hogy mindkét családot el akarták pusztítani, de Xariust alábecsülték. Úgy gondolták, hogy egy húszéves fiatal, aki soha nem ápolt jó kapcsolatot a szüleivel, akármilyen tehetséges is, egyedül nem győzhet. Hendrix és Huxley testvérek hiányában nem vehettek részt, csak a szüleik. A négy család gyerekei közül csak Xarius vett részt a háborúban. Nyolc magas rangú nemes, négy a négy ellen, plusz egy fiatal. Az esélyek a Pyrosokat favorizálták, mivel mind a Hylla, mind a Pyros család erős volt katonai szempontból, a Draic család viszont inkább gazdaságorientált volt akkor is. Akik mégis győztesen jöttek ki ebből, mégis a Draco és a Draic család voltak. Az egyetlen túlélő a nemesek közül Xarius volt; csakis ő tudja, mi történt pontosan. Az egészben az szomorít el a legjobban, hogy soha nem tudtam kibékülni a szüleivel, valószínűleg úgy haltak, meg hogy engem átkoztak a balsorsukért.

Ekkor megint sírni kezdett. Soha nem gondoltam volna, hogy ilyen mély múltjuk van. Meg akartam vigasztalni, de nem tudtam, hogy lennék képes. Tiára pillantva láttam, hogy ő is a könnyeivel küzd. De atyám, mint már sokszor, most is a legjobbkor jelent meg.

– Soha nem átkoztak téged. Ha tudtam volna, hogy ez ennyire bánt, már rég megnyugtattalak volna – lépett anyámhoz.

Ezután leült mellé és átölelte. Pár percig csendben ültünk, míg anyám kisírta magát, de szép lassan megnyugodott. Aztán elengedte az öleléséből.

– Csak vigasztalni próbálsz... még miután megjöttünk, sem álltak szóba velem. Rengetegszer összevesztetek emiatt – mondta szipogva.

– Ez igaz, de a háború alatt volt esélyem többet beszélni velük, szabadabban, mint előtte bármikor. És megértettük egymást – lehet, hogy későn, de legalább sikerült. Logikusan nézve, Margarettel jó csapat lettünk volna, ahogy a szüleink mondták, de biztosan nem lettünk volna boldogok, és ezt elfogadták. Végül úgy döntöttek, hogy ha így vagyunk boldogok, Margaret és én is, elfogadják mindkettőnk partnerét. Aztán jött a csata. Nem fontosak a részletek, mindössze annyi, hogy csak én éltem túl. De ha az utolsó szavukra vagy kíváncsi, annyit mondtak, hogy óvjam meg a családunkat. Ez alatt a Draco és a Draic családra gondoltak – mondta atyám.

Anyám ezen szavak hallatán megkönnyebbült, és a vállára hajtotta a fejét.

– Folytatom én, ha nem bánjátok. Senki nem számított a győzelmünkre, ebből adódóan a saját vereségére sem. Viszont a mi szüleink fel voltak készülve a vereségre, ennek a következménye az lett, hogy a területre nem volt olyan nagy hatással a minket ért veszteség. Noha érzelmileg megterhelő volt, mind a négyen összefogtunk, és azóta is összedolgozunk. A Pyros és a Hylla család viszont szinte teljesen összeomlott, és itt jön képbe ismét Edison. A király hala után Huxley tapasztalatlansága miatt Edison lett kinevezve a központi hármas gazdaságának élére, aminek következtében nem tudott elég időt tölteni szeretteivel. Rynia folyamatosan levelezett Audreyval, aki a leveleiben leírta, hogy nekik is nehéz időszak ez, de megérti, hogy Edisonnak nincs döntési lehetősége. Pár hónappal később örömhírek keltek útra mindhárom családnál: a terhesség híre. Ezeket az igencsak nehéz hónapokat nem mesélem el, majd megtapasztaljátok magatok is. Aztán amikor a szülésekkel kapcsolatos üzenetek indultak el, a válaszlevelet furcsamód nem Audrey írta, hanem Edison. Már elsőre különös volt, ám a levél tartalma – miszerint Audrey belehalt a szülésbe, a lány neve Valentina, és nem szeretné, hogy elmenjünk a temetésre vagy akár meglátogassuk Tinát, mert nem akar feszültséget az akkor már király Huxleyval – valósággal lesokkolt minket.

– Szóval ez az oka, a régi barátságotok, amiért nem akartátok, hogy elítéljük Tinát? – sejtettem meg.

– Inkább úgy fogalmaznék, hogy nem akarjuk a múlt hibáit ismételni. Egy ideig úgy gondoltuk, hogy Edison minket hibáztat, ezért nem kerestük fel, nem mentünk el a temetésre sem, és ezt életünk hátralevő részében bánni fogjuk. Most már mind úgy gondoljuk, hogy Edison egyértelműen magát okolta, de nem volt neki senki, akiben megbízhatott volna, miután minket eltolt magától. Amikor a ti eljegyzéseteket felvetettem, anyád és Margaret meg tudott volna ölni a tekintetével, de ti nem mi vagyunk.

Reméltem, hogy máshogy alakul – és igazam lett. A mai napig úgy vélem, hogy ha jobb lett volna a kapcsolatunk a szüleinkkel, talán ma is élnének, de úgy mentünk háborúba, hogy még egymást sem ismertük. Én ezt szerettem volna elkerülni, ezért is támogatlak, bármit is teszel. Amikor azt mondtad, hogy háborúba mennél Tiáért, ha ő nem Draic lenne, csak egy szolga, akkor is azt mondtam volna, hogy támogatlak. És ha az akadémia alatt esetleg összetűzöl a herceggel, ne idegeskedj amiatt, hogy háború lesz. Szeretném, ha mindketten tudnátok, hogy mögöttetek állunk, bármikor bármire szükségetek van – mondta atyám.

Nem volt megszokott, hogy atyám ennyire érzelgős legyen. Őszintén, meg is hatódtam. Nem, nem sírtam. Ekkor Tiára néztem egy kis támogatást remélve, de ő is sírt. Csak bólintott, én pedig elfordultam, hogy ne lássák, ha esetleg mégis sírnék, de atyám a vállamra rakta a kezét és elmosolyodott. Néha rendben van, ha az ember érzelgős.

Újra vártunk egy keveset, míg mindenki összeszedte a gondolatait, anyám el is szundított atyám vállán. Már ránk is esteledett; minden bizonnyal megterhelte érzelmileg a mai nap.

– Nem tudom, megfelelő-e az alkalom, de miről beszéltetek Milával? – kérdeztem atyámtól.

Felsóhajtott.

– Sajnos – lévén a húgom – jól ismer. Elmondta, hogy ha nem lenne Quint, gondolkozás nélkül elárulná Quarthast. Ő is látja, hogy férje bolond, de Quint nem volt mindig ilyen, ám az apja és a királyi család eltorzították. Megkért, hogy védjük meg a háború alatt.

– Elég nehéz kérés.

– Nem is szeretnék vele foglalkozni, amíg nincs itt az ideje. Nektek sem kell. Mint mondtam, ne foglalkozzatok semmivel, tegyétek azt az akadémián, amit helyesnek véltek. Akárkivel is kell szembeszállnotok, vagy akárkin akartok segíteni, az a ti döntésetek. Ha Quint az ellenségetek lesz, akármit is kér Mila, ne habozzatok.

Erre csak bólintottunk. Nem igazán ismerjük Quintet, viszont nekem vérrokonom. Nem gondolom, hogy ha ellenem fordul, ez meggátolna, hogy tegyem, amit kell, de tényleg csak ennyit számítanak ezek a kapcsolatok?

Hosszú nap volt, sok új információval. Atyám jelezte, hogy későre jár, úgyhogy lassan induljunk vissza mi is utánuk a kúriába, de Tiával még maradtunk egy kicsit.

– Szerinted mi is ezt az utat fogjuk bejárni? – kérdeztem tőle.

– Nem hiszem.

– Miből gondolod?

– Ahogy atyád is mondta, mi nem ők vagyunk. Nem mellesleg minket támogatnak a szüleink, és itt van nekünk Krüptó és Küriosz is.

– És mi is itt vagyunk egymásnak – fűztem hozzá mosolyogva.

Erre zavarba jött és elfordította a tekintetét. Ezt soha nem fogom megunni.

– Persze egyébként inkább azon kellene gondolkoznod, mit fogsz csinálni a háború után – mondta Tia komolyan.

– Nem szaladtunk egy kicsit előre?

– Nem hiszem. Eddig is úgy gondoltam, hogy nem tudjuk elkerülni, de a mai történet után már biztos vagyok benne. Szóval, mit fogsz tenni? – tudakolta.

– Még nem tudom. Szerinted mit kellene tennem?

– Ahogy én látom, ha győzünk, két lehetőséged lesz. Ahogy az elődeink: a győzelem után reménykedni, hogy a következő király jobb lesz, és ugyanoda jutunk, ahol vagyunk, vagy...

– Vagy?

– Vagy magadnak kell királlyá lenned.

Nem mondom, hogy nem gondoltam rá, de nem tudtam elképzelni magam ebben a szerepben. Kétlem, hogy alkalmas lennék rá.

– Nem kell most döntened, de szerintem csak ez a két opciónk van.

– Rendben, eldöntöttem. Király leszek – egyeztem bele.

– Mi az oka, hogy ilyen gyorsan eldöntötted? – kérdezte Tia meglepetten.

– Szerintem jó királynő lennél – mondtam mosolyogva.

Erre Tia megint zavarba jött, de csak egy „hülye" hozzászólásra futotta tőle, mert átkaroltam, és visszateleportáltunk a kúriába.

Beiratkozás az akadémiára

A megbeszélés utáni pár hónap egy szempillantás alatt eltelt. Még több energiát fektettünk az edzésbe, mint előtte. Ennek köszönhetően a napok hetekké, majd hónapokká nőttek, és máris eljutottunk az indulás napjáig. Időközben Küriosz és Krüptó is felébredtek és visszatértek kölyöksárkány alakjukba, majd magyarázatot adtak a méretükben bekövetkezett változásokba. A sárkányok a fejlettségi szintjükhöz mérten képesek változtatni a méretüket. Ritkán, de előfordult, hogy mint most is, hibernációs állapotba estek. Amíg nem fejlődtek ki teljesen, addig a méretváltoztatás csak egyirányú, vagyis képesek voltak kölyöksárkánnyá változni, de nem képesek a kétméteres alakjukat felvenni. Amikor teljesen kifejlődnek, ez a korlátozás feloldódik, és szabadon tudják majd változtatni a méretüket. Viszont ez csak a külsejükre vonatkozott: a varázserejük többszöröse lett a hibernáció előttinek. Ébredésük után Krüptó a fúziót gyakorolta Tiával; ennek eredményeképp már nagyjából öt percig képesek fenntartani, és a legtöbb varázslatot irányítani is képesek gond nélkül. A bomlasztó sugár és a hasonló szintű varázslatok még nem mennek könnyen Tiának, de nem veszti el felettük az irányítást. A támogató varázslatainak viszont Krüptó szerint nincs párja. Még az előző partnere sem volt ennyire tehetséges e téren.

Én az eddig használt mágiáim továbbfejlesztésén dolgoztam. A precizitáson, valamint a több helyen történő, egyidejű aktiválásán mind a támadó mind a védekező képességeimnek. Elsőre nem tűnt nehéznek, azonban a gyakorlatban rettenetes koncentrációt igényelt. Térben eltérő pontokat egyidejűleg figyelemmel követni úgy, hogy minden változót figyelemmel kísérjek, ember próbáló feladat volt. Az utóbbi hónapok minden percét az edzésnek szenteltük, mivel nem tudtuk, az akadémián mennyi lehetőségünk lesz rá. Az első pár hónapban biztosan nem sok, ráadásul a fúzióhoz hasonló titkos képességeinket egyáltalán nem tudjuk majd gyakorolni, hiszen nem lesz olyan elzárt edzőterület, mint amilyen a mi birtokunkon van. Emiatt kicsit kimerülten ugyan, de megkezdtük utazásunkat a főváros felé, a pár nap múlva tartandó beiratkozási ünnepségre.

Az utazáshoz a Küriosz által annyira szeretett hintóhoz hasonlót, csak nagy méretűt használtunk. Viszont most nem volt két elkülönített utastér, csak egy nagy, hat embernek kellemesen elegendő. A szüleink az ülésrendet eldöntötték, még mielőtt tudtunk volna róla: a Draic család az egyik oldalon, a Draco a másikon, sárkányaink az ölünkben aludtak, mit sem törődve a külvilággal. Mindenki várta már egy ideje az utazást, bár másmás indokkal. Atyám és anyám izgatottak voltak, hogy végre eldicsekedhetnek velünk, Johannes és Margaret pedig aggódtak, hogy milyen gondba fogja őket keverni a Draco család. Tia is eléggé feszültnek tűnt. Eközben én csak azon tudtam agyalni, hogy mennyire bánom, hogy nem mellette ülve tölthetem el ezt az utazást. Persze megértettem, hogy az elkövetkező hónapokban a szüleink nem fognak minket látni, míg Tia és én szinte minden napot együtt fogunk tölteni, de akkor is ez foglalkoztatott. A hintót Karl vezette, s aki vele tartott, hogy leváltsa, Kian volt. Az elmúlt pár hónapban Karl eléggé megkedvelte Kiant, és saját tanoncának, segédjének nevezte ki. Kleo és Zoé eközben a területek irányításával és védelmével voltak megbízva, míg a szüleink vissza nem térnek. A csendet egy izgatott hang törte meg.

– Már alig várom, hogy odaérjünk! Sok régi arcot fogunk újra látni – mondta anyám izgatottan.

– Remélem, erősebbek lettek, különben csalódott leszek – mondta atyám, legalább annyira izgatottan.

Mióta beszéltek nekem és Tiának a múlt eseményeiről, mindketten mintha felszabadultabbak lettek volna. Főleg atyám; mintha már nem nyomasztaná annyira a vezetői szerepköre.

– Ugye nem készültök semmi váratlanra? – kérdezte Margaret aggódva.

– Ugyan már, hiszen ismertek minket – legyintett anyám.

– Pontosan ezért aggódunk – vágta rá Johannes.

– Semmi váratlanra, csak tisztázzuk majd az álláspontunkat. Ha már itt tartunk... az ünnepségen a királyi család megérkezésekor szokás féltérdre ereszkedni. Mint tudjátok, én ezt régen sem tettem meg. Mi ezt megbeszéltük, és a Draco család most sem fog meghajolni a királyi család előtt – jelentette be atyám.

Ezután atyám rám és anyámra nézett: mindketten habozás nélkül bólintottunk.

– Nektek, Johannes és Margaret, jogotok van eldönteni, meghajoltok-e, ez nem fogja befolyásolni a családjaink közti viszonyt – mondta atyám.

– Miért emeltél ki minket? Mi a helyzet Tiával? – tudakolta Johannes.

Ekkor mindenki Tiára nézett. Szülei inkább aggódva, mint kíváncsian, én viszont anyámmal és atyámmal már tudtam a választ, hiszen előzőleg már átbeszéltük ezt.

– Én sem fogok – mondta Tia határozottan.

– Xarius... tudod, hogy a Draic családdal nem lesznek olyan elnézőek, mint a Dracóval. Ha ti beszéltétek erre rá Tiát, kérlek, beszéljétek le róla! – kérte Margaret, tele aggodalommal.

– Egyvalamiben tévedsz: Tia az eljegyzése révén már Draco. Nem beszéltük rá, közösen döntöttünk. Elég erős már, hogy eldöntse ezeket a dolgokat saját maga. Emellett meg kell mutatnunk, hogy egységesek vagyunk. Mi lenne ennek jobb módja, mint együtt kiállni a király ellen? – kérdezte atyám mosolyogva.

Ekkor a szülei aggodalmas pillantásokat vetettek Tiára, de ő egy magabiztos bólintással megnyugtatta őket: tudja, mit csinál, és senki nem kényszeríti erre.

Ha tudnák, hogy négyszemközt már azt tervezgettük, miszerint király leszek, biztosan elájulnának.

Margaret és Johannes tudták, hogy úgysem tudják megváltoztatni senki véleményét, így fel is adták. Az utazás további része jó hangulatban telt, bár Margaretet és Johannest meglepte, amikor szüleimmel a múltról beszéltünk, hogy milyen volt az akadémia az ő idejükben. Ők csak most tudták meg, hogy már beszéltünk Edisonról és Audreyról, valamint szinte minden másról. Persze a szüleim menő sztorijai a többi családdal történő összetűzéseiről Margaret és Johannes szemszögéből már máshogy hangzottak.

Pár óra utazás után már a területek közti határon is voltunk. Nagyjából félúton. Egy fogadóban megálltunk, hogy itt töltsük az éjszakát, majd másnap friss erővel induljuk, egy nappal később pedig már be is iratkozzunk. A fogadóról nem tudnék semmi kiemelkedőt mondani, viszont az egyből szembetűnő volt, hogy a hintón lévő címerek láttán az emberek szinte elmenekültek. Egy-két bátor vagy részeg ember maradt csak, akik suttogni kezdtek rólunk olyanokat, hogy „árulók" meg „esküszegők". Ez a helyzet a Safirusba tett látogatásomra emlékeztetett. Csak úgy, mint akkor, most is Karl utasította csendre őket. Mivel úgy tűnt, nem túl népszerű a fogadó, így atyám minden szobát kivett, mondván, senki ne zavarjon minket. Azután megvacsoráztunk, és mindenki a saját szobája felé vette az irányt. Szerencsére semmi említésre méltó nem történt, ahogy másnap sem.

Így zavartalanul elérkezett a beiratkozás napja.

Az általános beiratkozási procedúra a következő: reggel nyolckor a szülők elhozzák a gyermekeiket az akadémia bejáratához. Ez alól a királyi család az egyetlen kivétel; ők csak az ünnepségen jelennek meg. Itt találkoznak először az új tanulók. Ezután egy, az akadémia által kijelölt személy körbevezeti a diákokat. Ezután mindenkinek megmutatják a szállását, a fiú- és a lánykollégium külön épületszárnyban helyezkedik el. Majd a szükséges dokumentumok kitöltése következik. Ezek végeztével az új diákok megkapják az igazoló okmányaikat, hogy az akadémia tanulói, illetve a szállásuk kulcsait. Újra egyesülve a szülőkkel a nap hátralevő részét akár az akadémia újra körbejárásával, akár a városban is eltölthetik. Este következik az ünnepség, másnap pedig a diákok már megkezdik mindennapi életüket az akadémia falain belül.

Reggel nyolcra meg is érkeztünk az akadémia elé. Kevesebben voltak, mint amire számítottam, bár páran még nem érkeztek meg. Pontosabban a nagyobb nemesi családok közül mi voltunk az elsők. A feszültség tapintható volt már a hintóból való kiszállásunk előtt is, elvégre a fekete sárkányos címer láttán az emberek mindenhol megszeppennek. A miénk mellett csak a királyi család aranysárkányos címere – amelynek arany színe felsőbbrendűségüket hivatott jelölni – képes az emberekben ilyen hatást kelteni. Amikor kiszálltunk a hintóból, ránk szegeződtek a szempárok, viszont feszült csend volt. A fogadóval ellentétben, ahol megszálltunk, itt az emberek tisztában voltak a társadalmi rangokkal. Tudták, hogy ha nem is szívelnek minket, amíg nincs valaki, aki egyenlő fél lehet ellenünk, nem tanácsos még csak suttogni sem rólunk. Ezzel a reakcióval szüleim elégedettek voltak, így el is indultunk az akadémia kapui felé.

Ekkor másik két hintó érkezett. Az egyik a Pyros család óriáskígyós címerével, a másik hintó viszont jelöletlen volt. Elsőnek a Pyros család hintójából szálltak ki, méghozzá négyen. Két felnőtt és két fiú; ha jól tippelek, apa-fia párok. Az egyik felnőtt veszélyes és fenyegető aurát bocsátott ki – minden bizonnyal ő lehetett Hendrix. A fiú, aki feltűnő hasonlóságot mutatott hozzá külsőre, valószínűleg a fia volt, Ethan. A másik két emberről elsőre nem volt ötletem, kik lehetnek, de mindkettőjüket furcsa aura vette körül. Nem fenyegető, inkább édesen álmosító. Miközben próbáltam elemezni őket, összeakadt a pillantásunk, s abban a pillanatban elsötétült a világ. Egy pillanatnak tűnt. Nem tudom, a valóságban mennyi idő telt el, de egy kis nyomásra és egy hangra a fejemben ébredtem: „ő veszélyes". Krüptó volt az, aki a vállamra szállva felébresztett. Ahogy körbenéztem, Tián kívül senkinek nem tűnt fel semmi. Valószínűleg neki is csak a Krüptóval összekapcsolt érzékei miatt. Küriosz is – bár nem mutatta – komoly fenyegetésnek tekintette a férfit. Aztán öszszeállt a kép: egy a Pyrosok által irányított terület, mégis elég erős és befolyásos, hogy a Pyrosokkal utazzon, ráadásul gyengítő varázslatokat használ... Csak a Grey család lehet! Akkor a férfi minden bizonnyal Trevor, a fiú mellette pedig a fia lehet. Bár a fiú arckifejezése eléggé zavaró volt; mintha félne mindhárom mellette álló embertől, pedig amennyire én érzékeltem, varázserő tekintetében erősebb volt mindannyiuknál, ami nem kis teljesítmény. Nem tudtam, mi lehet az oka, de nem volt itt az ideje, hogy ezen gondolkozzam, mert a másik hintó ajtaja is kinyílt.

Ebből is négyen szálltak ki; legnagyobb meglepetésünkre Tina is köztük volt. A felnőtt, aki velük volt – szőke hajából és abból kikövetkeztetve, hogy milyen közel állt Tinához –, valószínűleg az apja, Edison. A másik két fiatal arcra szinte teljesen ugyanolyan volt, a tekintetük tért csak el. Hajuk hófehér, és élénk kék szeműek voltak. Az egyikük tekintete a messzibe révedt, mintha itt sem lenne, halottak voltak a szemei, arca kifejezéstelen. A másik tekintete viszont zavaros, folyamatosan emberről emberre vándorolt, mintha csak a következő prédáját keresné, és arcán folyamatosan furcsa vigyor ült. Mindketten gyönyörűek voltak, de nem a szó megfogható értelmében, hanem mint egy elérhetetlen, magasabb rangú teremtmény. Az érzés arra emlékeztetett, amikor Tiát láttam fúziós állapotban. A testalkatukból következtetve a halott tekintetű lány volt, míg a hiperaktív fiú. Mivel kétségkívül ikrek, így első feltételezésem Myles herceg és Nova hercegnő lett volna, de ők nem lehetnének itt. Szokás, hogy a királyi család nem jelenik meg a reggeli eseményen, hogy ezzel is kevesebb legyen a teher az új tanulókon, akiknek így is elég nehéz, hogy ismeretlenek közé, új helyre kerülnek. A belépőjük meg is tette a hatását: mindenki feszengeni kezdett. „Köszönteni kellene őket, ahogy szokás, féltérden? Vagy mivel ez már az akadémia területe, így nem szükséges?" – és hasonló kérdések játszódtak le az emberek gondolataiban. Szerencsére a herceg nem fordított túl nagy figyelmet senkire, mivel ahogy leszálltak, első dolga volt, hogy csípőn ragadta Tinát és megcsókolta. A tömeg ennek hatására életre kelt, leginkább ünnepélyes hangulatban. Az első gondolatom az volt, hogy Tina az alatt a rövid ismeretség alatt azt a benyomást keltette, hogy nagyhatalmú társat keres maga mellé. Mivel a Draco családnál nem járt sikerrel, így a herceg jó választásnak tűnt, aztán feltűnt: akiknek a legboldogabbaknak kellett volna lenniük – Tina és Edison –, azoknak az arca sugározta a legkevesebb boldogságot. Mindketten mosolyogtak ugyan a tömegnek, de Tinának ez a mosolya meg sem közelítette a pár évvel ezelőttit, pedig az is színészkedés volt. Edison keze egy pillanatra ökölbe is szorult. A pillantásával ölni lehetett volna, de nem olyan pillantás volt ez, mint Johannesé; ez sokkal veszélyesebb. Aztán összetalálkozott a tekintetünk Tinával, ami miatt ideges lettem.

Mit fog tenni? Mit fog reagálni? De meglepetésemre a pillantása olyan gyorsan továbbsuhant, ahogy összetalálkozott az enyémmel. Egészen Tiáig, aztán felragyogott rajta egy a régihez hasonló, gyönyörű mosoly. Valamit mondott a társainak, amit nem értettem, aztán elkezdett felénk futni, miközben kézen fogva maga után rángatta a másik lányt. Ennek hatására a társai ránk néztek. Edison alig észrevehetően bólintott, a fiú pedig – ügyet sem vetve ránk – elindult a Pyrosok felé. Amikor Tina odaért hozzánk, mindenkit üdvözölt, majd kézen fogta Tinát és megkérte, hogy szánjon rájuk egy kis időt, mert szeretnének beszélni vele. Tia segítségkérőn nézett a szüleire, de azok engedték, így beszálltak a hintónkba.

Pár perc múlva a társaság másik két tagja is felénk vette az irányt, miután beszélgettek egy keveset Hendrixszel és Trevorral. Velük tartottak a fiúk is, így már négyen jöttek felénk. Hendrix és Trevor a külvilágot kizárva mély beszélgetésbe kezdett.

Amikor odaértek hozzánk, Edison bemutatott minket, bár mindenki tisztában volt a másik kilétével. A szokás úgy kívánta, hogy az alacsonyabb rangú köszöntse először a magasabbat, ami gondolkodásra adhatott volna okot, mivel nem akartuk elismerni, hogy magasabb rangúak nálunk, de Myles herceg megoldotta ezt a kérdést.

– Áh, ők azok az árulók, akik annyi gondot okoznak atyámnak?

Ennyi elég is volt a tömegnek, hogy sugdolózni kezdjenek. Így, hogy a herceg háta mögé tudtak bújni, már nem féltek tőlünk.

Ekkor szüleim és Edison összenéztek, de Edison csak gyengéden megrázta a fejét, jelezve, hogy Myles kezelhetetlen.

Én pedig atyámhoz fordultam.

– Ez miatt a ficsúr miatt kellett annyi illemtanórát vennem, hogy megtanuljam köszönteni? – kérdeztem Myles felé mutatva.

Ennek hatására még atyám is lefagyott. Anyámon láttam, hogy alig bírja visszatartani a nevetést, míg Margaret és Johannes egyértelműen idegesek voltak, hogy mi lesz a szavaim következménye, bár azt mindenki tudta, hogy ki nem állhatom az etikettet és az unalmas illemtanórákat. A másik oldalról Edison pusztán meglepett volt, míg az ismeretlen fiú irányából mintha hallottam volna egy elfojtott kacajt, bár mire odanéztem, elfordult, szóval nem voltam benne biztos. Az viszont biztos, hogy Ethan és Myles is fel voltak háborodva a kijelentésemen.

– Majd én tanítok neked illemet! – mondta Myles dühösen.

Ekkor szabadjára engedte a varázserejét és elindult felém. A távolság csak pár méter volt, de ő biztosan azt hitte, hogy nagyon fenyegető hatást kelt. Királyi vér csörgedezett az ereiben, így az ereje bámulatos volt – mármint egy átlagos diák szemszögéből. Az én szemszögemből szánalmas. Legjobb esetben is csak alparancsnok-szinten van; még a leggyengébb edzőtársam, Karl is le tudná győzni. A tömeg azonban megijedt és öszszezavarodott. Őket talán meg tudta félemlíteni, de ellenünk ez kevés lesz. Atyámra néztem, aki mintha csak erre várt volna, bólintott. Ekkor én is szabadjára engedtem a varázserőmet – persze csak egy részét, de ez is többszöröse volt Mylesénak. A tömeg, amely eddig pánikszerű hangulatban volt, most halálra dermedt. A nyomás hatására senki nem mert mozdulni. Én itt meg is álltam volna, de a herceg az irányomban érzett harag hatására erőt vett magán.

– Hogy merészelsz megtámadni egy herceget, te határvidéki senki? – üvöltötte dühösen.

Meg sem támadtam! Lehet, hogy tényleg őrült. Aztán elkezdett a kezében formálódni egy vaslándzsa. Meg kell hagyni, a varázsigekántálásában villámgyors volt: egy pillanat múlva már kész is volt a lándzsa. Először azt hitem, csak erőt akar fitogtatni, de tényleg felém akarta dobni. Minket leszámítva ki tudja, hány civil sérülne meg... tényleg őrült. Ekkor mögé teleportáltam, s hátranyúlva megragadtam a gallérját.

– Le kéne higgadnod – mondtam neki halkan, majd magam fölött átlendítve behajítottam a hintójukba. Eszméletlenül rogyott össze a padlón. Persze csak elvesztette az eszméletét, nem halt meg. Ekkor eloszlattam a varázserőmet, aminek hatására a tömeg megkönnyebbült, de egy pillanattal később már pánikhangulatban voltak: a szemük láttára támadták meg a herceget. Már épp kirobbanóban volt a káosz, amikor az egész feszültséget, mint egy kellemes szellő, elfújta egy hangos nevetés. Edison volt az. Mögötte az ismeretlen fiú is kuncogott, most már biztos voltam benne.

– Hallottam pletykákat, de tényleg apja fia – mondta Edison még mindig mosolyogva.

– Zavarba hozol – legyintett rá atyám.

Egészen békés és kellemes pillanat lehetett volna, ha nem éreztem volna azt a szúró, fagyos pillantást a tarkómon. Pontosan tudom, mit jelent ez: Tia nagyjából a herceg eldobása óta figyel, most pedig jön, hogy jól megmondja a magáét, amiért egy percre sem hagyhat magamra.

Tia

Nagyszerű! Reméltem, hogy szüleim majd nem engednek el, de mindketten belementek, bár Rynia története után, gondolom, mindegyikük szeretné, ha jól kijönnénk Tinával. Most pedig hallgathatom, ahogy elhenceg, hogy mennyivel magasabb rangú, hiszen egy herceg a jegyese. Legalábbis erre számítottam, de mióta beszálltunk a hintóba, mintha teljesen más személy lenne; szemeiben kétségbeesést látok, mosolya pedig törékeny, mintha bármelyik pillanatban összeomolhatna. Nem szólt semmit, csak a kínos csendet hallgattuk már pár perce. Aztán megszólalt.

– Sajnálom, ahogy a múltban viselkedtem – szólalt meg Tina bátortalanul.

Hangja remegett és bátortalan volt; össze sem lehet hasonlítani a pár évvel ezelőtti arrogáns önmagával, de...

– Ha csak ennyit akartál mondani, nem kellett volna fáradnod.

Ezzel felálltam, de mielőtt elindulhattam volna, megragadta a kezem és térdre rogyott.

– Kérlek, segítsetek! – zokogott fel.

Teljesen összeomlott. Annyira meglepődtem, hogy szóhoz sem jutottam. Mi történhetett vele, ami ennyire összetörte? Talán tényleg csak a királyi család befolyása miatt volt olyan, amilyen pár éve... úgy döntöttem hát, adok neki egy esélyt. Letérdeltem mellé és átöleltem. Éreztem, hogy egész testében remeg, halálra van rémülve. Nem tudom, mi folyik a fővárosban vagy mit művelt vele a királyi család… Edisonon is látszott, hogy nem boldog a helyzettől. Egyre biztosabb vagyok benne, hogy a szüleinknek ebben is igaza van, és a Ruby család is csak egy a sok áldozat közül. Egy kis ideig így maradtunk. Amikor a remegése és a sírása is lecsillapodott, megkérdeztem tőle:

– Megnyugodtál?

Erre csak bólintott.

– Pontosan miben kellene segítenünk?

– Nincs elég időnk most, hogy mindent megbeszéljünk, de a király őrült, ahogy Myles is – mondta Tina szipogva.

Ekkor a harmadik személyre néztem a hintóban, aki egész idő alatt szótlanul, kifejezéstelen arccal ült, jelét sem adva, hogy felfogná, mi történik körülötte. Tia minden bizonnyal észrevette ezt.

– Ő Nova hercegnő, és ő az egyik oka, hogy a segítségeteket kértem.

– Hogy érted?

– A király tett vele valami, amitől ilyen lett. Ő egy kedves és vidám lány volt – nagyjából fél évvel ezelőttig. Egy időre a király megtiltotta, hogy találkozzunk, és amikor legközelebb láttam, már ebben az állapotban volt. Tudom, hogy csak te tudod meggyógyítani, és hogy csak a Draco család – különösen Arkon – elég erős ahhoz, hogy felvegye a harcot a királyi családdal.

– Hogy érted, hogy tudod?

– Akármilyen elviselhetetlen is voltam a múltban, nem voltam bolond. Tisztán emlékszem…

Folytatta volna, de a szavait egy kis varázserő-löket zavarta meg. Legalábbis nekem kicsi, átlagos szemmel eléggé zavaró lehetett.

– Myles… már megint bajt kever az az őrült – mondta Tina aggódva.

A herceg? Akkor csak egy ember van, aki elég makacs és bátor, hogy szembeszálljon vele. Hirtelen felálltam.

– Mennünk kell! – mondtam határozottan.

– Hova?

Ekkorra az előző többszörösével megegyező varázserő szabadult el. Tina teljesen megdermedt, mozdulni sem tudott, Nova hercegnő viszont semmi jelét nem adta, hogy bármilyen hatással lenne rá. Ekkor megragadtam Tina kezét és.

– Arkonhoz, mielőtt megöli a herceget! – kiáltottam.

Amikor kinyitottam a hintó ajtaját, elég bizarr látvány fogadott. Arkon elhajította a herceget, aki eszméletlenül rogyott össze a hintójában, ahova Arkon dobta. Az első gondolatom az volt, hogy „így kezdődött a háború", aztán Edison elkezdett nevetni. Azt hittem, én vagyok a legmeglepettebb, aztán Tinára néztem.

– Apa nevet? – kérdezte Tina csodálkozva.

A hangjában és az arckifejezésében is már inkább sokk volt, mint meghökkenés. Mikor láthatta utoljára nevetni az apját, hogy ennyire meglepődött? Odasúgtam neki, hogy majd folytatjuk a beszélgetést, és elindultam Arkon és a szüleink felé.

Arkon

És pontosan, ahogy sejtettem, Tia már ott is volt és kaptam is a szúrós pillantásokat meg a „hülye, egy pillanatra sem hagyhatlak magadra" jellegű beszólásokat. Tudom, hogy csak aggódik, de akkor is igazságtalannak éreztem. Már pont panaszkodni akartam, amikor megláttam, hogy Edison és Tina, akik az előzőekben félrevonultak beszélni, ismét felénk tartottak.

– Te biztosan Ellytia vagy. Kérlek, légy elnéző Arkonnal. Myles herceg hibája volt, és mindent megteszek, hogy ezt a királylyal is megértessem – ígérte meg Edison.

– Hálásan köszönöm.

Ekkor láttam, hogy Edison enyhén hátba paskolja Tinát, hogy jöjjön közelebb vagy beszéljen, de nem járt sikerrel. A pár évvel ezelőtti magabiztosságának nyoma sem volt. Nem tudom, mi történt az elmúlt pár évben, de neki sem lehetett egyszerű. Aztán, meglepetésemre, Tia közelebb ment és megfogta Tina kezét.

– Ha már úgyis egy évfolyamban leszünk, akár jóban is lehetünk – mondta Tia elpirulva.

Ezután mintha Tina minden kétsége elszállt volna; a réginél sokkal ragyogóbban mosolygott, majd bólintott. Úgy éreztem, valami komolyról maradtam le, és hogy rövid idő alatt meglepően közel kerültek egymáshoz, de nem volt mit tenni. Reméltem, idővel Tia majd beavat.

Edisonnak köszönhetően a tömeg is lenyugodott. A szüleink és Edison úgy döntöttek, együtt várnak meg minket egy közeli fogadóban. Közben megérkezett a Safir-hintó is. Gordon kiszállása után elsőként minket köszöntött – olyan mélyen hajolt meg, mintha régi ismerősök lennénk. Alex felénk sem nézett, mint egy zombi, követte az apját. Rövid időn belül összeállt Ethannel, és szinte minden fiatal köréjük csoportosult. Érthető; ki akarna a barátja lenni valakinek, aki éppen eszméletlenségig verte az ország hercegét és árulónak van bélyegezve? Így összeállt a kis csapatunk; Nova hercegnő szó nélkül követte Tinát. Valamiért nyugtalan voltam a közelében, de ami még jobban idegesített, hogy az ismeretlen fiú a herceggel való összetűzés óta követett minket. Kezdett az idegeimre menni.

Eközben egy közeli fogadó egyik szobájában…

A szobában Rynia, Xarius, Margaret, Johannes és Edison volt jelen, meglehetősen nagy mennyiségű alkohol társaságában. Már javában italoztak, de ennek nem csak a viszontlátás öröme volt az oka. Mind tudták, hogy komolyabb témák is elő fognak kerülni, melyekről nehéz lesz beszélni.

– Hiányoztatok – szólalt meg Edison.

– Sajnáljuk, hogy nem jöttünk előbb – válaszolta Xarius.

– Ugyan, nektek is megvolt a magatok baja.

– Hol kezdjük, a kristályoknál? A Hidránál? Vagy a Safiroknál? – tudakolta körbenézve Rynia.

– Vagy a kis kémekkel? – kérdezte Margaret incselkedve.

– Haha, sajnálom, de megvolt az okom. Miután Audrey elment, megfogadtam, hogy mindent megadok Tiának, bármit is szeretne, de semmi sem sikerült jól.

Ezután megivott még egy pohárral.

Audrey nevének hallatán mindenki szomorú lett.

– Sajnáljuk, hogy nem jöttünk el a temetésre – mondta Rynia szomorúan.

– Ugyan, én kértelek rá titeket – felelte Edison.

– Akkor is el kellett volna jönnünk, itt kellett volna legyünk, hogy támogassunk – jegyezte meg Xarius.

Erre Edison csak elmosolyodott.

– Tudjuk, hogy nehéz volt neked, és szeretnénk, ha tudnád, hogy egyáltalán nem hibáztatunk a kémkedés miatt – nyugtatta meg Johannes.

– Akkor nem tudtunk segíteni, de most itt vagyunk. Ha van bármi, amiben segíthetünk, mondd el! – kérte Margaret.

– Szerintetek miért engedtem Tinának, hogy kémkedjen utánatok? – kérdezte keserűen Edison.

Senki nem felelt, bár mindenki sejtette a választ.

– Pontosan úgy van, ahogy gondoljátok. Huxley azt ígérte, hogy Tinát eljegyzi a herceggel. Tina gyerekkora óta szerelmes az első hercegbe, és a herceg sem közömbös iránta. Mivel sok időt töltöttünk a fővárosban, Tina sokszor járt a palotában; azon kevesek egyike, akik találkozhattak Nova hercegnővel, és gyorsan közeli barátnők is lettek. Úgy tűnt, jól halad minden, boldogok lehetnek, csak Myles herceget kell valahogy kivenni a képből. Aztán Huxley elárult.

Ekkor rászorított a pohárra, amely összetört a kezében. Johannes és Margaret mintha számítottak volna rá: gyorsan ellátták, közben Edison elnézést kért, de folytatta.

– Amikor a Hidra rátok támadt, a hercegnőt tilos volt meglátogatni, és amikor nem sokkal később újra láttuk, már ilyen volt, mint most. Aztán mikor az eljegyzés került szóba, a király azt mondta, hogy Myleshoz adja Tinát, mert Jayce-szel más tervei vannak. Mint sejthetitek, Tia a célpontja.

Edison ekkor őrjöngésre számított, vajon hogy merészeli Huxley eltervezni Tia jövőjét, de senki nem szólt egy szót sem. Meglepetése kiült az arcára.

– Tiát nem kell féltened, Arkon meg fogja védeni – jelentette ki Rynia.

– De ha már szó esett róla, milyen az első herceg, Jayce? – érdeklődött Xarius.

– Ő jó király lenne, de Huxley valamivel sakkban tartja. Többször is próbáltam rábeszélni, hogy lépjen kapcsolatba veletek, de valamitől annyira fél, hogy nem mer lépni. Huxley pedig az évek múlásával egyre a megszállottabb lett: elhatározta, hogy kiirtja a Draco családot, a Draic családból pedig csak Tiát hagyja életben, akit engedelmes feleségnek szán a királyi családba – foglalta össze röviden a helyzetet Edison.

– Folyamatosan csak azt hajtogatja, hogy még nem áll készen a titkos fegyver. Nem tudom, miről beszél, de ha bárki felszólal, ellene azonnal kivégeztetik a Pyrosokkal. Nem túlzás azt mondani, hogy az északi hármast leszámítva a többiek a király bábjai – felelte lemondóan Edison.

– Északi kettes – helyesbített Rynia.

– Hogy érted?

– Úgy sejtjük, hogy a Theron család is a király oldalán áll, csak várnak az alkalomra, hogy eláruljanak minket – válaszolt felesége helyett Xarius.

– Akkor elég rossz a helyzet – felelte Edison szomorúan.

– Nem igazán – mondta Xarius gondtalanul.

Ekkor Edison tanácstalanul nézett rá.

– Hadd kérdezzek valamit! Szerinted ki a legerősebb jelenleg a királyságban? – tette fel a kérdést Xarius.

– Ez most valami beugratós kérdés?

– Csak válaszolj.

Ekkor Ryniára pillantott, aki éles szemekkel figyelte, majd sóhajtott egyet.

– Sajnálom, Rynia, de szerintem Xarius a legerősebb.

Ekkor Rynia felkacagott.

– Semmi baj, tudom a határaimat, bár még nem adtam fel, hogy egyszer legyőzzem.

Ezután egy félelmet nem ismerő mosolyt villantott Xarius felé.

– Bármikor kiállok ellened – mondta ő mosolyogva.

– De, visszatérve a kérdésre, Edison, tévedsz – mondta Xarius.

Ismét csak tanácstalanság ült ki Edison arcára.

– Ha őszinte akarnék lenni, én már csak a harmadik legerősebb vagyok.

– Nevetséges. Azt akarod mondani, hogy van két nálad erősebb harcos, akiről eddig még senki nem hallott? – hitetlenkedett Edison.

Erre mind a négyen elégedetten bólogattak. Ekkor kezdett Edisonnak megvilágosodni a helyzet.

– Ugye nem...?

– Úgy van, ahogy gondolod. Ha kicsit is adsz a szavamra, elhiheted. Arkon jelenleg a legerősebb a királyságban, Tia pedig a második.

Ekkor Edison megivott még egy pohárral.

– És nemsokára csak a negyedik leszel – mondta Rynia mosolyogva.

Erre mindenki, még Xarius is meglepetten fordult felé.

– Az a kis bestia, akit Arkon felszabadított, Zoé... a varázslatokhoz nincs tehetsége, de a mágiában még Arkonnál is nagyobb talentum. Nem tudtam az edzések során átlátni a képességein, de olyan, mintha előre látná az ellenfél mozdulatait. Még tapasztalatlan, de Kleó már most át akarja nekem adni a képzését.

Erre mindenki megivott még egy pohárral.

– Úgy látszik, eljárt felettünk az idő.

– Egy kis ideig még játszd el, hogy a királyt segíted, pár éven belül megoldódik minden.

– Ha rólad van szó, akkor elhiszem, Xarius.

– Úgy látszik, nem figyeltél. A gyerekek fogják ezt megoldani, mi csak támogatni fogjuk őket.

Ezt mindenki tényként kezelte, kivéve Edisont.

– Nem gondoljátok, hogy túl nagy teher ez pár gyereknek?

– Onnantól, hogy fekete és fehér sárkány választotta őket partnerül, az egész el volt döntve – állapította meg Johannes.

– Évek óta készülünk a háborúra a király ellen, mi készen állunk – mondta Margaret komolyan.

– Furcsa tőled hallani ezt, általában te vagy az óvatos.

– Tudjuk, hogy a Dracók nélkül esélyünk sincs, viszont átbeszéltük, mostantól egyként fogunk fellépni a király ellen – mondta Johannes.

– Attól a ponttól, hogy az eljegyzés nem csak álca volt, hanem a gyerekek akarata, nyilvánvaló volt, hogy vagy együtt győzünk, vagy mind meghalunk.

– Ők legalább ott vannak egymásnak. Tina egyedül van.

– Egyedül volt, de már ott van neki Tia és Arkon, ők meg fogják védeni.

– Ahogy téged mi. Ha bármi balul sikerül, csak szólj.

Ekkor Edison felsóhajtott.

– Nagyra értékelem, de ha háborúra kerül a sor, én a király oldalán fogok harcolni, vagyis ellenségek leszünk. Nem vagyok bolond, eddig is úgy gondoltam, veszíteni fogunk, de a mai beszélgetés után biztos vagyok benne.

Ekkor mindenki elszomorodott. Mindannyian remélték, hogy meg tudják győzni Edisont, hogy ne a király oldalára álljon.

– Ha bármi történne velem, kérlek, viseljétek gondját Tinának.

Ekkor Xarius felállt és odasétált barátjához, majd a vállára tette a kezét.

– Családtagként fogunk vele bánni.

– Többet nem is kérhetnék – mondta Edison megkönnyebbülten.

Ezután még beszélgettek, leginkább a gyerekeikről, akikről eddig nem volt lehetőségük, mivel nem találkoztak születésük óta. A nap további része könnyedebb hangulatban telt, majd találkoztak a gyermekeikkel, és el is indultak az esti ünnepség helyszíne felé.

Arkon

Ez a kis túra sokkal nyomasztóbb, mint gondoltam. Tia és Tina hirtelen nagyon közeli barátnőknek tűntek, ebből egyenesen következik, hogy én viszont egyedül voltam. Ezt még elviseltem volna, de a mögöttünk sétáló élettelen lány, akit Nova hercegnőnek hívtak, és akinek, bár szinte észrevehetetlen volt, valahogy mégis nyomasztó volt a jelenléte, valamint a minket követő ismeretlen fiú rohamosan emésztette fel a türelmemet. Próbáltam minden erőmmel a körbevezetésre koncentrálni, csak hogy az idegesítő tényezőket kiverjem a fejemből. Az épület felépítése elég egyszerű volt: öt szint, évfolyamonként egy. Ugyanez igaz a keleti és nyugati szárnyban elhelyezkedő kollégiumokra; elkülönített fiú- és lánykollégium, adott szinten adott évfolyambeli tanulókkal. Mindenkinek saját szobája van, lévén, hogy alapból is kevés a tanuló. Mindenki, aki itt van, nemes, ergo vagy a kilenc nagycsalád egyikének gyermeke, vagy valamely, a kilenc alá rendelt kisebb nemesi családé. Az iskola lényege a harci képzés, illetve ha valakinek van hobbija, annak csiszolása. A program meglehetősen szabad: azon túl, hogy csiszoljanak a harci képességeken, a diplomáciai kapcsolatok kiépítése a cél. Nincsen sem illemtanóra, sem semmi hasonló, úgyhogy nekem valószínűleg tetszeni fog. Ami meglepett, hogy különösen nagy hangsúlyt fektetnek a művészetekre; ha valakinek ezzel kapcsolatos hobbija van és tehetséges, nagy eséllyel sikeres művészként hagyja el az akadémiát. A körbevezetés incidens nélkül lezárult, viszont a türelmem is elfogyott. Mielőtt kiértünk volna a kapun, kedves kis követőnk mögé teleportáltam és megragadtam a torkát. Ami meglepett, hogy teljes higgadtsággal kezelte. Talán nem is olyan félénk, mint amilyennek tűnik. Amennyire láttam, Tinának nem tűnt fel, Tia pedig nem foglalkozott az eseményekkel. Viszont Nova most először nem csak követte Tinát, hanem megfordult és rám nézett: a szemében mintha egyszerre láttam volna reményt és dühöt. Egy pillanattal később már el is fordult, és követte a lányokat. Így teljesen a fiúra koncentrálhattam, aki csak megkopogtatta a kezem, jelezve, hogy nem tud beszélni. Elengedtem.

– Miért követsz minket?

– Mert szórakoztató társaságnak tűntök.

Ekkor megfogtam a fejem; már láttam, hogy egy idióta.

– Mi a neved?

– Jake.

Ekkor közelebb hajolt, és az előző bolondos viselkedésének nyoma sem maradt.

– Nem alkalmas itt. Gyere erre a helyre azokkal, akikben megbízol – szólt.

Alig észrevehetően a kezembe nyomott egy cetlit, majd mosolyogva eltávolodott tőlem és mint egy bolond, elszaladt. Szóhoz sem jutottam. Ezután elindultam a lányok után; szüleink már vártak ránk. Tia és Tina végre szétváltak, elvégre más hintóval utaztunk. Tudom, hogy ostobaság, de féltékeny vagyok Tinára. Mintha tudta volna, mire gondolok, odahajolt hozzám és azt súgta:

– Majd elmesélem.

Aztán elmosolyodott. Ennyi elég is volt. Mind beszálltunk a hintóba, és elindultunk a hivatalos ünnepség helyszínére.

Eközben a Ruby család hintójában...

Nova hercegnőért egy külön hintó jött, hogy előkészítsék az ünnepségre, így a hintóban csak Edison és Tina ültek.

– Jó látni, hogy ilyen önfeledten mosolyogsz – mondta Edison mosolyogva.

Ekkor Tina kissé elpirult.

– Téged is jó volt látni ilyen hosszú idő után nevetni, apa – felelte mosolyogva.

Mikor is volt utoljára olyan nap, amikor mindketten tudtunk nevetni? Már idejét sem tudom, és semmi más nem kellett hozzá, csak azok az önfejű Dracók – gondolta Edison

– Mondd csak, Tina, ha azt mondanám, hogy ha Arkon és Tia oldalán maradsz, felbonthatod az eljegyzést Mylesszal, mit tennél?

Ekkor felcsillant Tina szeme, de azonnal eszébe jutott valami.

– De mi történne veled?

– Az most nem fontos. A kérdés, hogy még mindig várni akarsz Jayce-re, hogy megmentsen, vagy inkább állsz Arkon és Tia mellé, de hátat fordítasz a királynak? – kérdezte Edison komolyan.

Ekkor Tina megfogta apja kezét, és könnybe lábadtak a szemei.

– Nem akarlak cserbenhagyni, apa, de a mai nap volt évek óta a legboldogabb az életemben. Félek, ha így marad minden, örökre Myles játékszere maradok – mondta Tina már majdnem sírva. Ekkor Edison közelebb húzódott, átölelte lányát, majd megtörölte a szemét.

– Akkor megvan a válasz. Figyelj rám, a terv az...

Tina először tiltakozott, de végül az apja meggyőzte. A szabadságát visszaszerzi, de hosszú ideig nem találkozhatnak majd újra.

Eközben a Draco család hintójában

Arkon

Valami oknál fogva mindenki nyomasztóan letört volt. Engem a Jake által mondott dolog foglalkoztatott, a szüleink valószínűleg komoly beszélgetést folytattak Edisonnal, Tia pedig valószínűleg Tinával kapcsolatosan gondolkozott.

– Áh, nem bírom ezt a nyomasztó csendet! Arkon, történt valami?

Ekkor egymásra néztünk Tiával, és kezdtem én.

– A körbevezetés alatt követett minket egy fiú, a neve Jake. Nem mondta, de szerintem a Grey családhoz tartozik. Elsőre bolondnak tűnt, de amikor nem figyelt senki, megváltozott az aurája. A kezembe nyomta ezt és azt mondta, hogy csak azokat vigyem magammal, akikben megbízom.

Közben felmutattam a cetlit, amire csak egy cím volt leírva.

– Szerinted megbízható?

– A leghalványabb fogalmam sincs. Az egyik pillanatban bolond volt, a másikban meg veszélyesnek tűnt. Az apját és a Pyrosokkal való kapcsolatot tekintve egyelőre én nem bíznék benne. Szóval szerintem elmegyek a megbeszélt helyre, és csak egy ember van, akiben megbízom, ő pedig eldöntheti, velem tart-e.

Ekkor Tiára pillantottam, aki elgondolkozott.

– Persze, hogy veled tartok, viszont szerintem kibővíthetnénk a bizalmasok körét.

– Ugye nem Tinára gondolsz?

– Őszintének tűnt, és azt mondta, bajban van. Szerintem kellene neki adnunk egy esélyt.

Bele akartam kezdeni a vitába, de atyám elém tartotta a kezét, jelezve, hogy várjak.

– Jól figyeljetek rám, ez egy fontos döntés. Ha Tina védelmére keltek, azt valószínűleg nyílt ellenszegülésnek fogják tekinteni Myles herceg ellen.

Nem értettem, mit akar ezzel mondani. Miért szegülnénk ellen neki azzal, hogy barátkozunk Tinával? Margaret sietett a segítségemre.

– Kifejtem. Edison elmondta, hogy Tina akarata ellenére lett eljegyezve Mylesszal, viszont nem tudja felbontani anélkül, hogy árulónak bélyegezzék.

– Szóval mi lennénk a pajzs, mivel már úgyis árulónak vagyunk bélyegezve.

– De mi történik Edisonnal?

– Biztos vagyok benne, hogy a másik kocsiban épp azon törik a fejüket, hogyan oldják meg.

– Szóval összegezve. Ha most úgy döntötök, megvéditek, akkor elkötelezitek magatokat. Ha egyszer a védelmetekbe veszite, nincs visszaút.

Ekkor ismét összenéztünk Tiával. Én tanácstalan voltam.

– Én szeretném megvédeni. Arkon, emlékszel, mennyire felháborodtál, amikor a Safirok az akaratom ellenére akarták az eljegyzésünket felbontani? Tina is ebben a helyzetben van és nincs senki, aki segítene neki. Ő ugyanolyan, mint mi: a királytól való félelemben éli mindennapjait és...

Ekkor magam elé emeltem a kezem.

– Jó, jó, elég lesz, megértettem. Vállalom a felelősséget és segítünk neki.

Hogy is tudtam volna ellentmondani, mikor ilyen ragyogó szemekkel kérlelt? Még mindig nem vagyok benne biztos, hogy megbízható a lány, de adunk neki egy esélyt.

Mi ekkor még nem tudtuk, de a Ruby család is hasonlóan erős elhatározásra jutott.

Nem sokkal később meg is érkeztünk az ünnepség helyszínére, a király család megbízásából előkészített terembe. Nekem nincs valami jó érzékem a divathoz, szóval számomra csak egy nagy tér volt tele pincérekkel, akik az italokat és rágcsálnivalókat hordták. A díszítés nagy része arany. Partnereinket a hintóban hagytuk, de Küriosz a mentális kapcsolatunkon keresztül tudtomra adta, hogy neki igenis tetszik ez a sok arany, még ha szerintem túl csicsás is. A szokás szerint a tanulók az akadémia egyenruhájában jelennek meg, amelynek mintázata megegyezik a női és a férfi változatban. Az eltérés, hogy a női változat alsó része szoknya, míg a férfi változaté nadrág. Illetve a férfi változat fekete, arany díszítéssel, ami, meg kell mondanom, nekem tetszik. A női pedig fehér, vörös díszítéssel. Minden egyenruhához a családhoz tartozó címer brossa van mellékelve, vagyis az én egyenruhámon az arany díszítés fölé kitűzve egy feketesárkány-bross, míg Tia egyenruháján a piros díszítés fölé egy fehér sárkány.

Mivel a megnyitó után a legtöbben egyből az ünnepségre jöttek, így elkülönítettek egy helyiséget, ahol a tanulók át tudtak öltözni. Miután átöltöztünk és visszatértünk szüleinkhez, a többi nagyobb család is kezdett megérkezni. Az ünnepségre azok is hivatalosak, akiknek idősebb gyermekük van, tehát pl. a Theron család. Ha nem tévedek, a Troy családon kívül mindenki jelen lesz. Utánunk nem sokkal ismét a Pyros és a Grey család érkeztek meg. Hendrix egy megvető pillantást vetett felénk, Trevor ismét megpróbált minket felmérni. Ami meglepett, hogy Jake úgy viselkedett, mint egy pincér. Rengeteg fiatal volt körülöttük – mint később megtudtam, mind testvérek vagy féltestvérek Pyros vagy Grey ágról. Amikor elmondtam atyámnak, hogy melyikük Jake, elkezdett kacagni. Ő valamiért biztos volt benne, hogy megbízható. Furcsa volt, hogy a Theron család nem volt sehol, de pár pillanattal később megértettem, miért.

Az ajtón belépett a királyi família. A király balján Myles, aki Tinát csípőjénél fogva szorította maga mellé, mögöttük Edison. A király jobbján Jayce, aki mellett – mint hűséges jobbkeze – Quint sétált. Mögöttük Quarthas, és a király mögött – ismételten csak követve mindenkit – Nova hercegnő. Amint beértek, egy hangos trombitaszóval, mely csak a királyi családnak jár, jelezték. Ennek hatására mindenki féltérdre ereszkedett, természetesen minket leszámítva. Ezzel elég sok gyilkos pillantást kiváltottunk, ám a király egy kuncogással lerendezte. Gondolom, atyámtól már hozzászokott ehhez. Azt hittem, ez lesz az est fénypontja, aztán Myles meg akarta csókolni Tinát, aki ellökte magától majd pofonvágta. Ettől még mi is lefagytunk. Nagy léptekkel elindult felénk, ám Edison elkapta a kezét és visszahúzta. Tina neki is adott egy pofont, aminek következtében Edison elengedte. Elkezdett felénk futni, de hirtelen megtorpant előttünk. Aztán összeállt a kép: most kell döntenünk. Tiára néztem, aki, úgy tűnt, a jelemre vár. Bólintottam neki, ekkor közelebb lépett Tinához, kinyújtotta neki a kezét, s ő könnyes szemmel elfogadta. Ennyi, már nincs visszaút. A legtöbb embernek meglepődni sem volt ideje. Edison arckifejezése dühös volt, de a szemei azt mondták: „köszönöm". Myles herceg fortyogott a dühtől, Quint és Jayce teljes sokkban voltak, mintha mondani akarnának valamit, de nem mernek. Aztán a király elnevette magát.

– Minden szerelmespár összekap néha – mondta kacagva Huxley, de a szemei dühről árulkodtak. Aztán elindultak felénk, mindenkit figyelmen kívül hagyva.

Amint közel értek, Myles egyből meg akarta ragadni Tina karját, de előbb ragadtam meg én az övét.

– Úgy látom, egy kötés nem volt elég – mondtam komolyan.

Ennek hatására megfagyott a levegő; akik kételkedtek benne, hogy kezet emeltem a hercegre, már biztosak lehettek benne. Főleg, hogy egy királyi méretű kötés díszelgett a fején.

– Követelem, hogy adjátok vissza a menyasszonyom! – mondta dühösen Myles.

– Úgy vélem, Tina már elég idős, hogy eldöntse, mit akar. Nekem úgy tűnik, nem akar a menyasszonyod lenni. Fel akarod bontani az eljegyzést? – fordultam a lányhoz.

Tina megszeppent a hirtelen rászegeződő figyelemtől.

– Igen – felelte bátortalanul.

Ekkor anyám átkarolta a vállát és rámosolygott. Ebből bátorságot merített, és határozottan kijelentette:

– Igen. Fel akarom bontani az eljegyzést.

– Hallhattad. Mivel úgy tűnik, az atyjával is összeveszett, Rynia, mint nagynénje, átveszi a nevelését. A költségeket a Draco család állja.

Ekkor Tina majdnem sírva fakadt; valószínűleg maga sem számított erre. Ami viszont engem meglepett, hogy Myleson kívül más nem nagyon látszott idegesnek.

– Ez igazán sajnálatos, olyan szép pár voltak, de majd csak találunk másik megfelelő feleséget – jelentette ki a király.

Ekkor Tiára pillantott, de még mielőtt bárki is szólhatott volna, folytatta is.

– A Draco családtól már megszoktam, hogy nem ereszkednek féltérdre, de a Draic családtól ez furcsa. Megtudhatnám az okát?

Volt egy furcsa csillogás a szemében. Nem az a fajta, mint atyámnál, hogy ha rosszul szólsz, az életedbe kerülhet, hanem az a fajta, aki évekig képes haragot tartani. Johannes megszeppent ugyan, de Margaret nem.

– Elnézést, felség, de a Hidra támadása után rengeteg volt a javítási utómunkálat és attól tartok, rettenetesen fáj a térdünk, amiatt nem tudunk letérdelni – mondta Margaret, közben Hendrixre vetett néhány dühös pillantást. Külső szemlélőnek ez az indok nevetséges lehetett, de aki tudta, mi történt valójában, az értette a célzást. Lényegében: megtámadtad a területünket a Hidrával, ezért fellázadunk ellened.

Ekkor a király egy újabb pillantást vetett Tiára.

– És a kishölgy? Gondolom, őt nem állítottátok be dolgozni, mégsem hajt térdet.

Atyám habozás nélkül válaszolt.

– Eljegyzése révén Ellytia már a Draco család tagja. Ha úgy ítéli meg, hogy nem kell meghajolnia valaki előtt, nem is fog – mondta Xarius határozottan.

Újabb nevetés a király részéről.

– Látom, felkészülten jöttetek. Nem szeretném elrontani a mai estét, úgyhogy elnézem ezeket a kis szabályszegéseket. Mindenki mulasson jól.

Ekkor elindultak, de Huxley még egy pillanatra közel hajolt atyámhoz.

– Élvezzétek a kis lázadozásotokat, amíg tudjátok.

Edison és Tina még váltottak egy sokatmondó pillantást, de Edison azonnal a király után indult. Habár nekünk nyilvánvaló volt, hogy színjáték, sokakat meggyőztek vele. Tina a védelmünket élvezi, de Edison egyedül maradt. Az est hátralevő részében nem sok minden történt, senki nem mert velünk kikezdeni a király távollétében. Anyám el akart velünk dicsekedni a Pyrosoknak, de azok a Grey családdal együtt szinte azonnal a király után elhagyták a termet. Kétségtelen, hogy az idei ünnepség nem a jó hangulatról marad meg az emberek emlékezetében.

Akadémiai hétköznapok

Másnap reggel kezdetét vette az „új életünk". Bár ez a szüleink-
től való elbúcsúzással indult, a fogadóból, ahol eddig megszáll-
tunk, átszállították a csomagjainkat az akadémiai szállásunk-
ra, a szüleink pedig hazaindultak. Mind kicsit letörtek voltak,
de mintha meg is könnyebbültek volna, bár ennek igyekeztem
nem túl nagy jelentőséget tulajdonítani. Az akadémián pedig az
történt, amire számítottunk: az évfolyamunkban szinte min-
denki Myles köré csoportosult.

A kisebb nemesi házaknak nem is nagyon volt más válasz-
tásuk, rájuk nem is kell sok figyelmet szentelni. Aki a legköze-
lebb állt Myleshoz, első ránézésre Ethan volt; ott volt Alex is,
aki meglepően jó hangulatban volt a tegnapihoz képest, s úgy
látszott, nagyon jól kijönnek a herceggel. Jake pedig játszotta a
szerepét. Amíg nem tudtam, hogy színészkedik, szimplán idege-
sítő volt, ám most, hogy igen, már majdnem ijesztő. Myles meg-
lehetősen dühös pillantásokat vetett felénk, Ethan hasonlókép,
de Alex ránk sem mert nézni – talán elért hozzá a „tanácsom".

Az elméleti órák osztályterme, ahol az első napunkat kezd-
tük, félköríves kialakítású volt. Elöl a pódium, azzal szemben
az ülősorok. Öt sor, középen lépcsővel elválasztva. Így kiadva
két oldalt, öt sor, soronként három-három ülőhellyel. Harminc
diáknak volt hely ebben a teremben, de még így is tágasan el-
fértünk. Elég vicces látvány volt, amikor Tia és Tina társasá-
gában leültem a jobb oldali ülések első sorába, majd Myles, Et-
han és Alex a bal oldaliba, és az osztály maradéka egytől egyig
a bal oldali oszlopban foglalt helyet. Aztán megérkezett az ok-
tató. Bár azt mondhatnám, hogy meglepetés ért, de sajnos nem.
Amit az ember elvárna egy elméleti mágia- vagy varázstanár-
tól: idős éveiben lévő, ősz, hosszú hajú, szakállas férfi. Amint a
pódiumra ért, a hercegre nézve bólintott, majd mikor ránk te-
kintett, elfintorodott. *Nagyszerű* – gondoltam magamban. Az
órán semmi érdekes nem hangzott el. A lányok is eléggé unták;

Tia hozzám hasonlóan ezeket már mind tudta, Tinát pedig az elejétől kezdve nem érdekelte a harc. Az óra végeztével viszont váratlan dolog történt. Amint a tanár elhagyta a termet, Myles felállt a helyéről és elindult felénk. Meglepetésemre nem felém tartott, hanem Tina felé. Meg is ragadta a karját.

– Most pedig velem jössz, és elbeszélgetünk a tegnapi eseményekről – mondta neki mosolyogva.

Fortyogott a dühtől, mégis mosolygott, de volt valami leírhatatlanul furcsa a mosolyában. Tia rám nézett, de szerettem volna, ha Tina áll ki magáért, így nem akartam egyből lépni.

– Nincs miről beszélnünk. Tegnap elmondtam mindent, amit szerettem volna – közölte Tina határozottan.

Ekkor a herceg türelme elfogyott, és még erősebben megszorított a karját. Tina jól láthatóan fájdalmas arcot vágott. Ekkor már le szerettem volna állítani, de Tia megelőzött.

– Elnézést, de Tina nem ér rá, éppen beszélgettünk.

Nem túl agresszív, de legalább egyértelmű, ám ennek hatására Myles megragadta Tia karját.

– Akkort is velem jössz.

A szemei csillogtak, és megnyalta a szája szélé. Még engem is kirázott a hideg... még hogy herceg! Csak egy pillanat volt, de öntudatlanul is kitört belőlem egy jó adag varázserő. Myles arcvonásai azonnal eltorzultak, és elengedte a lányok karját.

– Rendben, lesz még elég időnk beszélgetni.

Ezután elhagyta a termet az őt követő tömeggel együtt. Alex egész idő alatt ránk sem nézett, pedig ennél jobb alkalmat keresve sem talált volna, hogy „megmentse" Tiát – talán tényleg elengedte azt az őrült megszállottságát.

Tina megköszönte, hogy segítettem. Én csak bólintottam; nem tudom, miért, de ez az egész szituáció az idegeimre ment. Tudom, én vállaltam, hogy megvédem, de még azt sem tudom, bízom-e benne, és már az első napon miatta kerülünk összetűzésbe a herceggel. Szerencsére következnek a gyakorlati órák. Az osztályt különbontották mágus és varázsló részre, ahogy erre számítani is lehetett. Nem vagyok túl jó hangulatban, szóval remélem, nem páros edzés lesz. Aztán jött a meglepetés: Tia és

Tina különváltak. Tia a varázslócsapattal tartott egyedül, Tina viszont a mágusokkal. Az egész helyzet kínos volt. Ami kettőnket összekötött, csakis Tia volt. Én még nem bízom Tinában, ő pedig még mindig félénken viselkedik a közelemben. Viszont egyikünknek sincs senki más, akivel gyakorolhatna.

– Azt hittem, varázsló vagy.

Erre összerezzent, mintha szó szerint félne tőlem. Eztán felnézett, és kissé zavartan elmosolyodott.

– Nincs igazán tehetségem egyikhez sem, csak az ékszerformálásban vagyok jó, az pedig közelebb áll a mágiához. Egyszerűbb, ha megmutatom.

Ekkor leguggolt, hozzáérintette a kezét a földhöz, majd mikor felemelte a kezét, egy nagyjából öt centiméter átmérőjű rubint tartott a kezében. Amikor ránéztem, összetalálkozott a tekintetünk, én csak felhúztam a szemöldököm. Akkor összecsukta a kezét, éreztem, hogy varázserőt koncentrál a kezébe, és amikor kinyitotta azt, egy gyönyörűen megmunkált drágakő volt ott, formája egy miniatűr sárkányé.

– Szinte bármilyen formát képes vagyok megalkotni, ha ismerem a részleteit. Már régóta segítek a bonyolultabb dizájnokkal apának...

Amikor szóba került Edison, a hangja elcsuklott, a sírás kerülgette. Leguggoltam hozzá és meg akartam fogni a kezét, hogy megnyugtassam, ahogy Tia szokta, de amint közelebb léptem, megriadt és eltávolodott.

– Minden rendben, csak adj egy percet, hogy megnyugodjak – mondta sietve.

Ha másra nem volt jó ez az óra, legalább a figyelmemet elterelte. Az óra végeztével mindenkinek szabadfoglalkozás volt. Lényegében ebéd előtt vége volt a kötelező óráknak. Innentől mindenki maga dönthetett, hogy edz, vagy a személyes kapcsolatait ápolja. De mielőtt bármit léphettem volna, Tia már Tina mellett volt és annyit mondtak, hogy körbe akarnak nézni a lányok szállásán, úgyhogy ma már nem találkozunk. Ekkor értettem meg, hogy amit érzek, az nem a bizalom hiánya, hanem féltékeny vagyok Tinára, akármilyen nevetségesen is hangzik.

És már megint rossz kedvem volt. El is indultam a fiúk szállása felé, hogy egymagamban átkozhassam a világot, amikor ismerős jelenlétet éreztem. Nem volt más a közelben, szóval...

– Gyere elő, Jake, rossz kedvemben vagyok, nincs türelmem a színészkedésedhez.

– Nahát. Lehet, hogy rosszkor jöttem? Úgy tűnt, magányos vagy, úgy gondoltam, most férkőzhetnék a legkönnyebben a bizalmadba – mondta Jake komiszul.

Egy pillanatra meglepődtem az őszinteségén, aztán elmosolyodtam.

– Nagyon jó megfigyelő vagy – válaszoltam cinikusan. – Nem lesz bajod belőle, ha valaki meglát velem?

– Áhh, senki nem lát meg, gondoskodtam róla.

És megint az a furcsa fény a szemében, mintha tudná, hogy tényleg senki nem látja meg, teljesen biztos a képességeiben, és cseppet sem fél tőlem.

– Szóval miről akartál beszélni? Kétlem, hogy csak egy baráti csevejre állítottál meg.

– Nem fogok kertelni: szeretném, ha a kis gyűlésünkre, bárkit is hozol el, mindenki elhozná a partnerét.

Ekkor gyilkos pillantást vetettem rá, minek hatására mindkét kezét maga elé tartotta.

– Nyugi, nyugi! Csak annyit szeretnék elérni, hogy könnyebben meg tudjunk bízni egymásban.

– És honnan tudjam, hogy nem csapda?

– Ha elég kíváncsi vagy, akkor ezt a kockázatot vállalnod kell.

Egy kicsit haboztam ugyan, de rábólintottam.

Amilyen unalmasak az órát, annyival mozgalmasabb a szabadidő. Nem éppen erre számítottam, amikor az akadémiai időt tervezgettem, de ez sem rossz. Ezután elindultam a szállásom felé.

Ellytia

Valami történt kettejük között az edzés alatt, biztos vagyok benne. Mindketten feszültek voltak és zavartak. Abban is biztos vagyok, hogy Tinától könnyebben kapok választ, mint Arkontól. Ez volt az egyik oka, hogy amilyen gyorsan csak lehetett, külön akartam őket választani. De most, hogy négyszemközt vagyunk, nem tudom, hogy hozhatnám szóba anélkül, hogy féltékenynek tűnjek. Úton a szobák fele Tina volt, aki elsőnek megszólalt.

– Úgy tűnik, Arkon nem örül annak, hogy miattam kerültetek bajba.

Ez meglepett. Nem hinném, hogy különösebben zavarná, de lehet, hogy kapcsolódik ahhoz, amit edzés közben csináltak.

– Csak adj neki időt! Hidd el nekem, ha nem akart volna megvédeni, nem is teszi.

– Remélem, igazad lesz.

Ekkor megfogtam mindkét karját, hogy kicsit kirántsam a melankóliából és annyit mondtam: „úgy lesz", de megrezzent. A karjára néztem és észrevettem, hogy ahol Myles megszorította, csúnya véraláfutás keletkezett. Gyengéden megérintettem és meggyógyítottam, ezen meglepődött.

– Ígérd meg, hogy ha bármi történik, szólsz nekünk, nem pedig megpróbálod elrejteni, mint ezt a sérülésedet.

Erre csak bólintott.

Ezután beléptünk a szobámba. Nem számítottam semmi kirívóra, csak egy egyserű szobára íróasztallal, ággyal, szekrényekkel, és pontosan ezt is kaptam. Szintenként kiépített, közös fürdő és étkező van az egy évfolyambeli tanulók részére, szóval a szobákban csak a tanuláshoz és a lakhatáshoz szükséges tárgyak találhatók meg, de mindketten tudtuk, hogy erre csak egy pillanatig fog figyelni a másik. Leültünk az ágyra. Megkértem Krüptót, hogy figyeljen az esetleges nemkívánatos figyelő szemekre és fülekre.

– Kérlek, ne érts félre, de végre elmagyaráznád, hogy miről is beszéltél tegnap, amikor segítséget kértél?

Ekkor ismét megrezzent. Nem lehet könnyű erről beszélni, bármi is történt, de vett egy mély lélegzetet és elkezdett mesélni.

– Nem tudom, mennyit tudtok, de az elejéről kezdem, a kis kémkedős incidenstől.

– Azt már tudjuk, hogy Huxley atyádnak azt ígérte, hogy a kémkedésért cserébe Jayce jegyese leszel, de végül Myles jegyese lettél.

– Akkor ezt a részt átugrom. Nagyjából két éve jelentette ezt be a király. Addig a pontig apával azt hittük, jól megy minden. Tudtuk, hogy Myles milyen, Nova gyakran mesélte, hogy Myles és Huxley is hirtelen haragúak, és sokszor tettlegességig fajult a dühkitörésük. Ez bántott, de sem apa, sem én nem tehettem érte semmit. Jayce pedig nem szólalt fel Huxley ellen soha. Nova egyetlen igazi támasza Heidi, az anyja volt. Amikor Huxley bejelentette, hogy Myles jegyese leszek, teljesen összeomlottam, egy ideig nem jöttem a palotába. Aztán másfél évvel ezelőtt volt egy varázserőkitörés, rengetegen elájultak a nyomástól. A király elrendelte, hogy nem juthat ki róla szó a városon kívülre. Aki esetleg beszélt róla, arról nem hallottak többé. Megrémültem, hogy Novával történt valami, ezért meglátogattam. Teljesen össze volt törve. Az oka pedig az volt, hogy Heidi, akire támaszkodhatott, összeroppant.

– A királynő összeroppant? Hogy érted?

– Én magam nem láttam, de Nova leírása alapján nem beszélt, üres volt a tekintete, és érzelemmentes az arckifejezése.

Ekkor összenéztünk.

– Igen, pontosan olyannak írta le, amilyen most ő maga. Apával úgy gondoljuk, hogy az a titkos fegyver, amiről annyit áradozik, valamilyen kapcsolatban van Heidi és Nova változásával.

– Igen, ennek nagy a valószínűsége.

– Miután Heidi összeroppant, Novával még közelebb kerültünk. Rengeteget jártam a palotába, Myles nem mert lépni semmit Nova közelében. Kellemes időszak volt, reméltem, hogy semmi sem változik, míg Jayce trónra nem kerül. De ez csak álmodozás volt a részemről. Nagyjából fél évvel ezelőtt, amikor titeket megtámadott a Hidra, Arkont pedig csapdába csalták a Safirok, Nova is összeroppant. Ugyan ő ágynak nem esett, mint Heidi, de senkire nem reagál, csak követi azt, aki éppen a legközelebb van hozzá. Ennyi elég is volt, hogy Myles kihasználja a helyzetet – mondta Tina a sírás határán.

Ekkor kezdett összeállni a kép. Én szerető családban és védett környezetben éltem eddig, de Krüptó emlékeiben a háború alatt számtalan kegyetlenséget és őrültséget láttam. Már tudom, hogy csak emlékek, és elkülönítve kezelem őket, de tudtam, mire akart célozni Tina, és el sem tudom képzelni, mennyit szenvedhetett. Csak arra tudtam gondolni, hogy remélem, nem az történt, amire gondolok.

– Amikor meg akartam látogatni Novát, felvittek a szobájába, de nem volt egyedül, Myles vele volt. Úgy tett, mintha magunkra hagyna minket és elhagyná a szobát, de elkapta hátulról a csuklóm és összebilincselte – nem is értettem, mi történik. Nova csak ott állt, mint egy dísz, Myles az ágyra lökött, aztán... aztán... – mesélte Tina ekkor már sírva.

Átöleltem. Mint a hintóban, most is éreztem, hogy remeg. Nem is csoda.

– Értem, mit szeretnél mondani. Ha nem akarod, nem kell folytatnod.

Egy kis ideig még sírt, aztán újra erőt vett magán.

– Myles képes a fémeket kedve szerint formálni, így esélyem sem volt ellenállni, Nova pedig végig csak ott állt. Attól a naptól kezdve, míg meg nem jöttetek, Myles játékszere voltam. Amikor segítséget kértem Jayce-től, ugyan tétovázott, de végül csak annyit mondott, hogy a király szava törvény, és mindenkinek engedelmeskednie kell. Belegondolva nevetséges, hogy a herceg, akinek a király után legerősebbnek kellene lennie, félt lépni. Fél évig a poklok poklát éltem át, majd megjöttetek, és egy nap alatt kimentettetek úgy is, hogy nem ismertetek.

Akármit is mondjanak Jayce-ről, ezek hallatán kötve hiszem, hogy jó uralkodó lenne.

– Mondd csak, Edison mesélt neked az akadémia éveiről? Anyukádról vagy Ryniáékról?

Ekkor megrázta a fejét.

– Mindig azt mondta, hogy veszélyes, mert Huxley rettenetesen dühös lesz, ha szóba kerül.

– Akkor biztosan meglepetésként ért, hogy Rynia a nagynénéd, még ha nem is vér szerint.

Erre csak bólintott.

– Ryniának sem volt könnyű sorsa, rabszolga volt, majd kiharcolta, hogy nemes legyen. Anyukád családja örökbe fogadta, és végül az akkori király egy nem kívánt eljegyzésbe akarta belekényszeríteni, amiből háború lett.

Láttam, hogy meglepődik; ezekről biztosan nem tudott, de nem is értette, miért hozom fel.

– Csak azt akarom mondani, hogy évekig szenvedett, mert magát okolta a háborúban elesettek halála miatt. Kérlek, te ne tegyél így. Nem vagy számunkra teher. Nem kötelességből segítünk, hanem mert szeretnénk. Ez mind a mi saját döntésünk.

– De ha én nem lennék, Myles sem lenne ilyen ellenséges veletek, ha...

– Te nem tehetsz semmiről, csak egy áldozat vagy.

Ekkor újra elkezdett sírni. Nova összeroppanása óta egyedül volt, nem mutathatta ki, mennyire fél, mennyi fájdalmat élt át. És mindezt egy ostoba király ostoba döntése miatt.

Miután megnyugodott, még beszélgettünk a szüleinkről, de türelemre kellett kérnem: Rynia sokkal többet tud majd mesélni neki Audrey-ról. Gyorsan beesteledett. Még ki is kellett pakolnia, úgyhogy ő is elindult a saját szobájába. Mozgalmas első nap volt, szóval nem is bántam, hogy végre alhatok.

Egy héttel később, a megbeszélt helyen

Arkon

Az első napot leszámítva nem történt konfliktus, úgyhogy nyugodt napok vannak mögöttünk. Úgy döntöttünk, megelőlegezzük a bizalmak Jake-nek, és eljöttünk a címre a sárkányainkkal. Vagyis mindhárman képesek vagyunk megidézni őket. Ha Jake rákérdezne, majd elmagyarázzuk. Az épület küllemre egy faviskónak tűnik. Leginkább a „hamarosan összedől" jutott róla eszembe, bár egy titkos találkozóra alkalmas. Amikor benyitottunk, az épület üres volt. Elsőre azt hittem, hogy még nincs itt, aztán megláttuk, hogy fény szűrődik ki egy lefelé vezető lépcsősortól. Elindultunk, és amikor leértünk...

– Áhh, foglaljatok helyet, mindjárt kész vagyok – mondta Jake boldogan.

– Tudtam, hogy őrült, nem kellett volna eljönnünk.

Az oka a reakciómnak az volt, hogy Jake éppen süteményt sütött. A ruhája fölött egy fehér kötényt viselt, az asztal meg volt tálalva négy főre. Mintha valami teapartira jöttünk volna. A romos épület és ez teljes ellentétben volt egymással. Pont, mint Jake személyiségei.

– Ugyan, ugyan. Legalább a sütit kóstoljátok meg, nagyon jó lett... már ha mondhatom úgy, hogy én csináltam.

Láttam a lányokon, hogy ők sem értik, mi folyik itt, de Tia egy sütiért nyúlt. Megkóstolta, mielőtt bármit mondhattam volna.

– Ez tényleg finom.

És ezzel le is ültek mindketten, a bizalmatlanság bármilyen jele nélkül. Csak sóhajtottam, és én is leültem. Mellesleg tényleg finom volt.

Kivett még egy adagot, majd ő is mellénk ült és elkezdett falatozni. Nem épp ez a kép volt a fejemben, amikor a *titkos megbeszélés* kifejezés szóba került.

Aztán lépteket hallottunk. Én és Tia nem lepődtünk meg, érzékeltük az ismeretlen látogatót, de Tina feszült lett. Aztán aki lejött a lépcsőn, nem volt más, mint Myles. Tina ennek hatására azonnal közelebb húzódott Tiához, de Myles nem szólt egy szót sem.

– Nem tudom, hogy csináltad, de meg kell hagyni, meggyőző utánzat – ismertem el nyugodtan.

– Óóó, így nem vicces, hogy átláttál rajta. Eddig még senki nem látott át rajta, hogy csináltad?

– Van kettőtök közt egy mentális kapocs, ami ugyan gyengén, de érzékelhető.

– Gyanítom, ő a partnered – jegyezte meg Tia.

Jake le volt törve, hogy átláttunk rajta, Tina pedig nem nagyon értette, mi történik.

– Úgy beszéltük meg, hogy hozzuk a partnereinket, de úgy látom, csak én álltam a szavam.

Viccesen próbálta elő adni, de sértődöttnek tűnt.

– A mi partnereink is itt vannak, csak nem, úgy ahogy gondolod.

Ekkor kérdőn nézett rám.

– Mit szólnál, ha elárulnál magadról vagy a partneredről pár dolgot, hogy mi is lássuk, bízhatunk benned, és nem a semmiért jöttünk ide.

Egy pillanatig habozott, de aztán beleegyezett.

– Rendben. A partnerem egy ritka faj. A kristálya átlátszó volt, ezért a családom száműzöttként kezel; lényegében egy pótlék vagyok. Ha fel kellene áldozni valakit, én lennék az. A partnerem faja mimic, bármit képes leutánozni külsőre, személyiségre, varázserő-mintára és képességekre értendően. Egyelőre ennyit vagyok hajlandó elárulni, ti jöttök.

Én is és Tia is bizonytalanok voltunk, így Tina lépett.

– Az én partnerem egy kristálysárkány. Szabadon tudom változtatni bármilyen kristály alakját, amellyel kapcsolatba kerültem. – Ekkor a brossára mutatott, amely vörös kristálysárkányt ábrázolt. – Ő az én partnerem.

Én és Tia már tudtunk erről, de Jake meglepett és elégedett arcot vágott. Végül úgy döntöttem, én is eleget teszek a kérésének.

Jeleztem Küriosznak, majd teleportot használva Krüptóval együtt megjelentek mellettem és Tia mellett.

– Óóó, szóval igaz, hogy képes vagy térmágiát használni. És egy fekete sárkány, az meg egy fehér sárkány... el sem hiszem! – mondta Jake izgatottan.

Mint valami őrült, kapkodta a fejét az újdonságnak számító látványok közt.

– Hóó, elég rég láttam utoljára mimicet – szólalt meg Küriosz.

Ekkor a Mylesnak álcázott mimic megdermedt, majd átalakult egy kis gömbbé. A gömbben folyamatosan kavargott valami, és néha pulzált, de semmilyen hangot nem bocsátott ki.

– Áhh, szóval ő sem teljesen szabad – állapította meg Küriosz.

Ekkor kíváncsi tekintetek szegeződtek rá. Rám nézett, és egy „később elmesélem" hozzászólással jelezte, hogy nem kíván többet elárulni.

– Szóval elkezdhetnénk végre, amiért idejöttünk? Kezdjük azzal, hogy mégis miért hívtál minket ide.

– Nos, ez egyszerű. Mellétek akarok állni.

– És miért hinnénk neked?

– Miért ne? – kérdezte Jake habozás nélkül.

– Ugyan már, nincs veszíteni valótok. Magatok is láthattátok, hogy a Grey család számára egy szolga értékével bírok. Mindenki hajlong a Pyrosok előtt, ők meg a Hyllák előtt, aztán betoppantatok ti, és minden a feje tetejére fordult. Az volt a tervem, hogy megszököm a Grey család elől, de minden kis utcában arról beszélnek, hogy háború lesz, ami szerintem is egyértelmű. Nem ismerjük ugyan egymást, de akárki is legyen a Hyllák ellen, én velük akarok lenni.

– És mégis mi hasznodat vennénk? – kérdezte Tia élesen.

– Az igaz, hogy harci képességeim nem kimagaslóak, de a színészi képességeim igen: bárkinek tudom magam álcázni a partnerem segítségével.

– Nem tűnik hasznosnak.

– Ugyan már, a drágaköves lány sem hasznos.

– De ő családtag.

– Akkor talán feleségül kellene vennem.

Ekkor Tina megrezzent, Tia pedig gyilkos pillantást vetett Jake-re.

– Úgy látom, a kis vicced itt ért véget.

– Oké, oké, látom, hogy fájó pontra tapintottam, elnézést kérek. Valóban nem én vagyok a számotokra a leghasznosabb, egy háborúban azonban az információszerző képességeim páratlanok. Bárhova be tudok jutni, és nem mellesleg olyan információim vannak a Greyekről, ami senki másnak.

El kell ismernem: más szemszögből, mint Kleó vagy Zoé, de fedett akciókban, ahol észrevétlennek kell lenni, nem pedig mindent lerombolni, valóban meglepően hasznos lehet. Illetve a Greyekről szóló információi is fontosak lehetnek.

– Küriosz, mit gondolsz?

Küriosz már egy ideje elveszett a süteményestálban, ám most hirtelen felkapta a fejét.

– Mi? Hogy jah, szerintem megbízhatunk benne.

– Ilyen egyszerűen?

– A mimicek nem veszélyesek, a lemásolt fél erejének töredékét tudják csak használni. Tegyük fel, hogy engem vagy téged másolnak le... az erejük akkor sem lenne elég még Karl legyőzéséhez sem. Ráadásul az egyedi képességeket nem tudják másolni. Például a tér- vagy a fényvarázslatokat. És, mellesleg, ez a fiú aztán remekül tud sütni.

– Remélem, nem a szakácstudományával fogott meg.

– Ugyan, dehogy! – mondta Küriosz tele szájjal.

– Tegyük fel, megbízunk benned. Mit fogsz tenni azután?

– Semmit. Akkor vagyok a leghasznosabb, ha beépülve maradok és eljátszom a szolgát. Így tudok a legkönnyebben információhoz jutni, és így a legbiztonságosabb is.

Ez az egész egy szerencsejáték. Pontosan annyi esély van rá, hogy alapból a Greyek kémje, mint arra, hogy nekünk segít. Viszont atyám és Küriosz is azt mondta: megbízható.

– Rendben, ezt a kis tanácskozást havonta megtartjuk. Ha bármilyen sürgős híred van, úgyis megoldod, hogy átadd. De ha elárulsz, a világ végén is megtalállak.

Ekkor jól halhatón nyelt egy hangosat, és bólintott.

A lányok eléggé csendben voltak, de Tiát alapból sem foglalkoztatta az ügy, csak hogy így vagy úgy információhoz jussunk a Greyekről. Tina pedig, mióta meglátta „Mylest", de főleg a félresikerült, házasságos vicc óta mintha félne Jake-től. Egy részről megnyugodtam, hogy nem miattam volt olyan visszahúzódó, másrészről viszont egyre gyanúsabb lett, hogy miért fél minden fiútól. Az elmúlt egy hétben nyilvánvaló volt, hogy amikor Tia is velünk van, akkor teljesen normálisan viselkedik, de az edzéseken, mikor csak ketten vagyunk, egy reszkető gyermekké válik. Kíváncsi vagyok Tia tudja-e az okát.

Miután megbeszéltük, amit kellett, mind visszaindultunk a szállásainkra. Az elkövetkező hetek nyugodtan teltek. Úgy, tűnt Tina kezd hozzászokni a jelenlétemhez, Jake gyűjtötte az információt, én és Tia pedig élveztük a „rivaldafényt". Aztán levelet kaptunk a szüleinktől.

Hírek otthonról, akadémiai tornák, hazaút

Az idő repült, és az akadémiai időszakunk meglepően békésen telt. Már lassan három hónapja, hogy megkezdtük itteni életünket. Myles herceg és „bandája" erősen kerül minket, Jayce és Quint pedig mintha a távolból figyelnének minket, bár nem a gyanús értelemben; sokkal inkább, mintha aggodalom lenne Jayce szemében. Az akadémia fennállása óta évente rendeznek egy-egy bajnokságot a mágus- és a varázslóosztályoknak. Ezen most változtattak: félévente fogják megrendezni a fenti bajnokságokat. A változás lényege, hogy az első félévben megrendezett, párhuzamosan futó, külön mágus- és varázslótorna egy szintfelméréshez hasonlít: osztályokon belül zajlik, és mindenkinek kötelező a részvétel. A minden év végén megrendezendő torna pedig az összes osztály számára megrendezett, vegyes mágus–varázsló torna, viszont nem kötelező. Ez a torna leginkább egy látványosság, mintsem iskolai esemény. Jelenleg mindenki nagy erővel készül az első tornára. Azok, akik kisebb családokból jönnek, nagy reményeket fűznek ehhez, hiszen ha felkeltik a kilenc nagycsalád valamelyikének figyelmét, akkor feljebb léphetnek a ranglétrán. Minket nem igazán érdekel. Tia varázsló-szakon van, de fel fogja adni az első mecset; nem igazán érdekli ez a rivalizálás, és fúzió nélkül nagyon kevés támadóképessége van. Tina egyelőre gondolkodik; ő mágia-szakon van, amely viszonylag kevés tanulót foglal magába, velem együtt. Szeretne erősebbé válni, úgyhogy meg fogja próbálni valószínűleg, aztán ha összekerülünk, feladja. Én pedig egyértelműen benevezek, de mivel a többi nagycsalád gyermeke varázsló, így elég unalmas tornának nézek elébe.

Aztán a békés napjainkat otthonról érkező hírek törték meg. Elsőre a szokásos helyzetjelentő, illetve „hogy megy a sorod" levélnek tűnt, aztán a végén megírták, hogy jól készüljek fel az év végi tornára, mert egy győzelemmel akarják ünnepelni, hogy báty leszek. Mondanom sem kell, kellett egy kis idő, míg feldolgoztam a dolgok jelentését. Azonnal el akartam újságolni Tiának, de már estére járt; az akadémia szigorúan veszi a kijárási időket, ha mást nem is. Illetve a leveleket csak szabadidőnkben olvashatjuk, így a szállásunkra is hozzák őket, nem pedig kézhez. Sokat sejtetően megjegyezték, hogy Tiának is írtak a szülei, ez eléggé kíváncsivá tett. Úgy tűnt, hogy nem csak én kaptam meglepő híreket.

– Arkon, hallasz?

Az utóbbi időben megszokottá vált, hogy telepatikusan kommunikálunk, a Küriosz és Krüptó közt lévő kapcsolaton át. Már meg sem lepett. Mivel a közös óráinkon ő Tinával volt elfoglalva, ami még mindig zavart kicsit, a külön óráinkon pedig én voltam Tinával, így kevés időnk volt, amit közösen eltölthettünk.

– A hangodból ítélve te is érdekes híreket kaptál.

Különös, de így telepatikusan is érződnek az érzelmek, mintha normális helyzetben beszélnénk. Azt leszámítva, hogy mások nem hallják, igazából nem különbözik a sima beszélgetéstől, ha az ember hozzászokott.

– Képzeld, a szüleim azt írták, hogy hamarosan nagytestvér leszek – újságolta Tia boldogan.

– Képzeld, én is – válaszoltam.

Ekkor egy kis szünet következett.

– Nem sokat vacakoltak.

– Hát nem.

Erre elnevettük magunkat. Az igazság az, hogy számítottunk rá; nemesi család lévén megszokott, hogy nem csak egy örökös van. De nem gondoltuk, hogy ilyen gyorsan történnek az „események".

– Ezt félretéve, ugye te is észrevetted?

Ekkor Tia érzelmeiből tisztán kiolvasható volt, hogy komolyra fordult a téma.

– Igen, úgy tűnik, mind téged, mint Tinát megfigyelnek, bár érdekes, hogy a két herceg külön csoportokban mozog. Szerinted mi lehet az oka?

– Myles és Alex célja egyértelmű; a szokásos megszállottság, és sajnos úgy tűnik, nagyon egymásra találtak ez ügyben. Jayce és Quint már nehezebb kérdés. A beiratkozás óta nem mutatták ellenségeskedés jelét, viszont mintha többször is fel akarták volna venni velünk a kapcsolatot, csak nem tudják, hogyan.

– Én is így látom. Bár Jayce tetteit nem értem, jobban örülnék, ha egy olyan eszelős lenne, mint Myles.

– Biztos vagyok benne, hogy hamarosan lépni fognak.

– Valószínűleg. A kérdés csak az, hogy melyikük.

Ezzel véget is ért rövid csevejünk – már megszokássá vált, hogy a legfontosabb történéseket elmeséltük egymásnak esténként.

Türelmesen vártuk, hogy melyik csoport fogja megtenni az első lépést. Nap napot követett, melyek hetekké és hónapokká nyúltak. Úgy tűnt, semmi nem fog történni.

Elérkezett az első torna ideje. Nem történt semmi meglepő: az évfolyamunkon kevés mágus volt, így Tina mindössze két mecscset tudott játszani, viszont annak ellenére, hogy nem szeretett harcolni, mindkettőt megnyerte. A reflexei meglepően jók, és az a képessége, hogy bármivé át tudja alakítani a drágaköveket, elég hasznos tud lenni. Persze az ellenfelei mind képzetlenek voltak. A megbeszéltek szerint a döntőben velem került szembe, és feladta a meccset. A varázsló-szekcióban sem volt túl nagy meglepetés – mármint az avatatlan szem számára. Jake az első fordulóban kiesett; nyilvánvalóan eljátszotta a vereségét. Tia is feladta az első meccset. A döntőben az ikrek küzdöttek meg, de Nova érezhetően visszafogta magát, így Myles nyert. Gyanítom, hasonlóan eltervezett volt, mint a köztem és Tina közt lezajlott harc.

A többi évfolyamban sem történt túl nagy meglepetés; Jayce nyert varázslóként, Quint pedig mágusként. Ahogy a pletykákból hallottam, Quint az apjához hasonlóan mágnesességet használ, Jayce-ről nincs semmi konkrét. A legtöbben annyit tudtak elmondani, hogy szünet nélkül aktivált különböző elemű, magas szintű támadóvarázslatokat. Ha már itt tartunk, Myles pedig bármilyen fémet képes létrehozni, és irányítani bizonyos távolságon belül. Tina drágakőformázásának továbbfejlesztett változata, nagyjából.

Ha mást nem is, információt szereztünk ebből a versenyből, bár sokan rejtegették az erejüket. Még mindig úgy éreztem, hogy

Nova a legveszélyesebb mindenki közül, de nem tudom megmagyarázni, miért.

Természetesen az elkövetkezendő pár nap fesztiváli hangulatban telt a fővárosban, hiszen mindkét herceg nyert a saját osztályában.

A győzelmétől magabiztossá váló Myles egyre szúrósabb pillantásokat vetett felénk; érezhető volt, hogy bármikor ismét kirobbanhat egy konfliktus. Ez viszont soha nem következett be. Jake el is magyarázta, miért. Jayce állítása szerint Huxley parancsa, hogy nem kerülhetnek velünk konfliktusba, az év végi bajnokságig semmiképpen. Ez két dolgot jelentett: hogy nyugodt időszakunk lesz, és hogy a bajnokságon biztosan vár ránk valamilyen meglepetés.

Így is lett. A következő félév szinte elrepült. Az év végi torna előtt megkaptuk a leveleinket otthonról, miszerint megszülettek a kistestvéreink. El is döntöttük, hogy a torna után hazautazunk, valamint, hogy négyünk közül az év végi tornán csak én indulok. Mivel nem tudjuk, mégis milyen meglepetéssel készülnek, Tia és Tina könnyebben vigyáz egymásra, ha nem szerepelnek. Én viszont semmiképpen sem akartam kihagyni ezt a lehetőséget. Bármivel is készülnek számunkra, állok elébe.

Már a torna kezdetén világossá vált, hogy a meccsek sorrendje nem lehet véletlen: az első körben Alex ellen harcoltam, mint a régi „szép" időkben.

Amikor a térre léptünk, nem szólt egy szót sem, de éreztem, hogy komolyan elhiszi, hogy végre legyőz engem. Gondoltam, jobb minél előbb végezni ezzel a meccsel, így a régi taktikát használtam: mögé teleportáltam, leütöttem, és vissza; mindezt egy pillanat alatt. Az eredmény is a szokásos volt; az egyetlen szó, ami eszembe jutott, a csalódottság. Nem telt el sok idő, nem vártam, hogy sokkal erősebb lesz, de nyilvánvaló, hogy még mindig azt gondolja, hogy csaltam, nem pedig hogy ő gyenge.

Quint és Jayce meccse pontosan olyan hangulatban telt, ahogy két jó baráttól elvárná az ember. Bár Quintnek nem volt sok esélye, és végül fel is adta, meg kell hagyni, Jayce herceg a többi itt tanulóhoz képest valóban erősnek számít. Rengeteg varázsereje van, és azzal, hogy egyszerre képes több különböző elemű varázslatot megalkotni, kiemelkedik az erős varázslók közül is.

A következő meccs Myles meccse lett volna, de az ellenfele meg sem jelent. Mint kiderült, már a mérkőzések bejelentésekor jelezte, hogy visszalép.

A nap utolsó meccse pedig Nova és Ethan közt játszódott volna – amennyiben Ethan nem lép vissza. Mondanom sem kell, a nézők, akik eljöttek, csalódottak voltak, ahogy én is. Ethan véleménye az volt, hogy mint hűséges alattvaló, hogyan emelhetne kezet a hercegnőre. Nagyszerű kifogás. Nova arckifejezése változatlanul érzelemmentes volt, mégis mintha csalódott lett volna. Mikor találkozott a tekintetünk, mintha elmosolyodott volna, de valószínűleg csak képzelem.

Mivel nem történt sem nagyobb sérülés, sem semmi egyéb, így haladtunk is tovább a továbbjutottak meccseivel.

Ha bárkiben felmerülne, hogy Nova hogyan jutott tovább a selejtezőkből: pontosan úgy, ahogy Ethan ellen is: mindenki feladta ellene.

Így alakult ki a következő két párbaj:
- Arkon – Jayce
- Myles – Nova

A Jayce elleni küzdelem kapcsán eléggé izgatott voltam. Kellően erősnek tartottam, hogy elszórakoztasson egy kis ideig. Az arckifejezése nem árult el sem arroganciát, sem lenézést irányomban, sőt inkább mintha kissé feszült lett volna. Valószínűleg azzal, hogy jóval erősebb volt mindenkinél, jobban át is látta a helyzetet, amibe csöppent.

A harc kezdete után szinte azonnal varázsolni kezdett. A varázslók legnagyobb hátránya, hogy amíg azon a szinten vannak, hogy kántálniuk kell, legyen az egy-két szavas varázsige, számomra pontosan elég, hogy a közelükbe teleportáljak, és onnantól vége is. Jaycenek nem kellett kántálnia; ez azt mutatta, hogy magasabb szinten áll, mint a legtöbben; ha hasonlítanom kellene, azt mondanám, hogy parancsok szinten van. Ez önmagában lenyűgöző, de ellenem kevés. Ez alatt az egy év alatt én sem csak tétlenkedtem. Az egyetlen dolog, amit feltűnés nélkül tudtam edzeni, az az aurám vol, és végre sikerült is teljesen irányításom alá vonni a téraurát. Ennek az lett az eredménye, hogy csak az egyedi elemmel rendelkezők képesek megsebezni. A szimpla elemek, melyek a tér részei – mint a jégszilánk, a tűzgolyó, melyeket jelenleg Jayce használ – egyszerűen áthatolnak a testemen, mintha ott sem lennék. Az egyedi képességek közül is csak kevés képes megsebezni – Küriosz szerint eddig még nem találkoztunk senki ilyennel. A hátránya, hogy rengeteg varázserőt fogyaszt. Küriosz szerint ez a fúzió utánra lett optimalizálva, jelenleg pár percnél tovább nem tudom fenntartani ezt az állapotot. Viszont annyi bőven elég is. Jayce arcára kiült a meglepetés; biztos vagyok benne, hogy hallott már a képességeimről, de ezt most látta először bárki is rajtam és Kürioszon kívül. Lassú léptekkel elindultam felé, minek hatására még több varázslattal támadott, miközben hátrált. Az arcára pánik ült ki, amikor ez a támadása sem ért semmit. A varázsereje megcsappant. Még egy ilyen intenzitású támadássorozatra futhatja tőle, amit el is indított. Feltűnt, hogy egyetlen egyedi képességet sem használt. Az alapelem és néhány kombinált elem kivételével nem volt jele egyedi képességnek. Lehetséges, hogy az egyetlen erőssége a több elemű mágia egyidejű aktiválása? Bár a küzdelmet ez nem befolyásolta. Amikor abba a hatótávba értem, ahol a kaszámmal elérem, a torkához emeltem. Ekkor mintha hirtelen felvilágosodott volna: valószínűleg arra gondolt, hogy mivel ő nem tud megsebezni, lehet, hogy én sem tudom, így a torkához nyomtam a kaszám hegyét, csak annyira hogy egy kis sebet ejtsek. Azonnal megértette, hogy nem nyerhet, és halk, bizonytalan hangon, de kijelentette, hogy feladja. Tudta, hogy erősebb vagyok, és el is ismerte, noha vonakodva. Ezzel már a királyi család legintelligensebb tagja lett a szememben. Dühre és hitetlenkedésre számítottam, de csak kiábrándultságot láttam a szemében, mégpedig a saját erejében csalódott, hogy még komolyabb harcot sem tudott biztosítani, és ezt ő is tudta.

De hiába viselte jól a herceg a vereséget, a közönségnek ez egyáltalán nem tetszett. A fél évvel ezelőtti diadalmas tornához képest, ahol a hercegek mindent megnyertek, most kiesett az egyikük, és hamarosan még nagyobb meglepetés következett.

Nova rezzenéstelen és kifejezéstelen arccal érkezett a küzdőtérre, ahogy mindig. Myles ezzel szemben duzzadt a magabiztosságtól, és bárki láthatta, hogy alig várja a harcot. Aki ismerte, tudta, hogy eléggé beteg hajlamai vannak; attól sem riadna vissza, hogy saját ikerhúgát szégyenítse meg a nézők előtt. Mindenki Myles győzelmét várta, köztük én is. Tudtam, hogy Nova erősebb, de semmi jelét nem adta eddig, hogy harcolni szeretne. Aztán elkezdődött a küzdelem, amely egy pillanat alatt véget is ért. Myles túljátszott mozdulatok kíséretében többféle fémet idézett, majd fegyvereket formált belőlük. Már indítani akarta volna a támadást, amikor arccal előre a földre esett, és a rá nehezedő nyomástól elvesztette az eszméletét. Ennek oka az volt, hogy Nova a kezdet pillantában mindenféle kántálás vagy nagyobb mozdulat nélkül pusztán maga elé tartotta a kezét, nyitott tenyere a föld felé nézett. Majd kissé megemelte, és aztán le. Gyors egyeztetés után Küriosszal gravitációs varázslatot állapítottunk meg. Ez számunkra azért volt probléma, mert ez bizony egy egyedi képesség volt, szóval az aduászként tartogatott aura nem lesz sok segítséggel a döntőben. Mindenki megdöbbent az eseményeken. Sokan azon, hogy Nova erős, én inkább azon, hogy ezt felfedte.

A döntő elég sok kíváncsi szempárt vonzott – persze az emberek nagy része Novának szurkolt. Nem azért, mert ismerték, hanem mert hercegnő volt. Tiát egyértelműen nem lepte meg Nova ereje; ő is érezte benne a rejtett tartalékokat. Illetve már beszéltünk róla korábban, hogy valószínűleg ő a legveszélyesebb. Tina viszont nem akarta elhinni: állítása szerint Nova még partnert sem kapott, és semmilyen jellegű kiképzésben nem volt része. Persze ez képtelenségnek tűnt, mivel tökéletesen uralta az erejét.

Mindketten besétáltunk a térre, és Nova a kezdés jelére azonnal egy gravitációs támadással reagált. Ugyanazzal, mint amit Myles ellen használt; a különbség az volt, hogy ez jóval erősebb lett. Elhárítottam, hogy a tér egy másik részén érkezzen be, amivel komoly károkat okozott. Erre egy halvány mosoly jelent meg Nova arcán. A feje fölé emelte mindkét kezét, majd felém mutatva leengedte. Ekkor számtalan, kisebb mérető gravitációs lövedék tartott felém. Szabad szemmel láthatatlan volt, én is csak a továbbfejlesztett érzékelésem miatt voltam képes észrevenni. A nézők csak a becsapódásokat látták, amelyek olyan mély lyukakat fúrtak az edzőtérbe, hogy szabad szemmel nem is lehetett látni az alját. Nyilvánvaló volt, hogy ha egy ilyen lövedék eltalál egy embert, abból semmi sem marad. Kockázatosnak ítéltem teleportálni, de muszáj volt. Amikor mögé teleportáltam, semmi jelét nem adta, hogy észrevette volna. Hozzá akartam érinteni a kaszámat, ahogy Jaycehez, de amint megérintettem, a kasza hirtelen olyan nehéz lett, mintha az egész világot tartanám. Azonnal kiesett a kezemből, és erőteljes becsapódással belesüppedt a földbe. Ellenfelem valószínűleg gravitációs aurát használt.

Felkészültem, hogy komolyan veszem és a jelenlegi legerősebb támadásomat használom, a térhasítást, de nem került rá sor. A nyomás hirtelen ingadozni kezdett, mintha egyszer az erőteljes Nova állna előttem, másszor pedig egy átlagos lány. Aztán egy hangot hallottam a fejemben: „Kérlek, mentsetek meg!". Ekkor Novára néztem; az arca még mindig kifejezéstelen volt, de sírt, majd hirtelen hevesen köhögni kezdett. Kezével takarni próbálta, de jól láttam, hogy vért köhögött. Ezután térdre rogyott. Egy dologban mindenki egyetértett; fontosabb volt a hercegnő épsége, mint a torna. Én azonnal Tiáért kiáltottam, aki egy szempillantás alatt ott termett. Mylest nem igazán érdekelték a történtek, de Jayce azonnal odasietett. Tia jelezte, hogy nem tudja meggyógyítani: állítása szerint mintha valami semlegesítené az erejét. Jayce viszont a megértésünket kérte, és hogy engedjük, hadd intézze ő a dolgokat innentől. Mindketten csak bólintottunk. Felemelte a karjaiban és elindult vele a kijárat felé, közben súgott valamit a bírónak, aki nem sokkal később bejelentette, hogy én lettem a bajnok.

Örültem. Legfőképp, mert minden várakozásomat felülmúlva találtam egy méltó ellenfelet, viszont a fájdalmas segélykérése és sírása keserű szájízt hagyott maga után. Nem volt fesztiváli hangulat, nagy ünnepség sem, semmi egyéb, de nem is számítottam ilyesmire. Másnap már úton is voltunk hazafelé, hogy végre láthassuk a kistestvéreinket. Tiát hazateleportáltam. Úgy döntöttem, ezt a családi pillanatot nem zavarom meg, úgyhogy Tinával azonnal tovább is álltunk a Draco-kúriához. Amikor megérkeztünk, nosztalgikus érzés fogott el: csak egy éve mentem el, mégis sokkal hosszabbnak érződött az idő. Mielőtt bármit tehettem volna, szinte pillanatokkal a megérkezésünk után Zoét találtam magam előtt, féltérdre ereszkedve.

– Üdv itthon fiatalúr – üdvözölt.

A meglepetésből épp hogy felocsúdtam, pár pillanattal később megjelent Kian is, bár ő nem a semmiből tűnt fel, hanem az edzőtér irányából sétált hozzánk, s ő is féltérdre ereszkedett.

– Szolgálatára, fiatalúr.

Én nem szoktam hozzá ehhez a hivatalos bánásmódhoz, viszont Zoé éles pillantásaiból, amelyeket Kian felé irányzott, egyértelműen látszott, hogy nem elégedett a testvérével.

– Megjöttem. Remélem, erősebbek lettetek. Zoé, Kian, ő itt Valentina, az unokatestvérem, viselkedjetek vele udvariasan. Valentina, ők itt Zoé és Kian, a személyes csapatom első tagjai.

Tina erre csak bólintott; egyértelműen meglepődött. Legfőképpen Zoén, aki elképesztő képességekről tett tanúbizonyságot, hogy ilyen gyorsan üdvözölni tudjon minket. Meg kell hagyni, mindketten jó formában voltak. Kian korábbi, alultáplált alkatát egy még mindig vékony, de izmos testalkat váltotta fel, mindkét oldalán egy-egy karddal. Zoé elsőre ugyanolyan alultápláltnak tűnt, de ha jobban megfigyelte az ember, sokkal kidolgozottabb lett. Valamint sokkal erősebb lett mindkettejük kisugárzása. Ha tippelnem kellett volna, még nem voltak elég erősek, hogy legyőzzék Karlt vagy Kleót, de nem kellett már sokat várni rá.

– Vezessetek a szüleimhez.

– Igenis – felelték.

A kúriában uralkodó légkör ismét feszült volt. Mondhatnám, hogy nosztalgikus volt, de inkább rossz érzés fogott el tőle: valami nem volt rendben. A szolgálók száma feltűnően megcsappant, és a szobát, ahova Zoé és Kian vezetett minket, Kleó fedett egysége őrizte. A szüleim valamit el akartak titkolni ismét a világ elől. Reméltem, hogy csak tévedek. Aztán beléptünk a szobába.

A gyerekágyban alvó baba első ránézésre teljesen normálisnak tűnt. Szüleim feszülten, komoly arccal beszélgettek mellette, s mikor megláttak minket, csak intettek, hogy menjünk közelebb. Én előreléptem, de Tina nem.

– Gyere te is, elvégre családtag vagy – mondta anyám mosolyogva.

Még mindig furcsa volt, a helyzet – nekem legalább annyira, mint Tinának –, de végül ő is közelebb jött.

Aztán mintha megérezte volna az idegen jelenlétet, felsírt a baba. Mindenki figyelme rá összpontosult, és azonnal megértettem, mi a szüleim feszültségének oka. A baba mindkét szeme csillogó gyémántra hasonlított, mint egy-egy mindennél többet érő drágakő, a kezében pedig a kristálya, melyet születésekor kapott, s amely csakúgy, mint a szemei, gyönyörű gyémánt alakját vették fel. Cikázni kezdtek a gondolataim, melyeket egy leeső tálca fémes zaja szakított meg. A zaj csak a fejemben volt hallható, a Küriosz és köztem lévő mentális kapcson keresztül. A sárkányaink úgy döntöttek, hogy a titkos rejtekhelyen maradnak, Jake pedig örömmel gondoskodott róluk. Egy pillanatra Kürioszra fókuszáltam, aki annyira meglepődött a babán, hogy még a sütiket is eldobta.

– Te tudod, hogy milyen lény lehet, és hogy miért ilyenek a szemei? – kérdeztem telepatikusan.

– Igen, de ez túlmutat rajtunk. Nyugtasd meg a szüleidet, a jelenlegi helyzetnek semmi köze az újszülötthöz, viszont az, hogy „ő” is felbukkant, ugyancsak hatalmas változásokat fog hozni a jövőben.

– Ő?

– Nem beszélhetek róla.

Ezzel el is vágta a mentális kapcsolatot. Ha akartam volna, újra tudom alkotni, de ha nem akar róla beszélni, nem is fog. Az már magában megnyugtató volt, hogy nincs veszélyben – legalábbis egyelőre.

Minden bizonnyal túl sokáig voltam szótlan, mivel mindenki aggódó pillantást vetett rám és a babára. Próbáltam egy megnyugtató mosollyal jelezni, hogy nincs baj, majd elmondtam nekik azt a kevés információt, amit Küriosz elárult. Ennek hatására szüleim egyszerre megnyugodtak, de el is ámultak. Meg is értem: mindkét gyermekük valamilyen rég nem látott, különleges partnert kap magának, és a baba szemeiből ítélve neki is hasonlóan különleges képessége lesz, mint az én térmágiám. Miközben ezen gondolkodtam, végig a csecsemőt néztem.

– A neve Myra, és ő a húgod. Kicsit megkéstünk a bemutatásával, de mint láthatod, a helyzet most sem egyszerű.

– Nálunk sohasem az – mondtam mosolyogva.

– Minden bizonnyal észrevetted, hogy Myra nem átlagos, de van valami, amit nem tudsz ránézésre megállapítani. Próbáld megfogni a kristályát.

Kissé kételkedtem ugyan, hogy bármi meglepetés érne, de persze tévedtem. Amikor próbáltam megfogni, szimplán átcsúszott rajta az ujjam. Szemmel láthatóan szorította a kis kezeivel, vagyis ő képes volt megragadni.

– Mi sem tudtuk megfogni.

– Attól a pillanattól, hogy a király küldönce átadta nekünk, mi pedig Myrának, senki nem tudta megérinteni rajta kívül.

– Biztos vagyok benne, hogy ha lenne bármi aggasztó ebben, Küriosz elmondta volna.

– Remélem, igazad van – mondta anyám aggódva.

Természetes volt, hogy nyugtalan: egy újabb példátlan esetet kell átvészelnünk.

Tinát mintha megbabonázta volna a kő látványa, bár egy drágaköveket imádó lánytól ez talán annyira nem meglepő.

Közben ott motoszkált a fejemben, hogy egy újabb titkunkat fedtük fel előtte, de mi történik, ha elárul minket? Tényleg megbízhatunk benne?

Ezután jeleztem szüleimnek, Zoénak valamint Kiannak, hogy a titkos edzőtérre megyek. Zoé és Kian egy ideig követtek, de intettem nekik, hogy elmehetnek. Nem edzeni akartam, pusztán átgondolni mindent. Meg is érkeztem a térre – de nem voltam egyedül.

– Miért követsz engem? – kérdeztem ridegen.

Tina volt az. Az eltelt egy év alatt talán úgy tűnt, hogy elsimultak a dolgok, de én mindig visszatértem ahhoz a gondolathoz, hogy elárulhat minket. Tia kétely nélkül megbízott benne, de bármikor rákérdeztem, az okát nem mondta el, csak kért, hogy higgyek neki. Eleinte azt hittem, hogy a herceg iránti szerelme miatt kellene aggódnom, de bármikor meglátja a hercegeket, megriad – pont úgy, ahogy akkor, amikor négyszemközt van velem. Lehetséges, hogy a hercegek zsarolják őt, hogy mindez csak egy álca? Két oka volt, hogy mindenképpen Tia nélkül szerettem volna elhozni Tinát a kúriához. Az egyik, hogy kiderítsem, megbízhatok-e benne, a másik, hogy ha kiderül, hogy nem, meg tudjam tenni, amit kell. Most is, mint mindig, a felé irányított kérdés hatására összerezzent. Ha Tia itt lenne, már védelmet keresve közeledne felé.

– Tiától már elnézést kértem, de soha nem volt meg a bátorságom, hogy tőled is elnézést kérjek. Sajnálom, ahogy a múltban viselkedtem – mondta bátortalanul Tina.

Ennyi? Egy bocsánatkérés? Ha bármi balul sül el akkoriban, olyan információt ad át a királynak, amely az életünkbe kerül. Azt hiszi, egy „sajnálom" elég? Elnevettem magam. Inkább az a zavarba ejtő kacaj volt, én is éreztem, de az egész „hirtelen családtag lett és bízzunk meg benne" szituáció bizarr volt, és úgy láttam, hogy csak nekem. Senki másnak nem volt baja ezzel? Ekkor elkezdtem közeledni felé, s kitörtek belőlem az érzelmek.

– Komolyan azt hiszed, hogy ennyi elég? Nem tudom, Tia miért bízik benned, de számomra megbízhatatlan vagy. Az egyetlen dolog, amiért elfogadlak, az Tia bizalma feléd. Fogalmad sincs, milyen nehéz volt minden pillanatban óvatosnak lenni, mindent titokban tartani, míg te minden erőddel csak a király kedvében akartál járni. Élted a kis álomvilágod, míg mi az életünkért harcoltunk! – kiáltottam ingerülten.

Végig a földet bámulta, egyszer sem emelte fel a fejét, hogy rám nézzen. Miért? Legalább keressen kifogásokat, vagy bármi!

Aztán megláttam az arcáról lehulló könnycseppeket. Talán túl-
lőttem a célon. Talán valami olyasmiről van szó, amire nem is
gondoltam? A gondolataimból egy pofon ébresztett fel, majd
felemelte a fejét.

– Fogalmad sincs, min mentem keresztül! – kiáltotta sírva,
és ismét pofonra lendítette a kezét, de soha nem ért célt: Zoé
állt mögötte.

– Ennyi elég lesz – mondta ridegen.

Pár pillanatig senki nem mozdult. Tina csak sírt, de nem
szólt. Intettem Zoénak, hogy engedje el, s ő hezitálás nélkül en-
gedelmeskedett. Ekkor jeleztem neki, hogy hagyjon magunkra,
aztán sóhajtottam egyet.

– Sajnálom, de ha nem mondod el, nem fogom megérteni.

Ekkor próbáltam közelebb lépni, hogy legalább a karját meg-
nézzem, ahol Zoé megragadta, de összerezzent és eltávolodott.
Ekkor újra sóhajtottam. Úgy döntöttem, adok neki időt. Leül-
tem a fa tövéhez, ahol anyám mesélt a régi történeteikről. Pár
percig csak szipogást hallottam, aztán elhalkult, és léptek za-
ját hallottam egyre közelebbről. Rám sem nézve leült mellém.
Már az is meglepett, hogy mellém ült, nem két méterrel arrébb,
de nem szóltam semmit. Aztán elkezdett mesélni. Mindenről;
Nova hercegnőről, Jayce hercegről, hogy miért kémkedett utá-
nunk annak idején, mi volt az alku, és hogy Huxley hogy árulta
el őt és az apját. Aztán nehezen, de elmesélte, hogy Myles miket
művelt vele, minek hatására düh járta át a testem, de nem má-
sok irányában: magamra voltam dühös. Mikor kezdtem el azt
hinni, hogy csak velünk történhetnek rossz dolgok? Pár hónap-
ja még arról papoltam Quintnek, hogy az erősnek utat kellene
mutatnia, most pedig úgy viselkedem, mint egy hisztis gyerek.
Mekkora bolond vagyok!

– Miért nem mondtad el korábban?

– Azt hiszed, olyan könnyű erről beszélni?

Nem tudtam erre mit mondani, főleg mivel tudtam, hogy
igaza van.

– Sajnálom, hogy az elmúlt év során olyan ridegen bántam
veled.

Ekkor még mindig könnyektől áztatott arccal ugyan, de rám nézett, és elnevette magát. Ez eléggé meglepett.

– Tudod, egy ideje már terveztem, hogy elmondom neked ezeket a dolgokat, Tia is sürgetett. Soha nem gondoltam volna azonban, hogy a mindenki által lázadónak és félelmetesnek titulált Draco Arkon fog tőlem elnézést kérni.

Tudom, hogy a nyilvánosság felé ördögi személynek tűnök, de reméltem, hogy a szeretteim nem így látnak.

– És ha már ennyire közel kerültünk, felesleges ennyire féltékenynek lenned rám. Amikor Tiával vagyok, egyfolytában rólad beszél.

Ennek hallatán zavarba jöttem; biztos voltam benne hogy el is pirultam. Szinte azonnal tiltakozni akartam, de láttam a tekintetében, hogy felesleges.

– Ennyire nyilvánvaló volt?

Erre csak bólintott.

– Nyugodj meg, Tia szerint nem árt, ha kicsit te is érted, mit érez ő.

Nem értettem, mire gondol, de akkor mögém pillantott, s én is odanéztem: Zoé állt mögöttem. Értem, szóval Tia viszont Zoéra volt féltékeny. Visszapillantottam Tinára, aki csak mosolygott, Zoé pedig, mintha tudta volna, mi történt, egy törlőkendőt nyújtott át Tinának, aki ezt el is fogadta. Még beszélgettünk egy keveset, a köztünk lévő feszültség szinte teljesen eltűnt. Az ellene érzett bizonytalanságom helyét átvette a királyi családdal szemben érzett, egyre növekvő gyűlölet.

Draic-kúria

Ellytia

Eltelt már egy hét, mióta szétváltunk Arkonnal. Kíváncsi vagyok, sikerült-e megbeszélniük a dolgokat Tinával. Tina nagyon várta már ezt az utazást, bár pont annyira félt tőle, mint amennyire túl szeretett volna rajta esni. Próbáltam megnyugtatni, hogy

Arkonnal a legegyszerűbben úgy érthet szót, ha őszintén beszél vele, de megértettem, hogy nem egyszerű azokról a dolgokról mesélnie, ami történt vele. Furcsa ezt mondani, de most, hogy nincsenek mellettem sem ők, sem Krüptó, hiába vagyok itthon a szüleim és az öcsém társaságában, magányosnak érzem magam.

Ha már az öcsémről esett szó...

Amikor megérkeztem a kúriába, nem tűnt fel semmi különös, minden olyan volt, mint régen. Aztán elgondolkodtam; ha minden olyan, mint régen, akkor valami igenis különös. Normál esetben egy nemesi család új tagját ünnepelve köszöntik, itt viszont meglehetősen feszült volt a légkör. Apa maga köszöntött, és láttam az arcán, hogy igencsak fáradt. Először úgy gondoltam, hogy a baba miatt lehet, de minél közelebb értünk a gyerekszobához, annál inkább elbizonytalanodtam, hogy erről van-e szó.

Az ajtóban ismerős arcokat láttam: a Rynia közvetlen parancsnoksága alatt álló egységből való katonák őrizték a szobát. Nem kellett hozzá zseninek lennem, hogy rájöjjek: valami nincs rendben az öcsémmel.

Amikor az ajtóhoz értünk, enyhén ugyan de meghajoltak előttem. Erre apám furcsa pillantásokat vetett rám és az őrökre, amit nem tudtam mire vélni. Beléptünk az ajtón, és anyám mellett Kleót találtam a szobában. Kleo ugyancsak meghajolt előttem. Ekkor anyám is furcsa pillantást vetett rám.

– Hogy van az, hogy a lányom előtt meghajoltok, de előttünk nem? – kérdezte Johannes szemrehányóan.

– Parancsba kaptuk, hogy a kishölgyet kezeljük úgy, mintha maga Rynia állna előttünk – felelte Kleo.

A szemeiben szemernyi habozás nem látszott, sőt teljes mértékben határozott volt a pillantása.

– Ne haragudj, Kleo! Mindenki eléggé feszült... megkérhetnélek, hogy magunkra hagyj minket?

Ekkor Kleo anyám felé fordult és csak bólintott, majd elhagyta a szobát. Anyám pedig, aki a gyerekágy mellett ült, intett, hogy menjek közelebb. Így is tettem, kissé feszülten várakozva, hogy mit fogok látni, de amikor közel értem, csak egy átlagos kisbabát láttam – vagyis átlagon felülien aranyos volt. Ahogy rám mosolygott, attól elolvadt a szívem.

– Ő az öcséd, Cassius.

– Nem tehetek róla, de észrevettem, hogy feszült a légkör. Ahogy látom, az öcsém rendben van... mi miatt vagytok ennyire feszültek?

Ekkor apám közelebb lépett az ágyhoz és rámutatott a kristályra, amelyet az öcsém tartott a kis kezeiben.

– Az miatt.

Való igaz, hogy a színe furcsa volt. A kristály mintha félbe lett volna vágva: az egyik oldala gyönyörű tengerkék volt, míg a másik áttetsző, mint a legtisztább üveg. Eddig nem hallottam vagy olvastam ilyesmiről, de nem tűnt olyan nagy bajnak.

– Különös, az igaz, de ha a szokásos módszerrel nézzük, akkor szimpla víz és levegő elemű, nem igaz?

– Mi is ezt hittük, de próbáld megérinteni.

Ez kissé meglepett. Feszültséggel tele nyúltam a kristály fele, hogy vajon mit fogok érezni. A válasz pedig, hogy semmit. Egyszerűn átcsúszott rajta az érintésem. Minden bizonnyal kiült az arcomra a meglepetés. A pillanatnyi lefagyásomból öcsém kis keze ragadok ki, aki rászorított az ujjamra.

Szóval ezért volt Küriosz annyira meglepett – szólalt meg Krüptó a fejemben.

– Mire gondolsz?

– Nemrég meglepetésében eldobott egy csomó sütit, majd mély telepatikus kommunikációba kezdett. Miután azzal végzett, elkezdett körbe-körbe járni és mormogni magában, hogy ha „ők" is éledeznek, akkor mozgalmas idők jönnek. De az agyamra ment, úgyhogy jól hátba vágtam, mire dühösen nézett rám. Aztán hirtelen mintha rájött volna, mit csinált, gyorsan elnézést kért, majd elteleportált. Azóta sem mondta meg, hova.

– „Ők"?

– Ha azokról van szó, akikre gondolok, az ismét egy olyan téma, amelyről még nem beszélhetünk. Biztos vagyok benne, hogy Küriosz is ezt mondta.

Íme, egy újabb rejtély. Miért érzem úgy, hogy minden titkos és veszélyes lény körénk csoportosul?

Elmondtam szüleimnek, amit Krüptó mesélt, és mind megegyeztünk, hogy ez a jövő problémája lesz. Egyelőre minél kevesebben tudnak erről, annál jobb. Úgyis mindenki figyelme rám és Arkonra összpontosul, senki nem fog foglalkozni az újszülöttekkel.

Azért kíváncsi lennék, Arkon testvérével mi lehet a helyzet. Ha Kürioszt is annyira meglepte a dolog, biztos vagyok benne, hogy a miénknél is meglepőbb dologról van szó.

Úgy beszéltük meg, hogy ezt a pár hét szünetet a családunkkal és az újszülött testvéreinkkel töltjük, és így is tettünk. Aztán elérkezett az akadémiára való visszautazásunk ideje. Telepatikusan már előre megbeszéltünk az indulásunk időpontját, így a kúriából kiérve már várt rám Tina és Arkon. Aztán vissza is teleportáltunk az akadémiára.

Figyelmen kívül hagyott figyelmeztetés

Az akadémiára visszatérve nem fedeztünk fel túl sok változást, bár mintha Küriosz felszedett volna pár kilót. Persze ez lehetetlen, hiszen tudják befolyásolni a kinézetüket, de Jake süteményei annyira ízlettek neki, hogy szinte minden szabadidejében csak tömte magát. A lányokat megfigyelő egységek szinte azonnal a helyükre kerültek, amint felfedezték, hogy visszatértünk. Engem a kezdetektől nem tartottak megfigyelés alatt – vagy annyira képzett volt, aki megfigyelt, hogy nem tudta érzékelni. Esetleg tudták, hogy értelmetlen, hiszen szinte bárhova el tudtam teleportálni.

Bár mesélhetnénk izgalmakról, de az akadémiai időszak messze unalmasabban telt, mint amire számítottam eredetileg. Jake egyre több időt töltött velünk nyilvánosan is; állítása szerint Myles azt akarta tőle, hogy a bizalmunkba férkőzzön. Ez mindenkinek jól jött. Az együtt töltött idő alatt rájöttem, hogy a folytonos bolondozásával, és az őrültségeivel igencsak fel tudja dobni az unalmas akadémiai hétköznapokat. Tina és köztem megszűntek az ellentétek, Tia ennek nagyon örült. Szóval a kis négyesünk élvezte a hétköznapokat. A Tinával történtek után eldöntöttem, hogy bízni fogok Jake-ben; ha később megbánom, hát legyen. Reménykedve vártam a féléves tornákat, hogy aztán csalódnom kelljen. Reméltem, hogy egy kicsit megmozgathatom magam pár harccal, de mindenki feladta a kezdet előtt. A varázsló oldalon ismét Myles nyert, Jayce úgyszintén megnyerte a saját évfolyamát. Ami viszont meglepett, hogy Nova a tavalyi döntőbe kerülése óta nem volt egyetlen órán sem. Eleinte azt hittük, hogy csak felépülőben van, de most már szinte mintha mindenki el is felejtette volna a létezését is.

Már azt hittem, hogy eseménytelen évnek nézünk elébe, aztán a lányokat megfigyelő csoport mozgásba lendült. Egy ideje már vártuk, hogy lépjenek, bár ilyen események helyett inkább lett volna unalmas az év. Mivel a lánykollégiumban nem jártam,

érthető okokból, így nem tudtam odateleportálni. Azonnal a tér-
hajlítást akartam használni, de Küriosz megállított: szerinte va-
lamilyen ismeretlen erő megakadályozta a használatát. Én nem
éreztem semmit, de nem volt időm kételkedni, maradt a jó öreg
futás. Mire a kollégiumhoz értem, már felszívódtak. Amennyire
be tudtam azonosítani, Jayce herceg egységei nem mozdultak:
sem az elrablókat, sem engem nem hátráltattak, vagyis Myles
áll ez mögött. Mindkét lányt elrabolták. Elöntöttek az indula-
tok. Már régóta készen állunk a háborúra... ha így akarják el-
kezdeni, hát rendben.

– Küriosz. Hol vannak jelenleg?

– Krüptó mentális kapcsolata alapján a királyi palotában, a
Myles által irányított rész mélyén. De még mielőtt megkérde-
zed, semmilyen jellegű teleportáció nem működik.

Nem kellett válaszolnom, pusztán elindultam a palota irá-
nyába.

– Küriosz, te feltartod a hamarosan érkező vendéget, én pe-
dig elvarrom a régi szálakat. Jake tartson veled – utasítottam
ellentmondást nem tűrőn.

– Ugye tudod, ki áll emögött?

– Persze, hogy tudom.

Nem volt nagy rejtély. Pusztán azt nem értettem, hogyan
tudták elrabolni a lányokat. Tia ugyan nem mutatja, de jóval
erősebb szinte mindenkinél az akadémián; Krüptó segítségé-
vel mindenféle negatív gyengítő hatást semlegesíteni tud. Ak-
kor mégis hogyan sikerült ellenkezés nélkül elvinniük őket?

Minden bizonnyal igencsak el voltam veszve a gondolataim-
ban, mert egy szempillantás alatt a palota előtt találtam ma-
gam, amelyet nem tudok másképp leírni, csak hogy fenséges.
Minden egyes pontja arról árulkodott, hogy aki itt él, az maga-
sabb rangú bárkinél, akik a falakon kívül tengeti mindennap-
jait. Amikor a három méter magas vaskapuhoz értem, amely a
bejárat a volt a palota udvarába, egy őr állta utamat, egy másik
pedig egy kicsit távolabb helyezkedve várta, hogy ha kell, akció-
ba lépjen. Túl gyengék voltak. Mondott valamit, de cseppet sem
érdekelt, hogy mit akar: megragadtam a nyakánál és a másik

őrhöz, valamint a mögötte lévő kapuhoz hajítottam olyan erővel, hogy az be is dőlt. Ez minden bizonnyal felriasztotta az őrség nagy részét. A palota ajtajához egy igencsak magas lépcsősor vezetett. Ahogy haladtam előre, egyre gyanúsabb lett ez az egész. Hogy az őrök milyen gyengék; hogy nem támad rám sem valamelyik herceg, sem maga a király, pedig a palota területén lépkedem. Az őrök pánikba esve próbáltak tenni valamit ellenem, bár mindegyikük a palotában, azon belül is a Myles által irányított részen gyülekezett. A palota ajtaját, mely méreteit tekintve teljes mértékben eltúlzott volt, egyetlen mozdulattal döntöttem be. A mögötte csoportosuló őrök remegve próbálták utamat állni. Mondhatnám, hogy nem akartam ártatlan életeket elvenni, de nem vagyok szent. Egyszerűen nem volt türelmem ezekkel a gyenge, őrnek csúfolt mihasznákkal vesződni.

– Félre! – rivalltam rájuk dühösen.

Nem volt kiáltás, de a szavaimat felerősítettem szélmágiával és az átlagember számára elviselhetetlen vérszomjjal. Akit nem söpört el a hanghullám, az sem akart már harcolni velem, a földre eső fegyverek fémes hangja visszhangzott az üres termekben. Minél közelebb kerültem Tiához, annál tisztábban éreztem a jelenlétét. Tudtam, hogy hol van, és egyenesen felé is tartottam. A teremben négyen tartózkodtak: a két lány, valamint Myles és Alex. Myles egy számomra ismeretlen fiú holttestén állt és azon viccelődött, hogy megszolgálta a szerepét, de a mai dolgokról nem tudhat senki, akiben nem bízik. Mire Alex rákontrázott egy „ostoba Greyek"-kel. Sejtettem, hogy van hozzá közük, de így sem értettem, hogyan lett volna képes egy olyan Grey legyengíteni Tiát, akit Myles és Alex le tudott győzni.

Amikor a mámoros pillanatukból ocsúdva végre észrevettek engem is, egyikük sem volt meglepett vagy ijedt: pontosan tudták, mit csinálnak.

– Végre megérkezett a csaló is – mondta Alex arrogánsan.

– Ugyan, ugyan, nem kell egyből egymásnak esni... ha esetleg eljátszadozunk a csaló előtt a drága menyasszonyával, akkor elismeri, hogy hibázott.

A Tinával történtek után pontosan tudtam, miről beszél. Bár ne tudtam volna!

– Alex. Atyád nem adta át a figyelmeztetésemet? – kérdeztem ridegen.

Erre elnevette magát.

– Ugyan már, komolyan azt várod, hogy félelmemben reszkessek pár kimondott szó miatt? Az én oldalamon a herceg és a király áll. A tiéden ki van? – kérdezte Alex flegmán.

– Senki – válaszoltam egyszerűen.

Ennek hallatán Alex és Myles is megilletődött. Nem tudom, mire számítottak, de még mindig abban a tévhitben éltek, hogy valahogy csaltam minden harcomban. Kezdtem érteni, hova fut ki ez az egész, és ettől piszkosul ideges lettem. Úgy döntöttem, levezetem a stresszt ezen a két őrült ficsúron. Nem csak a térmágiával tudok távolságot ledolgozni, és mivel ez a két idióta fel sem fogja, mi a térmágia, így egyszerűbb lesz hétköznapi módszerekkel megértetni velük. Bár nem fogják hasznát venni, akár megértik, akár nem.

Szélmágiát használva elrugaszkodtam, jégmágiát használva csökkentettem a súrlódásom. Myles időben reagált, de nem is ő volt a célpont. Alex fel sem fogta, mi történt, amikor közel értem és a nyakánál fogva felemeltem. A szemében hitetlenkedés látszott. A közben távolabb kerülő Myles a képességeihez mérten minden általa irányítható fémmel megpróbált megtámadni, nem is foglalkozva vele, mi lesz Alexszel vagy a lányokkal. Alexet a jobb kezemben tartva, a bal kezemben a kaszámmal kivédtem minden olyan támadást, amely a lányokat eltalálhatta volna, akik mindeközben eszméletlenek voltak. Az elhárított fegyverek lerombolták a palota mögénk eső falát, így utat nyitva az udvarra, és kilátást az égre. Ekkor a jobb kezemben rángatózásra lettem figyelmes: Alex kétségbeesetten küzdött levegőért. A falhoz vágtam, hangosan felnyögött, majd dühösen rám nézett, miközben próbált feltápászkodni.

– Majd meglátjuk, hogy vele, hogy bánsz el – mondta Alex dühösen, és a falon tátongó résen át az égre mutatott. Nehezen volt kivehető, de egy kéknek tűnő valami tartott felénk hihetetlen sebességgel. A délutáni napfényben csillogva fenséges látványt keltett egész addig, amíg...

Hatalmas robbanás hallatszott.

Egy a palota előttről induló támadás következtében a felénk közeledő lény darabjaira robbant. Főváros szerte kék, zöld kristálydarabok hullottak az égből, az emberek azt hitték, valamiféle áldás. Ha tudták volna, hogy épp a Safir család kristálysárkányának darabkáit szedik össze, vajon mit mondanak?

Alex ennek hatására teljesen összeomlott. Többé nem létezett számára a való világ, csak azt hajtogatta, hogy ez az egész csak egy rossz álom. Közelebb mentem, de rám sem nézett.

– Figyelmeztettelek, hogy megöllek, ha ilyesmivel próbálkozol – mondta neki ridegen. – Én betartom az ígéreteimet.

Ekkor megsuhintottam a kaszámat, és elválasztottam a fejét a testétől. Ennek hatására a fej a föld felé kezdett esni, a teste pedig elkezdett dőlni, ám egyiknek sem volt ideje, hogy a földre érjen, mert mindkettőt elteleportáltam. Ennek hatására csak még dühösebb lettem. Az oka az volt, hogy Küriosz hazudott nekem: nem volt korlátozva a térmágia a palotán belül.

Eközben Myles is hasonló lélekállapotba került, mint Alex volt. Eddig magabiztosan támadott, de most hátrálni kezdett, majd el is esett. Közelebb mentem és rá is hasonló csapást akartam mérni, mint Alexre, de a kaszámat mozgás közben puszta kézzel elkapta egy váratlan vendég. Ezen eléggé meglepődtem, de ami még jobban meglepett, az az előttem álló személy volt. Nova... vagyis azt hittem. Ugyanaz a lélek nélküli arckifejezés és vonások, de idősebb, felnőtt női formában.

– Anya, tudtam, hogy segíteni fogsz, öld meg ezt az árulót! – kiáltott fel Myles, majd felém mutatott. Anya? Ő lenne Heidi? De miért ilyen lélektelen ő is? Mi folyik a királyi családban? Nem éreztem benne azt az elmondhatatlan erőt, mint Novában, csak a töredékét, de semmiképpen sem akartam alábecsülni. Viszont a következő pillanatban Heidi tarkón vágta Mylest, aki ennek hatására elvesztette az eszméletét.

– Nincs még itt az ideje.

Csak ennyit mondott, ezzel egyidőben megragadta Mylest és kivonszolta a szobából. A szavaiban nem volt sem érzelem, sem erő, mégis úgy éreztem, mintha mindent tudna mindenről.

Úgy döntöttem, ezzel majd később foglalkozom. Ekkor mozgolódást hallottam a hátam mögött: a lányok ébredeztek. Azonnal odasiettem.

Ellytia

Soha nem gondoltam volna, hogy egy kellemes nap így ér véget. Persze senki nem számít rá, hogy elrabolják. Az órák végeztével Tinával a szállásunk fele indultunk, amikor hirtelen álmosság lett úrrá rajtam. Azonnal semlegesíteni akartam, de mintha elzárták volna az erőmet.

– Krüptó, semlegesítsd a hatást rólam és Tináról!

– Szerinted ki volt az, aki elzárta az erődet? Nyugodj meg, és figyelj egy kicsit.

A fáradtság érzése elleni küzdelem és a Krüptó által mondottak feldolgozása miatti sokk gyorsan felemésztette a mentális erőmet. Amikor kinyitottam a szememet, egy színtiszta fehér térben találtam magam. Már jártam itt párszor, szóval tudom, hogy nem nyitottam ki a szemem, pusztán mentálisan vagyok itt jelen.

– Lennél szíves beavatni, mi folyik itt?

– Higgadtabban kezeled, mint gondoltam.

– Az egyetlen dolog, ami idegesít, hogy Arkon mekkora káoszt fog csinálni emiatt.

Ekkor elkacagta magát, de én nem voltam épp vicces kedvemben, és ezt ő is tudta.

– Küriosz le akarta tesztelni Arkont. Egyre közelebb a háború, és nem kerültek közelebb a fúzióhoz. Bár állása szerint nincsenek messze tőle, ez a teszt inkább a mentalitását teszteli.

– És eszedbe sem jutott, hogy lebeszéld erről?

A hangomban nem volt érezhető, de a tér remegéséből tisztán látható volt, hogy dühös vagyok.

– Én is le akartam tesztelni – mondta Krüptó higgadtan.

– Mit akartok letesztelni? Nem elég hogy mindenhol ellenségek vannak, már bennetek sem bízhatunk? – kérdeztem idegesen.

– Pontosan ezt akartam letesztelni.

Nem tudom, hogy csinálja, de bármilyen hangnemben is beszéljek vele, Krüptó mindig higgadt marad. Abból, hogy nem szóltam semmit, tudta, hogy arra várok, kifejtse.

– Nem tudom, Küriosz mire kíváncsi, de én szeretném látni, hogy Arkon akár Küriosszal is szembeszállna érted.

– Ezt hogy érted?

– Te voltál az, aki a legjobban kételkedett Kürioszban, hogy mennyi köze volt a múltban történtekhez.

– Igen, te pedig mindig megvédted. Mire akarsz kilyukadni?

– Küriosz a múltban mindent hajlandó lett volna feláldozni a sikerért, kivéve a szeretteit. Az, hogy mit tekintett sikernek, az változó; uralkodóvá válni, legyőzni az ellenségeit, mindegy. De bárki is utasította volna, soha nem áldozta volna fel a szeretteit. Gyanítom, ez az egyik dolog, amire Küriosz kíváncsi: Arkon rájön-e, hogy mi is erősen rásegítünk az elrablásotokra, és hogy helyeselni fogja-e ezt.

– Ennyi?

Ekkor én kaptam sürgető csendet.

– Ennyi év után még mindig kételkedtek benne?

– Pár éve te is kételkedtél. Azt hittük, az alapítót is ismerjük, és láthattad, mi történt.

– Abban a pár évben, amiről beszélsz, pont te védted Arkont, hogy mindent megtenne értem, most meg kételkedsz?

– Akkor még gyerekek voltatok, és gyengék. Arkon most talán a legerősebb a királyságban, és az emberek változnak.

– Nem tudom, miért kezdtél el másképpen gondolkozni, de remélem, hogy a kis tesztetek után mindketten elfelejtitek ezt az ostobaságot.

Erre nem kaptam választ, de éreztem, hogy Krüptó is csak kifogásokat keres: valójában nem kételkedik Arkonban, sokkal inkább önigazolást keres, hogy miért fogadta el Küriosz tesztjét.

– És mi a másik dolog?

– Hogy állja-e a szavát.

Vissza akartam kérdezni, de aztán megértettem. Az egyik elrablónk Alex... Arkon halállal fenyegette, ha ilyesmit tesz. Ekkor elnevettem magam. Éreztem, hogy Krüptó nem tudja mire vélni.

– Azt hittem, ennél jobban ismeritek már. Az a tökfej bármit megtenne a szeretteiért. Te magad mondtad, hogy ha nem fogjuk vissza, lehet, hogy már hétévesen megölte volna Alexet. Én csak remélem, hogy a kis tesztetek nem sikerül félre, mert könnyen lehet, hogy ez nem csak Alex életébe fog kerülni.

Egyikünknek sem volt több mondanivalója; a fúzió óta erős a mentális kapcsolatunk, az idő nagyrészében tudjuk, mit érez a másik, erős koncentráció kell ahhoz, hogy bármit is eltitkoljunk a másik elől. Így biztos vagyok benne, hogy ő is érzi, csalódtam bennük.

Nekem csak pár pillanatnak tűnt, de amikor kinyitottam a szemem, Arkon ült mellettem.

– Ideje volt, álomszuszék.

Tina már ébren volt, bár még kicsit kába. A helyiség, ahol voltunk, félig összeomlott. Megpróbáltam lábra állni, de szédültem, így Arkonra támaszkodtam. Pár perc alatt elmúlt a gyengítés hatása, aztán Arkon a palota elé teleportált minket, ahol Küriosz és Jake várt ránk. Na meg számtalan ember, akik drágaköveket szedtek az útról. Arkon egy szúrós pillantást vetett Kürioszra és annyit mondott, hogy „a rejtekhelyen megbeszéljük". Ebből, ha más nem is, én tudtam, hogy Arkonnak is leesett, mi volt a háttérben. Küriosznak mintha bűntudata lett volna, bár nehéz volt megállapítani. Nem tudom, hogy Jake érezte-e a feszült légkört, vagy szimplán ennyire izgatott volt, de egész úton lelkesen mesélt arról, ami történt. Jól is jött egy kis felvilágosítás, mert a palota állapotából és a rengeteg drágakőből ítélve komoly dolgok történhettek. Állítása szerint Küriosz jelzett neki, hogy álljon félre, és egy „meg is jött" mondat után mintha egész testében megfeszült volna. Négy lábon állt, apró szárnyait kitárva, a fejét az égnek szegve, közben varázserőt összpontosított a támadásba. A támadás olyan erős széllökést generált, hogy Jake majdnem elrepült. A végletekig összesűrített levegő-tűz bomba volt, amely becsapódáskor szilánkjaira robbantotta a másik sárkányt, amely aztán darabokban hullt a városra. Láttam, hogy Tina eléggé elborzadt a látványtól; az ő sárkánya is azonos kategória, szóval neki ez majdnem olyan volt, mintha a saját sárkányának holttestén veszekednének a városlakók. Az ajnározásra Küriosz általában még rárakott volna egy lapáttal, de a helyzet most más volt; Arkon és Küriosz egymás mellett mentek szótlanul, de érezhetően feszülten. Krüptó a rejtekhelyen várt minket, s éreztem, hogy örül Arkon sikerének, de egyben fél is attól, hogyan fog reagálni. Aztán megérkeztünk a rejtekhelyre.

Arkon

Szinte teljesen el is felejtettem, mennyire dühös voltam, amíg meg nem láttam Kürioszt. Egész úton egyikünk sem szólt semmit. Éreztem, hogy tudta: rájöttem, hogy hazudtak, viszont nem tudtam, miért. Igyekeztem a többieket figyelemmel követni, de úgy tűnt, ha érzik is a feszültséget, nem vesznek róla tudomást. Tia valószínűleg többet tud nálam a Krüptóval való szoros kapcsolata miatt, Jake folyamatosan beszélt, hogy oldja a feszültséget – vagy csak ehhez volt kedve, nem tudom. Tina pedig eléggé elmerült a mindenfelé heverő drágakövek bámulásában. Amikor a rejtekhely pincéjébe értünk, Krüptó szokásos, örömteli üdvözlése helyett csak egy lehajtott fejjel minket váró fehér sárkányt találtunk. Ez volt talán az a pont, ahol a dühöm csillapodni kezdett: mindig mindent okkal tettek, biztosan ennek is volt célja, de akkor is dühített. Jake azonnal munkához is látott, mintha ez lenne élete feladata, de senki nem nyúlt sem az ételhez sem az italhoz. Meglepetésemre Küriosz volt az első, aki megszólalt.

– Arkon, tudom, hogy dühös vagy, de meg kell értened…

– Hogy érthetném meg? – csattantam fel dühösen. – Hisz' folyton csak titkolóztok. Évek óta csak azt halljuk Tiával, hogy „erről meg arról nem beszélhettek", és most már minket használtok csalinak?

Küriosz segítséget várva Tiára pillantott, majd Krüptóra, de mindkettőnk meglepetésére nem érkezett segítség. Jake ránk sem figyelt, valószínűleg tudta, hogy jobb, ha kimarad ebből. Tina figyelmét viszont felkeltette a dolog.

– Rendben, igazad van. Elmagyarázom, amit lehet, de nem itt.

És ekkor elteleportált minket. A szentélynél voltunk, ahol egy ismerős hang fogadott minket.

– Hali, megint bunyózunk egy jót? – kérdezte Syren vicsorogva.

Remélem, mosolyogni akart, mert semmi kedvem nem volt harcolni ellene.

A következő pillanatban a szentélyt körülvevő akadályon belül minden elsötétült, majd ahol Krüptó állt, egy fényes fehér gömb emelkedett fel, fényt adva az akadályon belül. Egy átlagember valószínűleg pánikba esett volna, de csak annyi történt, hogy Küriosz elzárt minket ebben a térben. Ez biztos jele volt annak, hogy komoly dolgokról lesz szó. Syren első dolga volt, hogy Tia karjaiba vetette magát – persze a kölyökfarkas képében.

– Örülök, hogy sikerült feldolgoznod.

Nem tudtam, miről volt szó, de úgy tűnt, mindenki más igen. Már meg sem lep.

– Ne is húzzuk az időt, először is beszéljünk a mai incidensről. Ahogy sejted, hazudtunk neked. Krüptó csak azt tette, amire kértem. De a lényeg, hogy sajnálom.

Miközben ezt mondta, a szemembe nézett, majd lehajtotta a fejét. Úgy éreztem, őszinte.

– Legalább az okát elmondanád?

Ekkor alig észrevehetően ugyan, de megrezzent. Aztán felemelte a fejért és zavarodottan mosolygott – vagy vicsorgott, még ennyi idő után is nehéz volt megmondani egy sárkánynál.

– Teljes magyarázatot nem adhatok.

Már kezdtem volna az ellenkezést, de folytatta.

– Két oka volt a mai eseményeknek. Az egyik, hogy megtudjam, csak fenyegetőzöl, vagy tartod is a szavad.

Ennek hallatán Tia figyelme rám szegeződött.

– Tényleg, most, hogy szóba került, mi történt Alexszel?

– Fogalmazzunk úgy, hogy Safirusban mostanra eléggé nagy lehet a felfordulás.

Mindenkinek egyértelmű volt a célzás, bár a konkrét események lefolyásáról csak később kaptunk hírt.

– A másik okot viszont nem fedhetem fel, csak a fúziónk után, ebben meg van kötve a kezem – mondta Küriosz szinte mentegetőzve.

Furcsa volt így látni. Mindig az arrogáns és érzéketlen képét próbálta mutatni, most mégis mintha kétségbe lett volna esve.

Felsóhajtottam.

– Rendben, megértem, de gondolom, nem csak ennyiért jöttünk ide és állítottál egy térakadályt.

Ekkor Syrenre pillantott, akit boldogsággal töltött el, hogy rá figyel mindenki.

– Kedves barátom meglátogatott nemrég és elújságolta, hogy olyan kristályokat kaptak a testvérkéitek, amelyeket rajtuk kívül senki nem tud megérinteni – mondta Syren izgatottan.

Tia és én is azonnal szúrós pillantásokat vetettünk Küriosz felé, de ő csak elfordította a tekintetét.

– Ugyan, ugyan, nem kell ennyire ingerültnek lenni, semmi szándékom beleszólni a hatalmi játszmátokba, pusztán információt cseréltünk.

Ekkor kérdőn néztünk rá. Mi haszna lenne egy elzárt spirituális lénynek ebből az információból? Aztán kezdett összeállni a kép.

– Ugye nem azt akarod mondani, hogy spirituális lények?

– De bizony, hogy azt! Méghozzá a húgodé az egyik legmagasabb rangú – válaszolta Syren.

– Ez az oka, hogy elhoztalak titeket ide. Valami történik az őrzővel – ő irányítja a kristályokba az optimális lényt. Viszont az, hogy spirituális lények is bekerültek a körforgásba, azt jelenti, hogy az irányítása gyengült. Egy kis nyomozás után arra jutottam, hogy az őrző gyengülése nagyjából Nova fura viselkedésének kezdetével esik egybe.

– Úgy gondolod, hogy Nova és az őrző fúzióra készül?

Ekkor Küriosz csak megrázta a fejét.

– Amennyire tudom, a fúzió alapja az összhang. Eddig nem beszéltem róla, mert azt hittem, képzeltem, de mikor Nova ellen harcoltam, mintha segítséget kért volna, mielőtt elájult.

– Pontosan. Ez nem fúzió.

– Megszállás – mondta komoran Krüptó.

Küriosz erre csak bólintott, majd kezdetét vette a magyarázat.

– A megszállás és a fúzió hasonló folyamat, de míg a fúziónál a két fél egyesül és mindez az emberi félre pozitív hatásokat gyakorol, addig a megszállásnál az erősebb fél dominánsan irányítja a gyengébbet. Ez az esetek túlnyomó részében nem az emberi fél. Azonban a megszállás a fúzió alatt megosztott terhet teljes egészében a megszállt testre rója. Ez lehet a magyarázata, hogy Nova miért köhögött vért. Az pedig, hogy szinte képtelen beszélni és teljesen érzelemmentes, szerintem a folytonos mentális harc következménye – magyarázta Küriosz.

Volt valami megfoghatatlan undor Krüptó és Küriosz hangjában, mintha mélyen megvetnék, hogy bárki is ilyesmihez folyamodjon.

– Meg tudjuk menteni Novát?

– Nem tudom megmondani. Úgy gondolom, eddig nem volt rajta túlzottan nagy teher. A torna során Arkon ellen az őrző varázserejét használta, de a saját tehetségét a gravitációs varázslatokhoz. Úgy gondolom, a titkos fegyver, amiről sugdolóztak, ő lesz. Hogy meg tudjuk-e menteni, azon fog múlni, mennyi időnkbe telik felszabadítani az őrző elnyomása alól.

– Szóval csak ki kell űznünk belőle az őrzőt, és utána meg tudjuk gyógyítani Krüptóval, igaz?

Ekkor nehéz csend telepedett a társaságra. Nem álltunk közel Novához, mégis úgy éreztem, meg kell mentenünk, de ez a csend azt jelentette, hogy közel sem ilyen egyszerű a helyzet.

– A sérüléseit nem fogjuk tudni meggyógyítani. Minden élőlénynek megvan a képessége, hogy bizonyos mennyiségű varázserőt tároljon. Van, amelyik élőlény irányítja, s van, aki csak él vele. Nova teste az általa kezelni képes varázserő sokszorosának lesz kitéve hirtelen. Ennek következtében összeomlik a szervezete.

– A varázserő természete, hogy a testet elhagyó varázserő azonnal próbál újratöltődni. Ennek sebessége változó, de a lényeg, hogy Nova hirtelen hatalmas varázserőhöz fog jutni, viszont nem lesz képes azt kezelni, sem elviselni. Elengedni viszont nem tudja, mivel a teste azonnal regenerálni akarja majd.

– Ez minden élőlény körforgása. Mint tudjátok, az élethosszszal arányosan nő a varázserő, és ezzel együtt annak tárkapacitása is az adott szervezetben. Ha lenne pár száz éve, talán képes lenne annyira megerősödni, hogy elviselje, de nincs pár száz éve.

– Talán mégis van.

Csak úgy kicsúszott a számon, de akármilyen őrültségnek is tűnt, nekem volt egy ötletem. Mindenki kérdőn nézett rám.

– Ha jól értem, alapvetően az a probléma oka, hogy a testébe visszaszivárgó varázserő túl fogja tölteni, így hiába is gyógyítja meg Tia – összegeztem.

Erre mindkét sárkány bólintott.

– Akkor csak meg kell akadályoznunk, hogy a varázserő utat nyerjen a testébe.

– És ezt mégis hogyan oldanánk meg?

Ekkor összenéztünk Küriosszal.

– Egyszerűen elkülönítjük a teret.

– Képesek vagytok rá?

– Egyelőre nem. Megalkotni meg tudjuk, de több száz évig fenntartani más kérdés.

Ennek hallatán az általános izgatottságot hirtelen kiábrándultság váltotta fel.

– Azonban fúzió után lehetséges.

Még mielőtt újra túl izgatottak lettünk volna, újabb kérdés merült fel.

– Több száz év bezártságról beszélünk, és a teste leírhatatlan fájdalmaknak lesz kitéve. Előfordulhat, hogy megbolondul, mielőtt meggyógyulna.

Ekkor Tia szemében gyúlt megvilágosodás.

– Csak meg kell akadályoznunk, hogy felébredjen.

Most rá szegeződött minden kíváncsi szempár.

– Tinával teszteltük az elmúlt időben a kompatibilitásunkat és rájöttünk, hogy az általa készített kristályok vagy drágakövek képesek elraktározni a fehér mágiát. Jake pedig a mimic segítségével képes leutánozni mások erejét.

– Azt addig értem, hogy gyógyító mágiát akarsz Tina kristályába tenni, de hogy kapcsolódik ez és Jake mindenhez?

Csak Krüptó értette, aki már mormogta is, hogy „ez működhet" – valószínűleg a kettejük közti kapocs miatt. De nem kellett rákérdezni, jött a magyarázat.

– Biztosan te is észrevette, de Grey Trevor talán a legveszélyesebb ellenfél, ha Novát kivesszük a képből.

Ekkor bólintottam.

– Jake lemásolhatná Trevor erejét a csata alatt. Biztos vagyok benne, hogy képesek lennének hosszú ideig tartó altató varázslatot bocsátani Novára. Én Krüptóval és Tinával létrehoznék egy kristályburkot Nova köré, amely folyamatosan gyógyítja és életben tartja, végül te és Küriosz elzárnátok.

Őszintén, én nem voltam benne biztos, hogy ez ilyen egyszerűen működni fog, de Küriosz és Krüptó pillanatok alatt meg lettek győzve. Mindketten bizakodtak, úgyhogy én is reménykedem, hogy sikerrel járunk. Aztán eszembe jutott Heidi.

– Nova anyja is ugyanazokat a tüneteket produkálja. Rajta is tudnánk segíteni?

Kürioszon kívül mindenki meglepődött. Csak pár órája történt, nem meséltem még el senkinek, Küriosz viszont valószínűleg látta a mentális kapcsolatunkon keresztül.

Sajnos a válasz egyértelmű volt: lehajtotta, majd megrázta a fejét.

– Az ok, amiért Novának van esélye, hogy harcol. Az a hölgy csak egy tárolója az őrzőnek. Gyanítom, nem akarják túlterhelni Nova testét, ezért nem abban a formában jelent meg előttünk. Viszont gyenge. Nova az őrző nélkül is erős. Annak oka, hogy nem jár az akadémiára, valószínűleg az, hogy valahol elzárták, mivel ha nincs folyamatosan az őrző irányítása alatt, akkor visszanyeri az öntudatát.

Nem igazán tudtam, mit érzek, nem mondhatnám, hogy dühös voltam, hisz' egyiküket sem ismerem igazán. Pusztán undort keltett bennem az egész. Bármi oka is legyen Huxleynak vagy az őrzőnek, semmi sem igazolhatja, hogy a feleségét és a lányát is feláldozza. Az ezt követő csend hosszúnak érződött, pedig csak pár pillanat volt. Egyikünk sem akart erről többet beszélni, és mindannyian elhatároztuk, hogy mindent megteszünk legalább Nováért. Aztán Syren, aki mindeddig Tia karjaiban pihent, leugrott a földre, majd hirtelen nőni kezdett, míg egy normál farkas méretét fel nem vette, ekkor leült.

– Most, hogy ezt megbeszéltük, térjünk vissza az eredeti témára, a testvéreitekre és a spirituális lényekre – javasolta.

Ismerős volt a szituáció: Küriosz is ilyen kiselőadásokat szokott tartani, és mivel ez a téma teljesen új volt, mégis érdekes, minden figyelmem neki szenteltem. Csak úgy, mint a többiek. Bár úgy tűnt, Krüptó és Küriosz inkább felügyelnek, nehogy valami olyat mondjon el Syren, amit nem lenne szabad.

– Kezdjük a legegyszerűbbel. Miért nincs tudomásotok a spirituális lényekről? – tudakolta Syren.

– A válasz egyszerű: mint Küriosz elmondta, az őrző irányítja, milyen lény kerülhet a kristályba, az egész kompatibilitás-téma erősen el van ferdítve. Ha egy lény elég erős egóval rendelkezik – mint az itteni két sárkány –, képes a rendszerből kitörve azt tenni, amit akar. De ehhez hihetetlenül erősnek kell lenni. A spirituális lények, mint tudjátok, területhez kötöttek. Szóval ha egy spirituális lény bekerül a kristályos körforgásba, elveszíti ezt az erejét. Ennek hatására az egója, mint olyan, meggyengül. Viszont ez nem csak hátrány, mivel ők képesek a rendszeren kívül is létezni, csak jóval gyengébb befolyással. Az, hogy elkezdtek felbukkanni, ráadásul a ti oldalatokon, azt jelenti, hogy szerintük ti fogtok nyerni. Bár álmomban sem gondoltam volna, hogy „ő" is megjelenik.

– Már többször hivatkoztatok rá, hogy „ő". Szeretném tudni, mégis miről vagy kiről van szó. Mégiscsak a húgomról van szó.

Ekkor Syren tanácsért pillantott a két felügyelőre, akik aztán összenéztek, és vonakodva ugyan, de bólintottak.

– A habozást úgy értékelem, hogy nem mondhatok el mindent. Akkor először egy kis magyarázat. Mint tudjátok, én egy Fenrir vagyok. A Fenrir félspirituális lény. A spirituális lényeknek két csoportja van: a fél-, és a teljes értékű. A különbség az, hogy a félspirituálisnak kell egy partner, csak úgy, mint mondjuk a sárkányoknak, hogy képesek legyenek a fúzióra. Az uralt területtől függ az ereje, valamint ez annak forrása is. Vagyis minél több erőt használ el egy félspirituális lény, annál inkább kiszipolyozza az általa uralt területet. Persze ez kissé eltúlzott. Mivel minden félspirituális lény tudja, hogy az életét kockáztatja, így bölcsen használja az erejét is. A teljes értékű spirituális lény viszont saját egójából marad fent: ők maguk az elemek. Kevés van belőlük, viszont erősek. Az ő erejük nem függ a területtől, és képtelenek meghalni. Ha valamilyen okból mégis veszélyes helyzetbe kerülnek, képesek a tudatukat regenerálni. Fogalmazzunk úgy: teljesen irányítják a mentális képességeiket, még az őrzőnek is nagy fáradtság őket felügyelet alatt tartani. Nem szeretnék belemenni a részletekbe, mert az egész egy rejtély, ha őszinte akarok lenni. Ha találkoztok velük, majd faggassátok ki őket.

Mivel így fogalmazott, gyanítom, hogy a húgom partnere a félspirituális kategóriába esik. Viszont a „ha találkoztok velük" résznél mintha valahogy furcsa lett volna. Talán túl sokat gondolok bele, bár nem adott rá időt.

– Mindkettőtök kistestvére a félspirituális kategóriába esik. A kishölgy öccsének partneréről nem tudom megmondani, pontosan milyen lény lesz, Arkon húgáról viszont egyértelműen el tudom mondani. A faj neve gyémántpárduc. Mondhatjuk, hogy a félspirituális lények királynője. Egyetlenegyről van tudomásunk, aki a történelem során többször visszatért, és minden egyes alkalommal királynő lett. Fenséges, elérhetetlen, ellentmondást nem tűrő lény.

A szavaiban, mintha nem csak régi történetekről beszélne, valamilyen megfoghatatlan érzelem is volt; biztos voltam benne, hogy régen ismerték egymást.

– Viszont az, hogy szövetségesként éled újra, jó dolog, nem?

Ez volt az a pont, amikor Küriosz becsatlakozott.

– Pontosan ez a meglepő. Ahogy Syren is mondta, mindig királynő volt. Azzal, hogy ismeretlen területen döntött partner mellett, kifejezetten hátrányos helyzetbe sodorta magát. Illetve a félspirituális lények nagyon lojálisak.

Syren erre csak bólogatott.

– Azt értem, hogy a terület miatt hátrányban lenne, de miért hoztad szóba a lojalitást?

– Azzal, hogy a húgodat választotta partnerének, egyúttal elfogadta azt, hogy ha te leszel a király, akkor ő alacsonyabb rangú lesz nálad. Nem igazán értem a gondolkodását, soha nem is értettem, de lényegében kinyilvánította a félspirituális lényeknek, hogy akik őt követik, azok téged is.

És Syren továbbra is csak bólogatott. Aztán mintha valami hirtelen eszébe jutott volna...

– Ohh, a lojalitásról jut eszembe. Logikus módon nem birtokolhat minden félspirituális lény területet. Ezért létezik egy eskü, melyet ha megszegnek, a teljes létezésük kitörlődik. A gyengébb fél feltétlen lojalitást ajánl fel, ezért cserébe, minél erősebb lesz az eskütől fogadó fél, az is erősödik, aki az esküt teszi – magyarázta Syren.

Kissé kezdett ismét a régi idők unalmas politikai óráira emlékeztetni ez az egész. Tia még figyelt, viszont meglepetésemre Krüptó csak a szemét forgatta, végül mintha megunta volna az egészet.

– Ez a két agyalágyult vagy tényleg nem érti, vagy csak nem akarja elmondani. Én ismerem „őt", közel sem olyan elviselhetetlen és érthetetlen, amilyennek ezek ketten leírják. A lényeg, hogy felajánlotta neked a lojalitását és esküjét, mivel úgy gondolja, hogy ha csak a töredékét kapja meg annak az erőnek és területnek, amit birtokolni fogsz, az is jóval túltesz azon, amit ő megszerezhetne.

Kissé meglepett, hogy pont ő türelmetlen. Persze hittem neki, de azért ránéztem a két *agyalágyultra* is. Mindketten bólintottak, bár még mindig gyanakodva, hogy valami nincs rendben.

– Szóval a felsoroltak közül csak a teljesen spirituális lények kategória nem jelent meg a családban.

– Hát, igazából... – nyögött fel Syren. Még el sem kezdte a választ, a sárkányaink már repültek felé, mintha tudták volna, hogy azonnal kifecsegné, és befogták a száját.

– Legyen elég annyi, hogy erről tényleg nem beszélhetünk. Az már egy teljesen más kategória, először oldódjon meg ez az őrzős ügy.

– Már az is veszélyes, hogy ezekről ennyit meséltünk. Túl korán bukkantak fel.

Tiával összenéztünk és bólintottunk. Elég is lesz ennyi mára. Bár nehezen indult, de végre ismét megosztottak velünk pár hasznos információt, és talán sikerült kitalálnunk, hogy mentsük meg Novát. Már csak arra kellene rájönnöm, hogyan tudnánk előbbre mozdítani a fúziót Küriosszal. Miután félrehurcolták Syrent és megdorgálták, elbúcsúztunk tőle. A rejtekhelyen ránk váró Tina és Jake teljes higgadtsággal fogadtak minket, és örültek, hogy megszűnt a feszült légkör.

Draco-kúria, gyerekszoba

Myra és Cassius születése után mind Rynia, mind Margaret feladta vezetői feladatait. Margareték esetében ez nem járt sok fejfájással, Rynia viszont normál esetben Kleót bízta volna meg helyetteseként, aki viszont most a Draic család védelmét látta el. Ennek következtében Xariusra hárult minden feladat.

Magam sem hittem volna, de Arkon két kis védence hatalmas segítségnek bizonyultak. Karl megbízható, de mindenki tudja, hogy nem túl eszes, Kian viszont jó úton halad, hogy erősebb legyen Karlnál, viszont ezzel együtt óvatos és megfontolt. Zoé valóban egy kis démon; mindenkit megrémiszt az erejével, viszont a legbosszantóbb az Arkon iránti fanatizmusa. Örülnöm kellene neki, hogy hűséges beosztottként viselkedik, de egyre lázadóbb, mintha senkitől nem fogadna el parancsot, csak Arkontól, ez pedig nem tesz jót a morálnak, hamarosan kezdenem kell vele valamit. És még itt vannak ezek is – gondolta magában Xarius, majd lenézett a kezében tartott két levélre.

A gondolataiba meredve észre sem vette, hogy a gyerekszobában ért. Már késő este volt, de Rynia most is a gyerekágy mellett támaszkodva bámulta a kicsit. Xarius közeledtére megszólalt:

– Egész nap el tudnám nézni, ahogy alszik.

– Azért neked is pihenned kellene.

Rynia ekkor Xariusra nézett. Fáradtnak tűnt, de ez nem is volt meglepő.

– Milyen levelek azok?

Ekkor Xarius átadta őket. Az egyik címer a Safir családé volt, a másik a királyi családé. Rynia aggódni kezdett, de kibontotta és elolvasta mindkét levelet. Most Xarius volt a soros, hogy ámulva csodálja kislányuk aranyosságát. Az első pillanattól megbabonázta őket. Nem tudták az okát, de nem olyan szeretet volt ez, mint amit Arkon iránt éreztek. Arkon már babaként is furcsán viselkedett, Myra viszont átlagos gyermekként. Ha nem lennének gyémántszínűek a szemei, normális gyermeknek tűnne.

– Szerinted Arkon tette?

– A jelentés szerint Alex teste a semmiből tűnt elő a Safir-trónterem légterében, majd két darabban a földre zuhant. A feje és a teste egy sima vágással el volt különítve. Jelentések szerint Alex és Myles elrabolták Tiát és Tinát. Ezt támasztja alá ez a bocsánatkérő levél is. Ha én lettem volna Arkon helyében, én is ezt teszem.

– Mit fogsz rá válaszolni?

A Safir-levélben egy egyszerű ajánlat szerepelt: Gordon bármit megad a Draco családnak, ha a háború után életben hagynak legalább egy Safir-leszármazottat, akit ő választ ki.

A királyi család levelében pedig egy hivatalos elnézéskérés volt, valamint, hogy teljesítik egy kérésüket – észszerű keretek között.

Ekkor Xarius Ryniához fordult, lágyan kivette a kezéből a Safiroktól kapott levelet, majd halkan kettétépte.

– Neki nem tőlem kellene ezt kérnie. Arkon dönt – jelentette ki Xarius határozottan.

– És a másik? – tartotta fel Rynia a királyi család levelét, mire Xarius elmosolyodott.

– Egy kis meglepetést tartogatok ezzel Arkonnak.

Erre Rynia is elmosolyodott; mindketten tudták, hogy egyre gondolnak.

Meglepetések sora

Mondanom sem kell, a főváros a feje tetejére állt a történtek után. Pár nappal később, amikor egy hírnök meglátogatott a szállásomon, kicsit tisztább képet kaptam róla, hogy mi történt a háttérben. A hírnök mindenekelőtt kijelentette, hogy a király nem von felelősségre, sőt hivatalosan is elnézést kér, továbbá felvette a kapcsolatot atyámmal. Részemről ez rendben is volt, azonban a hírnök átadott egy üzenetet a hercegtől is, mely szerint ők és az apja nem tartózkodtak a fővárosban, ha jelen lettek volna, ilyesmi nem történhet.

Nem igazán érdekelt a kifogása, viszont érthetőbbé vált, hogy miért dolgoztak külön csoportokban a megfigyelők, és hogy miért volt annyira kihalt a palota. Egy pár hét eltelt már az incidens óta, az év második fele javában zajlott, mindenki megnyugodott. A nyugalom legnagyobbrészt valószínűleg annak volt köszönhető, hogy furcsa mód a királyi család egyetlen tagja sem volt az akadémián az incidens óta. Mivel Alex csúfos végének híre lángtengerként terjedt, nem volt senki, akik ellenkezni mert volna velünk. A Myles által vezetett kis csoportot Ethan fogta össze, míg a herceg vissza nem tér, a felsőbbéveseket pedig Quint irányította. Senki nem tudott róla, hogy milyen okkal vannak távol – vagy csak nem akarták elmondani. Nekünk ez kapóra jött: végre úgy élvezhettük az akadémiát, mint normális diákok. Tina is nyitottabb lett, egyre több időt töltött Jake társaságában, így Tia és én végre tudtunk egy kevés időt kettesben tölteni. Ennek köszönhetően az idő el is szállt, megfeledkeztünk a gondjaink nagy részéről. Az év végi torna meglehetősen unalmas volt: a döntőben Quinttel küzdöttem meg, de úgy tűnt, teljesen máshol jár az esze, könnyű győzelem volt. Ezután visszatértünk a megszokott év végi szünetünkben a családunkhoz. Előzetes egyeztetés után úgy döntöttünk, hogy a Draic család elutazik hozzánk – gondolom, valamilyen megbeszélnivaló is akad, s minden bizonnyal így egyszerűbb is.

Nem is nagyon húztuk az időt, a döntő után hazateleportáltam magunkat. Jake úgy döntött, velünk jön. Állítása szerint a királyi család távollétében mindenki elfoglalt, senki nem figyeli, mit csinál, és különben is az a feladata, hogy beépüljön közénk. Így hát megérkeztünk négyen a kúria elé, ahol Zoé és Kian már vártak ránk. Még én sem értem, honnan tudhatta, mikor érkezünk; remélem, nem szobroztak itt egész nap. Tina és Jake teljesen tanácstalan volt. Jake nem ismerte őket, Tina viszont szinte ugyanezt élte át egy évvel ezelőtt. Bemutattam őket Jake-nek, aki csak zavartan mosolygott. Kian enyhén bólintott, Zoé viszont csak mintha felmérte volna, mennyire veszélyes, majd felém fordult és illedelmesen jelezte, hogy a szüleink már várnak ránk.

Jake még annyit súgott Tinának, hogy „ettől a csajtól kiráz a hideg", de Tina nem is figyelt rá. Amikor megpróbáltam megkeresni figyelmének forrását, Kiant találtam. Kian is Tinát nézte – most, hogy így belegondolok, az egy évvel ezelőtt eltöltött rövid idő alatt Kian volt megbízva Tina védelmével. Mikor visszaindultunk az akadémiára, úgy tűnt, egészen jóban vannak. Tia is észrevette, majd pár pillantás után karon ragadta Tinát és annyit mondott neki, hogy „úgy tűnik, valamit elfelejtettél elmesélni" majd elindultak befelé. Én Kianra néztem, aki csakúgy, mint Jake pár pillanattal ezelőtt, egy zavart mosolyt varázsolt az arcára. Tudtam, neki sem egyszerű. Jeleztem neki és Jakenek, aki úgy tűnt, semmit nem ért abból, ami történik, hogy induljunk mi is. Zoé pedig hangtalanul követett bennünket.

Az étkezőbe vezettek bennünket, ahol már meg volt terítve, mintha tényleg tudták volna, pontosan mikor érkezünk. Amikor beléptünk, mindenki meglepődött, de a meglepetésük forrása, úgy tűnt, nem mi vagyunk: Zoét nézték. Mindez csak egy pillanat volt, és már jelezték is, hogy üljünk le. Jake teljesen be volt zsongva. A szüleim már hallottak róla, hogy milyen, így nem lepődtek meg. Elnézést kért, és egyben engedélyt, hogy megnézhesse a kúriát, és ahogy ő hangsúlyozta, leginkább a konyhát. Nem is kellett több, Küriosz és Krüptó azonnal felbukkantak, és – minden bizonnyal hátsó szándékok nélkül – felajánlották, hogy körbevezetik.

Mi pedig leültünk az asztalhoz. Ritkán étkeztünk kísérők társaságában, azonban most jelen volt Zoé és Kian is. Atyám nem küldte ki őket, így nagy valószínűséggel nekik is szerepük lesz a megbeszélnivalóban. Az asztalfőn atyám ült, tőle jobbra anyám, balra pedig Johannes és Margaret. Én leültem anyám mellé, mellém Tina, Margaret mellé pedig Tia. A kísérők szokás szerint a mesterük mögé állnak, ezért nem kis meglepetéssel szolgált, amikor Kian Tina mögé állt, Zoé pedig mögém. Amennyire érzékelni tudtam, Zoé elég erőteljes gyilkos szándékkal jelezte Kiannak, hogy ezzel kihúzta a gyufát, de úgy tűnt, Kiant ez nem érdekelte. Természetesen több sem kellett, hogy a társaság azonos nemű tagjai eldöntsék, ennek a végére fognak járni, bár kétségtelen, hogy teljesen más indok volt az én és atyám eszében, mint a női társaságéban. Johannes szimplán érdektelen volt.

Az étkezés során kellemes témákról esett szó, például, hogy a kistestvéreink milyen gyorsan nőnek és hasonlók. Kis idő elteltével Jake egy tálca süteménnyel tért vissza a két sárkány társaságában. Sejtettem, hogy csak sütni akar; az utóbbi időben rájöttem, hogy amikor feszült, így foglalja le magát. Küriosz önzetlen álcája ekkor omlott össze végleg, mivel süteménydarabok voltak az arcán. Ezt ki is emeltük, amin aztán jót nevettünk. Kellemes volt a hangulat, amikor megérkezett Kleo és Karl, akik testvéreinket hozták magukkal. A jelek szerint éppen aludtak, de most, hogy felébredtek, az anyukák parancsa alapján azonnal hozzájuk hozták őket. Épp jókor, hiszen pont végeztünk, így következhetett egy kis babázás. Hogy őszinte legyek, én nem nagyon értettem, mitől olvadtak el így annyira a babák láttán a többiek. Igen, aranyosak, de kissé túlzásnak éreztem azt, hogy szinte mindenki elolvadt. Úgy tűnt, csak én, valamint Zoé és Kian párosa vagyunk így ezzel, de nem tettük szóvá, türelmesen kivártuk, míg lecsengett a dolog. Anyáink elvitték a testvéreinket, akik pedig maradtak, újra elfoglalták helyüket az asztalnál. Atyám, nem is húzva az időt, bejelentette, hogy miért is van mindenki jelen.

– Minden bizonnyal tudjátok, hogy az elrablásos incidens után a király küldött egy bocsánatkérő levelet.

Válaszra sem várva folytatta.

– Emellett felajánlotta, hogy teljesíti egy kérésünket is. Persze bizonyos keretek között.

Már pörögtek is a gondolataim, hogy mire tudnánk felhasználni, aztán gyorsan kizökkentettek.

– A kívánságot már elhasználtam.

Ekkor jelzett az egyik várakozó szolgálónak, aki nem sokkal később két díszes dobozzal tért vissza. Lerakta az asztalra, majd mindkettőt egyszerre kinyitotta. Két kristály volt benne.

– Ezt a két kristályt Zoé és Kian részére kértem.

Ekkor megfordultam, de úgy láttam, egyikük sincs meglepve, sőt mindketten büszkék voltak magukra.

– Emellett veletek együtt mennek az akadémiára, és megkezdik a tanulmányaikat – mondta atyám mosolyogva.

Egy pillanat alatt tébolyba fulladt a kellemes légkör. Kiant ez meglepetéssel töltötte el, az biztos, viszont mintha lefagyott volna. Tina, akármennyire is próbálta titkolni, boldog volt, de elpirult. Ami viszont jobban aggasztott, az Tia és Zoé reakciója volt. A kettejük tekintete összefonódott, mindketten mosolyogtak, de mintha szikrázott volna a tekintetük. Atyám mosolya egy percre sem halványult el, közben összeakadt a tekintetem Kleóéval, akinek arcára ugyanaz a mosoly ült ki, mint atyáméra. Végül összeállt a kép: nem tudják kezelni Zoét, így inkább elküldik velem, elvégre én voltam, aki megmentette. Ez az egész egy csapda volt, amibe belesétáltam. Sóhajtottam egyet és egy bólintással jeleztem, hogy megértettem. Aztán atyám hangos koppanással lecsukta a két dobozt, ami miatt mindenki figyelme rá irányult, majd felemelte őket és jelezte Zoénak és Kiannak, hogy vegyék át. Ekkor meglepő módon Zoé közömbösen annyit mondott: „Jobb lenne odakint". Atyámon láttam, hogy irritálja Zoé stílusa. Vajon a lány mindig így viselkedett? Ennek ellenére csak annyit mondott: „Ahogy szeretnéd".

Így mind kifáradtunk. Időközben jeleztek mindenkinek, így a sárkányaink, Jake, anyáink és testvéreink is szemtanúi lehettek eme ünnepélyes pillanatnak. Mindketten átvették a kristályaikat tartó dobozt. Az első, aki kinyitotta, Zoé volt, aki habozott ugyan egy pillanatig, de megragadta a kristályt. Pár pillanatig nem történt semmi, aztán egy szempillantás alatt hihetetlen mennyiségű varázserőt próbált magába szívni a kristály. Legalábbis ezt hittem. De úgy tűnt, senki nem érezte, csak én, aztán rá is jöttem, miért: tőlem vette el a varázserőt. Küriosz volt az egyetlen, akinek ez feltűnt, és úgy láttam, tudja is, hogy mi következik.

A kristály által elszívott varázserő egy hatalmas robbanásban kitört. Nem voltak lángok, inkább csak egy hihetetlen erejű lökéshullám. Küriosz eltérítette a hullám azon részét, amely felénk irányult, de a kúria egyes részei eléggé megjárták ezt. Amikor leült a por, középen állt Zoé sértetlenül. Nem látszott rajta változás, viszont mintha a varázserő, ami engem elhagyott, egy az egyben az ő tulajdonává vált volna. Mindenkit lesokkolt a dolog. Krüptó is egy robbanással jött a világra, de láttam Tián, hogy nem ilyennel. Küriosz viszont tudta, miről van szó, de egy gyors pillantással tudattam, hogy ezt majd máskor beszéljük meg.

Aztán Zoé elindult felénk. A probléma az volt, hogy körülötte egy nagyjából két méter mély kráter volt. Mielőtt bárki szólhatott vagy segíthetett volna, nehogy belessen, ő már fölé is lépett. Aztán még egy lépés, és még pár, és már előttünk állt. Mindenki meg volt lepődve.

Bólintott, majd jelzett Kiannak, hogy ő jön, és ezután közvetlenül mellém állt. Kian erre csak sóhajtott, és a kráter széléhez sétált. Olyan természetesen vették mindketten, mintha tudták volna, mi fog történni. Senki nem szólt, de mindenkinek voltak kérdései. A legnyilvánvalóbb mind közül, hogy hol a kristály? Erre hamarosan választ kaptunk. Kian esetében nem volt robbanás – vagyis nem olyan, mint Zoénál. Ugyanúgy elvette a varázserőmet, azt hittem, elvesztem az eszméletemet, minden bizonnyal el is estem volna, de a pár pillanattal korábban mellém álló Zoé alig láthatóan, de támaszt adott. Minden energiámmal azért küzdöttem, hogy ne adjam jelét a kimerültségemnek, de még így is furcsának tűnt, hogy pont mellém állt, mintha ezt is tudta volna. És ekkor láthattuk, mi történt a kristállyal. Semmivé vált. Zoé kristálya felrobbant, Kiané viszont csak porrá vált. Aztán pár pillanatig semmi nem történt, majd a kúria titkos fegyverraktár felőli oldalának irányából olyan hangok jöttek, mintha ledőlt volna az épület egy része. Ezután katonák kiáltoztak. Hamarosan meg is láttuk, mi az oka ennek: négy fegyver repült hihetetlen sebességgel Kian felé. Éreztem, ahogy a kaszám beleremeg. A négy fegyver – egy óriási kard, két kisebb, elsőre teljesen egyformának tűnő kard és egy lándzsa – egymástól egyenlő távolságra kezdtek körözni Kian körül, majd a két kard az oldalához repült, a lándzsa és az óriási kard pedig X-et formálva a hátára szállt.

Mindenki szótlanul állt. Senki nem számított rá, hogy ilyen valószerűtlen dolgokat lát ma, viszont én épphogy csak álltam a lábamon. A következő, amire emlékszem, hogy Tia megragad és magához húz.

– Úgy látszik, Arkon eléggé fáradt – közölte, közben dühösen nézett Zoéra, majd maga után rángatott befelé. Ezután nem sokra emlékszem, csak hogy elkísért a szobámig, ahol én szinte azonnal el is aludtam.

Aztán egy álomban találtam magam. Először egyedül álltam a térben, körbenéztem, de nem láttam semmit. Amikor magamra néztem, amennyire meg tudtam állapítani, csak egy fekete árny voltam. Hasonló érzés volt, mint amikor Küriosszal kommunikálunk, de mégis más. Aztán a következő pillanatban egy fehér árny jelent meg mellettem, amely a kezem fogta, és mindkettőnk oldalán egy-egy sárkány árnyéka. Egyértelmű volt, hogy ez engem, Tiát, Küriost és Krüptót szimbolizál. Aztán amikor magam elé néztem, sorra jelentek meg az árnyak, mindenféle állati és emberi alakban, számtalan eltérő formában. Aztán a tömeg előtt új alakok jelentek meg: egy a többitől jóval nagyobb farkas, mellette egy párducnak tűnő lény, majd egy róka és egy ember, bár egyikük sem volt átlagos. A róka több farokkal, az ember pedig szarvval rendelkezett. Nem tudtam megállapítani pontosan, mert mintha folyamatosan változtatták volna az alakjukat. Aztán kettejük közt egy harmadik alak, amely emberi alakban jelent meg, egyik oldala fekete volt, a másik pedig fehér. A két csoport közt középen megjelenő alak pedig Zoé volt. Ő volt az egyetlen, aki nem árny-alakban jelent meg. Féltérdre ereszkedett előttem, amit mindenki követett. Ahogy körbenéztem, az alakok elkezdtek megremegni és kitisztulni, de ezzel együtt elviselhetetlen fájdalom hasított a fejembe. Egy pillanatra behunytam a szemem, és mikor kinyitottam, újra egyedül voltam. Furcsa egy álom.

– Ez nem álom, ez a jövő – mondta Zoé.

Küriosz hangja komolyabb volt a megszokottnál, de Zoé mintha nem lett volna önmaga. Küriosz minden bizonnyal érezte, mire gondolok.

– Ő nem az a Zoé, akit ismersz.

Ekkor sóhajtott egyet és belekezdett.

– Túl korán bukkantak fel, bár gondolom, ők is szabadságra vágynak. Akiket láttál, azok a fél- és teljesen spirituális lények valamilyen formában történő megnyilvánulásai voltak. Az itt jelen lévő Zoé az a spirituális lény, aki a kristályából kiszabadult. Annak, hogy varázserőt vettek el tőled, két oka van. Az egyik, hogy nem akartak éveket várni, hogy felébredhessenek; a másik pedig, mint azt már tudod, ha egy spirituális lény esküt tesz, akkor minél erősebb a fogadó, annál erősebbek lesznek ők is. Úgy tűnik, ez a kettő a válaszodra nem várva esküt tettek neked.

Ennek hatására megjelent egy újabb alak. Kian alakját vette fel, de az elmondottak alapján gyanítottam, hogy ő sem az, akinek látszik. A következő pillanatban megremegett, és egy felsőtestben ember, de csípőtől lefelé kígyónak tűnő alak jelent meg. Ha ez nem lett volna elég, négy karja volt. Egy épphogy észrevehető bólintás után eltűnt. Ezután Zoé is meghajolt és eltűnt.

Ketten maradtunk Küriosszal.

– Te tényleg vonzod a problémás alakokat.

– Elmagyaráznád?

– Kezdjük az egyszerűbbel. Aki Kiant választotta – fogalmazzunk úgy, hogy gazdatestnek –, egy csak „fegyvermester"-ként ismert, teljes értékű spirituális lény. A képessége az, aminek tűnik: szinte bármilyen fegyvert képes irányítása alá vonni; a rejtély-fegyverekkel együtt eléggé félelmetes ellenfél. A másik már bajosabb. Maradjunk annyiban, hogy még én sem tudom pontosan, mire képes.

– De ha valóban ennyire híresek, akkor miért fogadnának nekem hűséget?

– Ezt én sem tudom. Zoé partneréről – hívjuk Zoénak ezentúl, mivel végső soron egyesülni fognak – annyit elárulhatok, hogy képes a jövőbe látni. Valószínűleg egy olyan jövőt látott, amely meggyőzte, hogy megéri melléd állni. A spirituális lények között ő a legmagasabb rangúak közt van, ezért rengetegen követik. Volt pár alak, akiket felismertem és nem beszélhetek róla, de azt elmondhatom, hogy a hűségeskijüket nem szabad félvállról venni.

– Mit értesz egyesülés alatt?

– Normál esetben, ahogy Syren el is mondta, egy teljes értékű spirituális lénynek nem kellene társ, de vannak kivételek. A fegyvermester olyan, mint egy őrangyal; mondjuk úgy, hogy áldást ad azokra, akiket tehetségesnek ítél, onnantól pedig rajtuk múlik, mennyire fejlesztik önmagukat. Ő ezért is nem volt a meghajoló tömegben. Nem fogad hűséget, nem áll senki oldalára, pusztán megadja a kiválasztottjainak a lehetőséget – hogy élnek-e vele, rajtuk múlik. Zoé esetében bonyolultabb a dolog. A Zoéval egyesülő spirituális lény olyan erős, hogy az ősi időkben elzárták, még én sem tudom, hova. Aki jelen volt, az csupán egy töredék. Az egyetlen ötletem az, hogy egy olyan jövőt látott, amelyben felszabadítod, így hűséget fogadott neked már most. Mivel Zoé senki másnak nem engedelmeskedik, csak neked, úgy gondolom, a partnerével is valami olyasmi történik a jövőben, aminek a hatására teljes mértékben lojális lesz irányodban, így ez visszahatott a jelenre. És mivel ez a központi céljuk, nagy a valószínsége, hogy a kettejük személyisége össze fog mosódni.

Újra megfájdult a fejem, de más okból.

– Tudom, fura kérés, de ne foglalkozz ezekkel a dolgokkal egyelőre. A fél- és a teljesen spirituális lények felbukkanása ugyan nagy dolog, de nincs befolyásuk a jelenlegi eseményekre.

– Ez az első alkalom, amikor örültem volna, ha azt mondod, hogy erről nem beszélhetsz. Az igazság az, hogy hallgatni fogok rád; épp elég dologgal kell foglalkoznunk ezen kívül is.

Ezzel meg is született a megegyezésünk. ezekkel a dolgokkal majd a jövőben foglalkozunk.

Ellytia szobájában, aznap este

Ellytia

A történtek után mindenki tanácstalan volt. Küriosz és Arkon tudtak valamit, ebben biztos vagyok, de nem akarták elárulni a többiek előtt. Érzem, hogy Krüptó is erősen próbálja eltitkolni, miről van szó. Nem tudom, a többiek a történteknek mekkora részét értették. A fúziónk után abnormális mértékben képes lettem érzékelni a varázserő-áramlást és tisztán láttam, ahogy az Arkon testét elhagyó, embertelen mennyiségű varázserő előbb a kristályokba, majd onnan azok tulajdonosaiba áramlik. Arkon ennek következtében gyengült le. Ez senkinek nem tűnt fel, vagyis így gondoltam. De Zoé már mintha kezdettől tudta volna, így közel állt Arkonhoz, hogy amikor szükséges lesz, segítsen neki. Ki ez a lány? Amennyire tudom, egy egyszerű rabszolga volt, amíg Arkon fel nem szabadította. Akkor miért érzem úgy, hogy egy hihetetlen szövetséges és egyben egy elképesztően veszélyes lény is? Ezek a gondolatok forogtak a fejemben, de nem jutottam előbbre; tudtam, hogy túl kevés információm van, és akik tudják, nem mondják el. Ennek ellenére próbálkoztam.

– Krüptó, te tudod, mi folyik itt, ugye?

Egy kis ideig nem érkezett válasz, majd egy a semmiből előtűnő jelenlétet éreztem magam mögött.

– Talán kérdezd meg tőle.

Amikor megfordultam, Zoé állt mögöttem, de kissé zavaros volt a tekintete. Hirtelen olyan érzésem lett, mintha nem is Zoé állna előttem.

– Zoé? – kérdeztem meglepetten.

– Részben.

A válasz annyira egyértelmű, mégis összezavaró volt, hogy szóhoz sem jutottam. Az első pillanatban dühös voltam: egy ideje

Zoé azt tett, amit akart, Xarius arcán is látszott, senkire nem hallgatott, csak Arkonra. De a válasza és az arckifejezése – mintha ő is össze lenne zavarodva – arra késztetett, hogy legyek türelmes.

– Ezt hogy érted, és mit keresel a szobámban?

Ekkor lassan körbenézett, a tekintete mintha tisztulni látszott volna.

– Elnézést a zavarásért, de úgy éreztem, félreértés van közöttünk, ezt szerettem volna orvosolni négyszemközt – válaszolta Zoé udvariasan.

Most meg hirtelen udvarias... tényleg, mintha nem lenne önmaga. Lehetséges, hogy a délutáni dolog kihatással volt a személyiségére?

– Először is hadd szögezzem le, a lojalitáson kívül semmit nem érzek Arkon iránt – jelentette ki Zoé.

És megint: egy egyszerű, mégis komplikált dolgot csak így az arcomba mondott. Kiakasztó, de kedveltem ezt a nyers oldalát.

– Akkor mégis miért viselkedtél olyan ellenségesen velem?

– Elnézést kérek, gyerekesen viselkedtem – ismerte be.

– Ugye tudod, hogy ez csak pár órája volt? Azóta hirtelen éretté váltál?

Egy ideig nem kaptam választ, de nem közöny miatt, hanem mert nem tudta, mit mondjon. Ismertem ezt az arckifejezést: drága sárkányaink szoktak így viselkedni, amikor olyan dologról van szó, amiről korai lenne tudnunk.

– Van ennek köze a délutáni dologhoz a kristállyal?

Erre csak bólintott.

– Mégis miféle lénnyel léptél kapcsolatba?

– Magammal.

Ettől a beszélgetéstől megfájdult a fejem. Én csak újabb kérdéseket tudtam volna feltenni, ő pedig tanácstalan volt, hogy mit mondjon.

– Hadd segítsek egy kicsit!

Talán mégis jutunk valahova.

– Őszinte leszek. Arkon és Küriosz nélkül csak nagyon felületes magyarázatot fogok adni, mivel csakis ők képesek elzárt teret létrehozni, ahol nyugodtan kommunikálhatunk.

Kétségeim voltak, hogy ez az egyedüli indok, de szándékom sem volt felszólalni – és időm sem.

– Zoé partnere egy ősi spirituális lény. Rettenetesen erős és makacs, ezért olyan régen elzárták, amikor még sem én, sem Küriosz nem éltünk. A zavartságát ezzel tudnám magyarázni; valószínűleg csak töredékek ugranak be neki. Szó szerint csak egy kis része szabadult fel és olvadt Zoéba. A még nekünk is csak legendának számító történetekből úgy tudjuk, valamilyen az idővel kapcsolatos képessége van, mint a jövőbelátás. Az utolsó részre válaszolva pedig – ez csak a saját feltevésem – gyanítom, hogy Zoé annak a spirituális lénynek a megtestesülése, ezért mondta, hogy magával találkozott. Lényegében csak a saját töredékeit szabadítja fel – magyarázta Krüptó.

Én csak próbáltam feldolgozni, de Zoé tekintetéből azt vettem ki, hogy amennyire ő jelenleg képben van, mindaz igaz, amit Krüptó állít. Megint egy olyan szövetséges, akit elzártak; mintha minden, a történelem során felbukkant bajkeverő Arkon társaságát keresné.

– Egyvalamit tisztán éreztem. Úgy érzem, visszafizethetetlen adósságom van Arkon felé. Amikor felszabadult a kristályban rekedt részem, egy pillanatra éreztem az elzárt részemet. Tudom, hogy nem mondhatom el a részleteket, de az érzéseimet rendezni tudtam. Amit iránta érzek, csupán hála és hűség – magyarázta Zoé.

A tekintete nem olyan volt, mint napközben: nem volt benne gyerekes dac, pusztán őszinteség és határozottság.

– Ezt elfogadom. Jól gondolom, hogy csakis neki fogsz engedelmeskedni?

Egy pillanatra feszült lett a légkör, aztán bólintott.

– Rendben, de tiszteletet kell tanulnod – jelentettem ki mélyen Zoé szemébe nézve.

Tanácstalanság ült ki az arcára: nem igazán értette, miért van erre szükség.

– Ha úgy viselkedsz, ahogy most, azzal bajba sodorhatod Arkont. Megértem, hogy valamilyen oknál fogva csak tőle fogadsz el parancsot, és ezt nem fogom soha megkérdőjelezni.

Ezzel felkeltettem a figyelmét.

– De vannak emberek, mint például Xarius, akikkel Arkon is tisztelettel bánik. Ha Arkon felesége leszek, úgy a te felettesed is. Arkon számára is kellemetlen, ha a legmegbízhatóbb beosztottja fegyelmezetlen.

A *legmegbízhatóbb* szót kihangsúlyozva könnyű volt befolyásolni. Most, hogy értem, mi a fontos számára, egészen könnyen kezelhetőnek tűnik.

Bólintott és kijelentette, hogy az akadémiára való beiratkozás előtt meg kell tanítanom neki mindent a helyes viselkedésről.

Ekkor éreztem úgy, hogy elkapkodtam. Talán hagyhattam volna, hogy Arkon oldja meg, de már késő volt. Csillogó szemekkel figyelt, jelezve, hogy bármikor kezdhetjük.

Másnap reggel

Arkon

Ébredés után még a tegnapi álmon járt az eszem. Hiába beszéltük meg Küriosszal, hogy nem fogok vele foglalkozni, mégis csak olyan lényekről beszélünk, melyekről még Küriosz is tisztelettel beszél, és ezek a lények az álmomban hűséget akartak esküdni nekem. Miközben gondolkodtam, felöltöztem és már haladtam az ajtó felé, amikor ismerős, de meglepő jelenlétet éreztem. Amikor kiléptem az ajtón, Kleót találtam odakint, megbízva az őrzésemmel. Nosztalgikus érzés volt, bár meglepődtem, hogy nem Zoé várt rám. Kleo igencsak fáradtnak tűnt, persze ez nem volt meglepő. Épp hogy véget ért az őrzői feladata rám és Tiára nézve, megszülettek a testvéreink, mindeközben még Zoé képzését is rábíztam.

– Köszönöm, hogy figyelsz rám, de pihenj egy keveset.

Tudtam, hogy ellenkezni fog.

– Ez parancs.

Ekkor bólintott, és el is indult. Az, hogy az én figyelésemmel lett megbízva, azt jelentette, hogy mindenki más megbízható őrt kapott. Azt pedig én és Kleo is tudtuk, hogy erősebb vagyok nála. Ha olyan veszéllyel kerülnénk szembe, amivel nem tudok megbirkózni, azzal ő sem fog. Egy szó, mint száz, nincs szükségem őrre. Utamat egyből az étkező fele vettem, ahol meglepetésemre már mindenki más ott volt.

A testvéreink a sárkányainkat nyúzták – Küriosz elégedetlenséget színlelt, de úgy tűnt, valójában élvezi. A szüleink azért persze figyeltek rájuk. Aztán ami meglepett, arra számítottam, hogy Tia és Tina, valamint Zoé és Kian lesz egy csoportban, tekintettel a tegnapi feszültségre Zoé és Tia közt. Ezzel szemben Tia – bár úgy tűnt, kissé ingerülten – magyarázott valamit Zoénak, aki lelkes hallgatóként figyelt minden szavára. Kian pedig minden figyelmét Tinának szentelte. Ők nem folytattak annyira energikus beszélgetést, mint a másik páros, viszont Tina múltbéli sérelmeit figyelembe véve elképesztő volt, hogy Kiannal képesek ilyen nyugodt hangulatban beszélgetni. Az első, aki észrevette közeledtemet, Küriosz volt, aki ennek hatására profi színészi képességeit felhasználva, egyik mancsával felém mutatva annyit mondott nagy beleéléssel: „Segíts", majd elterült a padlón; így akart szabadulni Myra szorításából. De Myra nem engedte – legalábbis nem azonnal. Rám nézett, majd elengedte Kürioszt, aki fél szemmel figyelte, mi történik. Majd Myra mindkét kezét felemelve, felém fordulva elkiáltotta magát: ~Kyaaa~, közben mosolygott. Ekkor értettem meg, miért vannak annyira elámulva tőle a szüleink; majdnem leestem a lépcsőről, úgy elámultam. Láttam, hogy el akar indulni felém, de még bizonytalan volt. Tudtam, hogy így el fog esni, ezért azonnal odateleportáltam és elkaptam. Ezután felemeltem, és a karomban tartva közelről is meg tudtam figyelni azokat a gyémántszemeket. Akármilyen titokzatos is, vagy akármilyen erős, nem tudom elképzelni, hogy ez a cukiság olyan lény partnere legyen, akinek hallatán Küriászt még a hideg is kirázza. Ekkor már mindenki észrevett, de csak annyit mondtak, hogy most, hogy megérkeztem, végre ehetünk. Furcsálltam, hogy Jake-et nem látom sehol – persze később rájöttem, hogy hol lett volna, ha nem a konyhában. Atyám elmondása szerint kellemetlenül érzi magát a családfők körül, viszont Kleo és Karl társaságát nagyon élvezi, úgyhogy amikor nem a konyhában van, akkor az edzőtéren. Karllal nem nehéz kijönni, Kleo pedig – gyanítom – inkább csak meg akarja figyelni.

Aztán az újabb meglepetés az volt, hogy az ismét velünk maradó Kian és Zoé hol foglaltak helyet. Kian, ahogy tegnap, ma is Tina mögé állt be. Mindenki jobban kezelte, de Tia kíváncsi pillantásaiból arra következtettem, hogy nem volt alkalmuk erről beszélni. Ami viszont mindenkit meglepett, de rettenetesen, hogy Zoé Tia mögé állt be. Lényegében nem volt ebben kivetnivaló, hiszen mindenki tudta, hogy Tiával milyen közel állunk, viszont az a Zoé, akit még atyám sem tudott megfegyelmezni, most Tia minden szavára figyelt. Egyszerű dolog volt, mégis abszurdnak érződött.

Az étkezés végeztével Kian megkért engem és atyámat, hogy beszéljünk privátban. Mind sejtettük, miről van szó és Tina elejtett pillantásai is sokat elárultak, így a megbeszélésünk helyét atyám irodájába helyeztük át. Atyám le is ült az asztala mögé, én csak nekitámaszkodtam a falnak mellette. Kian minden szó nélkül féltérdre rogyott.

– Mélységesen sajnálom, de nem szolgálhatom tovább Arkont – jelenetette ki Kian.

A hangja határozott volt, de mégis megbánással tele.

– Mi az oka?

– Elhatároztam, hogy meg fogom védeni Tinát. Nem szolgálhatok két embert.

Ekkor összenéztünk atyámmal és tudtam, hogy egyre gondolunk.

– Tettem valamit, ami miatt méltatlannak ítélsz arra, hogy kövess?

Ekkor rám nézett, a szemében még mindig töretlen határozottsággal.

– Soha senkit nem ítéltem még méltóbbnak nálad, de ez a helyzet más.

A mondandója második felében kicsit zavarba jött. Mind tudtuk, hogy mire megy ki a dolog, és erről soha nem könnyű beszélni, viszont...

– Én úgy látom, hogy nincs semmi gond.

– De…

Tudtam, hogy tiltakozni fog, de a szavába vágtam.

– Úgy gondolod, hogy valaha is adnék neked olyan parancsot, amivel veszélybe sodrom Tinát?

Ekkor csak megrázta a fejét.

– Ahogy én látom, nincs miről beszélnünk. Tina a család tagja, én is meg szeretném védeni. Ha egy olyan megbízható ember van mellette, mint te, az csak megnyugtat.

– A szolgálat-letételedet elutasítom – jelentette ki határozottan atyám.

– Szolgáld továbbra is a családot legjobb képességeid szerint.

Kian lehajtotta a fejét, jelezve belegyezését, ekkor atyám felállt és elindult az ajtó felé. Én is követtem, de közben megálltam Kian mellett, a vállára tettem a kezem és azt mondtam:

– Számítok rád a jövőben is, barátom.

Ezzel elhagytuk a szobát.

Kian féltérdre ereszkedve várta, hogy Arkon és Xarius elhagyja az irodát. Ők ugyan nem hallották, de köszönömöt mondott, és egy könnycsepp erejéig meg is hatódott. Ekkor határozta el, hogy nem csak Tinát fogja megvédeni, de mindenkit, aki a Draco család tagja.

Amikor elhagytuk az irodát, attól nem messze Tina egyedül várakozott. Atyám egy kedves mosollyal nyugtázta, én pedig egy biccentéssel jeleztem neki, merre találja Kiant. Jól láthatóan aggódott. Legalább annyira, amennyire Kian aggódhatott. Több figyelmet kellene fordítanom a beosztottjaimra, mivel hálás lehetek értük.

A szünet ezt követő része eseménymentesen telt, mindenki élvezte a szabadidejét, bár ahogy Tia nemrég minden idejét Tinával töltötte, most, hogy Tina Kian társaságát élvezi, Zoé foglalja le Tiát. Mintha mindenki összefogott volna ellenem. Nem volt jobb dolgom, így szinte minden időmet az imádnivaló húgocskámmal töltöttem. Aztán a visszautazásunk előtt nem sokkal Küriosz és Jake egy címer nélküli levelet hoztak elém. Nekem címezték, de feladó nem volt rajta, és a rejtekhely ajtaja alatt csúsztatták be. Amikor elolvastam, kissé hitetlenkedtem.

A levél alapján Jayce herceg és Quint szerettek volna szövetségre lépni velünk és arra kértek, Jake-en keresztül üzenjem meg nekik az időpontot, amikor beszélhetünk a részletekről. A levél alapján a döntésük oka egybefüggött azzal, ami miatt egyikük sem volt jelen az akadémián közel fél évig.

Megtanulhattam volna már, hogy ne panaszkodjak az unalmas hétköznapok miatt...

Nem sokkal korábban, a Grey terület egy elzárt részén

Miután Jayce a döntő végeztével kivitte Novát a stadionból, a király azonnal megszervezte az utat erre a területre, ahonnan Nova és az apjuk azóta sem mozdultak. Huxley nem sokat árult el Jayce-nek arról, hogy mi is történik pontosan. A terület közepén egy egyszerű, kívülről zárható épület volt található, amelyet a Grey család tartott ellenőrzés alatt, s az épületben nem mást tartottak őrizet alatt, mint Novát. Huxley azt állította, hogy Novának betegségéből fakadóan varázserő-kitörései vannak, amelyet a szervezete azzal kompenzál, hogy elzárta az érzelmeit. Ugyanezeket a tüneteket mutatta Heidi, az anyjuk is, aki nagyjából öt évvel korábban minden erejét elvesztve ágynak esett, és azóta sem mutatott semmilyen érzelmet vagy képességet, sem jelét annak, hogy valaha is felépülne. Jayce ezt egészen a döntőig el is hitte kétség nélkül. Azonban saját szemével látta, hogy Nova, a húga, sírt. Ha igaz lett volna, amit az apja mondott, nem lehettek volna érzelmei. Miután bezárták, időközönként varázserő-kitörések áradtak az épületből, mintha valaki harcolna. Persze csak Nova volt bent, és a szigorú őrizet miatt kétségtelen volt, hogy senki más nem juthatott be. Aztán elérkezett az a nap, amikor az eleinte csak képzelésnek vélt kétségei az apjával szemben végleg megragadtak az elméjében. Egy nappal korábban az addiginál jóval erősebb varázserő-kitöréseket keltett Nova, ezért Huxleynak magának kellett lecsillapítania. Ennek eredményeképpen kimerült volt, viszont meg volt róla győződve, hogy egy ideig nem lesz gond, így aznap Jayce őrizte Novát. Általában kettejük közt osztódott fel ez a szerep, de bármikor gond adódott, mindig az apja ment be. A herceg nem is igazán tudta, hogy Nova milyen állapotban van, csak annyit, hogy bent van. Ez a nap is pontosan olyannak tűnt, mint a többi. Aztán…

– Van odakint valaki? – kérdezte Nova elhaló hangon.

Jayce először azt hitte, hogy képzelődik; rengeteg alkalommal őrizte már, de soha egyetlen apró neszt sem hallott bentről.

– Ha valaki van ott, kérem, segítsen.

A hangja olyan halk volt, mintha bármelyik az utolsó mondat lehetne. Jayce nem bírta tovább.

– Nova, én vagyok az, Jayce.

– Jayce, hál' istennek, hogy te vagy itt. Kérlek, segíts! – mondta Nova kétségbeesetten.

– Nem tehetem. Beteg vagy, azért vagy bezárva, ez a te érdeked.

– Hazugság! – kiabálta Nova ingerülten.

A kiabálása közben újabb varázserő-kitörés rázta meg az épületet.

– Hogy érted, hogy hazugság? Szomorú, de örökölted anyánk betegségét. Ha nem tartanánk ezen az elzárt helyen, ki tudja, hány ember sérülne meg miattad.

– Hazugság, apánk mindenkinek hazudott. Tényleg csak… rájuk… számíthatok.

– Milyen hazugság? Kire számíthatsz? Miért nem magyarázod el, mire gondolsz? – kérdezte Jayce ingerülten, de nem kapott választ: Nova ezután már nem tért magához. Pár nappal később tudta meg, hogy Myles milyen incidenst okozott, de az egészben a legmeglepőbb az volt, hogy Myles boldogan újságolta, hogy a legnagyobb szükség idején az anyjuk új életre kelt. Megmentette az árulóktól, és erősebb volt, mint valaha. Amikor részletesebben összenézte az eseményeket, észrevette, hogy Nova ébrenléte és az anyjuk rejtélyes új erőre kapása nagyjából ugyanakkor történt. Ez nem lehetett véletlen. Innentől már nem kellett sokáig törnie a fejét, hogy rájöjjön, kire célzott Nova. Az egyetlen ember, aki előtt kifejezte az érzelmeit évek érzelemmentessége után, Arkon volt. Elhatározta, hogy mindenképpen beszélni fog vele, és kideríti, miről is van szó pontosan, bármibe is kerüljön.

Megbeszélés, ballagás

A Jayce által kértekről nem dönthettem egyedül. Normál esetben csak Tia véleményét hallgattam volna meg, vagyis a többiekét is, de a döntés szempontjából csak Tia véleménye lett volna fontos, ez a helyzet viszont most közvetlenül érintette Tinát is. Tudván, hogy Tina a múltban érzeseket táplált Jayce iránt, szerettem volna, ha tud a találkozóról. Ha teljesen elutasítja a herceggel való szövetkezés lehetőségét, kész vagyok követni őt ebben. Így össze is hívtam a kis csapatunkat. Jake nem szólt hozzá; úgy tűnt, számára mindegy, hogyan döntünk. Tina pedig összenézett Kiannal, akivel a megbeszélés óta szinte minden idejét töltötte, majd határozottan, de egy kis félelemmel a szemében bólintott. Úgy láttam, Tia is inkább Tina válaszára várt az ügyben – hozzám hasonlóan. Így, hogy a legkérdésesebb fél áldását adta, megüzentem a hercegnek, hogy mikor találkozzunk. Az egyetlen feltétel, amit szabtunk, hogy vagy egyedül vagy Quinttel jöhet, mást nem hozhat magával.

Az indulás napja egy szempillantás alatt el is érkezett. Aznap reggel Zoé várt, s amint kiértem, lágyan meghajolt és annyit mondott: „Elnézést, hogy megvárattalak". Értettem, hogy arra gondol, hogy Tia mellett volt az elmúlt időszakban, azonban az okát nem mondta el. Azután nem kellett sokat várni rá, hogy kiderüljön. Én nem vettem észre, mivel velem mindig tisztelettudóan viselkedett, de napközben váltott pár szót Kleóval, aki tőle szokatlan módon teljesen meglepődve, szóhoz sem jutva figyelte Zoét. Ugyanez volt elmondható a szüleimről is. Atyám azonnal számonkérte Tiát, hogyan tanította fegyelemre Zoét, de ő csak annyit mondott: „titok", ekkor mindenki elnevette magát.

Nem kellett hozzá túl eszesnek lenni, hogy feltűnjön: csak meg akartak szabadulni Zoétól, viszont úgy láttam, Tia alaposan meglepte őket. Eggyel kevesebb dolog miatt kellett aggódnom. Ezekkel az örömteli emlékekkel vissza is tértünk az akadémiára, ahol csakúgy, mint tavaly, most sem változott semmi.

Zoé és Kian úgy döntöttek, a beiratkozó ceremónián nem jelennek meg – érdekes módon ugyanazon indokból. Zoénak állítása szerint rám kellett vigyáznia, míg Kiannak Tinára, így egyiküknek sem volt ideje értelmetlen ünnepségekre. A Kiannal folytatott megbeszélés óta Zoét nem zavarta, hogy Kian Tina oldalán van. Vagy ők is átbeszélték a dolgokat, vagy Zoé jobban titkolja az érzelmeit, magam sem tudom. Myles, úgy tűnik, az idei év elején sem lesz az osztály része, így elég nyugodtan telnek a napjaink, bár mindenkit eléggé meglepett, hogy a két új diák minden szabadidejét körülöttünk tölti. Először aggódtam miattuk, de az első pár hét elteltével Jake megnyugtató híreket hozott.

Az első napon volt egy kis incidens: mindketten mágia szakon tanultak, és az első gyakorlati órán páran Kian zaklatása mellett döntöttek, páran pedig Zoét illették olyan megjegyzésekkel, hogy „felkapaszkodott rabszolga" és hogy csak azért van itt, mert „bármit" megtesz nekem, meg hasonlók. Jake az elmondottak alapján úgy tudta, mindketten jól kezelték – amíg szóba nem jöttem én és Tina, mondván, hogy rabszolgákat kellett felvennünk, mivel normális ember nem szolgálna hozzánk hasonló árulókat, és hasonló szidalmak. Ezután péppé verték az azon a szakon lévő összes elsőévest, majd az edzés keretein belül egymással harcoltak. Furcsamód nem kaptam semmilyen jellegű panaszt sem a beosztottjaimra. A tanárok állítólag elviselték őket, mert az órákon rendesen viselkedtek, és ha nem zaklatták őket, mint az első napon, akkor lényegében nem voltak hatással az osztályra, hiszen minden idejüket velünk töltötték.

Edzeni tudtak egymással, bár a zúzódásokból ítélve Kian nem vitt még be egyetlen találatot sem. Az első parancsom Zoénak az volt megérkezésünk után, hogy Tia biztonságát részesítse előnyben az enyémmel szemben, és hogy rá vigyázzon, ne rám. Láttam a szemében némi ellenzést, de nem adott neki hangot és engedelmeskedett. Nem hittem volna, hogy bárki is képes lenne elbánni velem, ráadásul biztos voltam benne, hogy Zoé jövőbelátó képességével időben képesek leszünk reagálni mindenre. Legalábbis az akadémián.

Így teltek a mindennapjaink, míg el nem érkezett a találkozó napja.

Mindannyian az alagsorban voltunk, viszont a szokásos könnyed hangulat nem volt jelen. Jake sem a szokásos kötényét viselte, nem sütögetett; mindenki az egyenruhájában volt és várta, hogy a vendégeink megjöjjenek. Ahogy azt parancsoltam neki, Zoé Tia mögött helyezkedett el. Egy négyfős asztalt készítettünk elő, minden oldalán egy embernek való hellyel. Én ültem a leghátsó helyen, mondhatnánk, az asztalfőnél, mögöttem Jake, sárkányaink a helyiségben található kanapén aludtak. A jobb oldalamon Tia, mögötte Zoéval, a balon pedig Tina, mögötte Kian. Senki nem szólt. Nem mondanám, hogy Tinát leszámítva bárki feszült lett volna, inkább csak a beszélgetés lehetséges variációi forogtak mindenki fejében. Aztán Zoé éles pillantást vetett a levezető lépcsősor fele. Pár pillanattal később már a jelenlétüket is éreztem.

– Megjöttek a vendégeink.

Ekkor mindenki tekintete a lépcsősorra szegeződött. Elől jött Quint, mint biztosíték, hogy nem csaljuk csapdába a herceget. Csak bólintott, aztán félreállt. Az őt követő Jayce pillantása megakadt rajtam, bólintott, majd amikor folytatta a szemlét és észrevette Tinát.

– Tina, jól vagy? – kérdezte Jaggódva.

Az arcán úgy látszott, tényleg aggódott. Mindenkit meglepett kissé. Miközben ezt mondta, már közelebb is lépett Tinához, és a kezét nyújtotta felé. Aztán...

– Áhh.

Fájdalmasan felnyögött, aminek oka az volt, hogy amint közelebb ért, a kinyújtott kezét Kian megragadta. Ennek hatására Quint felkiáltott:

– Hogy mersz hozzáérni a herceghez?

És szinte azonnal Kiannak rontott. Nem tudom, Quint mire számított, de túl közel merészkedett: Kian egyetlen előre, jó ütemben tett lépés után megragadta a torkát. De Quint szeméből nem tűnt el a harciasság: a kezében tartott kardot mágneses erejével Kian felé irányította. Ekkor Tina felsikoltott. Tia közbe akart lépni, de Zoé a vállára tette a kezét. Én sem léptem. Egy pillanattal később fémes csattanás hasított mindenki fülébe. Quint kardja – visszapattanva Kianéról – a földre hullt. Minden bizonnyal a legtöbben azzal nyugtázták, hogy Kian fegyvere rejtély-fegyver, amely képes magától mozogni – ha egyáltalán látták, mi történt. Én viszont – és szerintem Tia is – láttam, hogy Kian saját varázserejével irányított a kardot, mintha újabb kart növesztett volna. Ekkor Quint harcias tekintetét felváltotta a döbbenet. Jayce csak fájdalmasan nyöszörgött. Nem pont ezt vártam volna a királyság lakói által annyira nagyra tartott hercegtől.

– Kian, engedd el őket – mondta nyugodtan, de ellenkezést nem tűrően.

Kian egy pillanatig sem hezitálva mindkettejüket elengedte, bár egy keveset lökött rajtuk, hogy távolabb kerüljenek Tinától. Visszaállt a lány mögé, de láttam, hogy vet felém egy pillantást.

– Ha bármelyikük is a kelleténél közelebb megy Tinához, öld meg.

Ekkor újra rám pillantott; egyrészt hálával, majd egy pillantás Tiára, és vissza rám. Értettem, hogy azt kérdezte, miért csak Tina védelmére utasítottam, de erre mindössze halványan elmosolyodtam. Bólintott; biztos vagyok benne, hogy értette: ha bármelyikük célba venné Tiát, én magam ölném meg – mármint ha meg tudnám előzni Zoét.

– Úgy vélem, nem harcolni jöttetek, bár annak sem vagyok ellenére. Higgadtan mondd el, mit akarsz, vagy távozz – mondtam ridegen.

A herceg először kissé dacosan rám nézett, aztán bólintott és helyet foglalt. Quint az erejét használva magához vonzotta a kardját, majd elfoglalta a helyét Jayce mögött és elkezdett beszélni.

– A herceg követeli, hogy...

Eléggé feldühített az is, hogy Quint beszélt, de még hogy követelt!

– Nem hozzád beszéltem! – szóltam rá dühösen.

Egy gyilkos pillantással elhallgattattam, de – hasonlóan Myleshoz – a büszkesége erősebb volt a félelménél. Már fel akart szólalni, amikor Jayce elétartotta a kezét, jelezve, hogy ő fogja folytatni, és hogy nyugodjon meg.

– Elnézést az előző viselkedésemért, csak aggódtam Tináért és eluralkodtak felettem az érzelmeim.

Most, hogy megnyugodott, értelmes beszélgetőpartnernek tűnt, de majd kiderül. Őszintének látszott, és az, hogy elnézést tudott kérni, tovább emelte a királyi család többi tagja fölé.

– Kérlek, uralkodj magadon. Ő már szabad, nem a ti játékszeretek többé.

Tudtam, hogy ezzel Tina sebeit is feltépem, de úgy éreztem, hogy ha ezt most nem tisztázzuk, lehet, nem lesz rá több esélyünk. Tina megrezzent, amikor ezt kimondtam, viszont Tia nem adott semmilyen jelet afelől, hogy nem helyesli, amit tettem. Viszont mind közül Jayce reakciója volt a leg meglepőbb. Az arcáról sokféle érzelmet le lehetett olvasni: bűntudatot, megbánást, dühöt. Kis túlzással a sírás határán volt. Mindez egy pillanat alatt átfutott az arcán, aztán indulatosan ki is tört belőle.

– Soha nem gondoltam Tinára játékszerként!

Ekkor Tina kezéért próbált nyúlni az asztal felett, de hirtelen megállt. Minden bizonnyal Kian gyilkos pillantása lehetett az oka. Tina Tiára pillantott tanácsért, aki csak bólintott. Tudtam, hogy még mindig nincs túl a félelmein, és amíg nem tudja elengedni a királyi családtól való félelmét, addig nem lesz boldog.

– De nem is segítettél... – mondta Tina elhaló hangon.

Ekkor Kian lágyan a vállára tette a kezét, majd egy pillanattal később Tina a saját kezét Kianéra. Gyengéd érintésvolt, egyszerű, ugyanakkor sokatmondó. Láttam, hogy ezt Jayce is megértette.

– Amikor Myles azokat a dolgokat csinálta velem, nem segítettél, csak teljesítetted atyád parancsait, most meg aggódsz értem? Miért hinném el? – kérdezte Tina csalódottan.

Bátortalanul kezdte, de a vállán lévő kéz erőt adott neki. Mondandója végén a szemében nem a régi, összetört Tina félelmeit lehetett látni, hanem egy határozott és haraggal teli tekintetet. Jayce az érintés után dühös lett, és ezen Tina mondandója sem segített.

– Nem értesz semmit! Ha segítettem volna rajtad, már nem élnél! – kiabálta Jayce.

Ezen mindenki meglepődött kissé, de senki nem kérdezett semmit, így Jayce kifejtette.

– Számtalan alkalommal kértem atyámat, hogy engedjen el. Meg is fenyegettem, de azt mondta, túl értékes vagy. Nekem más feleséget szán, viszont ha ragaszkodom a szabadságodhoz, elenged, és szabad lehetsz „örökké".

Mind értettük a célzást: ha a herceg úgy döntött volna, hogy kimenti Tinát, a király megöleti. Ez egy kicsit elgondolkoztatta a lányt, de ami engem jobban foglalkoztatott...

– Más feleség?

Ekkor Jayce megrezzent, majd egy futó pillantást vetett Tiára. Ekkor szabadjára engedtem egy jó adag embertelen varázserőt, de csak egy pillanatra. Jayce arca elsápadt, Quint reflexszerűen a fegyveréhez nyúlt, de ledermedt mozgás közben. Tinát ez kicsit kizökkentette a gondolataiból, de már nem szeppent meg úgy, mint régen. Nem tudom, Jake hogyan reagált, mivel mögöttem állt, de Tia semmit nem szólt.

– Elnézést, most rajtam uralkodtak el az érzelmeim. Folytassátok csak – mondtam mosolyogva.

Jayce eléggé elvesztette, hogy hol is tartott a magyarázkodásban, így Tina vette át a vezetést.

– Nem érdekelnek az okaid. Mégis mire jó a rangod, ha félsz vele élni? Itt vannak azok, akiket te árulónak hívsz... én nekik köszönhetem az életemet. Ne aggódj miattam, nincs rá okod – jelentette ki nyugodtan.

Ez kirántotta Jayce-t a kábultságából, ám bárki láthatta, hogy kissé össze is törte.

– Kérlek, gyere vissza velem! Ezután megvédelek.

– Ha azt képzeled, hiszek neked, bolondabb vagy a többi rokonodnál – mondta Tina ridegen.

Ez eléggé fájó pont lehetett, mert ökölbe szorult a herceg keze. Quint is a határaihoz ért, de nem lépett.

– Bebizonyítom. Mire elballagsz, bebizonyítom, hogy a Draco-terület helyett a palotában a helyed – mondta Jayce határozottan.

Nem tetszett a megfogalmazása. Lehet, hogy csak a pillanat heve volt, de akkor is.

– Az, hogy hol a „helye", majd ő eldönti – szóltam közbe.

Ekkor ismét megrezzent.

– Én... nem úgy értettem.

Ekkor magam elé tartottam a kezem, jelezve, hogy hagyjuk ennyiben.

– Úgy gondolom, erről a témáról eleget beszéltünk.

Ekkor Tinára pillantottam, aki határozottan bólintott. Úgy gondoltam, a herceg bármit is tesz, Tina szíve már talált egy biztos pontot, ahol nyugalomra és biztonságra lelt.

– Ez után a kis kitérő után térjünk rá, hogy mi volt a valódi oka ennek a megbeszélésnek.

Ekkor Jayce-re pillantottam, jelezve, hogy fejtse ki. Ő még egy pillantást vetett Tinára, aki a fejét elfordítva jelezte, hogy nincs több mondanivalója. A herceg ekkor sóhajtott egyet, és elkezdte.

– Szeretném, ha mindent elmondanátok, amit tudtok az elrablás napján történtekről. Anyám felbukkanásáról és Nováról – kérte Jayce nyugodtan.

A hangneméből azt éreztem, hogy még mindig inkább követel, mint kér, hiába a szép megfogalmazás. Ő is herceg, gondolom, megszokta, hogy mindenki úgy ugrál, ahogy ő fütyül, bár ez most nem így lesz.

– Mégis miért tennénk meg? – kérdezte Tia.

Ő eddig csendben volt; úgy gondolta, hogy Tinának le kell rendezni ezeket a dolgokat Jayce-szel, így nem akart belefolyni. Ez viszont már más dolog volt, és úgy láttam, neki sem tetszett, hogy parancsolgatnak neki.

– Mert a családomról van szó. Jogom van hozzá, hogy tudjak róla.

Tisztán kivehető volt a hangjából, hogy így is gondolja, sőt nem érti, hogy miért nem mondjuk el. Ezzel már engem is irritálni kezdett.

– Ahogy én látom a dolgot, idejössz, követelőzöl, és azt várod, hogy engedelmeskedjünk. Az *áruló* címet nem ok nélkül aggatták ránk, de azt is át kellene gondolnod, vajon miért nem engedelmeskedünk.

Ekkor Quint elvesztette a fejét és ismét a kardja felé nyúlt, de Jayce, aki jól ismerte, azonnal megállította.

– Mire célzol? Én csak a családomat akarom megvédeni.

Olyat láttam a szemében, amit sem Huxley, sem Myles szemében ezelőtt: kétséget.

– Ahogy mi mind. Emiatt vagyunk ellenségek – mondta Tia ridegen.

– Miről beszélsz? A királyi család soha nem tett ellenetek semmit! – tiltakozott Jayce felháborodottan.

Ekkor Tiával összenéztünk.

– Te tényleg nem tudsz semmiről?

– Ismét megkérdezem, mire célzol?

– Figyelmesen kövesd végig az elmúlt pár év történéseit. Főleg az utóbbi évekét. A Hidra támadását, a Safirok által rendezett tornát, és az elrablásos ügyet is. Ha azt hiszed, atyádnak ezekhez nincs köze, bolond vagy.

Láttam, hogy először tiltakozni szeretne, aztán hirtelen mintha megértett volna pár dolgot.

– Rendben, hogy lássátok, nem akarok az ellenségetek lenni, elmesélem az okát, hogy miért akartam ezt a megbeszélést.

Ekkor elmesélte Nova szavait, hogy milyen állapotban van, és hogy ez volt a kételkedésének alapja. Ennek hatására Tina idegesen felcsattant:

– Hol van most?

– Azt nem árulhatom el – mondta lehajtott fejjel Jayce.

Ekkor Tina rám és Tiára pillantott, de mikor látta, hogy nyugodtak vagyunk, ennek hatására ő is lehiggadt. Bár ez Jayce-nek is feltűnt.

– Biztos vagyok benne, hogy rátok célzott, ahogy abban is, hogy többet tudtok erről az ügyről, mint én.

– Amiről a húgod beszélt, az, hogy őt is és anyátokat is egy úgymond kísérletre használja atyátok.

– Mégis miféle kísérlet? Nem várhatjátok el, hogy ezt elhigygyem! – mondta Jayce dühösen.

– A részleteket nem árulhatom el, neked kell utánajárnod. Az pedig, hogy mit hiszel el, nem érdekel.

Megértem a kétségeit; egész életében hitt az apjában, az elmondottak alapján azt hitte, az anyja és Nova is betegség áldozata lett, és itt vagyunk mi, akiket mindenki gyűlöl, az árulók. Pontosan olyan nehéz lehet neki hinnie bennünk, mint nekünk benne. Viszont az elmondottakból egy információ értékes volt számunkra, mégpedig, hogy az őrző hatalma Nova felett nem teljes, valamint hogy jelenleg is rengeteg energiát fektetnek bele, hogy megtörjék az akaratát.

– Tegyük fel, hogy hiszek nektek. Hajlandóak lennétek segíteni Nován?

Kis ideig gondolkozott. Úgy tűnt, végül – ha nem is mutatta –, belátta, hogy jóval erősebbek a kétségei az apja irányába, mint gondolta.

Mindenki engem nézett, és én bólintottam. Ezután Jayce felállt az asztaltól.

– Ígérem, hogy utánajárok, mi áll a dolgok hátterében, és még az év vége előtt értesítelek titeket.

Még egy utolsó pillantást vetett Tinára, aki most sem viszonozta a gesztust, aztán elhagyták az épületet. Tina megnyugodott – ez tisztán észrevehető volt, viszont nekem és Tiának elég vegyes érzéseink voltak. Az eddigi tapasztalataink a királyi családdal eléggé egyértelműek voltak. Könnyű volt eldönteni, hogy ki pozitív vagy éppen negatív, de Jayce mintha saját maga sem tudta volna, és ez nagyban megnehezítette, hogy megítéljük, megbízható-e.

Ezt követően nem igazán történt semmi, mármint azt leszámítva, hogy Tina elkezdett ajándékokat kapni Jayce-től. Ennek eredményeképpen az osztály azon része, amely tudta, kitől jönnek az ajándékok, közeledni akartak Tina felé, gondolván, lehetséges, hogy meggondolja magát és visszatér a herceghez, esetleg királynő lesz belőle. De Tinát ez az egész helyzet sokkal inkább idegesítette, mintsem tetszett volna neki. Egy alkalommal nyíltan vissza is utasította, de ezt leszámítva semmi érdemleges nem történt.

Az idő repült, és elérkeztünk a félévi tornákhoz, ahol ismételten nem történt semmi meglepő: a szokásos győzelmek születtek. Az elsőévesek közt Zoé és Kian kimagasló volt, de még mindig Zoé fölénye volt elsöprő. Egyrészt büszke voltam, másrészt izgatott. Ennek oka az volt, hogy az év végi tornán az egyikükkel biztosan, de ha jól alakulnak a dolgok, mindkettejükkel megküzdhetek.

És mielőtt feleszméltem, már az év végi tornán is voltunk. Méghozzá az elődöntőben, az ellenfelem pedig nem más volt, mint Kian. A másik ágon Zoé küzdött meg Jayce-szel. Pontosan tudtam, hogy a legjobban várt végkifejlett következett be, bár a közönség egyértelműen meg fog lepődni. Már most is nyíltan elégedetlenek voltak, hiszen az elmúlt évekhez képest, ahol egy Draco családbeli nyert, most három van a négy elődöntős közt. Kian, amikor nem Tinára vigyázott az elmúlt évben, folyamatosan edzett, méghozzá a rejtély-fegyvereivel. Neki és Zoénak is parancsba adtam, hogy minden erejüket használják, ha ellenem kerülnek össze. A rejtély-fegyverek használata korlátozott az akadémián, de ha mindkét fél beleegyezik, a párbaj során használhatóak.

Amikor a küzdőtérre léptünk, a kaszám vibrálni kezdett: ő is pontosan annyira izgatott volt, mint én. Nem igazán értettük még mindig ezeket a fegyvereket, de azt mindenki tudta, hogy bizonyos szintű akarattal rendelkeznek. Kian is a küzdőtérre lépett. Két kardját a kezében tartva, a lándzsa és a kétkezes kard pedig egy-egy oldalán lebegett mellette. Vagyis így tűnhetett. Valójában egy furcsa technikát használt: a varázserejét plusz kezekként használva saját maga irányította a másik két fegyvert is. Ez önmagában azért volt elképesztő, mert a varázserejének ilyen szinten való irányítása is hatalmas koncentrációt igényelt, de emellett mind a négy fegyvert tökéletesen kezelte, a környezetének minden történését figyelembe véve. Igazán félelmetes ellenféllé nőtte ki magát. A térmágia-képességeim nélkül valószínűleg rettenetesen nehéz harc lett volna, de valamiért úgy éreztem, mégsem szeretném használni a térmágia-képességeimet.

A Novával folytatott harc óta nem voltam ilyen izgatott. Nem is bírtam türtőztetni magam, a harc kezdetén azonnal neki rontottam. Nem teleportáltam, pusztán légmágiával kilőttem magam. Amikor felé suhintottam a kaszámmal, semmilyen jelét nem adta, hogy ki szeretné kerülni. Egyikünk sem használt aurát: pusztán a technika és a rejtély-fegyverek harca volt ez. A kezében tartott egyik karddal és a lándzsával blokkolta a csapást. A másik kezében tartott karddal lentről felfele irányított hasító támadást kezdeményezett, de ezt a kaszám nyelével blokkoltam. Aztán egy pillanattal később veszélyt éreztem magam felett: a kétkezes kard tartott felém félelmetes erővel. Emiatt a másik három fegyvert a kaszámmal ellöktem, így feloldva a viszonylag kötött helyzetet. Majd a kaszámat azonnal magam fölé emeltem, hogy blokkoljam a kardot. Nem számítottam ilyen erős ütésre; a talaj is megremegett a becsapódáskor.

Éreztem, hogy a kaszám sem igazán tűri jól ezt a fajta blokkolási módszert, de nem volt túl sok választásom. Egyértelműen hátrányban voltam. Ha őszinte akarok lenni, ha csak a technikát nézzük, Kian valószínűleg képzettebb volt nálam. Én túlságosan is a képességeimre támaszkodom, de mivel Kian a fegyvertechnikákban jeleskedett, így ez elvárható is volt. Úgy döntöttem, kicsit komolyabban veszem, így aurával vontam be a kaszámat. A régi szép idők emlékére jégaurát használtam, bár nem tudom, Kian látta-e anyámat, amint használta. Az azonnal nyilvánvaló lett, hogy nyomban feltűnt neki az aura jelenléte; pár pillanattal később mind a négy fegyvere ragyogó aurát kapott. A meglepő az volt, hogy különböző elemekkel. A lándzsa föld elemmel volt felerősítve, a kétkezes kardja víz elemmel, a kezében tartott két egykezes kard pedig szél és tűz elemmel. Ha csak a jég elemet használnám, akkor a kezében tartott két egykezes kard lett volna a legveszélyesebb. Kicsit igazságtalannak éreztem, hogy én csak egy elemet használjak, így egy kis meglepetéssel készültem. A változatosság kedvéért most ő rontott rám, de most a kétkezes karddal kezdett. Éreztem, hogy varázserőt összpontosít benne: olyan érzést volt, mintha egy hatalmas hullám készülne elsöpörni. De most már én is komolyabban vettem a harcunkat: egy pillanat alatt bevontam a kaszám nyelének végét gyémánttal.

Az elmúlt időben a Tinával való közös edzések során bántotta a büszkeségemet (és Kürioszét is), hogy képtelenek vagyunk olyan szinten formázni a kristályokat, mint ő, így rengeteget edzettünk. Az edzés eredménye katasztrófa volt. Egyszerűen minden kristály vagy fém túl gyenge volt, hogy elviselje az erőnket. Aztán a húgomra gondolva eszembe jutott a gyémánt. Nincs olyan eszelős, aki azt a drágakövet hadászati célokra használná, de nekünk talán pont jó lesz. És így is lett; ennek eredményeképpen képes vagyok gyémántot alkotni. Rengeteg varázserőmbe kerül, de az ilyen szituációkban eléggé hasznos tud lenni.

A gyémánttal való bevonás mellett elég termetes mennyiségű varázserőt is összpontosítottam oda. Ennek eredményeképpen egyetlen könnyednek tűnő mozdulattal elhárítottam a támadást, méghozzá olyan erővel, hogy a kétkezes kard a távolba repült, majd hangos becsapódással a küzdőteret körülvevő falba állt. A varázserőkapcsolat a kard és Kian közt megszakadt, de mintha ő számított volna rá, hogy így alakulnak a dolgok: meg sem rezzent, csak folytatta a támadást. Mivel a kaszám jelenleg nyéllel felfelé és éllel lefelé volt a kezemben, így a felülről érkező támadások ellen védtelen voltam – legalábbis így tűnhetett, és ezt is akartam elhitetni vele. A lándzsájával próbált támadni, amely köré közben meglehetősen vastag sziklaréteget vont. Kis túlzással egy hegy tartott felém, pontosan a védtelennek vélt ponton. Én csak felnéztem, majd hirtelen szikrázás, egy hatalmas dörgés, ezután fémes csattanás, és a dárda is elrepült. A titok e mögött egy egyszerű, vihar elemű aura volt. A sziklával érintkezve az aurában lévő villámenergia azonnal elpusztította azt, a lándzsa pedig visszaverődött. Ezen már kissé meglepődött, de inkább elismerés volt a szemében, ám mindez nem tartotta vissza attól, hogy tovább támadjon. A két egykezes kardot ellenétes irányból meglendítette; a terve az volt, hogy ha az egyiket hárítom is, a másikkal talán el tud érni – de rosszul mérte fel a helyzetet.

Vele ellentétben én nem mindig irányítom magam a kaszámat. Ebben a pillanatban el is engedtem, s a harc során először most láttam meglepődni Kiant. A kaszám ekkor egy teljes kört leírva megpördült a levegőben előttem. A penge jégaurával volt erősítve, a nyél pedig gyémánttal. Két hangos, fémes csörrenés, majd mindkét kard belefúródott a falba, tőlünk bal és jobb oldalt. A tűz elemű ellen a gyémántaura nyert, a szél ellen pedig a jég elemű. Amikor a kaszám megállt előttem, tökéletes pozícióban volt, hogy élét Kian torkához emeljem, aki ekkor elmosolyodott és feladta. Ha őszinte akarok lenni, pusztán azért nyertem, mert az elemekkel való edzéseim során rengeteg variánssal edzettem. Normál esetben egy föld elemmel felerősített nyél nem tudna blokkolni egy vizeset, viszont a gyémánt annyival magasabb szintű a sima víznél, hogy egyértelmű volt az eredmény. Ha pusztán a technikát nézzük, Kian messze erősebb volt nálam, azonban minden neheztelés nélkül elfogadta a vereségét.

A közönség inkább volt sokkos állapotban, mint bármilyen egyéb érzelem alatt. Amikor a küzdőtérről kifele haladtunk, Zoé csak lágyan meghajolt előttem, majd egy bólintással jelezte Kiannak, hogy most elégedett vele. A másik ember viszont, aki a belépésre várt, Jayce, még a közönségnél is jobban le volt sokkolva. Ennek oka egyszerű volt: ő pontosan értette, mi történt: Kian technikái mennyire lenyűgözőek, habár nem annyira látványosak, és az apró dolgokat, mint az én gyémánttal való erősítésem. Talán senki nem volt, aki gyémántot tudott volna alkotni a királyságon belül – rajtam kívül.

Aztán megkezdődött a Zoé és Jayce közti harc, amely még jobban letaglózta a nézőközönséget. Ezúttal azonban nem olyan okból, amire ők számítottak. Nem szabad elvenni Jayce érdemeit sem: az elmúlt pár évhez képest, amikor szimpla elemű támadások sorával záporozta az ellenfeleit, a támadásai teljesen más szintre kerültek. Szinte minden támadása variáns elemű lett, és messze nagyobb sűrűségű varázserőt tartalmazott. Ha hasonlítanom kellene, nagyjából most lehetett azon a szinten, ahol két éve Nova volt. Nem tudom, mennyit edzhetett, vagy milyen módszerrel, de sokat erősödött. Az egyetlen gond az volt, hogy egy valódi „démon" ellen harcolt. Valószínűleg senkinek nem tűnt fel, talán a legtöbben azt hitték, hogy Jayce nem találja el. A valóságban viszont Zoé mindent előre látott. Tudta, hogy melyik varázslat hol csapódik be, ha robban; hol lesz elég távol a hatástól; hol van csapda – mindent tudott. Lassú léptekkel haladt Jayce irányába, de Jayce képtelen volt eltalálni. Aztán egyszer csak eltűnt, majd Jayce előtt jelent meg, aki annyira meglepődött, hogy hátraesett. A következő pillanatban Zoé körül körívben számtalan tőr jelent meg, mindegyik különböző aurával bevonva: szimpla, variáns egyaránt. És mindegyiket Jayce felé irányította, aki elkiáltotta magát: „Feladom!". Ekkor a tőrök eltűntek, mintha nem is lettek volna jelen.

Tia és Tina is engem figyeltek válaszra várva, de az igazság az volt, hogy pontosan én sem tudtam, mi történt: Zoé önmagában véve egy nagy rejtély volt. Egy gyors telepatikus kommunikáció után arra jutottunk Küriosszal, hogy a hirtelen helyváltoztatása valamilyen idővel kapcsolatos képesség lehet. A tőrös dolgot viszont egyikünk sem értette teljesen. A győzelem után felpillantott a páholyra. Nem hiszem, hogy bárki észrevette volna, de olyan szintű kimerültség látszódott a szemében, hogy azt hittem, elájul. Aztán kisétált az arénából, mi pedig azonnal odasiettünk hozzá. A varázsereje szinte teljesen elfogyott, és el is ájult. Ekkor értettük meg részben, mi történt. Amennyire tudtuk, Zoé egy nagyhatalmú spirituális lény fizikai megtestesülése, akinek legnagyobb része el van zárva valahol. A harc hatására valószínűleg felébredt pár képessége, viszont a teste még nem elég erős, hogy irányítsa ezeket. Az események következtében, mivel ő a családom alkalmazottja és nem volt képes a döntőben részt venni, így úgy értékelték, mintha feladta volna, vagyis én lettem a végső győztes.

Később beszéltem Zoéval, aki csak annyit mondott, hogy tudta, hogy ez fog történni, mert előre látta, de nem zavarja, úgysem akart harcolni ellenem. Ez kissé elszomorított. Kíváncsi lettem volna a küzdelmünkre, de Küriosz úgy gondolta, jobb ez így, mivel ha nem vesszük komolyan, egyikünk sem tudott volna nyerni. Komolyan pedig nem tudtuk volna venni, hiszen Zoé még nem uralta az erejét.

Viszont a harc után egyértelművé vált, hogy Jayce átértékelte a helyzetet. Teljes mértékben meglepte, hogy milyen erős Zoé és

Kian. Az év végén Jayce és Quint elballagott. Nekünk még volt két évünk, és talán ez volt az a két év, amely a legjobban telt. Nem mennék bele a részletekbe, mivel semmi izgalmas nem történt. Én az időm nagy részét Tiával töltöttem (végre), s bár nem tudtuk a kapcsolatunkat komolyabb szintre emelni, úgy tűnt, valami még mindig aggasztja. Én viszont már annak is örültem, hogy együtt vagyunk, és nincsenek életveszélyes helyzetek. Eközben Kian és Tina is közelebb kerültek. Bár még mindig nem mondtam volna komolyabbnak, úgy tűnt, Tina – bár azt mondta, nem érdekli a herceg – még mindig nem tudta teljesen túltenni magát a dolgokon, Kiant pedig a származása aggasztotta. Mivel rabszolga volt, úgy gondolta, hogy Tina jobbat érdemelne, és elhatározta, hogy ha Tina a herceg mellett dönt, nem fogja megállítani.

Én úgy gondoltam, hogy mindketten feleslegesen idegeskednek, és Tia is így látta. Csak idő kell nekik. Aztán hirtelen egy kellemetlen gondolat fogott el: pontosan úgy beszéltünk, mint pár éve a sárkányaink és a szüleink, amikor mi voltunk holtponton. A hideg is kirázott annak a gondolatára, hogy úgy viselkedünk, ahogy ők. Zoé eközben egyre több időt töltött Jake-kel, bár az ő kapcsolatuk nem romantikus irányba tartott. Inkább úgy fogalmaznék, hogy mindketten szerettek a háttérből tevékenykedni, és ebben egymásra találtak. Csak míg Jake beépülve tevékenykedett, addig Zoéról soha meg sem tudták, hogy ott volt. A kapcsolataink ilyetén állásával elérkezett a mi ballagásunk pillanata is. Az utolsó két bajnokságra, csakúgy, mint atyám, már én sem neveztem be, azonban mindkettő a családunk győzelmével zárult. Az elsőt Zoé nyerte Kian ellen a döntőben, a másodikon Zoé nem indult így azt Kian nyerte. Amikor elballagtunk, mind Zoé, mint Kian kijelentette, hogy nem érdekli őket az akadémia: így, hogy mi elhagyjuk, nekik sem lesz okuk itt maradni. Nem tudtuk őket meggyőzni, hogy gondolják meg magukat. Nem is igazán erőlködtünk, mivel mind tudtuk, hogy ez az utóbbi, békés időszak csakis azt jelentheti, hogy a király minden erejével készül, így hazatértünk.

Testvéreink, akik már ötévesek voltak, minden évvel egyre jobban belopták magukat mindenki szívébe. Ami eléggé meglepett, hogy Cassius egyre inkább úgy viselkedett, mintha Myra beosztottja lenne. Ez másoknak is feltűnt, de szigorúan hierarchikus értelemben; nem úgy tűnt, mintha fiatalkori szerelem lenne. Myra eközben egyre inkább úgy viselkedett, mintha természetéből adódóan királynő lenne, Cassius pedig ezt teljesen természetesnek véve igyekezett kiszolgálni őt. Én, Tia és a sárkányaink sejtettük, hogy a spirituális lények közti hierarchia fejtheti ki a hatását, de mivel eddig nem volt példa ilyen partnerre, senki nem tudta biztosan. A szüleinken is láttam, hogy egyre kimerültebbek; amikor atyámmal beszéltem, úgy tűnt, a helyzet hasonló Zoé múltbéli viselkedéséhez. Myra, ahogy idősebb lett, annál inkább kinyilvánította, mit szeretne, és egyre akaratosabb is lett. Gyerekes gőgnek vagy hisztinek gondolták, de mindenkivel főnökösödött, kivéve engem és Tiát. Kiant egyértelműen nem szerette, Zoéval viszont mintha titkos megállapodásuk lett volna: mindketten tisztelték a másikat, de inkább elkerülték egymást, ha tehették. Most, hogy itthon vaoltam, rendeződtek a dolgok, így a szüleim is megnyugodtak. Sajnos azonban, ahogy arra számítottunk is, nem sokáig tartottak a nyugodt napok. Megérkeztek a háború hírét hozó üzenetek, és mind tudtuk, hogy a pillanat, amelyre húsz éve készülünk, már csak egy karnyújtásnyira van. Meghalunk vagy felemelkedünk? Hamarosan eldől.

Hadüzenet, háború

Az első üzenet, amit kaptunk, Heidi királynő halálhíre volt. Erről a saját információinkon kívül két forrásból kaptunk hírt. Az első a király általi üzenet, vagyis inkább vád. Természetesen minket vádolt, és felszólított, hogy menjünk a fővárosba egy hivatalos tárgyalásra, ahol „igazságos" elbírálásban lesz részünk. A második variációt Jayce-től kaptuk, vagyis pontosabban Quinttől; a ballagásuk után ő is visszatért a saját területére, viszont folyamatos kapcsolatban maradt Jayce-szel. Ezzel együtt az azóta tartott éves tanácskozások mindegyikén megjelent Quarthassal együtt, és együttműködő magatartást mutattak. Mila boldogabbnak tűnt, mint valaha. Jayce levele érdekes volt, legalábbis olyan szempontból, hogy ő maga sem tudta, hogy Heidi meghalt-e; Huxleyn kívül senki nem nézhette meg a testet, a halál oka állítások szerint az volt, hogy álmában elvágta a torkát egy orgyilkos. Lényegében az egész dolog – hogy Heidi meghalt-e – nem volt bizonyított, viszont mivel a király ezt állította, mindenki elfogadta.

Természetesen atyám tagadott minden vádat és visszautasította a tárgyaláson való megjelenést, amelyet aztán egy hadüzenettel válaszolt meg a király. Jake-kel a mimicjén keresztül tartjuk a kapcsolatot. Végül kiderült, hogy Nova valószínűleg az ő területükön volt elzárva, viszont a nagy létszámú felszabadult harcosból ítélve bármit is csináltak Novával, sikerült véghez vinniük. A Jake és köztünk lévő kapcsolat, amennyire tudjuk, nem derült ki. Ez fontos volt, mivel a mi oldalunkon is voltak, akikben nem tudtunk bízni, és emellett Jayce álláspontja is kérdéses volt. A legutolsó beszélgetésünkkor azon a véleményen volt, hogy a háború alatt nem áll mellénk, kivárja, hogy az apja milyen módszereket vet be. Ha úgy látja, hogy elfogadható számára, akkor nem árulja el a királyt. Meglepett, hogy ezt őszintén megmondta, viszont az, hogy ennyire döntésképtelen, egyáltalán nem tette szimpatikussá. Ekkor állt elő Tina egy tervvel, hogy megtudjuk, megbízható-e. Az egyetlen gond az volt a tervvel, hogy a csata alatt kellett kivitelezni. Tina eddig soha nem látott határozottságot mutatott. Tia és én is elleneztük, de végül Kian megígérte, hogy gondoskodik mindenről, szóval belementünk. Az álláspontok nem igazán leptek meg senkit. A Draco–Draic–Theron szövetség egymás oldalán fog harcolni, mindenki más ellen. Az ősi törvények szerint egyenlő számú félnek kellene szembeszállnia egymással, de a király értelmezése szerint az ősi törvények megszegésre kerültek, amikor orgyilkosságot követtünk el a királynő ellen. Mennyire kézenfekvő és előnyös dolog ez... cseppet sem gyanús. Viszont ahhoz ragaszkodott mindenki – kivéve a királyt –, hogy egy utódot hátrahagyjon a területén, így született meg a döntés. A mi és a Draic család részéről egyértelmű volt, hogy a két testvérünket hagyjuk hátra, Cassiust és Myrát. A Theron családnál Mila maradt hátra, mindenki más a király oldalán harcolt. Huxley álláspontja szerint nem akarta elvenni a bosszú lehetőségét a gyerekeitől, szóval az ő oldalukról mindenki csatába állt. Persze a köznép felé ezt is biztató köntösbe csomagolta, mondván, hogy ő nem kételkedik a győzelmében, és kész mindent kockára tenni érte. A Grey családból Trevor jelezte csak szándékát, a Troy család két felnőtt tagja, akiknek szintén ötéves lányuk volt, csatlakozott a király oldalához. A Pyros családból Hendrix és Ethan, a Safírból és a Rubyból pedig a két felnőtt apa, Gordon és Edison.

Ahogy sejtettük, a stratégia nem lett túlbonyolítva: az ellenség a legnagyobb hangsúlyt a fent sorolt emberekre és partnereikre fektette. A gyalogos egységek, amelyek átlagos, vagy inkább alulképzett katonákból álltak, lényegében csak időhúzásra voltak alkalmasak. A mi oldalunkon az egységek képzettek voltak és eldőlt, hogy Karl és Kleo fogja vezetni őket. Anyám szerint az egyetlen dolog, amelyre a csapatoknak figyelniük kellett, a Pyros család által képzett harci rabszolgák voltak, köztük rengeteg törvénytelen Pyros-gyerekkel, akiknek partnere volt. Bár a gyengébbek között vannak, de mindenképpen figyelmet kell nekik szentelni. Nem volt kérdéses, hogy a harcot a családok vezetői fogják eldönteni, de minél kevesebb áldozat lett volna az optimális.

A történések következtében, mindenki feszült és elfoglalt lett. Ami nekem leginkább szemet szúrt, hogy Zoé mintha őrlődött volna, de mikor rákérdeztem, mi a gond, azt mondta, nem mondhatja el. Egy pillanatra sem kételkedtem a hűségében, és reméltem, ezt ő is tudja. Biztos voltam benne, hogy a saját erejével kapcsolatos dologról van szó, esetleg látott valamit a jövőből, ami bántotta, de nem beszélhetett róla.

Kian minden eddiginél több időt töltött Tinával. Megértettem, de Tina terve cseppet sem volt veszélytelen. Én pedig egyre több időt töltöttem a fúzión való gondolkodással. Bizonyos szinten biztos voltam benne, hogy a háborút a fúzióm nélkül is meg tudjuk nyerni, viszont mind tudtuk, Nova megmentésére anélkül nem leszünk képesek. Senki nem siettetett, de mind tudtuk, hogy nem lesz második esély. Amiről nem esett szó, hogy amint visszatértünk az akadémiáról, Küriosz és Krüptó ismét hibernált állapotba kerültek. Küriosz megnyugtatott, hogy ez nem olyan, mint a legutóbbi; ha az ébredésük előtt lenne rájuk szükség, kényszeríteni tudjuk őket, hogy magukhoz térjenek. Szerencsére erre nem került sor, azonban a megszokott, luxusdíszítésű szobától eltérően most a szentélynél voltak, Syren védelme alatt. Amikor jelezték, hogy kész vannak, odateleportáltam magunk, és ami fogadott, az két kifejlett sárkány fenséges látványa volt. Küriosz egyenesen félelmetes volt: két hatalmas szarv állt ki hátrafelé a fejéből, a testfelépítése izmos volt, minden porcikájában harcra termett. Krüptó ezzel szemben karcsúnak nézett ki, szarva ugyan nem volt, viszont olyan ragyogóan fehér volt, hogy nem is kellett más státuszszimbólum. Mindketten büszkén prezentálták előttünk magukat, az erejükről nem is beszélve: a varázserejük közel mérhetetlen volt. Közben Syren is átalakult és mindenképpen meg akarta győzni Kürioszt, hogy harcoljanak egy keveset, ám az udvariasan, tőle szokatlan módon visszautasította, mondván, minden csepp erejére szüksége lesz.

Ez csak még jobban meggyőzött arról, hogy nagyon nagy meglepetésnek kell érnie, hogy veszítsünk. Persze nem becsültem le az ellenfeleinket, de tapasztalatból tudtam, melyikük milyen erős.

Egy nap Zoé engedélyt kért tőlem egy Tia által kért titkos munkára. Nem mondtak részleteket, viszont állítása szerint Karl is érintett volt. Megadtam az engedélyt. Nem tudtam, miről lehet szó, de azt igen, hogy csakis Tia, anyám és Margaret tudott róla. Meg voltam róla győződve, hogy ha sem nekem, sem atyámnak nem mondják el, konkrétan mi az, akkor annak komoly oka van, viszont nem szerettem volna kutakodni utána; hittem bennük.

Aztán el is érkezett a megbeszélt nap. A seregek felsorakoztak egymás ellen. Nem volt megbeszélve, ki ki ellen fog harcolni, mégis mintha mindenkinek meglett volna a saját kiszemelt célpontja. A gyalogoscsapatok szimplán egymásnak rontottak, igazi káoszt teremtve, de egyértelműen látszott, hogy a Karl és Kleo által vezetett csapatok előnyben voltak. Azon a fronton semmi nem tudta befolyásolni a harc kimenetelét, de sajnos ez visszafele is igaz volt.

Akármi is történjen a gyalogos fronton, nem lesz komoly kihatása a családi vezetők harcára. Az egyetlen gondot, ahogy azt előre sejtettük is, a Pyros család által képzett harci szolgák jelentették, köztük is a partnerrel rendelkező Pyros-gyerekek. Bár Karl és Kleo gond nélkül elbánt bármelyikükkel, de a többi harcosunknak esélye sem volt ellenük. Ennek következtében viszonylag kiegyenlített lett az állás, de mind tudtuk, hogy ennek kevés jelentősége lesz. Aztán a Pyros-oldalról hangos éljenzés törte meg a csatazajt. A moráljuk az egekbe szökött, ennek pedig nem volt más az oka, mint hogy végre a vezetőik is csatasorba léptek. Az első, aki lépett, Hendrix volt: két rövidkardot és mérget használt. Azonnal Karlt vette célba, aki csak a két kardra tudott reagálni időben, viszont kapott egy elég erős rúgást a hasába, ennek hatására jó pár métert repült. Nem lett semmi baja, elvégre nagyjából sebezhetetlen volt. Az embereink nagy része viszont demoralizálódott, bár nem kellett sokat várni, hogy ez megváltozzon. Ennek oka, hogy abban a pillanatban, ahogy Hendrix a csatatérre lépett, anyám már el is indult. Senki nem szólt, mindenki tudta, hogy Rynia és Hendrix rendelkezik pár elintézetlen üggyel. Sőt mindenkit megnyugodott anyám arckifejezésének láttán. Az ellenségei rettegtek tőle, mikor ilyen volt; szörnyvadászatkor láttam eddig csak az arcán ezt az ádáz, sőt inkább mániákus vigyort. Mindenki tudta a részünkről, hogy ilyenkor megállíthatatlan.

Hendrix egy erőteljes mozdulattal elrugaszkodott, és a méregaurával bevont karddal Karl felé suhintott – de a csapás soha nem ért célt. Hangos, fémes csörrenéssel a kard kirepült a kezéből. Amikor a csapatok észrevették a történteket, és hogy a mindenki által tisztelt főparancsnokuk is csatlakozott a harchoz, éljenzés tört ki. Most már mindkét fél csapatai motiváltak voltak újra. Hendrix mintha számított volna rá, hogy így fognak alakulni a dolgok, egy mosollyal nyugtázta anyám érkezését, majd nyugodtan a kardjáért indult. Anyám ezt engedte neki, noha mind tudtuk, hogy nem tiszteletből vagy becsületből.

Egy ragadozó ösztöne volt ez, aki a legerősebb formájában akarta legyőzni a prédáját. Amikor atyámra néztem, teljes nyugalmat láttam. Egy lágy bólintással jelezte, hogy ne aggódjak. A patthelyzet ismét nem tartott sokáig. A harcoló csapatokat túlzottan elfoglalták a Rynia és Hendrix közt zajló események, így a királyi család tagjai különösebb reakció nélkül lendültek mozgásba. Atyám végig csak erre várt, szóval az ő figyelmét ez nem kerülhette el. Huxley minden különösebb tétovázás nélkül varázsolni kezdett. Alacsony rangú varázslatokat, de rengeteget. Számtalan jéglándzsa, tűzgolyó, sziklalándzsa és hasonló jelent meg az égen. A katonák mindkét oldalon feszültek lettek, azonban közel egy időben ezzel azonos számú támadóvarázslat jelent meg a mi oldalunkról is: a két fél által indított varázslatok a levegőben találkoztak egymással, tűzijátékhoz hasonló produkciót varázsolva az égre. A csatatéren tartózkodó csapatok lefagytak egy pillanatra, csak anyám és Hendrix pengéinek csengését lehetett hallani. Mindenkinek nyilvánvaló volt, hogy egy teljesen más szinten zajló csata is kezdetét vette. A király oldalán Jayce, Myles és Edison lépett a csatatérre. Ere reagálva a mi oldalunkról atyám oldalán Quarthas, Quint és Kian is elindultak. Atyám és Huxley harca nagyrészt arról szólt, hogy egymás varázslatait semlegesítették még a becsapódás előtt, a levegőben, így megakadályozva, hogy a földi csapatokat támadás érje.

Mindkettejük tapasztaltságát és erejét leírja, hogy ezt sikeresen véghez is vitték. A többiek harca nem igazán volt nagy szám, ennek pedig egyetlen oka volt: színészkedtek. Jayce célja az apja megfigyelése volt, így közös döntés alapján Quarthassal eljátszották, hogy harcolnak, de egyikük sem gondolta komolyan. Quint és Myles harca a kompatibilitás miatt volt patthelyzet. Myles képes volt bármilyen fémet létrehozni, és bizonyos szinten irányítani is, viszont Quint mágneses képessége ezt szinte teljes mértékben használhatatlanná tette. Kian és Edison harca pedig egy másik terv része volt, amely még nem hozta meg az eredményét. Margaret és Johannes, mintha megéreztek volna valamit, bólintottak Tiának, majd ők is útnak indultak. Pillanatokkal később, a csatától kicsit távolabb egy hatalmas szikla emelkedett ki a földből és tornyosult a csapatok fölé, de mielőtt rájuk dőlhetett volna, egy szintén a semmiből emelkedő, hatalmas hullám elmosta azt. A hullám után csak egy földburok maradt a szikla helyén, melyből szétnyílása után két számomra ismeretlen felnőtt lépett elő: a Troy család. Mindketten szimpla elemű varázslók, viszont csak úgy, mint Johannes, abban az egy elemben kiemelkedőek. Ezzel nem maradt más hátra részünkről, csak én, Tia és Zoé, míg a király részéről Nova és Trevor. Meglepően kiegyenlítettek voltak a küzdelmek, bár biztos oltam benne, hogy senki sem harcol még teljes erőbedobással, valamint a legproblémásabb faktor, vagyis a partnerek sem léptek még be a harcba.

Amint erre gondoltam, földrengés rázta meg a csatateret. Egy ponton porfelhő emelkedett fel, amit aztán egyetlen hatalmas csapással az útjába kerülő emberekkel együtt elsöpört a megjelenő óriáskígyó. Nagyjából ezen a ponton szabadult el a pokol a közkatonák számára. Legyen az barát vagy ellenség, a kígyó mindenkit elsöpört. A nyakán lévő bőr szétnyitotta, teste megfeszült, majd pillanatokkal később mérget kezdett ontani magából. Bár nem volt sok ideje tombolni: az égből megváltásként érkező égszínkék sárkány kegyetlenül lecsapott rá. A közkatonák ahogy tudtak, menekültek, bár ez érthető volt: a két lény közti harc teljességgel befolyásolhatatlan volt részükről. Mindenki tudta, hogy a sárkány anyámhoz, míg a kígyó Hendrixhez tartozik. Küriosz érzelmeiben szomorúságot éreztem, amikor anyám sárkánya felbukkant, de nem ez volt a megfelelő idő, hogy erről érdeklődjek. A két lény harcára rezonálva egy árnyék suhant át a csatatér felett. A király sárkánya volt az, s egyértelmű volt, hogy anyám sárkányát vette célba. Gyönyörű ezüst-arany színű bestia volt, királyhoz méltó. Mielőtt bárki akár csak egy hangot is kiadhatott volna, már anyám sárkányánál is volt, készen a támadásra.

Ám nem csak ő akart csatlakozni a harchoz. Egy másik sárkány lassítás nélkül csapódott neki, ennek hatására mindketten hatalmas robajjal zuhantak a földbe. Aztán egy pillanat múlva, mintha mi sem történt volna, hihetetlen sebességgel vették az irányt az ég felé, ahonnan ezután számtalan robbanást lehetett már csak megfigyelni. Ezen lények keltették a legnagyobb felfordulást. A partnereikre rezonálva a többi lény is megjelent, de csak úgy, ahogy Quarthas vagy Quint színészkedett, úgy a partnereik sem harcoltak komolyan. A gyalogoscsapatok átcsoportosultak, minél messzebb a lényektől. A családfőket ez nem befolyásolta; akik komolyan harcoltak, fel tudták venni a harcot ezekkel a bestiákkal. De mintha csak erre a pillanatra várt volna, végre felbukkant. Egy pillanat leforgása volt az egész. Egy hatalmas varázserőhullám rázta meg a csatateret. A harcoló felek közül Huxleyn kívül mindenki meglepődött egy pillanatra, de ezt nem lehetett felróni nekik: a megjelenő Nova ereje össze sem volt hasonlítható a pár évvel ezelőttivel.

Tisztán éreztem, hogy az ereje közel végtelen. A csatatér felett lebegett, a gravitációs képességét kihasználva. Bár az erejét leszámítva pontosan úgy nézett ki, mint pár éve, tudtam, hogy közel sem ez a helyzet, és az aggodalmas pillantásokból egyértelmű volt, hogy Tia is érezte – vagyis nem érezte. Nem érződött *Nova* jelenléte, csakis az a mindent elsöprő jelenlét, ami valószínűleg az őrzőhöz tartozott. Mindketten attól féltünk, hogy elkéstünk, de nem kaptunk időt rá, hogy ezen rágódjunk.

Számtalan gravitációs gömb jelent meg az égen. Szabad szemmel láthatatlanok voltak, csakis azok érzékelték, akik legalább Kleó szintjén voltak, de ezt leszámítva kivédeni őket egy teljesen más dolog volt. A Nova által alkotott gravitációs gömbök sűrűségét leírni sem tudom. Bárkit vagy bármit is talál el, biztos voltam benne, hogy súlyosan megsérül. Ezt alátámasztandó az eddig a harcba belefeledkezett összes lényen érzékelhető volt, hogy ideges, de egyiküknek sem volt lehetősége elhagyni a csatateret, hisz' az egyenlő lett volna a vereséggel.

Azonnal a csatatérre teleportáltam. Csakis úgy tudtam ellene védekezni, ha elhárítom. Küriosz és Syren segítségével fel voltunk erre készülve. Északon kiválasztottunk egy hegyvonulatot, amelyről Syren teljes magabiztossággal állította, hogy lakatlan. Így eldöntöttük, hogy az összes támadást, melyet elhárítunk, oda vezetjük át. Azonnal el is kezdtem a teret manipulálni. Pár pillanattal később már záporoztak is a lövedékek. Mindet hárítottam, és a távolban lévő hegy a szemünk láttára kezdett elporladni. De nem volt időm figyelni a tájat, minden erőmre szükségem volt, hogy el tudjam hárítani az összes támadást. Úgy tűnt, Nova is a lehető legtöbbet hozza ki magából, vagyis ez egy újabb patthelyzet volt. Nem tudom, mennyi ideig tarthatott ez. Pillanatokig? Percekig? A közel végtelen varázserőnk miatt képesek voltunk ezt a patthelyzetet fenntartani, a gond az volt, hogy Nova teste nem fogja bírni a terhelést. Vagyis valahogy ki kell törnünk ebből. Az, hogy elkalandoztak a gondolataim, végzetes hibának bizonyult. Ugyan csak egy pillanatra, de ugyanazt a gyengeséget éreztem, mint régen, az akadémiára való beiratkozás napján. Azonnal tudtam, hogy Trevor az, de nem tudtam semmit tenni ellene. Tia szinte azonnal reagált és semlegesítette a gyengítést, de ez a pillanatnyi idő pont elég volt ahhoz, hogy Nova előnyre tegyen szert; az eddiginél is jobban koncentrálnom kellett, hogy az átjutott lövedékeket az utolsó pillanatban elhárítsam. Ennek következményeként egyáltalán nem tudtam a közvetlen környezetemre figyelni, csakis a gravitációs bombákra. Egészen addig, amíg egy éles fájdalom nem hasított a mellkasomba. Amiikor újra magam elé összpontosítottam, Quint állt előttem gúnyosan mosolyogva, véres karddal a kezében, mellyel átszúrta a mellkasomat. Egy pillanatra mindent tisztán láttam a csatatéren: mintha minden hirtelen fordult volna rosszra. Kian Edison mellett állt, akinek egy kard állt ki az oldalából. Atyám és anyám is kétségbeesetten igyekeztek Quarthast megállítani, aki Myles mellett állt, és három hatalmas vaslándzsát tartottak maguk felett. Egy pillanattal később mindhármat hihetetlen sebességgel lőtték ki. Nem tudom, honnan, de tudtam, hogy a célpontja a három család kúriája. Hallottam, ahogy Tia a nevemet kiáltja, de amit még tisztábban láttam, az az őrlődő Zoé arca volt. Zoé előre tudta, hogy ez lesz, de nem állította meg. Az egész el volt tervezve. Egyszóval „elárultak". Ennek hatására egész testemet erő járta át – nem pont úgy éreztem magam, mint akinek átszúrták a szívét. Aztán elsötétült a világ.

Pár perccel korábban, a csata egy másik pontján

– Meddig akarsz még színészkedni!? – kiáltotta Huxley dühösen.

Csak ennyi hangzott el, de Mylest leszámítva mindenki tudta, hogy Jayce a kérdés címzettje.

– Foglald el végre a helyed az örökösömként, győzzük le ezeket az árulókat, és minden a tiéd lesz! – kiáltotta Huxley.

Mindenki láthatta, hogy Jayce őrlődik.

– Ne hallgass rá! Gyerekkorod óta figyellek, te jó uralkodó lehetsz – szólt Edison.

Ezen viszont mindenki meglepődött. Edison végig a király pártját fogta, miért árulná el pont most?

– Szóval erről van szó. Soha nem voltál a szövetségesem, és most végre nyíltan elárulsz.

– Figyelj rám, Jayce. Ő az egyetlen, aki közted és Tina közt áll, ha most győzünk, tiéd lehet Tina és Tia is, senki nem lesz, aki felszólaljon ez ellen.

Ekkor Jayce szeme megcsillant; nem csupán fontolgatta az ajánlatot, hanem szinte már el is fogadta.

– Ne hallgass rá! Szerinted Tina ezt elfogadná? És mi a helyzet Novával? Nem akartad megmenteni? – kiáltott Edison.

– Megmenteni?

Ekkor jelent meg Nova és felrázta az egész csatateret, mindenki figyelmét felkeltve.

– Soha nem volt jobb formában – mondta Huxley mosolyogva.

– Láthatod, hogy csak felhasználnak, hazudnak neked és ellenem akarnak fordítani.

Ekkor Edison közelebb lépett hozzá és megragadta a vállát. De mielőtt bármit mondhatott volna, Jayce oldalba szúrta. Ezzel ugyancsak mindenkit meglepett, és a feje tetejére állította az eddigi erőegyensúlyt. Huxley arcán egy gúnyos, öntelt mosoly jelent meg. Tudta, hogy úgy alakulnak a dolgok, ahogy tervezte. Aztán egy pillanattal később az előzőeknél jóval több erőt felhasználva támadta Xariust, aki ennek hatására védekezni kényszerült. Csak pár pillanat kellett volna, hogy visszanyerje az irányítást a párbajuk felett, de ez a pár pillanat több mint elég volt az ellenfél számára. Az oldalba szúrt Edison elhátrált Jayce-től, Kian kettejük közé állt, a herceg pedig kardjával a kezében és őrülettel a szemében kész volt lesújtani.

Közben Quint hirtelen magára hagyta a saját ellenfelét, de helyére megérkezett Quarthas. Viszont nem mint ellenség, hanem mint újdonsült szövetséges. Mire Quarthas Myles közelébe ért, Myles már létre is hozott három óriási vaslándzsát. Xarius és Rynia, amint megértették, mi történt, próbálták Quarthast megállítani, de nem volt esélyük, mivel az ellenfelüknek csak annyi volt a dolga, hogy ezt megakadályozza. Quarthas a mágnese képességével kilőtte a három lándzsát, és mindenkinek nyilvánvaló volt, hogy mi a célpont.

A háború pillanatok alatt fordult a lehető legrosszabbra. A hirtelen kialakult feszült csendet egy fájdalmas kiáltás szakította meg, melyből Arkon neve hallatszott ki. Rynia, és Xarius tudták jól, hogy a hang Tiáé volt, és hogy valami szörnyűség váltotta ki, de legnagyobb bánatukra képtelenek voltak azonnal fiuk segítségére sietni. Közben az ellenség már át is csoportosult. Rynia ellen Quarthas és Hendrix, míg az egyedül maradó

Myles testvére oldalára sietett Kian ellen. Xariust láthatóan elöntötte a düh. Az egyetlen oka, hogy nem kezdett őrjöngésbe, Rynia volt, akinek a pillantása mintha azt súgta volna, hogy minden rendben lesz, mintha tudna mindenről. Egy pillanattal később egy hihetetlen erőhullám söpört végig az egész csatatéren – vagyis kettő, de az egyik annyira brutális és vérszomjjal teli volt, hogy elnyomta a másikat. A Nova által keltett nyomás is eltörpült mellette. Mindenki lefagyott, aztán egy hihetetlen sebességgel repülő test elsöpörte Myles-t. A test nem tartozott máshoz, mint Quinthez, és bárki megmondhatta, hogy élettelen volt. Quarthas ennek hatására tombolásba kezdett. Huxley arcáról is leolvadt a gúnyos mosoly. Mindenki tudta, hogy mit jelent ez: Arkon új erőre kapott.

Az egyetlen ember, aki nem erre figyelt, Jayce volt, ugyanis Edison egész testében elkezdett porladni. Pontosabban a külső héj porladt el, amelyet Tina és Jake alkottak drágakövekből és a mimic álcázóképességéből. A kard, amelyet Jayce Edisonnak szánt, soha nem ért célba, mivel Edison soha nem is volt a csatatéren.

Fúzió, a háború vége

Amikor magamhoz tértem, elég furcsán éreztem magam. A korábbi érzésem, miszerint mindent érzékelek, megmaradt. A legfurcsább az volt, hogy nem furcsálltam, mintha az lett volna a természetes, hogy érzékelek mindent. A tér önmagában először a megszokott teljesen fekete volt, aztán hirtelen egy teremben találtam magam. Ahogy körülnéztem, kétségtelen volt, hogy egy trónteremben vagyok, amelynek egyik oldala fekete volt, arany díszítéssel, míg a másik fehér, vörös díszítéssel. A fehér oldalon lévő trón üres volt, bár tudtam, kihez tartozik. Aztán a következő pillanatban, amikor körülnéztem, egy a trónhoz vezető lépcső alján féltérdre ereszkedett alakot láttam. Nem volt más, mint Zoé. Tudtam jól, hogy ami történik, az az elmémben van, és hogy senki más nem képes itt felvenni velem a kapcsolatot, csakis Küriosz és Zoé; még Tia sem tudott elérni jelenleg. Pontosan ez volt az oka, hogy tudtam, ha Zoé meg akarta volna előzni a leszúrásomat, meg tudta volna tenni. Ez egyszerre tett dühössé és szomorúvá. Abban a pár pillanatban nem egy ember árult el, de mind közül Zoé miatt voltam a legszomorúbb. Aztán eszembe jutott, hogy engedélyt kért egy titkos küldetésre, Tia parancsára. Nem jelent volna meg előttem, ha nem lenne valami komoly mondanivalója, de meg kellett kérdeznem.

– Elárultál engem?

Ekkor eddig lehajtott fejét felemelte, és egyenesen a szemembe nézett. A tekintete őszinteséget és határozottságot sugallt.

– Soha.

– Mit gondolsz, Küriosz?

Ekkor Küriosz kölyöksárkány képében lépett elő a trón mögül, majd felrepülve az ölembe szállt. Egyikünket sem lepett meg a jelenléte.

– Biztos vagyok benne, hogy jó oka volt arra, amit tett.

– Ez kapcsolatban áll a Tiával kapcsolatos kéréseddel?

Ekkor csak bólintott. Rám nézett, látta, hogy várom, hogy kifejtse. A tér ismét változott. Egy irodához hasonló teremben találtuk magunkat. Én és Küriosz változatlan pózban ültünk, csak nem egy trónon. Zoé egy tábla előtt állt, bár nem sima tábla volt: élő képeket mutatott. Azonban valami nem stimmelt: a lejátszott képen engem nem szúrtak le, Zoé blokkolta a pengét. A képek folytatódtak, de Zoé nem szólalt meg közben. A penge blokkolása után ő megölte Quintet, minek hatására Quarthas gondolkodás nélkül Zoéra rontott, s szintén Zoé keze által halt meg. A három lándzsa soha nem került kilövésre. Anyám és atyám legyőzték ellenfeleiket, Kian pedig Jayce-t, aki ugyanúgy elárult minket. Aztán a kép hirtelen változott. Tina sírt Nova holtteste felett. Szóval nem tudtuk megmenteni Novát. Majd a hír hallatán, hogy a háborúban elesett a férje és a fia is, Mila teljesen összeomlott. A következő kép egy temetés volt, mégpedig Mila temetése, aki öngyilkos lett a bánattól. Aztán a következő, hogy az előzőekben látott trónteremben ülünk Tiával.

Aztán a kép hirtelen visszaváltott Quint támadására, de egyben meg is állt abban a pillanatban.

Nagyjából értettem, de azért folytattam a kifejtést követelő pillantások küldését Zoé felé, aki ennek hatására Küriosz felé fordult, aki határozottan bólintott.

– Már a fúzió kapujában vagyunk, úgyhogy nyugodtan elmagyarázhatsz mindent.

Tudtam, hogy erről van szó, de így kimondva még mindig kicsit hihetetlen, viszont Zoé pillantása mintha felélénkült volna. Bólintott, majd belekezdett.

– Az előbb látott képsorok egy lehetséges jövőt vázoltak fel. A második képsor azért ért véget, mert az a jelenlegi események sorát követi, erről nem mondhatok többet annál, mint ami megtörtént.

Erre csak bólintottam.

– Az első lehetőség esetében nem következett be fúzió, így nem sikerült megmenteni Nova hercegnőt, ellenben nem volt támadás a kúriák ellen. Viszont Mila mindezek után is életét veszti. A háború kimenetelét nem befolyásolja a döntés, pusztán egyetlen dolgot: hogy Nova hercegnő túléli vagy sem.

– És mi a helyzet a kúriát ért támadással?

Ekkor a képek hirtelen a mi kúriánkat mutatták. Az épület nagy része romokban volt, egy hatalmas vaslándzsa állt ki a földből – vagyis azt hittem. Aztán mielőtt szólhattam volna, a kép váltott. Myra és Cassius eszméletlenek voltak, de sértetlenek, felettük pedig, elsőre el sem hittem, de egy teknős. Aztán összeállt a kép: Zoé és Karl kaptak titkos feladatot.

Zoé, mintha tudta volna, mire gondolok, bólintott.

– És mi a helyzet Milával?

Ekkor elfordította a tekintetét. A kép nem változott, vagyis Küriosz sem akarta, hogy lássam, de értettem, mi történt: Mila meghalt a támadásban.

– Tia mennyit tudott minderről?

– Mindent.

– Nem lett volna lehetőségünk megmenteni őt is?

Ekkor csak megrázta a fejét.

– Elmondta volna a tervet Quintnek, aki pedig a királynak.

Erre csak bólintott.

– Rendben, értem. És ha jól sejtem, az árulás kapcsolódik a fúziónkhoz.

Ekkor csak bólintott.

A tér ismét megváltozott, és az első helyszínben találtuk magunkat. Zoé tudta, hogy a szerepe véget ért a történtek elmagyarázásával, így meghajolt és eltűnt.

– Szóval miért is az árulás a kulcs? Téged ismerve azt hittem, az erő vagy az arrogancia lesz.

Az arrogancia részt viccnek szántam, és ő is tudta. Jóval tisztábba éreztem az érzelmeit, mint ezelőtt, szóval most tudtam, hogy nem vicsorog, hanem mosolyog.

– Régen az erő volt. Az alapító idejében. Aztán megtörtént az, amit eddig nem mondtam el.

Emlékek kezdtek belém áramlani, ám képtelen voltam őket értelmezni. Tudtam, hogy idő kell hozzá. Viszont mind közül egy esemény sokkal tisztább volt a többinél: Küriosz Krüptó könyörgését hallotta a fejében a mentális kapcsolatukon keresztül. Éreztem, hogy össze volt zavarodva, nem tudott odamenni, mivel az őrző nem engedte neki. Az egész egy csapda volt, amelyet a testvére és a partnere állítottak neki. A fekete sárkányok büszkesége az erő. A testvére párbajra hívta, méghozzá a szentélyhez. Küriosz, már csak a büszkesége miatt is, elfogadta. Aztán az őrző bezárta. Azonnal tudta, hogy katasztrófa közelít. Elvégre ha az őrzőről is van szó, nem tudja sokáig fogva tartani őt. Vagyis valami olyasmire készültek, amit ő ellenzett volna, és nem kellett hozzá sok idő.

Éreztem, hogy nem csak sejtette, de pontosan tudta, mi fog történni. Aztán meg is történt. Először a partnere elvágta a mentális kapcsolatukat, majd Krüptó segítségkérése, amelyre az elzárás miatt még csak válaszolni sem tudott. Aztán csak a csönd maradt. Kis idővel később az elzárása megtört, azonnal Krüptó felé vette az irányt. Amit ott talált, az alapító Arkon volt, akinek kardja átszúrta Erina szívét. Az összes fehér sárkányt lemészárolták. Mielőtt Küriosz megkérdezhette volna, mi történt, az alapító már meg is osztotta vele az emlékeit. Innentől csak pusztítás és vérengzés volt. Küriosz tomboló haragjában minden fekete sárkányt megölt, majd végül Arkont is. Nem véletlenül nevezték őt a legerősebbnek. Viszont ebbe ő is belehalt. Láttam az emlékeiben, hogy a fúzió egy életre szólt: ha bármelyik fél meghalt, a partnere is követte. A halála pillanatában rengeteg érzelem cikázott Küriosz elméjében, de egyet tisztán éreztem: a gyűlöletet azok iránt, akik elárulták.

– Már érted?

Erre csak bólintottam. Tudtam, ha várok, kitisztulnak az emlékek, de nem volt hozzá türelmem.

– De miért tették ezt?

– A fekete sárkányok közt két frakció küzdött a hatalomért akkoriban. Az egyik, amit én vezettem, a fehér sárkányokkal kapcsolatos szimbiózisunkat jó dolognak tartotta. A másik frakció, amit a testvérem vezetett, átoknak. Úgy gondolták, ez csak megköti őket, és nem engedi, hogy erősebbek legyenek. Az alapítónak ott volt Erina, így meg voltam győződve róla, hogy ő is érti, milyen fontos, hogy valaki vissza tudjon fogni minket. De végül ő is úgy gondolta, hogy csupán az ősök játékszere vagyunk, és hogy ki tudunk belőle törni, ha megtörjük ezeket a láncokat. Én voltam a legerősebb, így feleslegesnek tartottam ez miatt aggódni, de álmomban sem gondoltam, hogy az őrzővel kötnek egyességet.

– Testvér? Akkor az az alak, akit láttunk a szentélynél...

– Így van. Valahol él és virul, és én le fogom vadászni, bármibe kerül – mondta Küriosz dühösen.

Éreztem, hogy elönti a düh, aztán hirtelen semmivé foszott.

– De van most ennél fontosabb dolgunk is.

Ismét a kinti eseményeket mutató képekre néztem. Úgy láttam, az idő szinte megállt kint, de a csata nem állt túl jól. A hercegek sárkányai úton voltak a csatatérre, Tina álcája lelepleződött. Tia pedig a varázserő-összpontosulásából ítélve jól láthatóan épp fúzióra készül. Ez röviden annyit jelent, hogy partnerek tekintetében fölényben vannak.

– Mit kell tennem a fúzióért?

– Semmit.

Ekkor kérdőn néztem rá.

– Már mondtam korábban, de a mi fúziónk más, mint a Tia és Krüptó közti. A miénk nem a kompatibilitásról szól, hanem az egyensúlyról. Elég erős vagy, hogy elviseld az erőmet, ez által még erősebb leszel, és én is. Velük ellentétben a mi fúziónk a varázserőnktől függ. Amíg van erőnk, fenn tudjuk tartani.

– Hogy érted, hogy egyensúly? És mi a hátulütője a dolgoknak?

– Nem akarom, hogy a múlt megismételje magát, bár nem hiszem, hogy meg fogja. Viszont akár én is letérhetek a helyes útról. Azt akarom, hogy elég erős legyél, hogy megállíts, ha ilyesmi történne.

Éreztem, hogy komolyan gondolja, így csak bólintottam.

– A hátránya pedig... nos, a fúzió után nem fogsz öregedni, de a fúziód részleteit csakis olyanokkal oszthatod, meg akik már használtak ilyet. Emellett családot alapítani is csak hasonlóval tudsz majd. Lényegében külön faj leszel, de felesleges erről beszélnem. Legyen elég annyi, hogy ugyanazok a feltételeid, mint Tiának, és ő elfogadta. Ha van még kérdésed, majd felteszed Krüptónak.

Ekkor csak elmosolyodtam. Talán egy kívülállónak úgy tűnhetett, hogy türelmetlen, de én tisztán éreztem, hogy csak izgatott: alig várja, hogy végre harcolhasson egy jót. Mit mondhatnék? Igazi harcmániás.

– Vágjunk bele, partner!

Csak bólintott, de a *partner* szó hallatán boldogság öntötte el. Aztán a tér megszűnt, és végre a mi fúziónk is teljes volt.

A következő pillanatban kinyitottam a szemem. Quint arcáról csakis félelmet tudtam leolvasni. Egy pár éve talán az idealista gondolataimra hallgattam volna, hogy megkímélem, adok neki még egy esélyt, de azóta sok minden történt. Zoé állítása szerint minden látott jövőben elárul, és Küriosz múltja is abban erősített meg, hogy ha túlságosan elnéző vagyok, akkor elárulnak. Mindezek alapján úgy döntöttem, senkinek nem kegyelmezek, aki az ellenségem ebben a háborúban, a következményekkel majd később számolok. Miután ezt elhatároztam, rámarkoltam a mellkasomban lévő kardra, melyet Quint még mindig teljes erejével fogott, majd felemeltem a jobb lábam, és visszaadva a kölcsönt, mellkason rúgtam. Nem tudtam még irányítani az erőmet teljesen, így lehet, hogy erősebbre sikerült, mint gondoltam, mert hihetetlen sebességgel repült el előlem, egészen addig, míg Mylesba nem csapódott. A kardot kihúztam a mellkasomból, a seb azonnal begyógyult. Amennyire tudtam, regenerációs képességünk nincsen, aztán éreztem, hogy Küriosz azt sugallja, nézzek balra. Amikor odafordultam, Tiát találtam ott fúziós formájában. Még mindig elképesztő: az aranyló aurája valósággal vakító volt. Aztán eszembe jutott, vajon én hogy nézhetek ki. A továbbfejlesztett érzékelésemnek köszönhetően képes voltam magam szemügyre venni. Két pár szárny csakúgy, mint Tiának, de az enyém éjfekete. A hajam fekete, a pikkelypáncélom viszont arany. A szemem úgyszintén aranyszínű. Aztán újra szemügyre vettem Tiát, mert kissé eltért attól, amire emlékeztem. A haja fehér volt, a szeme aranyszínű legutóbb. Most viszont mindkettő skarlátvörös.

– Áhh, szóval az ő fúziójuk is teljes – szólalt meg Küriosz a fejemben, és folytatta.

– Akkor változik át vörössé, ha elsajátítja a legmagasabb szintű szent és fehér támadóvarázslatokat.

Szerintem jobban állt neki.

Így, hogy mindketten túl voltunk a fúzión, ráadásul éppen fúziós állapotban léteztünk, képesek voltunk szavak nélkül is kommunikálni. Éreztem, hogy mindenkit gyógyít a mi oldalunkról. Sokan tanácstalanok voltak, hogy mi történt, de Kleo és Karl úrrá lett a hirtelen káoszon. Ami a szüleinket érinti, ők pontosan tudták, miről van szó, és amennyire láttam, minden aggodalom nélkül harcoltak. Az egyetlen probléma a közeledő sárkányokkal lehetett. Amíg eszméletlen voltam, Küriosz védte ki a Nova által indított támadásokat. Megkértem, hogy egy kis ideig még folytassa: állítása szerint bármeddig bírta volna.

Eközben én felpillantottam az égre, ahol abban a pillanatban két sárkány suhant el felettünk. Amikor az árnyék átszállt felettem, én is eltűntem, és már Myles sárkányának hátán voltam. Kifejletlen sárkány volt; valószínűleg ha odaért volna is Myleshoz, sem tudott volna sok mindent tenni, de a kaszám egyetlen suhintásával levágtam a fejét. Mielőtt lezuhant volna, már Jayce sárkányának hátán voltam. Hallottam, hogy Jayce kiabál lentről, de figyelmen kívül hagytam. Tina sértetlennek tűnt, Kian állt szemben a megérkező sárkánnyal, de amikor meglátott a hátán, csak meghajolt. A következő pillanatban egy újabb sárkány zuhant a földre fej nélkül. Quarthas és Huxley, akiket veszteség ért veszteség után, totális tombolásba kezdtek, de úgy ítéltem meg, hogy nem szükséges segítenem.

Anyámat soha nem láttam még ennyire elemében: két nagyszerű harcos ellen kellett kiállnia, de esélyt sem adott nekik. Egyszerűen túl gyors volt, de egyben hihetetlenül elegáns is. Ugyanez elmondható volt a sárkányáról is. Az óriáskígyó és Quarthas mágnessárkánya is szivárvány kategóriájú, míg anyám sárkánya variáns egyszínű, és mégis teljes mértékben uralta a csatát. Küriosz első gondolata annyi volt, hogy „fenséges", és nem is érthettem volna vele jobban egyet.

Atyám harca is fordulópontra érkezett. Huxley, bármennyire is volt dühös, csak védekezni volt képes, és hamarosan, már arra sem. Ami viszont aggasztott, az a Draic és a Troy család harca volt. Folyamatosan nagy területű, de szimpla elemű varázslatokkal támadták egymást. A gond nem is ez volt, hanem hogy látszólag egyikük sem érzékelte Safir Gordon közeledtét. Azt hittük, mivel nem bukkant fel, úgy döntött, talán így túlélheti, de most mégis megjelent, Margaret és Johannes pedig védtelen volt. Amint megéreztem, hozzájuk teleportáltam, de ami fogadott, az teljesen meglepett. Gordon hátbaszúrta Axtont, a saját szövetségesét. April ezen meglepődve azonnal Gordon ellen fordult, de ő gyorsabb volt, és hasba szúrta ugyanazzal a tőrrel. A sárkányok is összezavarodtak, hiszen Gordon sárkánya is a Troyok partnereire rontott. Gordon elégedetten hagyta ott áldozatait és sétált felém, aztán hirtelen egy földtüske nőtt ki a földből, amely átszúrta hátulról. Axton volt az, talán az egyetlen becsületes pár a király oldalán, és őket is elárulták. Nem tudtam rajtuk segíteni: mindkettejük sebe halálos volt. Odateleportáltam, de Axton már halott volt. April suttogott valamit, de nem értettem, így közelebb hajoltam. „Kérlek, gondoskodj a lányomról" – mondta elhaló hangon, miközben vért köhögött. Nem tudtam mit mondani, csak határozottan bólintottam. Pár pillanat múlva ő is meghalt. Mindez egy újabb ostoba Safir miatt. Ekkor határoztam el, hogy amint király leszek, megváltoztatom ezt az egészet. De nem volt időm ezen agyalni, mivel volt egy ember, aki még mindig arra várt, hogy megmentsük. Margaretéken a meglepetésen kívül szomorúságot láttam. Nem álltak túl közel, de a két szövetségben közel azonos volt a helyzetük, ráadásul mind tudtuk, hogy őket csak belerángatták a háborúba, a többi családdal ellentétben.

Mindeközben Küriosz jelezte, hogy Nova támadásai gyengülnek, vagyis a szervezete kezdi feladni a harcot. A küzdelmek szinte mindenhol véget értek, így kezdetét vette a terv, amelyet kitaláltunk Nova megmentésére. Amikor Tia mellé teleportáltam, Trevor is ott állt, akinek volt egy kis része a tervben, de eléggé rossz bőrben volt. Az égési sebekből könnyű volt megmondani, hogy Tia a bomlasztó sugarát használta, hogy megszabadítsa mind a négy végtagjától. Még a hideg is kirázott. Küriosz-szal elhatároztuk, hogy soha nem dühítjük fel Tiát és Krüptót. Magunk mellé teleportáltam Tinát és Jake-et. Jake a mimicjét használva azonnal le is másolta Trevor képességeit, bár fintorgott kicsit a látványra. Viszont meglepetésemre amikor Trevor meglátta Jake-et, mintha megnyugodott volna. Tina felkészült a burok létrehozására; úgy döntött, rubint fog használni, mivel annak a kezelésében a legmagabiztosabb, és a védelmet nem kell szem előtt tartania, hiszen el fogjuk zárni. Azt vártam, hogy Jake majd pörögni fog, de ahogy körbenézett, hirtelen mintha túl sok kérdése lett volna. Még nem látott minket fúziós állapotban – mármint engem még más sem. Az apja állapota és maga a háború, mintha most először túl sok információt kapott volna még ő is. Jake hozzá is látott Trevor képességeinek másolásához. Egy kis idő kellett volna csak, hogy befejezzük. Ekkor hirtelen minden támadás abbamaradt.

Amikor Novára néztünk, vért könnyezett, aztán köhögött is, majd élettelenül zuhanni kezdett. Mind tudtuk, hogy sietnünk kell. Azonnal elteleportáltam érte, és vissza a többiekhez. Tia és Krüptó azonnal nekilátott a gyógyításnak. Fizikálisan felgyógyították, de úgy volt, ahogy mondták. A varázserő hihetetlen mennyiségben azonnal Nova felé áramlott, aminek hatására fájdalmasan sírni és üvölteni kezdett. Aztán ismét vérezni kezdett a szeme, kezdett összeomlani a teste. Ezt a ciklust még párszor végig kellett csinálni, és nem tudtuk, mentálisan ki fogja-e bírni, csak remélhettük. Tina ismerte őt a legjobban, így folyamatosan beszélt hozzá, hátha erőt meríthet belőle. Aztán végre Jake végzett a másolással és el tudta altatni Novát. Tia, Krüptó és Tina körbevonta a gyógyító burokkal, én pedig elzártam. Tina utolsó mondata az volt: „Itt leszünk, amikor felébredsz", majd a tér bezárult, és mi csak reménykedhettünk benne, hogy amikor majd felébred, az a Nova lesz, aki volt.

Pár perccel korábban, a csata többi pontján

A hirtelen érkező lökéshullámot mindenki egyértelműen Arkonnak tulajdonította. Amikor a keletkezés helyét keresték, két aurát láttak a távolban: az egyikük ragyogó fehér és arany, a másik baljósan fekete. Mintha a kettő kiegyensúlyozta volna egymást. Úgy tűnt, Huxley tudja a legjobban, miről van szó, bár a tudással nem sokra ment. Amikor Quint holtteste becsapódott, a lefagyott csatatér új erőre gyúlt. Az első, aki lépett, Quarthas volt, aki tudta, Arkon ölte meg a fiát. Gondolkodás nélkül Ryniára rontott, Hendrix pedig követte őt. Azonban Rynia teljes mértékben megnyugodott, hiszen tudta, ha fia képes ekkora erőhullámot kibocsátani, akkor kutya baja. Hendrix pedig pajzsként használta az őrjöngő Quarthast. Huxley igyekezett megtartani a hidegvérét, de közel sem volt annyira nyugodt, mind Xarius, aki ugyanarra a következtetésre jutott, mint Rynia. De talán mindenki közül Jayce volt, aki a leglabilisabb állapotba került. Szép lassan összerakta a fejében, hogy miket mondott neki az apja, és hogy rátámadott Edisonra, aki valójában Tina volt. Rájött: ha akarna, sem tudna már megbocsátást nyerni, de még így sem értette, hogy miért nem akar Tina vele lenni. Még ha Tia lenne a királynő, Tina akkor is lehetne Jayce szeretője, az is kiváltság, mégis milyen elszántan ellenkezik. Képtelen volt megérteni, de elhatározta, hogy ha úgysem kaphat már megbocsátást, akkor a végsőkig próbálkozik, és megszerzi mindkettejüket – ha kell, erővel. Ezt elhatározva Kian ellen indult, számtalan varázstámadást indítva. Tudta jól, hogy Kian erős, de ő is erősebb lett. Ő volt a herceg, egy felkapaszkodott rabszolga nem győzhette le. Az eredmény azonban az volt, hogy Kian vagy Tina közelébe sem érhetett egyetlen varázslat sem, mintha valami láthatatlan védte volna őket. Természetesen nem volt láthatatlan, csak Jayce képtelen volt érzékelni: Kian megtanulta kiterjeszteni az által irányított varázserőt. A testét központként használva annak többszörösét volt képes irányítani, mint egy varázserő-óriás. Mivel tömény varázserőt használt, nem pedig bizonyos elemet, minden Jayce által indított támadás gyengébb volt nála. Jayce őrjöngött, aztán hirtelen az ég fele mutatott és annyit mondott:

– Lássuk, hogy bánsz el ezzel!

Amire Jayce mutatott, nem volt más, mint a sárkánya, de Kian ennek hatására csak leengedte a fegyvereit és meghajolt. Jayce nem értette, de ő is felnézett. Amit látott, az ő fogalmai szerint maga volt a halál. Egy fekete köpenyt és arany páncélt viselő alakot pillantott meg, aki halálos aurát bocsátott ki. Amikor Jayce-re nézett, az arany szempártól ő halálra dermedt. Aztán a kezében tartott kaszával egyetlen mozdulattal levágta a sárkányának fejét. De még mielőtt bármit is tehetett volna, sárkányának élettelen teste ráesett. Így halt meg Jayce herceg, akit királyság szerte szerettek.

Huxley képtelen volt segíteni a fiának, mivel Xarius minden figyelmét lekötötte. Vele ellentétben Xarius nem mutatott semmilyen reakciót fiának halálára. Nem sokkal korábban, amikor azt gondolta, hogy Arkon meghalt, ő gúnyosan mosolygott, Xarius viszont teljes mértékben a harcukra koncentrált. Végig mosolygott, de nem gúnyos, nem boldog mosoly volt. Egy bestia mosolya, aki végre levadászásra érdemes prédát talált. Amikor Hendrix felé pillantott, ugyanezt az arckifejezést látta Rynia arcán. Talán ez volt az első pillanat az életében, amikor úgy gondolta, talán tényleg nem kellett volna a Dracókal ujjat húznia.

Myles szédülve ugyan, de talpra állt. Amikor körbenézett, egyik meglepetés érte a másik után, bár Quint holtteste sok érzelmet nem váltott ki belőle. Elvégre csak egy használható gyalog volt, semmit sem ért hozzá képest. Apja még mindig harcolt, és ami meglepőbb volt, úgy tűnt, vesztésre áll. Ugyanez volt elmondható Hendrixről is. De ami legjobban meglepte, hogy nem látta a testvérét, viszont egy sárkánytetemet felismert: tudta, hogy Jayce partnerét látja holtan. Aztán belegondolt, hogy ő is hívta a sárkányát, de nem találta sehol. Próbálta újra hívni, de nem kapott választ. Az első gondolata az volt, hogyan meri egy ilyen szolga lény figyelmen kívül hagyni a hívását, de aztán meglátta, hogy rég nem látott kis menyasszonya, Tina is itt van. Gondolta, legalább szórakozik egyet, mielőtt megnyerik a háborút, így Tina és Kian felé indult. Amikor Tina ezt meglátta, félelem öntötte el. Kiannak ez azonnal feltűnt, s egyből megtalálta Tina félelmének forrását. Tudta, miket tett Tinával ez a „herceg", és a viselkedéséből úgy nézett ki, cseppet sem bánja. Kian Tinára terítette köpenyét és homlokon csókolta. Tina megnyugodott, de nem tudta, mi fog történni. Amikor Myles már elég közel volt, kinyújtotta a kezét, hogy megragadja Tinát és annyit mondott:

– Félre, rabszolga!

Kian úgy állt Tina előtt, hogy ezt ne lássa, Myles pedig nem jött közelebb. Több szó nem hagyta el a torkát sem: Kian minden dühét beleadva négybe vágta. Majd anélkül, hogy Tinának engedte volna, hogy lássa, elindultak az ellenkező irányba. Kiannak még csak megfordulnia sem kellett: varázserejével irányította a kardjait, és a testrészek leesésének hangjából pontosan tudta, hogy sikerrel járt.

Egy kis idő múlva Arkon elteleportálta Tinát.

Hendrix tudta, hogy a háború elveszett, viszont azt is, hogy képtelen lesz elmenekülni. Soha nem gondolta volna, hogy ilyen ellenfelekkel találkoznak. Amikor Nova erejét látta, meg volt győződve róla, hogy nem veszíthetnek. Akármi is legyen igaz az Arkont övező pletykákból, de ha az nem lenne elég, hogy minden elképzelésüknél erősebb, Rynia és Xarius sem normális. Rynia még csak nem is született nemes, és mégis. Ekkor Quarthasra pillantott – vagyis a jégtömbre, ami maradt belőle. Egy ideig úgy tűnt, hogy ha nem is erősebb Ryniánál, legalább egyenrangúak. Egészen nem sokkal ezelőttig, amikor mintha maga vált volna a jég megtestesülésévé. Bármi, amihez hozzáért, azonnal megfagyott, ahova lépett, amit a fegyvere megérintett, minden. Először csak Quarthas fegyverei bánták, aztán egyetlen érintés a kaszája hegyével, és Quarthast egy pillanat alatt elborította a jég. Aztán Rynia egy vészjósló mosollyal az arcán széttörte a megfagyott Quarthast. „Lehetetlen blokkolni, ha hozzám ér, végem. Sem a sav, sem a méreg nem hatásos ellene" – gondolta Hendrix.

– Nagyon ügyesen tudsz menekülni, de maguntam a fogócskát.

Méghogy menekülni! Hendrix szíve szerint visszavágott volna, hogy mit tehetne egy ilyen szörny ellen, de amikor megfordult, legnagyobb meglepetésére Rynia nem követte, csak egyhelyben állt. Aztán lágyan felemelte az egyik lábát, majd színpadiasan dobbantott egyet. Abból a pontból indulva szempillantás alatt minden megfagyott, amíg a szem ellát. Rynia ekkor indult el felé. Hendrix el akart futni, de ő is megfagyott. Az a pár lépés egy örökkévalóságnak tűnt, mivel tudta, hogy nem tehet semmit a végzete ellen. Kétségbeesésében a partnerét hívta, de nem kapott választ. Amikor próbálta pillantásával megkeresni, meg is értette, hogy miért: a távolban egy jégbe fagyott óriáskígyót látott. Saját kárán tapasztalta meg, hogy ez nem csupán egy réteg jég, még a belső szervei is megfagytak. Cikáztak a gondolatai, de Ryniát semmi sem állíthatta meg.

– Jól szórakoztam – mondta Rynia mosolyogva, majd ütésre emelte a kaszát. Hendrix arcára kiült a félelem, de a kasza így is lesújtott. Rynia ellenfeleiből nem maradt más, csak két jégkupac.

Most, hogy Ryniának volt egy kis ideje felmérni a többiek helyzetét, észrevette, hogy az eddig őket bombázó gravitációs lövedékek megszűntek. Az egyetlenek, akik még harcoltak, Xarius és Huxley voltak.

Mindezek közben Tia és Trevor farkasszemet néztek egymással. Trevor volt a legrejtélyesebb a király frakciójából, félelem helyett most is a csodálat ült ki az arcára. Aztán hirtelen elsötétült az arca, majd hisztérikus nevetésben tört ki.

– Pár pillanat alatt minden összeomlott – szólalt meg.

Tia nem igazán értette, mire céloz, de nem is nagyon érdekelte. Mióta a harctérre léptek, Trevor próbálta a gyengítő varázslatait érvényesíteni, de nem volt képes túljárni Tia érzékein. Az, hogy a többi csatatéren nem okoztak gondot Trevor képességei, csakis Tiának volt köszönhető, de mind ketten tudták, hogy a harcok a végükhöz közelednek. Tia Arkon fúziója utána figyelmeztette Trevort, hogy ha egy rossz lépést tesz, azt a lába bánja. Trevor ennek ellenére is megpróbált elmenekülni. Tia leégette a lábát. Trevor minden épeszű emberrel szemben egy hangot sem hallatott, csak mint egy őrült kutató, mintha azt sugallta volna

Tiának, hogy mutasson még neki más képességet is. Az arckife-jezése furcsán hasonlított, Jake-éhez, de rossz értelemben. Nem tiszta kíváncsiságot sugárzott, hanem az őrült fajtát. Mintha szíve-sen felboncolná, és ettől Tiát a hideg rázta. Mikor megpróbált felé kúszni, inkább leégette mind a négy végtagját, aztán annyit gyó-gyított rajta, hogy ne haljon bele. Ezután érkeztek meg Arkonék.

Jake feltűnésére Trevor elmosolyodott. Mindenki sietve neki-látott a Nova megmentésére szőtt terv megvalósításának, amely végül sikerrel zárult. A harcok – Xarius és Huxley küzdelmét le-számítva – lezárultak. Trevor Jake-re nézett és annyit kérdezett:

– Te engedted szabadon?

Jake csak bólintott. Ekkor Trevor hangos nevetésben tört ki.

– Érdekes társaság vagytok. Bárcsak láthatnám, mi mindent rejtegettek még! Bárcsak...

A szemében megszállottság látszott, de a mondanivalóját nem tudta befejezni: Jake egy a földön talált karddal szíven szúrta. Arkonra nézett, de nem mondott semmit. Mindketten tudták, hogy beszélniük kell arról, amit Trevor mondott, de nem alkal-mas sem az idő sem, a hely.

Közben az utolsó még zajló párbaj is lezárult. Az évtizedek óta rivalizáló felek végre lezárhatták a rendezetlen ügyeiket. A meg-számolhatatlan varázslat megidézése mindkettejük varázserőtar-talékát kiapasztotta, viszont Huxleyt a veszteségei is megtörték; a szeme láttára haltak meg a fiai. Nova elzárásáról nem tud, de az ő elméjében Nova már csak az őrző gazdateste volt. Egy a megszám-lálhatatlan áldozat közül, melyet hozott, és mégis mi értelme volt? Az a rengeteg áldozat, amelyet a királyi család már az őt megelőző generációk során is hozott, és mindezt, csakúgy, mint a múltban, most is a Draco család teszi semmissé. Mégis, amikor Arkon és a töb-biek megérkeztek Xarius oldalára, egy kevés féltékenységet érzett. Életében most kételkedet először, hogy talán rossz döntéseket ho-zott, de tudta, hogy már késő. Mindez egy pillanat alatt játszódott le a fejében. Minden csepp varázserejét felhasználta, és még az éle-terejét is. Ha az utolsó támadása sikerült volna, akkor is belehal, és ezt ő is tudta. Legalább az utolsó harcával kapcsolatban nem volt mit megbánnia. Amikor erőtlenül a földre esett, már halott volt.

Elvarratlan szálak

A csata lezárulta után egyikünk sem tört ki örömünneplésben. Volt, aki a csata során kilőtt lándzsák okozta károk miatt aggódott; volt, aki tudta, hogy ez mindennek csak a kezdete. Én tudtam a fúziómnak és Zoé képességének köszönhetően, hogy a testvéreink biztonságban vannak, és hogy mi történt Milával. Mint kiderült, Rynia, Margaret, Tia és Zoé együtt döntöttek úgy, hogy a Zoé által látott két opció közül melyik valósuljon meg. A fúziónkat időközben feloldottuk, amikor megbizonyosodtunk róla, hogy egyetlen ellenségünk sem maradt életben. Aztán a kúriához teleportáltam magunkat. Mindenkinek csakis a testvéreink épsége járt az eszében. Az első, amit érkezésünkkor megpillantottunk, az a részben összedőlt kúria volt. A szüleink azonnal odasiettek, de rövidesen mindenki megnyugodhatott, mivel az épület beomlott része alatt nyugodtan szundikált Karl partnere, és az általa védett testvéreink. Cassius és Myra sértetlenek voltak, azonban nem sokkal később megkaptuk a szomorú hírt. Atyámat viselte meg legjobban, de mélyen legbelül, abban a pillanatban, amikor Quint és Quartas elárultak bennünket, tudta, hogy nagy valószínűséggel Mila is célpont lett. Amikor anyám félrevonta, hogy négyszemközt beszéljenek, senki nem hallotta, miről van szó, de mind tudtuk: Mila lényegében áldozat volt, hogy megmentsük Novát. Atyámnak, aki nem is ismerte Novát, ezt természetesen nehéz volt elfogadnia. Indulatosan beleütött ököllel a már amúgy is romos falba, majd elnézést kért. Egy kicsit egyedül akart maradni. Anyám úgy döntött, ő vele tart. Tudtuk jól, hogy senki másnak nincs esélye megnyugtatni, úgyhogy nem is firtattuk a döntését. Kissé meglepő volt számomra, de atyám elvonulásával mindenki az én utasításaimat várta, és én tudtam is, mit kell tennem.

Atyám világossá tette már egy ideje, hogy bármit is tegyünk a háború után, ők mellettünk lesznek. Viszont Tia szüleitől ellenkezésre számítottam, amikor elmondtam, hogy Tiával úgy döntöttünk, kezünkbe vesszük az irányítást. Azonban úgy tűnt, a háború alatt ők is belátták, hogy változásokra van szükség. Mind tudtuk, hogy a királyi család kihalását követően ha nem sietünk, a Hylla család vérrokonai, a Pyrosok próbálnak majd hatalomra emelkedni. A csatának vége volt ugyan, de még rengeteg dolgunk volt. Az északi részeken nem lesz okuk az embereknek pánikra – a Theron-területeket leszámítva, de ezt a szüleinkre bíztam, mi pedig a fővárosba teleportáltunk. Pontosabban a rejtekhelyünkre.

Nem tudtuk, hogy a király verségének híre eljutott-e már a fővárosba, de nem volt kérdéses, hogy amint ezt megtörténik, kitör a káosz. Ezt szerettük volna megakadályozni, valamint meg akartunk bizonyosodni, hogy Heidi valóban halott-e. Amennyiben életben van, az erős alapot szolgáltathat a tömegek meggyőzésében, hogy a király hazudott nekik, és volt még egy erős fegyverünk: Edison, bár ő valószínűleg nem lesz boldog, amikor újra látjuk egymást. Tina terve, miszerint ő maga akar megbizonyosodni Jayce, megbízhatóságáról, pontosan azt az eredményt hozta, amire számítottunk. Edisonnak elmondtuk a tervet előzetesen, de semmi esély nem volt rá, hogy beleegyezzen, így egy kicsit erőszakosabb módszert választottunk: Edisont bezártuk a mi kis rejtekhelyünkre. Ha nagyon akart volna, ki tudott volna törni, hogy nem tette, azt mi formális beleegyezésnek tekintettük. Amikor megérkeztünk, Edison első dolga volt, hogy letámadta Tinát és átölelte. Biztos vagyok benne, hogy rettenetesen ideges volt, de az, hogy itt voltunk, a fejében lévő legtöbb kérdésre választ adott. Aztán elmeséltük neki a háború történéseit. Halványan ugyan, de szomorúság volt a tekintetében, amikor Jayce döntéséről hallott. Azonban amikor lányára és Kianra pillantott, boldogság ült ki az arcára. Aztán mintha hirtelen megvilágosodott volna... tudta mi következik. Pontosan tudta, hogy milyen erős befolyása van a központi területek felett, és hogy ezt hogyan akarjuk felhasználni. Szerencsére még időben érkeztünk: sem a hírek, sem a Pyrosok nem értek a fővárosba. Azonnal a palota felé indultunk. Az őrök próbáltak megállítani, de esélyük sem volt. Egészen Heidi szobájáig törtük az utat, ahol pontosan azt találtuk, amire számítottunk: Heidi érzelemmentesen nézett a távolba, de életben volt. Tudtunk, hogy ha életben is találjuk, az őrző megszállása miatt a szervezete összeomlott, de számunkra az is elég volt, hogy életben van. Edisonra néztem, aki bólintott. Innentől kissé felpörögtek az események. Megtettük az előkészületeket, hogy a főváros lakói elé tárjuk a híreket, amelyeket ugyan kétkedve, de – köszönhetően Edison befolyásának – elhittek. Emellett bejelentettük, hogy a Draco család fogja átvenni a királyi család helyét. Az embereken látszott az aggodalom, de senki nem mert szót emelni. Érthető; a változás mindig félelmetes, és a főváros lakói nem ismertek minket, neki csak hódítók voltunk. De akik koronázásra vagy fesztiválokra számítottak, várniuk kellett. Nem tekintettem magam királynak... hogyan is tehettem volna, mikor még mindig voltak, akik nyíltan ellenségesek voltak? Pár nap leforgása alatt átvettük az uralmat a Theron és a központi hármas terület felett. Viszont amitől tartottunk, bekövetkezett: a Pyrosok bejelentették a trónigényüket. Sokan egy újabb háborútól tartottak. Én viszont úgy gondoltam – és ebben Küriosz is egyetértett velem –, hogy csak időhúzás lenne. Így el is jutottunk a háború tényleges lezárása előtti utolsó gyűlésre, bár gyűlésnek nevezni túlzás lett volna. A részvevők Tia, Tina, Kian, Zoé, Jake és én voltunk. A szüleink el voltak foglalva az északi ügyekkel, valamint úgy döntöttek, mindent ránk hagynak ezentúl. Edison hasonló véleményen volt. Amíg le nem zárult ez az egész, elvállalta a központi területek felügyeletét, de amint a tényleges koronázás megtörténik, onnantól enyém a felelősség.

– Mozgalmas napok állnak mögöttünk.

Mindenki kimerült volt, ez egyértelmű.

– A déli hármas szövetséget leszámítva minden területet az uralmunk alá vettünk. Holnap a Pyros-területekre repülök Küriosszal, és minden ellenségeskedést elfojtok.

Mind tudták, hogy a szavak mögött milyen jelentés van. Egyikünk sem akart felesleges vérontást, de a Pyrosok nem fognak meghátrálni. Ennek hatására senki nem is mondott semmit.

– Jake, miután ez megvolt, a Grey-területeket veszem célba. Szeretném, ha velem tartanál.

Ekkor mintha szomorúság, de egyben megkönnyebbülés is kiült volna az arcára.

– A Grey-területeken nem fogsz ellenállásba ütközni. Valószínűleg én vagyok az utolsó élő Grey.

– Hogy érted ezt?

Sejtettem, hogy az apjával folytatott utolsó beszélgetésének részleteire gondol, de ha most úgy dönt, nem mondja el, hajlandó vagyok eltekinteni az áskálódástól.

– Maradjunk annyiban, hogy egy olyan lényt tartottak fogságban, akit soha nem szabadott volna. A végső célom mindig is az volt, hogy kiszabadítsam, és a háború alatt megvolt rá a lehetőségem. Azonban az évszázados bezártság miatt eluralkodott rajta a düh. A mimicem segítségéve engedtem szabadon, és a mimicem volt az egyetlen, aki túlélte a lény őrjöngését. Amikor a helyszínen leszünk, majd pontosabban elmesélek mindent.

– Akkor amikor Trevor azt monda, egy szempillantás alatt összeomlott minden, nem csak a háborúra gondolt?

Ekkor Jake csak bólintott. Én nem tudtam, pontosan miről van szó, de egyelőre elfogadtam, hogy majd elmondja.

– Tina, te és Kian itt maradtok, és irányítjátok a központi területeket.

– Tia, téged is arra kérnélek, hogy maradj; amíg én távol vagyok, te leszel az, aki irányít.

Tiltakozni akart, de végül nem mondott semmit. Mind tudtuk, hogy nem jelent komolyabb kihívást ez az út azok után, amit túléltünk, viszont most, hogy ha csak jelképesen is, de uralkodók lettünk, valakinek itt kell maradnia, hogy stabilitást adjon.

Ezután mind csak bólintottunk. Rövid megbeszélés volt, de az elmúlt évek alatt megtanultunk számítani egymásra, és mindennél inkább várta mindegyikünk, hogy lezáruljon ez a már így is túl hosszúra nyúlt háború.

Mindenki el is indult a saját dolgára. Mivel a háború vége óta a palotát használtuk főhadiszállásként, lassan kezdtünk hozzászokni, de még mindig furcsa volt a megszokott kis kollégiumi szoba vagy a viszonylag kicsi kúria után. Aztán amikor a hálótermemhez értem, ismerős jelenlétet éreztem bentről. A vendégszobákat használtuk; egyikünk sem akarta a csupán pár napja halott királynak és fiainak tárgyait használni. A szobában tartózkodó személy pedig nem volt más, mint Tia. Egy „Sokáig tartott ideérnek" megjegyzéssel köszöntött, mire csak elmosolyodtam. Az utóbbi időben annyira felgyorsultak az események, hogy nem is tudom, mikor beszéltünk utoljára négyszemközt – a fúzióm óta talán egyszer sem. Az akadémián többször is próbáltam a kapcsolatunkat egy „magasabb szintre" emelni, de folyamatosan elutasított. Eléggé demoralizáló volt, de többször is kiemelte, hogy nem mondhatja el az okát. Amikor átestem a fúzión, meg is értettem, miért nem. Szóval volt némi sejtésem, hogy miért volt a hálótermemben, aminek hatására kissé zavarba jöttem, és ahogy láttam, ő is. Azonban megnyugtatott, hogy úgy érez, ahogy én. Több sem kellett, mellé sétáltam és megcsókoltam. Mindketten tudtuk, hogy nem kell tovább visszafognunk magunkat most, hogy azonos szinten állunk.

Aztán hirtelen úgy éreztem, figyelnek minket, bár ez a jelenlét most más volt. Gyorsan rájöttem, hogy ezek most a sárkányaink, nem pedig a szüleink. Ez kissé bosszantott, így elzártam a tér e részét, és ideiglenesen minden mentális kapcsolatomat megszakítottam Küriosszal. Pontosan tudtam, hogy Tia is ugyan így tett a Krüptóval közös kapcsolatukkal. Ami aznap éjszaka történt, mindörökké kettőnk titka marad. Vagyis ezt gondoltuk...

Másnap reggel vonakodva ugyan, de tudtam, hogy fontos dolgok várnak rám, szóval feloldottam a térelzárását, és ami fogadott, nem volt más, mint a két partnerünk kölyöksárkány formában. Krüptó sértődöttnek tűnt, míg Küriosz frusztráltnak. Aztán Krüptó rá is kezdett, hogy nem volt szép kizárni őket egy ilyen fontos „közös pillanatból". Közben Kürioszt is zaklatta, hogy miért nem törte át a térelzárást. Ekkor Tiára néztem, aki a szóban forgó téma hatására elpirult. Aranyosnak és szeretnivalónak találtam volna, azonban az első gondolatom az volt, hogy ha arra gondol, amire gondolom, akkor Krüptó... Ekkor Krüptóra néztem, aki már hihetetlenül fókuszált valamire.

Nyilvánvaló volt, hogy a kettejük mentális kapcsán keresztül Tia emlékeiben vájkál. Ennyit a titokról. Mivel erős koncentrációt igényel bármit is eltitkolnunk a fúziós partnerünk elől, így én is úgy döntöttem, feloldom, hiszen már mindegy volt. „Fúj, senki nem kíváncsi a fajtátok undorító párzási szokásaira" – csattant fel Küriosz. Ekkor Tia még jobban zavarba jött, nekem pedig az idegességtől ökölbe szorult a kezem és arra gondoltam, mit is vártam ettől az arrogáns gyíktól. „Hé, ezt már megbeszéltük. Arrogáns *sárkány*" – csattant fel ismét Küriosz, majd rám vicsorgott. Nem tudtam mit tenni, elnevettem magam. Az előző éjszaka – az mellett, „ami" történt – sokat beszélgettünk is. Most, hogy nem voltak korlátozások azt tekintve, mit mondhatunk el, mindketten felszabadultak voltunk. Úgy éreztem, szép lassan minden rendeződik. Amikor Kürioszra néztem, mindketten tudtunk, hogy ma pontot teszünk mindennek a végére. Közelebb léptem Tiához és homlokon csókoltam, majd elbúcsúztam tőle. Krüptó persze azonnal faggatni kezdte, mi pedig Küriosszszal a Pyros-területek felé indultunk. Úgy döntöttünk, hatásosabb belépő lesz sárkányháton megérkezni, így Küriosz felvette kifejlett sárkány alakját, és meg is kezdtük utunkat.

Pontosan az történt itt is, amire számítottunk. Joy minden megmaradt katonai erejüket a kúriájukhoz csoportosította, s amikor megjelentünk, azonnal varázslatokkal és nyilakkal kezdtek minket bombázni. Amikor bejelentettük a hatalomátvételt, Joynak és a többi Pyrosnak kegyelmet ajánlottunk, amennyiben leteszik a fegyvert és lemondanak a nemesi rangjukról. Persze erre semmi esély nem volt, azonban arra nem számítottam, hogy ilyen sokan állnak majd mellé. Sajnos, amennyire meg tudtam állapítani, voltak köztük civilek is. Nem fogok szépíteni, Küriosszal elhatároztuk, hogy a lázadásnak írmagját is kiírtjuk. Senki nem maradt a Pyrosokon kívül, és őket sem állt szándékunkban megkímélni. Amikor a kúria felett lebegtünk, sokféle arckifejezést láttam, de mindegyiken a gyűlölet volt a legerősebb. Az emberek szemében nem láttam félelmet, de tisztán éreztem, hogy a Pyros család nagy büszkeségei, a partnereik, az óriáskígyók rettegnek. Aztán meg is adtam a jelet

Küriosznak, aki fekete lángokkal árasztotta el a kúriát. Nem tudom, mire számítottak, hogy ki fog a védelmükre sietni most, hogy legerősebb harcosaik elestek a csatában, de nem jött senki. Mindegyikük porrá égett a Pyros-kúriával együtt. A városban érhető módon eluralkodott a pánik „Mind meghalunk" vagy „Ez maga a halál" felkiáltásokkal, ám ezzel most nem foglalkoztam. Szinte azonnal Jake-hez teleportáltam, majd elrepültünk a Grey-területekre, ahol valóban azt találtuk, amit Jake sejtett: rombolás és mészárlás nyomait karmok és mindenféle elem által. Vérfoltokat találtunk ugyan, de testeket nem. Az egészben a legmeglepőbb az volt, hogy a többi területhez képest itt még csak városok vagy települések sem voltak. Egyetlen kúria volt, ami inkább tűnt börtönnek. Jake állítása szerint a Grey család lényegében egy kutatócsapat volt. A királyi család egyik legnagyobb titka volt ez. Azok a lények, amelyeknek a legtöbbjéről az emberek azt hitték, hogy csak legenda, itt kísérleti alany volt. Ezért fókuszáltak a gyengítő varázslatokra; így könnyebb volt kísérletezni rajtuk, hisz' nem volt erejük ellenállni.

Éreztem, hogy Kürioszt mély undor fogja el, de ugyanez volt igaz Jake-re is. Aztán ismét kiemelte: nincs senki, aki a Grey-oldalról ellenállást mutathatna, mivel mindenki halott. Ekkor csak bólintottam. Aztán megkért, hogy romboljam le az egész létesítményt, de nekem már jobb terveim voltak vele. Kissé megrémült ennek hallatán, de biztosítottam róla, hogy semmilyen kínzás vagy kísérletezés nincs a terveim közt. Ekkor megnyugodott. Nem volt más hátra, csak a Troy család területe. Semmilyen ellenállásra nem számítottam, mégis ez ígérkezett a legmegterhelőbbnek.

Amikor Küriosz hátán megérkeztem a Troy-kúria fölé, valósággal szótlanná váltam. Egyetlenegy kúria sem volt ilyen rossz állapotban. Két őr volt szolgálatban, akik ahogy megláttak, elfutottak. Viszonylag messze szálltunk le Küriosszal, mert attól féltem, még az általunk keltett kis léghullám is elég, hogy összedőljön a kúria. Amikor leszálltam, két ember közeledett felém. Mindketten az idősebb éveikben jártak, a szemükben határozottság és félelem ült. Minden bizonnyal a család szolgálói voltak, de ami ismét meglepett, hogy mindketten alultápláltnak tűntek.

– Eljöttél hát, hogy megöld a kis hölgyet, ahogy a szüleit is? – kérdezte a női szolgáló.

Éreztem, hogy remeg a hangja, de hogy a dühtől vagy a félelemtől, nem tudtam megmondani,

– Nem én öltem meg a szüleit, és nem szeretném őt sem megölni.

– Mégis miért hinnénk el? Azok után, amit a Pyrosokkal tettél? – folytatta.

Nem mondhattam, hogy nincs igaza, amiért bizalmatlan. Ekkor a kaszámért nyúltam, amitől megriadtak, de én csak leraktam a földre.

– Bemehetnénk, és megbeszélhetnénk nyugodtan?

Egyikük sem mozdult. Ekkor sóhajtottam egyet, és leültem ott helyben. Ezen mindketten meglepődtek.

– A szülei halálánál ott voltam, és az utolsó kérésük az volt, hogy gondoskodjam a lányukról. Ennek szeretnék eleget tenni, és elvinni őt a fővárosba.

A hölgy ismét mondani akart valamit, de a férfi elé tartotta a kezét.

– Honnan tudhatnánk, hogy betartod a szavad?

Valamivel higgadtabb volt, mint a hölgy, de nem kevésbé bizalmatlan.

– Sehonnan, de ha úgy akartam volna, erővel is elvihettem volna.

Nem fenyegetésnek szántam, puszta tényként közöltem, és ezt ők is tudták. Némi habozás után ugyan, de bólintottak. Elém hozták a kislányt, aki érthető módon össze volt zavarodva és félt. A szolga által átnyújtott bőrönd szinte üres volt. Mindent összerakva nem volt nehéz kitalálni, hogy lényegében a Pyrosok rabszolgái voltak. Egy újabb ok, hogy az egész rendszert megváltoztassam. Amikor közelebb ért Kürioszhoz, a félelem mellett csodálatot is láttam a szemeiben, de ami még jobban megragadta a figyelmem, az a kezében tartott kristály volt. A mintázata ugyanaz, volt, mint a Cassiusénak, de vörös és zöld színben.

Szóval végső soron ő is különleges. Jóval nyugodtabb volt, mint amire számítottam. Úgy döntöttem, megkímélem a repülés fáradalmaitól, úgyhogy a palota udvarára teleportáltam magunkat, aminek hatására igencsak meglepődött. Magam is meglepődtem, hogy mennyire nyugodtan viselkedik; csak pár napja veszítette el a szüleit, most pedig egy idegen elragadja az otthonából. Aztán meglepetésemre testvéreink léptek az udvarra, és mintha évek óta ismernék egymást, azonnal felkarolták. Ekkor jutott eszembe, hogy még a nevét sem tudom, de nem akartam megzavarni őket.

Őrző

Egy hónap telt el a háború lezárása óta. A nemesi családok számának csökkenését kifogásul használva megkezdődött a területek átszervezése. Persze ez elég gördülékenyen ment, mivel a megmaradt nemesi házak a szövetségeseink voltak. Időközben a Troy-területekről a gondviselésembe vett kislány két szolgálója is megérkezett. Állításuk szerint szerették volna a kishölgyet szolgálni, hát megengedtem neki. A kislány neve Anais volt, és szerencsére gyorsan beilleszkedett. Ideje nagy részét Myra és Cassius társaságában töltötte. Bár ha jól látom, Cassiushoz hasonlóan mintha Myra beosztottjaként könyvelte volna el magát. Úgy döntöttem, hogy erről semmit sem tudok. A területek felosztását kilencről háromra módosítottam. Voltak kisebb csoportok, akik ellenezték, de mivel a nagy családok támogatták, így nem tudtak érdemben mit tenni. Ezen lázadó családok okainak és hátterének kivizsgálását Zoéra és Jake-re bíztam; a legtöbben valamilyen törvénytelen ügyben voltak érdekeltek. Az északi terület irányítását a Draic család vette át, ám nem három különállóként, hanem mint egy terület. A déli területet, a Greyt Jake nem akarta elfogadni, de azzal a feltétellel, hogy ha találunk alkalmasabb jelöltet, átadjuk neki, belement. A központi hármas pedig a Draco családé lett. Sokan meglepődtek, hiszen a két még élő család, a Ruby és a Troy így lényegében meg lett fosztva a hatalmától, azonban ez csak részben volt az én döntésem. Edison és Tina is azon a véleményen osztozott, hogy a gazdaság irányításában szívesen részt vesznek, de nem szeretnének sem politikai, sem területi hatalmat. Nem tudtam őket meggyőzni, így kárpótlás mellett döntöttem. Edison mindig is fejleszteni akart az ország oktatásán, így a kívánságának megfelelő akadémia építését rendeltem el és őt tettem meg igazgatóvá, Tina pedig Tia tanácsadója lett. Emellett – ezzel nem tudom, ki állt elő – a királyi család személyi ékszerésze is. A Troy családból Anais érdekeit védendő szólalt fel a két szolgálója, de végül arra jutottunk, hogy a Pyrosok uralma alatt soha nem volt olyan jó soruk, mint most. Biztosítottam őket, hogy a királyi család tagjaként fogjuk felnevelni Anaist, így elfogadták.

Visszatérve Jake kinevezésére: egyetlen fontos oka volt, hogy mindenképpen őt akartam a déli területek vezetésére, mégpedig, hogy ő azon kevesek közt volt, akik tudtak a Grey család laboratóriumáról. A terv, amit felvázoltam neki, meg is ragadta a figyelmét – lényegében ezért fogadta el. De ennek megvalósulásához még sok idő kellett. Az események sűrűségére való tekintettel nem volt semmilyen látványos koronázási ünnepség vagy hasonló. Egyszerűen az átszervezésekből mindenkinek világossá vált, hogy rengeteg változás van kilátásban. Mindeközben szüleink sem haboztak túl sokat, és kineveztek minket családfőnek. Az én vezetővé válásom nem volt kérdéses, Tia viszont csak addig lesz a Draic-ház feje, míg Cassius elég idős nem lesz.

A szüleim a Grey-területen lévő titkos projekt résztvevői és vezetői egyben, Jake-kel együtt. Az időnk nyugodtan telt, bár mozgalmasan, míg egy nap földrengés rázta meg a fővárost. Az emberek pánikközeli hangulatban voltak – rajtunk kívül senki nem tudta, hogy mi történt. Edisonnak és Tinának parancsba adtuk a lakosok megnyugtatását, mi pedig Tiával és a sárkányainkkal a palota alatti barlangba indultunk. Már egy ideje tudtuk, hogy nem halogathatjuk túl sokáig, mégis szerettük volna. A palota alatt – bár talán pontosabb, ha azt mondom, hogy a főváros alatt – egy meglehetősen nagy barlang helyezkedett el. Itt élt az őrző. Küriosszal arra a következtetésre jutottunk, hogy azzal ellentétben, ahogy a háború előtt gondoltuk, nem fog harcra sor kerülni. Nova elzárása óta Küriosz állítása szerint ahelyett, hogy az őrző visszanyerte volna az erejét, úgy tűnt, hogy egyre csak gyengül. Az előbbi földrengés valószínűleg azt jelezte, hogy egyre csökken a hatalma a barlang felett. Hogy miért fontos uralni a barlangot? Mert itt található a kristályfa. Az egész kristályos rendszer, amelyet az őrző alkotott meg, itt összpontosul. Innen irányítja az őrző, hogy a kristályokba milyen lény kerül. Az egész kompatibilitás-dolog csak megtévesztés volt a király oldaláról. Azonban van még egy fontos része:

minden egyes faj, aki ebből a rendszerből éled újra, akarata ellenére a partnere, azaz az emberi fél irányítása alá kényszerül. Küriosz megjegyzései régről, miszerint „ő sem szabad" és hasonlók, szép lassan kezdtek értelmet nyerni, miután a fúziónk teljes lett. Küriosz is elég hiányos információkkal rendelkezett, Krüptó és Tia pedig még ennyivel sem. Az egyetlen, akinek teljes rálátása volt, az az őrző. A barlang fele vezető úton egyikünk sem szólt, túl feszültek és kíváncsiak voltunk. Amikor barlang bejáratához értünk, egy boltív fogadott bennünket. Azon benézve vaksötétséget láttunk. Egy átlagos embert talán megriasztott volna, de mi tudtuk, hogy ez csak illúzió, így áthaladtunk a boltíven. Amit azután láttunk, szemkápráztató volt. Még a sárkányaink sem látták a kristályfát. A törzse leginkább gyémántra hasonlított, a lombja és a levelei szivárványszínben pulzáltak, míg a termése számtalan, a színskála minden árnyalatában pompázó kristály volt. Az egész a szó szoros értelmében ragyogott. Mindenki figyelme megragadt rajta pár pillanatig, majd továbbkúszott a fa tövében fekvő sárkányra. Egy teljesen kifejlett aranysárkány volt. A királyi család címere volt az aranysárkány, mégis, háború alatt mindegyik sárkány ezüstszínű volt, némi arannyal. Az előttünk fekvő sárkány viszont minden porcikájában aranyszínű volt. Érkezésünkre nem adott semmilyen jelet, így közelebb létünk.

– Nem siettétek el – szólalt meg ekkor.

A hangja nyugodt volt és mély, mintha maga a barlang beszélne hozzánk, ugyanakkor úgy érződött, mintha minden erejét igénybe venné csak az, hogy beszéljen velünk.

Ekkor Küriosz és Krüptó közelebb léptek, és a szemükben szomorúságot láttam. Éreztem, amit Küriosz is: az őrző soha nem állt túl közel senkihez, viszont Küriosz tisztelte és nagyon elszomorította, hogy így kellett látnia. Éreztem, hogy némi haragot táplál iránta a fehér sárkányokkal történt incidens miatt, de uralkodott magán.

Ekkor a fa teljes valójában pulzálni kezdett.

– Úgy tűnik, hamarosan lejár az időm – mondta az őrző.

– Azt hittem, halhatatlan vagy.

Küriosz a tőle megszokott arroganciát is belecsempészte a hangjába, erre az őrző mintha halványan elmosolyodott volna.

– Minden létezésnek megvannak a feltételei és céljai.

Ekkor rám nézett.

– És az enyém teljesült – fejezte be.

Ekkor a mancsával lágyan jelzett, hogy menjünk mi is közelebb. Semmilyen ártó szándékot nem éreztem, így közelebb léptünk. Ekkor felemelte a mancsát, és az egyik ujját kinyújtva a karmával megérintette a homlokom. A fa ennek hatására felragyogott, és egy újféle erő járta át a testemet. Számtalan hangot és jelenlétet éreztem. Volt, aki segítségért vagy szabadságért könyörgött; volt, aki dühösen ki akart törni, de a legtöbbjük csak csendben, türelmesen várt, mintha aludna.

– Átruháztam a fa és a vele járó rendszerek irányítását rád és Kürioszra. Mostantól ti vagytok a sziget tényleges urai – magyarázta az őrző.

Reagálni sem volt erőm. Küriosz emlékeit megkapni is hihetetlen volt, ahogy az erejét is, de ez egy teljesen más kategória volt; még Küriosznak is nehezére esett befogadni az összes információt.

– Sejtettem, hogy túl sok lesz nektek, így csak kisebb adagokban kapjátok meg – mondta ekkor az őrző.

Ez lenne a kisebb adag? – tört ki belőlem és Kürioszból is, de csak gondolatban.

– Neked pedig ezt adom – folytatta az aranysárkány.

Ha akartam volna, sem tudok reagálni, de szerencsére most sem ártó szándékkal közeledett Tia felé.

Ám neki nem a homlokát érintette meg, hanem a hasát.

– A szigetet megosztó akadályok hamarosan lehullnak. Új ismeretségekre tesztek szert, és közülük nem egy fontos szereplője lesz az „ő" jövőjének – mondta titokzatosan az őrző.

– „Ő"?

Ekkor meglepetten összenéztünk, de az őrző nem akart több időt a témára szánni.

– Erős szövetségesek, de erős ellenfelek is várnak rátok.

Hogy tanácsnak vagy figyelmeztetésnek szánta, nem tudom, de a jelenléte egyre halványult.

– Sajnálom, ami a múltban történt – hallottuk még, majd ezekkel az utolsó szavakkal eltűnt. Amennyire érzékelni tudtuk, színtiszta varázserővé vált és egybeolvadt a fával.

Azonban az utolsó szavai számunkra előtérbe hozták azt a témát, melyet mindegyikünk csak kerülgetett már egy ideje. Krüptó és Tia gyanították, hogy miről van szó, de pontosan nem tudták. Küriosz szerint Krüptó nem tudta, mi történt, hiszen meghalt, mielőtt ő megérkezett volna. A kimerültségtől és az előttünk álló beszélgetés komolyságától máris kimerülve inkább leültem a fa tövéhez, ahol pár pillanattal ezelőtt még az őrző volt. Tia nem sokat tétovázott, mellém ült, én pedig átkaroltam.

– Szóval „ő”?

Kicsit terelni akartam, de nem volt alkalmam hallani a választ. Erőteljes fájdalom hasított a fejembe, emiatt reflexszerűen a fejemhez nyúltam. Tia ekkor aggodalmas pillantással nézett rám.

– Ne aggódj, csak az őrző által rám hagyott erő és emlékek kissé megterhelőek.

Ahogy ismét feljött az őrző, ugyanott voltunk, mint pár pillanattal ezelőtt.

– Te tudod, pontosan mire célzott az őrző az utolsó szavaival, igaz?

– A fúzió után sok mindent megértettem. A te fúziód után amiatt tartottál tőlem távolságot, ami a múltban történt, igaz? Kifejezetten egy bizonyos esemény miatt.

Összenéztünk. Nem felelt, de tudtam, hogy tudja, mire gondolok. Küriosz minden figyelmét lekötötte, hogy rendezze az őrző által ránk hagyott gondolatokat, így rám maradt a magyarázat.

– Az aznapi tragédiában nagy szerepet játszott az őrző is. Küriosz el volt zárva a szentélynél. Erről valószínűleg nem tudtok. Amikor végül kitört, vagyis most már tudom, hogy az őrző elengedte, már késő volt.

Csak figyelt, nem szólt közbe.

– Amikor Küriosz megérkezett, már nem tehetett semmit. Elvesztette az irányítást a dühe felett, és minden fekete sárkányt lemészárolt a partnerével együtt.

– Szóval emiatt maradtak fent a baljós legendák az utolsó tombolásról.

Ekkor én voltam, aki csak bólintott.

– De mi oka volt az őrzőnek beavatkozni?

– Ez nekünk sem volt világos, egészen mostanáig. A kapott emlékek közül ez volt az első, ami tisztán érthető volt. A fekete és fehér sárkányok közti egyensúlyról már tudtok. A fekete sárkányok nagy része úgy érezte, a fehér sárkányok puszta létezése azt a célt szolgálja, hogy ők soha ne legyenek szabadok.

– Küriosz volt az, aki ezt a frakciót nyomás alatt tartotta pusztán azzal, hogy ő volt a legerősebb. Azonban a fúziójával egy bizonyos szempontból gyenge pontot is szerzett. A partnere a háború elhúzódásával egyre inkább szimpatizált a többi fekete sárkánnyal. Végül megszületett az egyesség. Az őrző célja az volt, hogy Rogost és az északi, valamint a déli területeket szétválassza. Rogos irányítását a Hylla családra akarta bízni, mivel őket könnyű volt irányítani. Összességében az őrző egy stabil, hosszan fennmaradó békét akart. Mindennek egyetlen dolog állt az útjában: a fekete sárkányok és a szabadság iránti megszállottságuk. Viszont pont ezen megszállottságukból ajánlották az egyezséget. A fekete sárkányok tudták, hogy az őrző nyíltan nem avatkozhat közbe, így annyit kértek, zárja el Kürioszt, majd gondoskodjon arról, hogy a fehér sárkányok nem reinkarnálódnak, valamint ők pedig máshol. Mind ismerték Küarioszt: tudták, hogy meg fogja ölni őket, és a partnere halála az övét is jelenti majd. Így az őrzőnek lesz pár ezer éve, hogy kialakítsa a rendszert, amely szerinte optimális.

– És ez volt az a szerinte nagyszerűnek vélt rendszer? – kérdezte Tia meglepetten.

Ekkor elmosolyodtam.

– Nos, nem egészen. Mondjuk úgy, hogy egy új kezdetet akart biztosítani. Leginkább nekünk, embereknek. A kristályos rendszer nélkül az emberek túl gyengék voltak. A kristályok segítségével

nem csak a partnerekhez kötötte a lényeket, de egy engedelmes-
ségi paktumot is kötettet velük. Mindig is furcsálltam, hogy a
legtöbb lény milyen szótlan. Az egyszerű oka, hogy el van zár-
va a tudatuk. Valószínűleg ez a legfőbb oka, hogy az emberek
uralkodnak már jó ideje.

– És ennek a rendszernek az irányítását most te kaptad meg?

Ekkor bólintottam

– Ha jól értem, a fehér sárkányok azért nem reinkarnálód-
tak, mert az őrző nem engedte?

Ekkor ismét bólintottam, majd a fa egyik ágára bólintottam,
ahol közel száz hófehér kristály lógott. Krüptó gondolkodás nél-
kül odarepült. Biztos voltam benne, hogy boldog, de hogy meny-
nyire, csak akkor vált nyilvánvalóvá, amikor a Tia arcán legördülő
könnycseppeket láttam. Amikor felé nyúltam, hogy letöröljem,
kissé zavarba jött, de csak egy dolgot kérdezett.

– És a fekete sárkányok?

Ekkor csak megráztam a fejem.

– A haláluk után az őrző elküldte valahova a lelküket, így
tudnám a legegyszerűbben megfogalmazni, de ezután nincs ró-
luk információ. Biztosan élnek, de nem tudunk róluk semmit.

Ekkor kissé mintha megkönnyebbült volna, de némi aggo-
dalom is volt a tekintetében.

– És mi a terved a kristályrendszerrel?

Ekkor éreztem, hogy Krüptó figyelme is visszatalált rám.
Küriosszal már átbeszéltük ezt. Ő már egy ideje sejtette, hogy
valami hasonló fog történni.

– Visszaadom a lények öntudatát és szabad akaratát, de a
rendszert működésben hagyom. A partneri kapcsolatot és a
kristályrendszert is tovább működtetjük, de mostantól mind-
két fél beleegyezése kelleni fog.

Amint ezt elhatároztam, éreztem, hogy a jelenleg a partnere
mellett lévő számtalan lény öntudata új erőre kap. Lefogadom,
hogy mindenki meglepődött.

Rengeteg megbeszélnivalónk volt még, ezt mind tudtuk, de
engem és Kürioszt rettenetesen kimerített a kapott erőhöz való
alkalmazkodás. Küriosz már egy ideje mentálisan nyaggatott,

hogy azonnal menjünk a palotába és pihenjek le, mert szüksége van rám is, hogy teljesen az információra koncentráljak. Ezt valószínűleg Tia is észrevette, mert nem kérdezett többet, csak felsegített, aztán elindultunk a palota felé. Még teleportálni sem volt erőm.

Nagyjából két hétig aludtam egyhuzamban. Persze nem történt különösebb változás. Nem világosodtam meg hirtelen a világ összes dolgáról; az őrző maga is mondta, hogy töredékekben fogom megkapni az információt. Küriosszal érzékeljük, hogy van egy elzárt rész a tudatunkban ennek köszönhetően, de semmit nem tudunk vele kezdeni. Amikor eljön az ideje, majd megtudjuk, amit meg kell.

Amikor felébredtem, a napjaim nagy része abból állt, hogy a felszabadított lények és partnereik kapcsolatát próbáltam ápolni. A legtöbben jól viselték, de voltak páran, mint atyám és partnere, akik mindketten erős személyiséggel rendelkeztek és nem akartak engedni a másiknak. Ez rám és Kürioszra emlékeztetett régről. A legtöbben viszont jól kijöttek. Ez is azt bizonyította, hogy a rendszer nem volt teljesen rossz.

De ez csak pár hétig tartott. Nem kellett sok idő, hogy Tia terhességének híre mindenkihez eljusson. Ekkor a szüleink eldöntötték, hogy a fővárosban maradnak legalább a gyermek születéséig. A területek átszervezése és az átépítések közben teljes erővel haladtak. Magamra vállaltam az összes uralkodói feladatot, hogy Tia pihenni tudjon. Ő állította, hogy nincs rá szükség, de ebből nem engedtem.

Ezután repült az idő, és szinte észre sem vettem, máris a szülésnél jártunk. Nem volt még rá példa, hogy két fúzión átesett embernek gyermeke szülessen, szóval tanácstalanok voltunk. Küriosz a biztonságot tekintette mindennél fontosabbnak. Mint tudjuk, a fúzión átesettek sem halhatatlanok, és Tia most kétségtelenül védtelen volt. Talán életem legfeszültebb pár órája volt ez, de szerencsére nem volt semmilyen komplikáció: egészséges kisfiunk született. Tia kimerült volt, de nem volt baja, és viszonylag gyorsan új erőre kapott, köszönhetően Krüptó gyógyító erejének. Már meg sem lepődtünk, de a fiunk kristálya sem volt éppen egyszerű eset: egy középen elválasztott, fekete-fehér kristály. Az első, ami eszembe jutott, az álmomban látott félig fekete, félig fehér alak volt. A kristályát csak ő tudta megérinteni, de ami mindegyikünket meglepett, hogy Zoé a kezdetektől távolságot tartott, valamint Myra, aki már egy ideje igencsak felsőbbrendűnek mutatta magát mindenkinél rajtunk kívül, hasonlóan cselekedett, mint Zoé. Ezen kívül semmi furcsát nem vettünk észre, sőt a szüleink megnyugtattak, hogy én és Tia sokkal furcsábban viselkedtünk. A fiunkat Orionnak neveztük el.

A következő pár év boldogságban és békében telt – legalábbis a felszínen. A gyerekek, bár kissé feszültek voltak, amikor Myra és Orion is jelen voltak, de nyugodt környezetben nőhettek fel. A színfalak mögött azonban folyamatosan készültünk. Aztán az események újra beindultak: Gyanús mozgást jelentettek északról és délről is. Északról egyre több és egyre erősebb szörny tört be a területekre, valamint Syren is eltűnt a szentélytől. Délen pedig több megfigyelő is elvesztette az eszméletét – állításuk szerint mielőtt ez megtörtént, egy „rókát" láttak. Mind tudtuk, hogy a békés időszaknak vége, és egy újabb kaland veszi kezdetét.

Szereplők

- Arkon: a Draco család elsőszülöttje. Küriosz partnere, térmágus
- Ellytia: a Draic család elsőszülöttje. Krüptó partnere, szent varázsló
- Küriosz: fekete sárkány, Arkon partnere
- Krüptó: fehér sárkány, Ellytia partnere
- Orion: Arkon és Ellytia fia
- Xarius: a Draco család vezetője, Arkon apja
- Rynia: Xarius felesége, Arkon anyja
- Myra: a Draco család másodszülöttje, Arkon húga
- Margaret: a Draic család vezetője, Ellytia anyja
- Johannes: Margaret férje, Ellytia apja
- Cassius: a Draic család másodszülöttje, Ellytia öccse
- Kleo: a Draco család katonai alparancsnoka, Rynia közvetlen beosztottja
- Karl: a Draco család katonai alparancsnoka
- Zoé: felszabadított rabszolga, Arkon közvetlen beosztottja, Kian húga
- Kian: felszabadított rabszolga, Arkon közvetlen beosztottja, Zoé bátyja
- Quarthas: a Theron család vezetője
- Quint: a Theron család elsőszülöttje
- Mila: Quarthas felesége, Xarius húga
- Edison: a Ruby család vezetője
- Valentina: a Ruby család elsőszülöttje
- Audrey (elhunyt): Edison felesége, Rynia testvére
- Gordon: a Safir család vezetője
- Alexander: a Safir család elsőszülöttje
- Huxley: a Hylla család vezetője, a jelenlegi király
- Heidi: Huxley felesége, a jelenlegi királynő
- Jayce: a Hylla család elsőszülöttje, a trón örököse, a legidősebb herceg

- Myles: a Hylla család másodszülöttje, Nova ikertestvére
- Nova: a Hylla család másodszülöttje, Myles ikertestvére
- Hendrix: a Pyros család vezetője
- Ethan: a Pyros család elsőszülöttje
- Axton: a Troy család vezetője
- April: Axton felesége.
- Anais: a Troy család elsőszülöttje, Arkon és Ellytia örökbefogadott lánya
- Trevor: a Grey család vezetője, a kutatólabor vezetője
- Jake: Grey-leszármazott, Arkon szövetségese
- Syren: a Fenrirek királya, félspirituális lény
- Brenn: Magmamágus
- Roen: Savvarázsló
- Collin: orgyilkos, Kleo bátyja

Tartalomjegyzék

A szerző

Dornfeld Ádám 1993.12.22-én született Zalaegerszegen. Az érettségi után kreatív munkát keresett, ezért döntött a környezetmérnöki kar mellett. A Pécsi Tudományegyetemen 2017 januárjában sikeresen elvégezte a szakot. Diploma után festéklaborban lett asszisztens, de mivel ebben a munkakörben nem tudta kiélni a kreativitását, írni kezdett. Egyedülálló, kedvenc időtöltései az olvasás, zenehallgatás, írás.

novum ■ KIADÓ A SZERZŐKÉRT

A kiadó

Aki feladja,
hogy jobbá váljon,
feladta,
hogy jobb legyen!

E mottó alapján a novum publishing kiadó célja
az új kéziratok felkutatása, megjelentetése,
és szerzőik hosszútávú segítése. Az 1997-ben
alapított, többszörösen kitüntetett kiadó az egyik
legjelentősebb, újdonsült szerzőkre specializálódott
kiadónak számít többek között Ausztriában,
Németországban és Svájcban.

**Valamennyi új kézirat rövid időn belül egy
ingyenes, kötelezettségek nélküli kiadói
véleményezésen esik át.**

További információkat a kiadóról és
a könyvekről az alábbi oldalon talál:

www.novumpublishing.hu